JENEVA ROSE

HOME IS WHERE THE BODIES ARE

AF202038

JENEVA ROSE

HOME IS WHERE THE BODIES ARE

LAGO

Bibliografische Information der Deutschen Nationalbibliothek
Die Deutsche Nationalbibliothek verzeichnet diese Publikation in der Deutschen
Nationalbibliografie. Detaillierte bibliografische Daten sind im Internet über
https://dnb.de abrufbar.

Für Fragen und Anregungen
info@m-vg.de

Wichtiger Hinweis
Ausschließlich zum Zweck der besseren Lesbarkeit wurde auf eine genderspezifische
Schreibweise sowie eine Mehrfachbezeichnung verzichtet. Alle personenbezogenen Be-
zeichnungen sind somit geschlechtsneutral zu verstehen.

Originalausgabe
1. Auflage 2025
© 2025 by Lago Verlag, ein Imprint der Münchner Verlagsgruppe GmbH
Türkenstraße 89
80799 München
Tel.: 089 651285-0

Übersetzung: Tanja Schröder
Redaktion: Annett Stütze
Umschlaggestaltung: Sonja Stiefel
Umschlagabbildung: Sarah Riedlinger
Satz: Kerstin Stein
Druck: CPI books GmbH, Leck
Printed in the EU

ISBN Print 978-3-95761-254-0
ISBN E-Book (EPUB, Mobi) 978-3-95762-394-2

Weitere Informationen zum Verlag finden Sie unter

www.lago-verlag.de

Beachten Sie auch unsere weiteren Verlage unter www.m-vg.de

Für meine Familie.
Ihr musstet zwar noch nie eine Leiche verstecken, aber ich weiß,
dass ihr es tun würdet, falls nötig. Und Dad hat uns ziemlich viel
Beton gießen lassen, also wer weiß, was da drunter ist?

PROLOG

Nichts bringt Menschen besser zusammen als der Tod. Er ist wie der hohe Ton einer Hundepfeife für einen Streuner, der seinem Besitzer davongelaufen ist. Wenn er ertönt, kommt er immer. Der Tod erinnert uns daran, dass das Leben nicht unendlich ist und dass eines Tages auch unsere Zeit kommen wird. Wir halten inne, um dieser Mahnung zu lauschen, sie anzuerkennen und ihr den Respekt zu zollen, den sie fordert. Und dann verstreuen wir uns in die Welt, wie die Samen einer sterbenden Pusteblume, wartend auf den nächsten Ruf – in der Hoffnung, dass er uns diesmal zusammenführt, anstatt uns um jemanden zu versammeln.

Klopf, klopf.

Keine Sorge. Es ist nicht für dich ... dieses Mal.

EINS
BETH

Der Regen fällt heute anders, nicht sanft, nicht heftig, nicht seit-
lich, einfach anders. Als würde er das letzte Ruhebett meiner
Mutter vorbereiten, den Boden durchtränken, in dem sie bald
liegen wird. Die Hospizschwester sagte, sie wird bis zum Ende
des Tages gehen. Seltsam. Manche Menschen sehen es gar nicht
kommen, andere haben einen Countdown, und ich weiß nicht,
was schlimmer ist.

Ich starre aus dem Küchenfenster, das einen Blick auf fünf
Hektar Land bietet, eine Mischung aus Bäumen, Hügeln, flachen
Wiesen und einem Bach, der sich hindurchschlängelt. Meine El-
tern kauften das Grundstück in den späten Siebzigern von einem
Farmer und ließen kurz darauf ein Haus darauf bauen. Es war
ihr kleines Stück Paradies – bis es das nicht mehr war.

Mein Handy vibriert. Eine Nachricht von meinem Bruder.
Sein Flugzeug ist gelandet, er wird in weniger als einer Stunde zu
Hause sein. *Zu Hause?* Er hat uns vor sieben Jahren den Rücken
gekehrt, als unser Vater verschwand. Ich würde unser kleines
Städtchen in Wisconsin also nicht als sein Zuhause bezeichnen.
Nur 174 Menschen können das, und er gehört nicht dazu. Die

meisten, die den Grove verlassen, kehren nicht zurück. Und die, die es doch tun, kommen nie, weil sie es wollen. In gewisser Weise ist es wie ein Friedhof.

Ich öffne die Nachricht, die ich meiner Schwester vor Stunden geschickt habe. Ungelesen. Wahrscheinlich liegt sie in irgendeinem Motel, zugedröhnt, mit einer Nadel zwischen den Zehen, weil ihre Venen längst kollabiert sind und sie immer noch diesem einen Rausch hinterherjagt, den sie ihr Leben lang sucht. Ich seufze schwer bei dem Gedanken an sie. Sucht ist erschöpfend – für die, die konsumieren, und für die, die konsumiert werden.

Ich nehme einen Laib Weißbrot aus dem Schrank, schneide zwei Scheiben ab und streiche eine dicke Schicht Mayo darauf. Neben der Spüle steht eine Schüssel voller runder, praller Fleischtomaten aus dem Garten. Ich lege die reifste auf das abgenutzte Schneidebrett. Tomatenwasser sickert heraus, als mein Messer durch das Fruchtfleisch gleitet. Ich weiß nicht einmal, warum ich Mom ein Tomaten-Mayo-Sandwich mache. Sie hat seit Tagen nichts gegessen. Aber es ist ihr Lieblingsessen, sagt sie. Sie wuchs in bitterer Armut auf, also sind das ihre Lieblingsgerichte, weil sie nie etwas Besseres kennengelernt hat. Ich wollte ihr immer mehr zeigen, ihr eine Welt außerhalb des Grove eröffnen – aber ich bin selbst nie hier rausgekommen.

»Eliza...beth«, ruft meine Mutter leise aus dem Wohnzimmer. Sie sagt meinen Namen so, wie sie ihre Werthers-Bonbons lutscht – langsam, bedächtig. Als würde sie ihn genießen. Meine Schultern sinken, schwer mit der Vertrautheit der Niederlage. Ich weiß, dass ich ihn nie wieder hören werde – meinen Namen, den sie mir gegeben hat. Ich wünschte, ich könnte ihn greifen, ihn an mich reißen und sicher verwahren, wie ein Familienerbstück. Aber er gehört zu diesem Moment. So wie sie. Nichts, das ich für immer behalten kann. Ich atme tief durch und lasse das Messer aus meiner Hand gleiten. Es schlägt dumpf auf dem Schneidebrett auf. Es ist Zeit, Lebewohl zu sagen.

Die Uhr an der Wand zeigt kurz nach acht. Meine Geschwister werden es vermutlich nicht mehr rechtzeitig schaffen. Aber sie hatten ihr ganzes Leben lang Zeit, hier zu sein – und haben sich dagegen entschieden. Vielleicht verdienen sie es auch gar nicht. *Der Tod wartet auf niemanden.*

»Ich komme, Mom.« Ich zwinge meine Mundwinkel ein paar Millimeter nach oben, bevor ich die Küche verlasse. Alles, was sie je wollte, war, ihre Kinder glücklich zu sehen. Ich kann das für sie tun – auch wenn es nicht echt ist.

Das Wohnzimmer wurde vor drei Monaten zu ihrem Schlafzimmer umfunktioniert. Sie wollte es so. Wollte durch das große Erkerfenster blicken und beobachten, wie die Sonne untergeht. Mom arbeitete ihr Leben lang in der Spätschicht. Sie sagte, das sei das Einzige, was sie wirklich verpasst habe.

Ein Fernseher steht stummgestellt in der Ecke, auf dem ein Werbespot für ein Autohaus läuft. Die meisten Besitztümer meiner Mutter haben ein Blumenmuster: die Decke, unter der sie liegt, das Sofa, das an die hintere Wand geschoben wurde, und die dekorativen Kissen an beiden Enden. Selbst die Bilderrahmen hinter ihrem Hospizbett zeigen Blumen. Sie sagte mir einmal, Blumen erinnerten sie an das Leben – wunderschön, zerbrechlich und von kurzer Dauer.

Ihr Bett ist leicht aufgerichtet, und sie sieht aus dem Fenster nach draußen.

»Hi, Mom«, sage ich. Meine Stimme droht zu brechen, aber ich schlucke die Traurigkeit hinunter. Ich werde diesen Damm später brechen – aber nicht jetzt. Nicht vor ihr.

Sie hebt ihre Hand zitternd einen Zoll über ihren Schoß und lässt sie wieder sinken. Sie hat nicht mehr die Kraft, es zu sagen, aber ich kann ihre Worte hören: *Komm, sieh dir den Sonnenuntergang an, Beth.*

»Okay, Mom.«

Ich setze mich auf den Sessel neben ihrem Bett. Er hat sich längst meiner Körperform angepasst – nach all den Stunden, die ich in den letzten Monaten hier verbracht habe. Ihr Zustand hat sich vor sieben Wochen ernsthaft verschlechtert, also nahm ich unbezahlten Urlaub von meinem Job im Lager, um sie rund um die Uhr zu pflegen. Mom hätte mehr Zeit gehabt, aber sie ist eine sture Frau, die den Arzt so selten besucht wie andere die Kfz-Zulassungsstelle. Als sie den Krebs entdeckten, war es bereits zu spät. Er hatte sich auf die Leber und den Blutkreislauf ausgebreitet.

Sie bewegt ihre dünnen Finger, und ich ergreife sanft ihre Hand. Der Regen hat vorübergehend aufgehört. Die Wolken reißen auf, und der Himmel verwandelt sich in ein perfektes Blau, durchzogen von den Rosa- und Orangetönen des Sonnenuntergangs.

»Es ist wunderschön, Mom«, sage ich und blicke zu ihr hinüber.

Ihre graue, von tiefen Falten durchzogene Haut gleicht der Rinde eines Baumes – gezeichnet von einem Leben voller Sorgen und Schmerz. Aber sie hat es akzeptiert und pflegte stolz zu sagen: »Je mehr Falten, desto härter das Leben.« Für sie war es eine Auszeichnung, ein Beweis ihrer Kämpfe.

Ihr Brustkorb hebt und senkt sich kaum noch. Ich beobachte es genau, nur um sicherzugehen, dass sie noch atmet. Sie hält ihren Blick auf die untergehende Sonne gerichtet, und ich kann die Sätze hören, die sie letzte Woche zu mir sagte, bevor es ihr zu mühsam wurde, mehr als ein, zwei Worte zu murmeln.

Es gibt nicht viel im Leben, auf das du dich verlassen kannst, aber das hier ... darauf kannst du zählen. Sie wird aufgehen, und sie wird untergehen – egal, was passiert. Egal, ob du krank bist oder traurig. Egal, ob Krieg herrscht oder Frieden. Egal, ob du es siehst oder nicht. Diese Sonne. Auf die kannst du dich verlassen.

Selbst in ihren letzten Tagen versuchte sie noch, mich zu lehren, mich zu führen, mir auf ihre Weise Liebe zu zeigen – durch Lektionen und Worte der Weisheit. Ich drücke sanft ihre Hand, damit sie weiß, dass ich noch hier bin. Der leichte Druck scheint sich durch ihren Körper auszubreiten, als würde er selbst die Luft in ihren Lungen zusammenschnüren. Sie beginnt zu keuchen. Ich tauche einen Schwamm in ein Glas Wasser und lasse die Flüssigkeit in ihren leicht geöffneten Mund tropfen. Mom nimmt ihren Blick keine Sekunde von der Sonne. Ich tupfe ihre spröden Lippen mit dem feuchten Schwamm ab und setze mich wieder, während sie nach dem wenigen Atem ringt, der ihr noch bleibt.

Als die Sonne schließlich hinter dem Horizont verschwindet, dreht sie ihren Kopf zu mir. Ich lächle sie an, aber sie lächelt nicht zurück. Ich weiß, dass der Tod nahe ist, denn selbst ihre Präsenz scheint zu verblassen.

»Hi, Mom«, sage ich.

Ich versuche, »Mom« so oft wie möglich zu sagen, denn ich weiß, dass ich dieses Wort nie wieder für jemanden benutzen werde. Es gehört nur ihr. Es gibt keinen Ersatz. Meine Kehle zieht sich zusammen, und mein Atem stockt, als würde sich einer dieser Schluchzer anbahnen, der von ganz tief unten hochkommt, einer, der schmerzt, einer, den du nicht aufhalten kann und der dich bis ins Mark erschüttert. Ich greife nach ihrer Hand und halte sie erneut. Sie fühlt sich kalt an, und ich weiß, was das bedeutet.

Sie schaut mich an oder vielleicht ein wenig über mich hinweg – ich bin mir nicht sicher. In ihren Augen liegt Verwirrung. Sie wusste, dass der Tod kommen würde, aber sein tatsächliches Eintreffen ist immer rätselhaft. Es ist, als stünden wir alle in einer endlosen Schlange und warteten darauf, dass unsere Nummer aufgerufen wird, in dem Glauben, dass dieser Tag niemals kommt – doch das wird er, und das tut er. Sie versucht, sich zu mir zu drehen, aber sie ist zu schwach. Also lehne ich mich näher zu ihr. Nur noch eine halbe Armlänge trennt uns, und ich bemerke, wie sich ihr Atem verändert – von langsam und flach zu hastig. Es ist fast so weit, und es gibt so vieles, das ich ihr sagen möchte. Aber ich weiß, es würde ein ganzes Leben dauern, all diese Worte auszusprechen, also versuche ich, herauszubringen, was ich kann.

»Ich liebe dich, Mom. Danke, dass du mich bekommen hast, dass du mich großgezogen hast, dass du mich geliebt hast, und dafür, dass du wie die Sonne warst ... die eine Konstante, auf die ich mich immer verlassen konnte.« Meine Stimme bebt. Es klingt überhaupt nicht so, wie ich es wollte. Mein Gesicht verzerrt sich, und plötzlich sind meine Wangen nass – der Damm bricht mit einem Mal. In ihren Augen flackert etwas auf. Erkenntnis oder etwas Ähnliches.

»Dein Vater ...«, haucht sie.

Ich beuge mich ein wenig näher. »Was ist mit Dad, Mom?«

»Er ist nicht ...« Sie ringt nach Luft, als müsste sie die Worte aus sich herauszwingen ... Worte, die vielleicht schon lange in ihr vergraben lagen. Waren sie mit dem Krebs verwoben, und deshalb kann sie sie erst jetzt aussprechen?

»Ver...schwunden«, stammelt sie.

Ich blinzle energisch, als könnte ich mich so aus einem Albtraum reißen.

»Mom, was willst du damit sagen? Wenn er nicht verschwunden ist, wo ist er dann?« Meine Stimme zittert. Ich verstehe nichts davon.

»Vertrau ...« Sie schließt für einen Moment die Augen, und ich denke, sie ist fort. Aber dann öffnen sie sich noch einmal, genauso schnell, wie sie sich geschlossen hatten. »Nicht«, flüstert sie.

»Mom! Ich verstehe das nicht! Wo ist Dad?«, rufe ich verzweifelt.

Sie atmet aus, als wollte sie ihre letzten Worte zu Ende bringen, doch es kommt nichts mehr, nur ihr letzter Atemzug. Ihre kalte Hand erschlafft in meiner. Es ist wahr, was sie über das erlöschende Licht in den Augen eines Menschen sagen, der stirbt. Ihre Augen sind starr und leer. Ihr Mund steht leicht offen.

Sie ist weg.

Sie ist weg.

Ein schmerzerfülltes Schluchzen bricht aus mir heraus, während sich ihre letzten Worte in meinem Kopf aneinanderreihen.

Dein Vater. Er ist nicht verschwunden. Vertrau ... nicht.

ZWEI

MICHAEL

Ich wusste immer, dass nur der Tod mich nach Hause zurückbringen würde. Ich wusste nur nicht, wessen Tod es sein würde. Ich war sieben Jahre weg, und heute kam der Anruf. *Mom liegt im Sterben. Du solltest nach Hause kommen.* Also nahm ich den ersten Flug von San José nach Wisconsin, denn wenn der Tod ruft, dann antwortest du.

Der Motor meines Mietwagens schnurrt leise, während ich über den Highway X fahre – eine von nur zwei Straßen, die Allen's Grove mit dem Rest der Welt verbinden. Ein farbenfroher Regenbogen spannt sich über den Himmel, aber die dunklen Wolken, die aus dem Westen heranziehen, werden ihn bald verschlucken. Ich verlangsame und setze den linken Blinker. Auf der Straße ist niemand, dem ich ein Signal geben müsste, aber ich tue es trotzdem – aus Gewohnheit. Der Grove sieht noch genauso aus, wie ich es mir gedacht habe. Kleinstädte entwickeln sich nicht. Sie wachsen nicht. Sie verändern sich nicht. Sie bleiben, was sie immer waren.

Ich fahre am Park vorbei, dem Zentrum dieser nicht eingetragenen Gemeinde. Überall verstreut stehen große Walnuss- und Eschen-Ahornbäume – das Einzige, was hier wächst.

Dieselbe Rutsche, dasselbe Klettergerüst, dieselben Picknicktische wie damals. Nur verrostet und abgenutzt. Ranchstyle-
Häuser mit ordentlichen Gärten säumen den Park, und ich bin
mir sicher, dass in jedem der Häuser noch dieselben Familien
leben wie früher.

Ich biege rechts in die Hustis Street ein. Eine Sackgasse.
Am Ende, auf der linken Seite, steht das Haus, in dem ich aufgewachsen bin. Ich habe oft darüber nachgedacht, warum unsere
Straße nirgendwohin führt – fast wie eine Vorahnung für die, die
geblieben sind. Ich wollte nicht zurückkommen, aber ich kann
meinen Schwestern nicht zutrauen, den Nachlass ordentlich zu
regeln. Sie haben ihre eigenen, ungelösten Probleme – Nikki ist
süchtig nach Drogen, Beth süchtig nach Mittelmäßigkeit. Wie
könnte ich erwarten, dass sie sich darum kümmern?

Ich hege keinen Groll gegen meine Schwestern, aber ich weiß,
dass sie mich verachten. Ich bin ihnen entwachsen. Ich bin weg-
gegangen. Ich habe eine Welt außerhalb dieses Terrariums entdeckt, und sie hassen mich dafür. Aber ich kann ihnen ihren Neid
nicht übel nehmen. Wenn du heller strahlst als die Sonne, haben
andere nur zwei Möglichkeiten: Hinschauen und sich vom Neid
blenden lassen – oder wegsehen. Offensichtlich haben sie sich für
Letzteres entschieden. Seit sieben Jahren haben wir kaum Kontakt.
Wäre ich an ihrer Stelle, würde ich wohl genauso reagieren. Ich bin
eine Erinnerung daran, was hätte sein können, wenn ihr Leben
anders verlaufen wäre. Und niemand will so eine Erinnerung.

Ich fahre langsam die lange Betonauffahrt hinauf. Oben
macht sie eine Kurve und führt durch einen weitläufigen Hof,
der in einem früheren Leben mal eine Kuhweide war. Das Haus
steht am Ende der Auffahrt – auf dem höchsten Hügel in Allen's

Grove. Früher dachte ich, dass unsere Lage etwas Besonderes wäre, doch so ist es nicht. Es ist, als würde man sagen, man sei der Erfolgreichste, der jemals in diesem Ort gelebt habe. Ein Riese unter Ameisen. Ich parke vor der dreifachen Garage. Das Ranchstylehaus ist noch immer hellblau, aber längst nicht mehr so sauber und leuchtend wie damals, als mein Vater sich noch darum kümmerte. Jeden Frühling reinigte er die Auffahrt, das Vordach, die Veranda und die Hauswände mit dem Hochdruckreiniger. Dieses Haus war sein ganzer Stolz, doch am Ende hat dieser Stolz ihn zerstört, so wie es den meisten Männern ergeht. Ich greife nach meiner Reisetasche auf dem Rücksitz und steige aus. Ich habe nicht vor, lange zu bleiben – nur lange genug. Ein süßlich-schwerer Duft hängt in der Luft, vermutlich vom Regen und dem nahenden Sturm. Der Wind pfeift, während er an Kraft gewinnt. Vögel zwitschern und singen in den Bäumen ringsum. An der Haustür bemerke ich den abgeblätterten, verblassten roten Lack. Noch etwas, das nicht gepflegt wurde, noch eine Erinnerung daran, warum ich hier bin. Ich überlege kurz anzuklopfen, und vielleicht sollte ich es. Dieser Ort ist kein Zuhause für mich. Gleichzeitig erscheint es falsch, meine Ankunft anzukündigen – als wäre ich nur ein Gast. Meine Hand umfasst den kalten Türgriff. Ich atme tief durch. Ich mache mich bereit, eine Welt zu betreten, in die ich nie wieder zurückkehren wollte.

DREI

BETH

Ich habe mich nicht von meinem Sessel bewegt. Es sind zwanzig Minuten vergangen, seit Mom gestorben ist. Vielleicht auch nur zwei. Wer weiß das schon? Die Zeit bleibt stehen, wenn der Tod einen Besuch abstattet. Ich stehe unter Schock. Nicht nur, weil ich sie verloren habe, sondern auch wegen ihrer letzten Worte.

Was bedeuteten sie? Was wollte sie mir sagen? Und warum hat sie bis zum allerletzten Moment damit gewartet? Warum? Meine Augen wandern zwischen ihr und dem Farbgewirr auf dem Fernsehbildschirm in der Zimmerecke hin und her. Eine Wiederholung von Glücksrad, der Ton ist immer noch stummgeschaltet. Drei Buchstaben sind zu sehen, die Lösung besteht aus zwei Wörtern. Die Kategorie lautet »Gegenstand«. Mom hätte es längst erraten. Sie liebte Rätsel.

Dein Vater. Er ist nicht verschwunden. Vertrau nicht ...

Vertraue wem oder was nicht? Oder meinte sie generell, so ganz allgemein ... also niemandem? Ich schaue wieder zu ihr. Sie sieht mich an – oder es scheint zumindest so. Ihr Kiefer ist entspannt, ihr Mund leicht geöffnet, als wollte sie noch etwas sagen. Aber ich weiß, dass sie es nicht tun wird. Weil sie fort ist. Und ich bleibe zurück mit einer Leiche und einem Rätsel, bei dem sie mir nicht mehr helfen kann.

Er ist nicht verschwunden. Aber doch, das ist er – vor sieben Jahren. Er hinterließ nur einen handgeschriebenen Zettel für meine Mutter. Sie waren siebenunddreißig Jahre verheiratet, und als er ging, hinterließ er nichts weiter als fünf Abschiedsworte: *Laura, es tut mir leid. In Liebe, Brian.*

Sein Truck wurde von einer Überwachungskamera an einer Tankstelle sieben Meilen südlich unseres Hauses erfasst und später noch einmal an einer Mautstation, als er die Grenze zu Illinois überquerte. Danach verschwand er spurlos, wie eine Pfütze Wasser, die an einem heißen Tag verdunstet. Keiner von uns hatte es kommen sehen – außer Mom. Sie sagte, sie hätten Probleme gehabt, und dass Dad jahrelang immer wieder mit Depressionen zu kämpfen hatte. Es überraschte mich, denn sie stritten nie, und ich hatte keine Ahnung, dass Dad unglücklich war. Mom sagte, sie habe versucht, ihm zu helfen, aber er habe es abgelehnt und behauptet, es gehe ihm gut. Die Polizei ermittelte eine Zeit lang wegen seines Verschwindens. Zunächst nahmen sie Mom ins Visier. Es ist schließlich immer der Ehepartner, oder zumindest fast immer. Doch diese Theorie wurde fallengelassen, als sein Truck zwei Wochen später verlassen in der Stadt McAllen, Texas, aufgefunden wurde – elf Meilen von der mexikanischen Grenze entfernt. Die Behörden hielten die Ermittlungen zwar offiziell offen, aber niemand suchte wirklich nach ihm.

»Wo ist er, Mom? Wo ist Dad?«, weine ich in der Hoffnung, dass sie noch ein einziges Mal aufwacht und mir antwortet.

Die Haustür knarrt und saugt die abgestandene Luft aus dem Haus. Hastig decke ich Mom mit einer Decke zu, wische mir die Augen und stehe auf.

»Hallo?«, ruft Michael.

Ich habe seine Stimme seit Jahren nicht mehr gehört – seit sieben Jahren, um genau zu sein, aber sie klingt noch genauso: tief, umweht von Selbstbewusstsein. Ich drehe mich um und sehe ihn im Türrahmen des Wohnzimmers stehen. Er trägt eine Khakihose und ein graues T-Shirt. Fast sieht er auch genauso aus wie früher. Sein dunkles Haar ist kurz geschnitten und nun von ein paar grauen Strähnen durchzogen. Seine Schultern sind breiter, als würde er regelmäßig ins Fitnessstudio gehen. Seine Haut ist gebräunt – in Kalifornien scheint die Sonne eben länger und heller. Eine dünne, mehrere Zentimeter lange Narbe zieht sich über seine rechte Wange. Sie ist neu. Ich kenne sie nicht. Wahrscheinlich hat er etwas Dummes gemacht, um sie sich zuzuziehen. Obwohl Michael fast sechsunddreißig ist, ein paar Jahre jünger als ich, und mich um einiges überragt, sehe ich immer noch meinen nervigen kleinen Bruder in ihm.

»Hi, Beth«, sagt er.

»Hi, Michael.«

Einen Moment lang sagt keiner von uns etwas. Wir stehen nur da, Welten voneinander entfernt, und sehen uns an. Er ist meine Familie, aber gleichzeitig ein Fremder. Ein vertrauter Fremder, was für ein seltsames Paradoxon.

»Ist Mom ...?« Er schluckt schwer, unfähig, die Frage zu vollenden, doch ich weiß, was er wissen will. Er blickt über meine Schulter, versucht einen Blick auf sie zu erhaschen, aber sie liegt unter der Decke verborgen, außer Sichtweite.

Ich nicke. »Ja.«

Er reibt sich über die Stirn und atmet scharf aus. »Wie lange?«

»Nicht lange.« Meine Antwort bleibt vage – ich habe jedes Zeitgefühl verloren.

Michael schüttelt den Kopf und blickt hinab auf seine Schuhe. »Das verdammte Flugzeug hat eine halbe Stunde auf dem Rollfeld gestanden, nachdem wir gelandet sind. Vielleicht hätte ich es noch rechtzeitig geschafft.«

Ich weiß nicht, ob er Trost sucht, aber ich habe keinen zu geben. Also schweige ich. Genau wie Dad hat auch Michael sich entschieden wegzubleiben.

Er hebt den Kopf, sein Blick trifft meinen. »Hat sie noch etwas gesagt, bevor sie gestorben ist?«

Ich kaue auf meiner Unterlippe und überlege, ob ich ihm Moms letzte Worte erzählen soll. Aber diese Botschaft war für mich bestimmt, nicht für ihn. Und ich weiß ja nicht einmal selbst, was sie bedeutet ... zumindest noch nicht.

»Nein, sie konnte kaum noch sprechen«, sage ich schließlich.

Er presst die Lippen aufeinander und nickt, verengt die Augen, als würde er mir nicht glauben. Ich kann es ihm nicht verübeln. Ich bin keine gute Lügnerin und er ist kein besonders vertrauensseliger Mensch.

»Wo ist Nicole?«

Ich zucke mit den Schultern. »Deine Vermutung ist so gut wie meine.«

»Ist sie wieder drauf?«

»Sie war nie runter.«

Er schüttelt den Kopf. »Verdammt, so viel verschwendetes Potenzial.«

Wahrscheinlich meint er damit auch mich. Wir hatten alle mal etwas vor uns, waren wie Lokomotiven auf Schienen, deren Ende nicht absehbar war. Doch mein Zug ist stehen geblieben, Nicoles Zug ist entgleist, und Michaels ... nun, seiner fuhr mit Volldampf weiter. Und genau darum kann ich nicht anders, als ihm Vorwürfe zu machen. Lange Zeit war mir Michael gleichgültig. Es war leicht, ihn zu ignorieren, als er weg war, aber jetzt, da er hier ist, fühlt es sich anders an. Da ist ein Groll in mir – brodelnd, wartend darauf, überzukochen.

»Wann hast du das letzte Mal mit ihr gesprochen?«, frage ich.

Er reibt sich das Kinn, als würde er über seine Antwort nachdenken. »Ich habe ihr eine Nachricht an ihrem Geburtstag geschickt.«

»Eine ganze Nachricht?«

Michael runzelt die Stirn. Er ist es nicht gewohnt, zur Rede gestellt zu werden. Und vielleicht ist das hier nicht der richtige Moment dafür – aber das ist mir egal. Das ganze Haus könnte in sich zusammenstürzen und von der Erde verschluckt werden, und ich glaube nicht, dass ich auch nur aufschreien würde.

»Das habe ich verdient«, sagt er mit einem Nicken.

Seine Antwort enttäuscht mich. Ich wollte einen Streit, wollte jemandem die Schuld geben, jemanden haben, auf den ich wütend sein kann. Aber der kleine Bruder ist mir in Sachen Reife inzwischen überlegen. Wahrscheinlich kann man nur begrenzt wachsen, wenn man immer am selben Ort feststeckt – wie eine Zimmerpflanze, die nie umgetopft wurde.

Ich schiebe meine Füße über den zerkratzten, abgenutzten Holzboden und blicke nach unten. Ich sollte mich entschuldigen, aber ich bereue nichts.

Sein Blick gleitet an mir vorbei. »Kann ich Mom sehen?«, fragt er.

Ich trete zur Seite und ziehe die Decke von ihrem Gesicht, damit Michael einen Blick auf sie werfen kann. Es ist nicht Mom. Es ist nur ein Körper. Wäre es Mom, würde sie lächeln. Doch ihr Kiefer ist schlaff. Ihre Augen waren lebendig und voller Ausdruck, jetzt sind sie trüb und starr. Sie sieht nicht friedlich aus im Tod.

Meine Kehle zieht sich zusammen, und ich schlucke schwer. Ich bin die Älteste. Ich sollte die Stärkste sein. »Möchtest du einen Moment allein?«

Sein Blick ruht auf ihr, aber sein Gesichtsausdruck bleibt leer. Ich frage mich, ob er auch versucht, stark zu sein. Andererseits – er war nie jemand, der geweint hat. Keiner von uns war das. Dad hat uns beigebracht, stark und stoisch zu sein. Ich erinnere mich an seine Worte: *Wenn du deine Emotionen kontrollieren kannst, kannst du alles kontrollieren.* Er ließ es klingen wie eine Art Superkraft. Aber in Wahrheit war es nur eine schreckliche Bewältigungsstrategie – eine, die uns hilflos zurückließ, als er verschwand.

Michael bewegt sich langsam, vorsichtig, als er auf mich zukommt. Ich weiß nicht, was ich tun oder wie ich reagieren soll. Als er seine Hand ausstreckt, zucke ich fast zusammen. Er legt sie auf meine Schulter und sieht mir in die Augen. »Es tut mir leid, dass ich nicht hier war, Beth.«

Ich starre ihn an, kaue auf mehreren Sätzen herum, bevor ich schließlich einen ausspucke. »Ich bedaure es auch, dass du nicht hier warst.« Dann trete ich von ihm weg. Seine Hand rutscht von meiner Schulter und sinkt zurück an seine Seite. Es heißt, es gibt Beziehungen, in die man einfach wieder hineinschlüpfen kann – egal, wie viel Zeit vergangen ist, als hätte man nie pausiert. Diese hier gehört nicht dazu.

»Ich bin in der Küche. Ich versuche, Marissa zu erreichen und ihr Bescheid zu sagen«, informiere ich ihn.

Michael nickt nur. Er fragt nicht nach meiner Tochter, seiner einzigen Nichte. Stattdessen dreht er sich von mir weg und setzt sich neben Moms Bett. Er beugt sich vor, stützt die Ellbogen auf die Matratze. Moms kleine Hand verschwindet in seiner, als er den Kopf senkt und sein Gesicht in das vergräbt, was von ihr übrig ist. Er murmelt leise, aber ich kann nicht verstehen, was er sagt. Es ist, als wäre er wieder ein Kind, das um Vergebung bittet, nachdem es etwas angestellt hat – doch Mom ist fort, sie kann ihm nicht mehr vergeben. Sie kann keinem von uns mehr vergeben.

VIER
BETH

Ich trinke einen zweifingerbreiten Schluck Seagram's-Seven-Whiskey. Die aprikosenartige Süße verflüchtigt sich sofort auf meiner Zunge und wird schnell von einem Geschmack überlagert, den man am besten als schwachen Reinigungsalkohol beschreiben kann. Noch so eine Sache, die meine Mutter mochte – wenn auch nur in seltenen Momenten. Für sie war dieses Gesöff ein Genussmittel. Es ist billig und schmeckt nicht besonders gut. Aber manchmal sind es die schlechten Dinge im Leben, die uns am lebendigsten fühlen lassen. Ich lehne mich gegen die Küchenzeile und warte darauf, dass meine Tochter mich zurückruft. Eine Fliege summt um die aufgeschnittene Tomate, die ich liegen gelassen habe, das Sandwich, das ich nie vollendete. Ich überlege, sie zu erschlagen, aber in diesem Haus hat es für heute genug Tod gegeben. Also lasse ich sie sich im Tomatenwasser vergnügen. Wenigstens hat jemand was davon.

Ich weiß nicht, was ich gerade mit mir anfangen soll – außer schlechten Whiskey zu trinken. Jeder Schluck drückt die Trauer ein Stückchen weiter nach unten. Ich sollte die Beerdigung planen, aber ich habe keine Ahnung, was Mom gewollt hätte. Jedes Mal, wenn ich das Thema angesprochen habe, sagte sie nur: »Lass uns später darüber reden.« Tja, jetzt ist keine Zeit mehr dafür.

Mein Telefon klingelt. Es ist meine Tochter Marissa.

»Hallo«, sage ich. Es rauscht in der Leitung. Schlechte Verbindung. Aber das sind wir ja gewohnt.

»Hi, Mom. Mein Sergeant hat gesagt, du hast angerufen. Was gibts?«, fragt sie. Im Hintergrund ist Lärm – schwere Maschinen, dröhnende Motoren, Stimmengewirr.

»Kommst du, Thomas?«, ruft ein Mann.

Marissas Stimme entfernt sich etwas, als sie ruft: »Ja, bin gleich da.«

Ich merke, wann sie das Telefon wieder ans Ohr hält, denn plötzlich klingt ihre Stimme lauter. »Mom, bist du noch dran?«

»Ja, ich bin hier. Wie gehts dir?« Ich bin noch nicht bereit, ihr von ihrer Großmutter zu erzählen. Ich bin mir nicht mal sicher, wie sehr es sie treffen wird. Sie waren sich mal nah – bis vor sieben Jahren, als mein Vater verschwand. Das hat meine Mutter verändert. Sie wurde distanziert und verschlossen. Mich hat es genauso verändert. Damit zu leben, dass jemand sich entscheidet, dein Leben zu verlassen, ist hart. Und ich bin nicht gut damit umgegangen. Ich habe Marissa weggestoßen, ohne es zu merken. Mom hat es ebenfalls getan und ich glaube, uns ist das erst aufgefallen, als die ganze Welt zwischen uns lag. Marissa ist seit über einem Jahr auf einer Marinebasis in Südkorea stationiert, davor war sie in der Ausbildung, sie hat ihre Großmutter also seit mehr als zwei Jahren nicht mehr gesehen. Sie hätte in den Great Lakes stationiert werden können, ganz in der Nähe.

Aber natürlich hat sie sich für einen Ort entschieden, der so weit weg ist, wie es nur geht. Hätten sie ihr angeboten, sie auf dem Mond zu stationieren, hätte sie sicher Ja gesagt.

»Viel zu tun, echt viel. Sorry, dass ich mich so lange nicht gemeldet habe. Ist das der Grund, warum du angerufen hast?«, fragt sie.

Ich nippe wieder am Seagram's, halte den Schluck einen Moment im Mund, bevor ich ihn hinunterwürge. Ich weiß nicht, warum ich das tue. Vielleicht bestrafe ich mich selbst.

»Nein. Ich habe angerufen, weil ...« Meine Augen wandern zurück zur Fliege. Sie liegt auf dem Rücken im Tomatenwasser. Tot. Zu viel des Guten. »Deine Großmutter ist heute gestorben.« Ein Kloß bildet sich in meiner Kehle. Es ist ein unterdrücktes Schluchzen. Ich kippe den restlichen Whiskey in mich hinein und zwinge ihn hinunter.

»Was? Mom, es tut mir so leid«, sagt sie – weil es mein Verlust ist, nicht ihrer. »Geht es dir gut? Soll ich nach Hause kommen? Ich kann fragen, ob sie mir Urlaub geben.«

»Ich ...« Es dauert einen Moment, um die richtigen Wort zu finden. *Ich bin okay?* Nein. *Ich komme klar?* Zu gleichgültig. *Ich bin in Ordnung?* Das funktioniert. Ich bin nicht okay, ich bin nicht in Ordnung, aber ich komme klar. Es ist die Notfalldecke unter den Gemütszuständen. »Ich komme klar. Und wenn du kommen kannst, würde ich mich freuen.«

Stille folgt und ich fürchte, das Telefon ist ausgefallen. Ich ziehe es vom Ohr und schaue auf das Display. Die Gesprächszeit läuft noch.

»Okay, Mom. Ich sehe, was ich tun kann.« Eine kurze Stille. »Weiß Dad es?«, fragt sie. In diesem Moment weiß ich, dass sie nicht kommen wird. Sie will sicherstellen, dass jemand hier ist, um mich zu trösten. Mein Ex-Mann würde sich diese Gelegenheit nicht entgehen lassen, aber ich will es nicht. Ich habe nicht mit ihm gesprochen, seit Marissa zur Navy gegangen ist. Außerdem hat er uns bereits ein Jahr nach dem Verschwinden meines Vaters aufgegeben.

Er ist nicht verschwunden.

»Nein, er weiß es noch nicht.«

»Und Tante Nicole?«, fragt sie.

Der Name meiner Schwester trifft mich unerwartet. Ich habe sie vor fast einem Jahr aus meinem Leben gestrichen, nachdem der Umgang mit ihr zu unberechenbar und zu gefährlich geworden war. Ich habe Marissa nie erzählt, wie schlimm es wirklich gewesen ist, sie war ohnehin am anderen Ende der Welt. Nicole konnte ihr nichts tun.

»Ich konnte sie noch nicht erreichen«, antworte ich ehrlich.

Stille.

»Hast du in letzter Zeit mit ihr gesprochen?«, frage ich betont unbekümmert.

»Ähm ... Tante Nicole schreibt mir Briefe«, sagt sie.

Das überrascht mich nicht. Nicole hat schon immer gerne geschrieben – meistens Gedichte oder kurze Sprüche. Ihr Verstand war einmal wunderschön, bevor die Drogen ihn zerfraßen. Ich hatte lange gehofft, dass sie es schaffen könnte, clean zu werden. Aber irgendwo zwischen den endlosen Entzügen, den Überdosen, den Diebstählen und den Problemen mit dem Gesetz habe ich die Hoffnung aufgegeben, meine Schwester jemals zurückzubekommen.

»Was schreibt sie?«

»Sie erzählt mir von ihrem Leben, fragt mich nach der Navy und Südkorea.« Ich kann ihr Lächeln beinahe hören. Ich tue diese Dinge auch. Ich frage sie nach ihrem Leben. Ich erzähle ihr von meinem. Aber wenn diese Worte von mir kommen, bringen sie sie nicht zum Lächeln. Sie fühlt sich meiner drogenabhängigen Schwester verbundener als mir – ihrer eigenen Mutter. Etwas regt sich in mir. Eifersucht? Ich schiebe das Gefühl sofort beiseite. Nicole ist die letzte Person, auf die ich eifersüchtig sein sollte.

»Hey, Mom. Es tut mir wirklich leid wegen Grandma, aber ich muss los. Ich rufe zurück, sobald ich kann. Ich verspreche es dir.«

»Okay, Schatz …« Bevor ich meinen Satz beenden kann, ist die Leitung tot und sie ist fort.

Ich atme schwer aus und scrolle durch meine Nachrichten. Die an meine Schwester wurde gelesen, aber nicht beantwortet. Ich tippe eine lange Nachricht voller Wut und Trauer. Ich schreibe ihr, wie sauer ich bin, weil sie nicht hier ist. Ich verfluche sie dafür, dass sie Mom nicht noch einmal besucht hat. Ich werfe ihr vor, selbstsüchtig und schwach zu sein. Und dann lösche ich die ganze Nachricht und stecke das Handy zurück in meine Tasche. Manche Dinge bleiben besser ungesagt.

Aus dem Augenwinkel nehme ich eine Bewegung wahr. Ich blicke auf – Michael steht im Türrahmen. Sein Gesicht ist gerötet, seine Augen glänzen, als hätte er geweint. Ich halte die Seagram's-Flasche hoch und deute auf ihn.

»Willst du auch?«

Er verzieht angewidert das Gesicht, zuckt aber mit den Schultern. »Ja, warum nicht.«

Ich schenke uns beiden vier Fingerbreit ein. Michael nimmt das Glas, hebt es an die Lippen und starrt in die trübgoldene Flüssigkeit, die wie Urin aussieht. Dann wirft er den Kopf in den Nacken und kippt den halben Inhalt in einem Zug herunter. Sein ganzer Körper schaudert, sein Gesicht verzieht sich, als hätte er in eine Zitrone gebissen. Er ist Besseres gewohnt. Ich frage mich, wie das wohl ist. Aber ich will es lieber gar nicht wissen. Es ist besser, nicht zu begreifen, was einem fehlt – all die Dinge, die man nie haben wird und wie das eine Prozent lebt – vor allem, wenn man weiß, dass es ohnehin nur vorübergehend wäre.

»Das ist furchtbar«, sagt er hustend.

Ich nehme einen langen Schluck und mustere ihn über den Rand meines Glases hinweg, während er versucht, sich wieder zu fassen.

»Ja, das ist es.«

Michael zieht einen Stuhl heraus und setzt sich. Er lässt sein Glas langsam Kreise auf dem abgenutzten Küchentisch ziehen. Das Holz ist übersät mit Kerben und Kratzern. Ich erinnere mich, wie wir alle hier saßen: Mom und Dad an den Kopfenden, wir drei in der Mitte, mit einem leeren Stuhl. Wir saßen nie auf festen Plätzen, wechselten je nachdem, mit wem wir uns an diesem Tag verstanden oder auf wen wir wütend waren. Würde ich jetzt einen Platz wählen, basierend darauf, was ich gerade fühle, würde ich mich gar nicht hinsetzen. Aber ich bin kein Teenager. Erwachsene müssen an den Tisch kommen, also setze ich mich an eine der kurzen Seiten, direkt gegenüber von Michael, dort, wo früher unsere Eltern saßen.

»Hast du Marissa erreicht?«, fragt er.

Ich nicke und nehme noch einen Schluck.

»Kommt sie nach Hause?«

»Wahrscheinlich nicht.« Ein langer Atemzug entweicht mir. »Sie ist in Südkorea stationiert.«

Michaels Augen weiten sich ein wenig. »Wow, das wusste ich nicht. Army?«

»Navy«, korrigiere ich.

»Beeindruckend«, sagt er. Aber es ist mir egal, was ihn beeindruckt. Seine Uhr klirrt leise gegen den Tisch. Halb rot, halb blau. Ein leuchtend silbernes Armband mit dem Wort Rolex in der Mitte des Zifferblatts. Ich weiß, dass sie mehr gekostet hat als mein Auto, aber er trägt sie, als hätte er sie aus einem Kaugummiautomaten gezogen.

»Was ist passiert?«, frage ich und deute auf die Narbe auf seiner Wange.

Er fährt mit der Fingerspitze darüber. Sie ist ein paar Zentimeter lang und verläuft vertikal über seine Wange. »Autounfall.«

»Warum hast du nichts gesagt?«

Er neigt den Kopf. »Hätte es etwas geändert?«

Meine Augen verengen sich, doch ich entspanne sie schnell wieder. Michael hat recht. Es hätte nichts geändert. Vielleicht hätte ich ihm eine Nachricht geschickt, um zu fragen, ob es ihm gut geht. Vielleicht hätte ich ihn sogar angerufen. Aber das wäre alles gewesen. Ich blicke auf meine abgekauten Fingernägel. Ich kaue daran, seit ich ein Kind bin, und egal, wie oft ich versuche aufzuhören, sie finden immer wieder den Weg zu meinem Mund. Schlechte Angewohnheiten sterben nicht.

»Gehts dir jetzt gut?«, frage ich.

Michael nickt und nimmt einen Schluck von seinem Drink. Er gewöhnt sich offensichtlich an den Geschmack, denn diesmal zuckt er nicht einmal zusammen. Ich habe gelernt, dass man sich an alles gewöhnen kann.

Ich bin froh, dass wenigstens einer von uns okay ist. Mom ist vor meinen Augen gestorben, und auch wenn ich weiß, dass ich es irgendwann akzeptieren werden muss, weiß ich nicht, ob ich jemals wieder okay sein werde. Manche Dinge verändern einen für immer.

»Was passiert jetzt?«, fragt Michael und wirft einen kurzen Blick über die Schulter ins Wohnzimmer. Moms Körper liegt wieder unter dem Laken. Nur wir wissen, dass sie noch dort ist. Mit Michael diesen Moment der Trauer zu teilen, fühlt sich hohl an – weil er nicht da war, als sie starb. Ich starre auf die Konturen ihres Gesichts unter dem Stoff. Ein Luftstoß bläht das Laken leicht auf. Ich blinzle mehrmals. Ich habe es mir nur eingebildet. Wunschdenken, nehme ich an. Oder ich werde verrückt. Ich habe diesen Ausdruck nie verstanden – verrückt werden. Verrückt wohin? Das ist kein Ort, an den man geschoben wird. Es kommt direkt zu dir.

»Beth«, sagt Michael und reißt mich aus meinen Gedanken.

Ich blinzele erneut. »Sorry. Ich weiß es nicht.« Ich werfe einen Blick auf die Uhr an der Wand, es ist halb zehn. »Cathy, Moms Hospizkrankenschwester, müsste inzwischen von ihrer Pause zurück sein. Sie wird uns sagen, was als Nächstes passiert.«

Er nimmt einen großen Schluck Whiskey. »Und die Beerdigung?«

»Was ist damit?«

»Na ja, was wollte Mom?«

»Ich weiß es nicht.« Eine Träne entkommt meinem Augenwinkel. Ich wische sie schnell mit dem Handrücken weg. »Sie hat es mir nie gesagt.«

Michael presst die Lippen zusammen, als wüsste er nicht, was er sagen soll. Er räuspert sich. »Also, was gibts Neues?«, fragt er und wechselt damit das Thema.

Es sind sieben Jahre vergangen, seit wir zuletzt miteinander gesprochen haben, und ich wünschte, ich könnte »alles« sagen. Alles sollte sich verändert haben, aber das hat es nicht, denn ich stecke fest. Ich arbeite immer noch in derselben Fabrik, lebe im selben Haus, fahre dasselbe Auto.

»Ich bin geschieden«, sage ich schließlich. Ich bin nicht traurig, als ich es sage. Ich weiß nicht mal, ob ich meinen Ex-Mann jemals geliebt habe.

Wir lernten uns kennen, als ich gerade in der Fabrik anfing. Ich arbeitete am Band, er war Maschinenführer. Ich war neunzehn, mit einer Zukunft, die nicht gerade glänzend aussah. Als er mich fragte, ob ich mit ihm ausgehen will, gab es mir etwas, worauf ich mich freuen konnte, abgesehen vom Gehaltsscheck oder einem freien Tag. Dann wurde ich schwanger, und plötzlich wusste ich, dass Heiraten das Richtige war. Nicht für mich – sondern für ihn und für unsere Tochter.

Michael wirft mir einen ernsten Blick zu und murmelt: »Tut mir leid. Wie lange ist das her?«

»Fünf Jahre.« Ich zucke mit den Schultern. »Aber es war schon lange vorher vorbei.«

»Was ist passiert?«

»Das Leben ist passiert.«

Ich will nicht kryptisch sein, aber es kommt so rüber. Ich atme tief durch und sehe ihm direkt in die Augen. »Nachdem Dad verschwunden ist, bin ich *besessen* geworden, wie Tom es genannt hat. Es hat meine Ehe belastet, mein Leben, meine Beziehung zu meiner Tochter. Ich war so fixiert darauf, ihn zu finden, dass ich dabei alles andere verlor.«

Michael lehnt sich nach vorne, stützt die Ellbogen auf den Tisch. Wenn Mom hier wäre, würde sie ihn dafür rügen. »Es tut mir leid, dass ich nicht für dich da war. Ich wusste nicht, dass du das alles durchmachst.«

»Und du nicht?«

Er lehnt sich in seinem Stuhl zurück. »Und ich nicht was?«

»Hast du das nicht auch durchgemacht? Wolltest du Dad nicht finden?« Es gibt so viele Fragen, die ich ihm stellen möchte, aber ich weiß, wenn ich zu sehr dränge, macht er dicht. So war er schon als Kind, und die meisten Menschen ändern sich nicht. Er denkt zu viel nach, analysiert alles bis ins kleinste Detail und behält dann alles für sich, sammelt kluge kleine Geheimnisse. Wahrscheinlich ist genau das der Grund, warum er es so weit gebracht hat.

»Mom wollte nicht ...« Die Haustür knarrt und unterbricht ihn.

Cathy steckt den Kopf hinein. Sie ist groß und schlank, ihr schwarzes, lockiges Haar ist zu einem tiefen Pferdeschwanz gebunden.

»Hi, Beth«, sagt sie und schließt die Tür hinter sich. »Wie geht es Laura?«

Sofort füllen sich meine Augen mit Tränen. Jedes Mal, wenn ich sage, dass sie fort ist, wird es realer. Ich schüttle den Kopf und senke ihn leicht. Cathy nickt mitfühlend. Ich frage mich, wie sie so einen Job machen kann – Menschen in ihren letzten

Tagen begleiten, nur um zuzusehen, wie sie sterben. Das muss einen zermürben. Ich glaube, als Menschen können wir nur eine begrenzte Menge an Tod mit uns tragen.

»Ich bin Michael, Beths Bruder«, sagt er, erhebt sich und streckt ihr die Hand entgegen.

»Cathy. Es tut mir sehr leid für Ihren Verlust.« Sie schüttelt seine Hand leicht. So, wie man sich in Zeiten der Trauer begrüßt: zerbrechlich.

Cathy steht einen Moment lang unsicher da. Sie arbeitet seit Jahrzehnten als Hospizkrankenschwester, aber Erfahrung macht das nicht einfacher. »Es tut mir leid, dass ich nicht hier war«, sagt sie schließlich zu mir.

Ich bin froh, dass sie nicht hier war, doch das sage ich nicht. »Schon okay.«

»Hatten Sie beide genug Zeit mit ihr?« Cathy sieht uns nacheinander an.

Wir nicken.

»Soll ich das Bestattungsinstitut anrufen, damit sie die Formalitäten regeln?«

Ich weiß, was das bedeutet. Sie werden kommen und sie mitnehmen ... na ja, nicht sie. Den Körper. Das nächste Mal, wenn ich sie sehe, wird sie mit mehreren Litern Formaldehyd vollgepumpt sein, um die Verwesung zu verlangsamen. Sie wird zum ersten Mal seit ihrer Hochzeit Make-up tragen. Ihr Haar wird so frisiert sein, wie sie es nie getragen hat. Sie wird in ihre feinste Sonntagskleidung gekleidet sein. Und sie würde all das hassen.

Als ich nicht antworte, übernimmt Michael. »Ja, Cathy. Sie können alles in die Wege leiten.«

Sie schaut zu mir, um sich zu vergewissern. Ich nicke, und sie zieht sich aus der Küche zurück. Michael setzt sich mir schräg gegenüber und greift nach meiner Hand, drückt sie leicht. Ich will sie wegziehen. Aber ich brauche sie mehr, als dass ich sie nicht will. Ich kippe den restlichen Seagram's herunter. Es schmeckt nach nichts mehr.

»Es wird alles gut«, sagt er. Ich bin mir nicht sicher, ob ich ihm glaube.

Das Klingeln meines Handys erschreckt mich. Auf dem Display steht *Unbekannt*. Ich weiß, dass es schlechte Nachrichten sind. Mom hat immer gesagt, schlimme Dinge kämen in Dreiergruppen. Das hier ist Nummer zwei, da bin ich mir sicher.

»Hallo«, sage ich.

»Spreche ich mit Elizabeth Thomas?« Die Stimme am anderen Ende ist tief und bestimmt.

»Ja, die bin ich.«

»Hier spricht Officer Ross vom Beloit Police Department. Ihre Schwester Nicole wurde vor etwa einer Stunde angegriffen und wird derzeit im Memorial Hospital behandelt.«

»Ist sie in Ordnung?«

Michael reißt die Augen weit auf und beugt sich näher zu mir.

»Sie will unbedingt gehen, aber aufgrund ihrer Verletzungen brauchen wir jemanden, der für sie da ist. Können Sie sie abholen?«

»Ja, natürlich. Ich bin in zwanzig Minuten da.«

»Danke, Miss Thomas. Wir sehen uns gleich.« Die Verbindung wird unterbrochen.

»Was ist los?«, fragt Michael.

Ich stehe auf, ein wenig wackelig, und bereue sofort den Alkohol. Normalerweise kommt die Reue erst am Morgen danach, doch manchmal ist da wenig Abstand zwischen Handlung und Bedauern.

»Es ist Nicole. Sie ist im Krankenhaus. Kannst du mich hinfahren?«

Michael zögert keine Sekunde, steht sofort auf. Ich werfe ihm die Schlüssel zu meinem 2010er Toyota Camry zu. Er fängt sie auf und betrachtet sie, als wären sie ein seltsames Artefakt. Er sagt nichts, aber ich weiß, was er denkt. Geld verändert Menschen genauso wie der Tod. Wenn man nicht weiß, wie man mit all seinen Aspekten umgeht, bringt es das Schlechteste in einem zum Vorschein.

FÜNF

NICOLE

Es ist seltsam, wie das Gedächtnis funktioniert. Unser Gehirn entscheidet, was am wichtigsten ist, und behält es – den Rest lässt es einfach los. Songtexte merken wir uns jahrelang, manchmal sogar jahrzehntelang. Sind sie wichtig? Wahrscheinlich nicht. Aber sie sind mit bedeutenden Momenten verknüpft. Ich kenne alle Worte von *Californication* von den Red Hot Chili Peppers, weil ich 1999 den ersten Jungen, den ich je geliebt habe, dazu küsste. Ich kann *Last Resort* von Papa Roach fehlerfrei mitsingen, weil das Lied durch die Lautsprecher im Auto meiner Eltern dröhnte, als ich zum ersten Mal allein fuhr, gleich nachdem ich meinen Führerschein bekommen hatte. Es bedeutete die Welt für mich, Freiheit, oder zumindest der erste Vorgeschmack davon. Und ich erinnere mich an jedes Wort von *Hurt* von Nine Inch Nails, weil es lief, als ich das erste Mal eine Überdosis nahm – und ich dachte, es wäre das Letzte, was ich je hören würde. Ich erinnere mich daran, wie ich die Worte mit den Lippen formte, weil sie das Einzige waren, das ich noch bewegen konnte; sie waren mit Erbrochenem überzogen, zuckten in alle Richtungen. Dann gibt es Erinnerungen, die sich scheinbar grundlos für immer festsetzen, wie Telefonnummern, obwohl Handys sie längst für uns speichern. Ich erinnere mich an Dads Nummer, obwohl ich sie seit Jahren nicht mehr gewählt habe. Und ich erinnere mich an die Nummer meiner Schwester. Zwei Rettungsleinen, aber nur eine, die ich noch nutzen kann. Heute hat sie abgehoben und ich bin überrascht, dass sie es getan hat.

»Wie fühlen Sie sich, Nicole?«, fragt mich die Krankenschwester, als sie mein Krankenzimmer betritt. Sie ist jung und lebendig, mit leuchtenden Augen und strahlender Haut. Genau genommen ist sie wahrscheinlich in meinem Alter – aber ich sehe nicht aus wie sie. Zeit ist eben nicht das Einzige, was uns altern lässt. Sie lächelt, allerdings nicht, weil sie sich freut, mich zu sehen, sondern weil sie froh ist, nicht ich zu sein. Sie zieht ein Klemmbrett vom Fußende meines Bettes und blättert durch mehrere Seiten, wahrscheinlich eine detaillierte Auflistung der Verletzungen. Es ist nicht das erste Mal, dass ich angegriffen wurde. Wenn du den falschen Dingen nachjagst, landest du zwangsläufig zur falschen Zeit am falschen Ort.

»Mir gehts gut«, sage ich, auch wenn das nicht stimmt.

Mein rechter Arm steckt in einem Gips, doch nicht wegen heute. Diese Verletzung passierte vor vier Wochen und der Gips hätte diese Woche abgenommen werden sollen. Aber jetzt will der Arzt ihn noch etwas länger dranlassen, nur zur Sicherheit. Mein Gesicht pocht, also weiß ich, dass meine Haut eine geschwollene Mischung aus dunklen Farben ist. Einige meiner Rippen sind geprellt. Es tut weh, tief einzuatmen, als ob ich nur gerade genug Luft holen könnte, um zu überleben, aber nicht genug, um wirklich zu leben. Doch so fühle ich mich schon lange. Der Arzt sagte, ich hätte Glück, dass meine Rippen nicht gebrochen sind. Ich glaube, er und ich haben unterschiedliche Definitionen von *Glück*.

Eine Dosis Methadon hat geholfen, die Entzugserscheinungen zu dämpfen. Eigentlich hätte ich sie heute früher bekommen sollen. Sie fragten mich, warum ich nicht zu meiner Behandlung gegangen bin. Ich habe gelogen, irgendeine Ausrede wegen Transportproblemen oder so. Ich war gerade auf dem Weg, meine tägliche Dosis zu holen, als ich die Nachricht von meiner Schwester sah. Ich habe sie nicht vollständig gelesen, nur die Vorschau auf dem Sperrbildschirm. Gerade genug, um zu verstehen, warum sie mich kontaktiert hat. *Mom wird heute sterben*, schrieb sie. Ich bin am neunundzwanzigsten Tag meiner Abstinenz – länger als jemals zuvor, seit meine Sucht begann. Ich habe es so oft versucht und bin noch öfter gescheitert, als ich zugeben will. Als ich die Nachricht las, wurde das Verlangen übermächtig. Jede Faser meines Körpers wollte es ... nein, *brauchte* es, und ich wusste, eine Dosis Methadon würde nicht reichen.

»Wie stark sind Ihre Schmerzen auf einer Skala von eins bis zehn?«, fragt die Krankenschwester.

Ich zögere, überlege, welche Antwort die richtige ist, und damit meine ich nicht die ehrliche Antwort. Sie würden mir sowieso keine Schmerzmittel mehr geben, weil sie wissen, dass ich süchtig bin. Stattdessen wähle ich eine niedrige Zahl, eine, die mich schneller hier rausbringt.

»Drei«, sage ich.

Sie notiert es auf dem Klemmbrett, überprüft einige meiner Vitalwerte, schreibt auch die auf und hängt das Brett wieder ans Fußende meines Bettes. »Der Arzt rät weiterhin dazu, dass Sie über Nacht zur Beobachtung bleiben. Sind Sie sicher, dass wir

Sie nicht überreden können, noch zu bleiben?« Sie legt den Kopf etwas schief.

»Ich bin sicher.«

Sie nickt leicht und schenkt mir einen mitfühlenden Blick. »Okay.«

Es klopft an der Tür. Sie öffnet sich langsam, und meine ältere Schwester erscheint im Türrahmen. Beths Gesichtsausdruck ist neutral, aber ihre geröteten, geschwollenen Augen verraten, dass sie geweint hat. *Mom ist tot.* Sie muss es nicht einmal sagen. Die Krankenschwester begrüßt sie kurz, bevor sie aus dem Zimmer schlüpft, um den Arzt zu holen.

Beth steht unbeholfen am Fußende meines Bettes und zupft nervös an ihrem übergroßen, olivgrünen Regenmantel. Ihr schmutzig-blondes Haar ist feucht und fällt ihr über die Schultern. Kein Make-up, bis auf einen kirschfarbenen Lippenbalsam. Beth war schon immer auf eine unscheinbare Weise hübsch. Ihre Augen wandern über mich, erfassen jede Verletzung genau. So sieht sie mich inzwischen immer an, wie eine Gutachterin, die den Schaden beurteilt und entscheidet, ob sich eine Reparatur noch lohnt. Vor einem Jahr kam sie zu dem Schluss, dass ich es nicht mehr wert bin. Ich kann ihre Worte immer noch hören. Sie haben tiefer geschnitten als jede körperliche Wunde, die ich je erlitten habe.

Ich kann dich nicht mehr in meinem Leben haben, Nicole. Ich habe versucht, dir zu helfen, aber jedes Mal verbrenne ich mich noch schlimmer als zuvor. Ich weiß nicht einmal mehr, wer du bist, denn du bist ganz sicher nicht mehr meine Schwester.

Ich erinnere mich, dass Beth ruhig war, als sie es sagte. Keine Emotion in der Stimme. Keine Tränen in den Augen. Als hätte sie die Trauer bereits hinter sich gebracht und würde die Nachricht nun nur noch meinem Geist übermitteln.

»Wie fühlst du dich?«, fragt sie.

»Ausgezeichnet.«

Sie nickt und lächelt kurz. Sie mochte meinen Humor schon immer, aber diesmal glaube ich, dass sie nur mitspielt, weil sie Mitleid mit mir hat.

»Das sieht nach einer schmerzhaften Auszeichnung aus«, entgegnet sie trocken.

Ich lache, doch sofort durchzuckt mich ein stechender Schmerz in den Rippen. Ich verziehe das Gesicht und halte kurz den Atem an, während ich eine Hand auf meinen Bauch presse.

Beth macht einen Schritt auf mich zu. »Alles gut?«

Ich atme langsam aus. »Ja. Ich bin nur überrascht, dass du gekommen bist.«

Ihre Augen fixieren meine, genauso wie Moms, wenn ich nach dem Zapfenstreich nach Hause kam. »Ja, ich auch. Also, was ist passiert?«, will sie wissen.

Ich schaue weg, fixiere die weiße Wand hinter ihr. Ich mochte Blickkontakt noch nie. Er fühlt sich zu intim an. Er schafft Vertrauen – aber niemand sollte mir vertrauen. Nicht einmal ich selbst tue das.

Als ich nicht antworte, spricht Beth weiter. »Die Polizei meinte, du wurdest ziemlich übel zugerichtet. Hast du Schulden?«

»Nein«, lüge ich. »Ich war einfach zur falschen Zeit am falschen Ort.«

Sie neigt den Kopf. »Bist du wieder drauf?«

Selbst wenn ich Nein sage, wird sie mir nicht glauben. Süchtigen kann man nicht trauen, weil ihre Sucht, so wie bei mir, oft stärker ist als ihr Wort.

»Hallo.« Dr. Cline klopft gegen die angelehnte Tür. Er ist ein älterer Mann mit ergrautem Haar und einer knolligen Nase, die seine Brille perfekt an Ort und Stelle hält – trotz seiner fettigen Haut.

Er setzt sein routiniertes Lächeln auf und greift nach dem Klemmbrett. »Schmerzlevel liegt bei drei.« Er blickt zu mir, als wollte er eine Bestätigung.

Ich nicke, und er liest weiter. »Vitalwerte sehen gut aus. Der Radiologe hat Ihr MRT überprüft und es ist alles unauffällig.«

Ich hatte versucht, das MRT abzulehnen, aber als sie mich hierher brachten, war ich kaum bei Bewusstsein. Sie hielten es wohl für notwendig. Jetzt habe ich hübsche Bilder von meinem Gehirn, für schlappe zweitausend Dollar. Vielleicht sollte ich sie einrahmen, als wären sie wertvolle Kunstwerke.

»Klingt, als wäre ich wieder wie neu«, sage ich.

»Nicht ganz. Ich möchte Sie in zwei Wochen noch mal sehen, um den Gips zu kontrollieren. Sie haben eine leichte Gehirnerschütterung und mehrere geprellte Rippen. Also kein schweres Heben, keine anstrengende Bewegung. Kühlen, Ibuprofen und Ruhe. Schonen Sie sich einfach. Und bleiben Sie bei Ihrer Methadon-Behandlung.« Er neigt den Kopf leicht.

Ich werfe Beth einen raschen Blick zu. Das Weiße ihrer Augen tritt hervor, als sie das Wort Behandlung hört. Wahrscheinlich denkt sie, sie hätte ihre Schwester endlich zurück. Aber ich weiß, dass das nicht ganz stimmt. Nur ein Teil von mir ist noch da.

»Noch Fragen?«, möchte Dr. Cline wissen und hängt das Klemmbrett wieder ein.

»Wenn Sie mit nur einem Bein oder mit nur einem Arm leben müssten, wofür würden Sie sich entscheiden, Doc?« Mein Gesicht bleibt ausdruckslos.

Beth unterdrückt ein Lachen.

Dr. Cline hebt eine Augenbraue. »Ich meinte eigentlich medizinische Fragen, aber ich schätze, mit einem Arm«, sagt er und lächelt leicht. »Die Krankenschwester wird Sie gleich entlassen. Passen Sie auf sich auf, Nicole.« Er nickt mir zu und zieht sich aus dem Raum zurück.

Beth sieht mich an, erneut wie diese Gutachterin, die entscheidet, ob ich trotz des Schadens noch einen gewissen Wert habe. »Wie lange?«, fragt sie.

»Neunundzwanzig Tage.«

»Gut«, sagt sie mit einem Nicken. »Mach weiter so.«

Das ist das größte Lob, das sie mir geben kann. Ich habe sie zu oft enttäuscht, um mehr zu verdienen.

»Ist Mom ...?« Ich beende den Satz nicht. Ich weiß nicht einmal, warum ich ihn überhaupt angefangen habe. Ich kenne die Antwort. Aber manchmal hinterfragen wir Dinge, die wir bereits wissen.

Beth nickt. »Ja, sie ist gegangen.«

Ich schließe die Augen und sehe eine der letzten Szenen vor mir, in denen Mom mich anlächelte. Es war an einem Samstagmorgen, wir waren auf Flohmärkten unterwegs. Sie liebte Schnäppchen und glaubte wirklich daran, dass der Müll des einen der Schatz des anderen wäre. Bei einem Garagenverkauf entdeckte ich eine Remington Model 5, eine alte Schreibmaschine.

Sie war wunderschön, kostete über vierhundert Dollar, weniger als die Hälfte ihres Werts, aber mehr, als ich mir leisten konnte. Ich bewunderte sie einige Minuten lang, bevor ich mich losriss. Mom ging, um ein kleines Andenken zu bezahlen, und warf mir die Autoschlüssel zu, sagte, ich solle schon mal die Klimaanlage anschalten. Sie hatte damals mit den Wechseljahren zu kämpfen und konnte die schwülen Sommer in Wisconsin zusammen mit ihren Hitzewallungen kaum ertragen. Zehn Minuten später kam sie zum Auto zurück, mit der Schreibmaschine in den Armen, die sie mir schenkte. Ich sagte ihr, dass das zu viel sei. Sie widersprach. Ich fragte, wie sie sich das leisten könne. Sie sagte, ich solle mir darüber keine Gedanken machen. Ich sagte, ich würde es ihr zurückzahlen. Sie lächelte und meinte, ich könne es zurückzahlen, indem ich ein Buch schreibe. Ich versprach es ihr, aber ich tat es nie, und Jahre später verkaufte ich die Schreibmaschine für Drogengeld. Sie war so geduldig, wie eine Mutter nur sein kann, aber ich spannte ihre Geduld so weit, bis sie zu Staub zerfiel.

Beth legt ihre Hand auf meine. Sie ist warm und beruhigend, ein Gefühl, das ich seit einer Ewigkeit nicht mehr gespürt habe. Tag neunundzwanzig. Ich war nur einen Tag entfernt, nur einen einzigen Tag. Ich höre die Worte meiner Mutter. Die Letzten, die sie jemals zu mir sagte. *Komm zurück, wenn du einen Chip hast.*

SECHS

BETH

Michael fährt langsam die lange Auffahrt hinauf. Einer meiner Scheinwerfer ist ausgefallen, also leuchtet nur die rechte Seite. Der Wind pfeift durch mein halb heruntergelassenes Fenster, und ich bilde mir fast ein, dass er die letzten Worte meiner Mutter mit sich trägt. Im Rückspiegel sehe ich Nicole. Sie sitzt still auf dem Rücksitz und schreibt in ihr Notizbuch. Der Stift kratzt über das Papier. Sie war schon immer so. Anstatt ihre Gefühle offen auszudrücken, schreibt sie sie nieder, verwandelt ihren Schmerz in Gedichte und scharfsinnige Zeilen. Sie hat nicht mehr als Hallo zu Michael gesagt, als sie vor dem Krankenhaus ins Auto stieg, vielleicht schreibt sie jetzt darüber.

Das Haus ist dunkel und ich weiß, dass sie Mom bereits abgeholt haben. Dies war ein Zuhause. Jetzt weiß ich nicht mehr, was es ist.

»Park einfach hier«, sage ich.

Michael stellt den Motor ab und reicht mir den Schlüssel. »Ich repariere deinen Scheinwerfer.«

»Das musst du nicht.« Ich kann nicht sagen, ob er es aus Freundlichkeit tut oder aus Mitleid. Vielleicht gibt es keinen Unterschied.

Er presst die Lippen zusammen und nickt. »Ich weiß.«

Drinnen schalte ich das Licht an. Die Glühbirne über dem Küchentisch flackert – ein Zeichen, dass sie bald durchbrennen wird, und ich könnte dasselbe über mich sagen. Ohne Mom fühlt sich das Haus leer an. Michael trägt eine kleine Tüte mit Lebensmitteln herein, die er besorgt hat, während ich mit Nicole im Krankenhaus war. Sie bleibt abrupt im Türrahmen stehen, als würde eine unsichtbare Kraft sie davon abhalten, einzutreten. Sie schaut auf ihre Füße, zögert und setzt dann langsam einen Fuß vor den anderen. Ein paar große Motten fliegen ins Haus und steuern direkt auf das flackernde Licht über dem Küchentisch zu. Sie kreisen umeinander, als würden sie eine Art Luftballett aufführen.

»Nicole«, sage ich scharf.

Sie schreckt hoch und sieht mich mit ihren großen, leeren Augen an. »Mach die Tür zu. Du lässt alle Insekten rein.«

Sie hält kurz den Atem an, als würde sie sich auf einen Sturz vorbereiten, wie jemand, der an der offenen Tür eines Flugzeugs steht, dreißigtausend Fuß über der Erde, ohne Fallschirm, statt an der Türschwelle des eigenen Elternhauses. Dann tritt sie schnell ins Haus und schließt die Tür hinter sich, während sie erleichtert ausatmet.

»Alles in Ordnung?«, frage ich.

Sie nickt mehrmals und schiebt ihre Umhängetasche auf den Rücken. Beim Angriff wurde sie ausgeraubt, also sind nur noch Notizblöcke und Stifte darin – aber für sie sind das die wertvollsten Dinge. Ich würde gerne sagen, dass ich Angst habe, sie zu verlieren, aber sie lebt schon so lange auf diese Weise, dass es sich anfühlt, als hätte ich sie längst verloren und diesen Verlust bereits vor einem Jahr akzeptiert.

Im Wohnzimmer klafft eine Lücke, wo Mom früher lag. Das Hospizbett ist verschwunden. Die Maschinen und der Infusionsständer sind verschwunden. Sie ist verschwunden. Die Umrisse dieser Dinge sind noch zu sehen, dort, wo sich der Staub abgesetzt hat. Wenn ich mich genug konzentriere, kann ich sie immer noch dort liegen sehen, wie sie aus dem Fenster blickt. Ein Schauer läuft mir den Rücken hinunter. Nicole lehnt sich an den Türbogen, hält sich daran fest, um ihr ausgemergeltes Selbst aufrecht zu halten, während Michael stoisch neben mir steht. Sie nehmen alles in sich auf, so wie ich. Aber für sie ist es anders. Sie haben in den letzten Monaten nicht hier gelebt. Sie haben nicht gesehen, wie dieses Haus sich von einem Zuhause in ein Krankenhaus und schließlich in eine Gedenkstätte verwandelte. Sie haben nicht mit angesehen, wie Mom langsam und dann plötzlich starb. Und ich hasse sie dafür.

Ich schlucke schwer, gehe durch das Zimmer – achte dabei unbewusst darauf, nicht über das Bett zu laufen, das nicht mehr da ist – und lasse mich auf das geblümte Sofa sinken.

Michael räuspert sich. »Ich habe Scotch mitgebracht. Willst du was?«

»Ist Seagram's nicht gut genug für dich?«, frage ich mit schiefgelegtem Kopf, halb als Scherz, aber größtenteils ernst gemeint.

»Ich nehme was«, sagt Nicole.

Ich halte es nicht für eine gute Idee, wenn man bedenkt, dass sie sich gerade erholt, aber ich sage nichts. Ich bin nicht ihre Mutter. Und auf Mom hätte sie sowieso nicht gehört.

»Also gut, Port Charlotte für Nicole und mich. Seagram's für Beth«, sagt Michael mit einem Grinsen.

»Gib mir deinen blöden Angeberscotch«, schnaufe ich.

Er lächelt und verschwindet in die Küche. Mehrere Schrank-
türen klappen auf und zu. Eiswürfel ploppen aus der Form und
klirren gegen die Gläser. Nicole setzt sich neben mich. Als das
Sofakissen sich kaum senkt, wird mir bewusst, wie dünn sie geworden ist. Sie zieht die Ärmel ihres übergroßen Sweatshirts über
die Finger und legt ihre Hände in den Schoß. Ihre Haltung ist
steif und ich kann nicht sagen, ob es an ihren Schmerzen liegt
oder daran, dass sie sich in diesem Haus unwohl fühlt.

»Willst du dich hinlegen?«, frage ich.

Nicole schüttelt den Kopf. »Ich kann nicht glauben, dass sie
weg ist«, sagt sie leise. Sie schiebt ihre braunen Haare aus dem
Gesicht, und ich sehe die grünen Augen, die sie von Mom geerbt
hat, und die Narben, die sie sich selbst zugefügt hat.

»Ich wollte sie morgen besuchen.«

Sie schaut mich nicht direkt an, als sie das sagt. Ihr Blick ist
auf einen Punkt über mir gerichtet – genau wie Moms in ihren
letzten Momenten.

Ich schweige, warte darauf, dass Nicole mehr sagt, aber sie tut
es nicht. Stattdessen füllen sich ihre Augen mit Tränen, und ihr
Atem stockt. Dann fängt sie sich wieder, blinzelt die Tränen weg
und atmet durch die unterdrückten Schluchzer hindurch, genau
so, wie Dad es uns beigebracht hat.

Michael kehrt mit drei Gläsern Scotch ins Wohnzimmer zurück. Er reicht uns jeweils eines und setzt sich ans andere Ende
des Sofas.

»Danke«, sage ich mit einem gezwungenen Lächeln.

Nicole kippt die Hälfte ihres Glases in einem Zug runter. Michael schüttelt den Kopf und sieht sie missbilligend an. »Den soll
man genießen.«

Sie hebt ihr Glas, streckt demonstrativ den kleinen Finger aus und nimmt den langsamsten Schluck, den sie hinkriegt. »Besser so, Eure Hoheit?«, spottet sie.

Er lächelt leicht und nimmt einen Schluck von seinem Drink. Der Scotch ist zugleich rauchig und süß, mit Noten von Honig, Vanille und Zitrusfrüchten.

»Du hast einen guten Geschmack, Michael«, sage ich mit einem Nicken.

»Ist leicht, guten Geschmack zu haben, wenn man Geld hat«, schnauft Nicole. »Aber danke«, fügt sie rasch hinzu und hebt das Glas in seine Richtung.

Wir trinken schweigend, tauschen Blicke aus. Es scheint, als hätten wir alle etwas zu sagen. Das Haus ächzt und knarrt. Ich mag den Gedanken, dass es Mom ist, die von Raum zu Raum geht und überprüft, ob alles in Ordnung ist, genau wie sie es tat, als wir noch klein waren.

»Erinnert ihr euch, als Mom uns im Tal erwischt hat, wie wir mit dem Camcorder Gruselfilme gedreht haben?«, unterbricht Nicole die Stille und lacht.

In einer Kleinstadt aufzuwachsen bedeutete, dass es nicht viel zu tun gab. Also schufen wir unsere eigene Unterhaltung – bauten Hütten, schwammen im Bach, drehten Filme mit dem Familien-Camcorder, fuhren Rad und verwandelten so ziemlich alles in ein Spiel.

»Du meinst *The Blair Bitch Project*?«, lacht Michael in sein Glas.

»Ja, aber warum musste ausgerechnet ich die Blair Bitch spielen?«, frage ich gespielt empört.

»Du hast einfach perfekt in die Rolle gepasst«, kontert Nicole mit einem Grinsen.

Ich lache und nehme einen Schluck. »Mom war so sauer, weil sie dachte, wir würden den Camcorder kaputtmachen.«

»Ja ... ich wette, er liegt noch irgendwo im Haus«, sagt Michael. Er sieht sich im Raum um, dann nach oben, wo sich die Dachbodenluke befindet.

Ich bin mir ebenfalls sicher, dass er dort oben ist. Mom hat alles aufbewahrt. Sie hatte so vieles im Leben verloren – ihren Vater, ihre Schwester, ihre Mutter, Dad – dass sie versuchte, an allem festzuhalten, so gut es nur ging.

»Dad war noch wütender, als wir seinen Insektenvernebler für Nebeleffekte benutzt haben«, fügt Nicole hinzu.

»Tja, ja. Weil wir buchstäblich in giftigem Gas gespielt haben«, schüttle ich den Kopf und lache.

»Erinnert ihr euch, wie Mom uns nach unserem Filmdebüt Oscars aus Klopapierrollen gebastelt hat?« Nicole blickt erst mich, dann Michael an.

»Ich habe den Preis für die beste Camcorder-Haltung gewonnen«, sagt Michael schmunzelnd. »Eigentlich hätte es für die beste Regie sein sollen, aber Mom kannte die Kategorien nicht.«

Nicole grinst. »Ich war beste Drehbuchautorin.«

»Ja, und ich war beste Schauspielerin«, sage ich. »Das war wirklich etwas Besonderes ...« Meine Stimme verliert sich.

Wieder sitzen wir schweigend da, erinnern uns an Zeiten, die sich gleichzeitig wie gestern und wie ein ganzes Leben entfernt anfühlen. Es ist seltsam, wie die Zeit funktioniert. Ich erinnere mich an Nicole, bevor die Drogen sie verändert haben. Sie war lustig und klug, voller Träume und Ziele. Und Michael – schlau wie ein Fuchs, mit der ganzen Welt zu seinen

Füßen. Aber er war der Einzige, der seine Träume am Ende verwirklicht hat.

Als unsere Gläser leer sind, steht Michael auf, geht in die Küche und kehrt mit der Flasche zurück. Er schenkt mir und sich selbst großzügig nach, Nicole bekommt etwas weniger. Entweder bemerkt sie es nicht oder sie sagt nichts dazu.

»Triffst du dich mit jemandem?«, frage ich Michael. Ich weiß nicht genau, warum ich das frage, vielleicht, weil ich wissen will, wie viel besser sein Leben im Vergleich zu meinem ist. Es ist schwierig, sich nicht zu vergleichen, wenn wir doch alle den gleichen Start hatten.

»Tat ich mal. Aber es ging vor ein paar Monaten zu Ende.« Er zuckt mit den Schultern und nimmt einen Schluck.

»Warum?«, fragt Nicole.

»Sie war nicht glücklich mit meiner Arbeitsbelastung.«

»Das klingt nicht nach einem echten Grund. Mein letzter Freund hat mit mir Schluss gemacht, weil ich seine Uhr für Drogengeld verkauft habe«, sagt Nicole fast beiläufig. »Das war für ihn wohl ein Dealbreaker.«

Michael und ich tauschen besorgte Blicke. Er wirft einen kurzen Blick auf sein Handgelenk.

»Ich werde deine Uhr schon nicht klauen, Michael.« Sie verdreht die Augen.

»Hab ich nie behauptet«, erwidert er.

Nicole rutscht in ihrem Sitz herum und zuckt leicht zusammen. »Mir gehts gut«, sagt sie schnell, bevor wir fragen können. Sie schiebt sich ein Kissen in den Rücken und versucht, eine bequemere Position zu finden. Als sie sich wieder etwas entspannt hat, schaut sie erst Michael, dann mich an. »Glaubt ihr,

Dad kommt jetzt zurück?« Sie klingt so jung bei dieser Frage, als würde sie noch an den Weihnachtsmann, die Zahnfee oder die Monster unter dem Bett glauben.

Michael senkt den Kopf und starrt auf die dunkelgoldene Flüssigkeit in seinem Glas.

Moms letzte Worte hallen in meinem Kopf wider: *Dein Vater. Er ist nicht verschwunden. Vertrau nicht …*

Nicole zieht das Kinn ein, als wäre sie peinlich berührt, die Frage überhaupt gestellt zu haben, da wir beide nicht antworten. Ich überlege, ob ich ihnen erzählen soll, was Mom gesagt hat. Aber ich tue es nicht. Ich bin mir nicht einmal sicher, ob es überhaupt eine Erwähnung wert ist. Vielleicht bedeutet es nichts.

»Wenn er wüsste, dass Mom gestorben ist, würde er nach Hause kommen«, sage ich. Ich bin mir nicht sicher, ob ich diese Worte selbst glaube, aber ich weiß, dass Nicole sie braucht. Michael kippt die goldene Flüssigkeit hinunter und schenkt sich nach.

Nicole nickt und fragt: »Und was jetzt?«

»Zuerst die Beerdigung regeln. Dann sollten wir das Haus in Ordnung bringen, alles durchgehen und entscheiden, was wir damit machen«, sage ich.

»Wie meinst du das? Das Haus verkaufen?«, fragt Nicole.

»Ja. Entweder verkaufen wir es oder behalten es.«

Michael lehnt sich in das Sofa zurück. »Was denkst du, Beth?«

Ich seufze. »Ich weiß nicht. Vielleicht verkaufen.«

»Ich finde, du solltest es verkaufen«, sagt Nicole.

»Warum?«, frage ich.

»Weil ich das Geld gebrauchen könnte.« Ihre Augen huschen zwischen Michael und mir hin und her.

»Wofür, Nicole?« Ich neige den Kopf.

»Zum Leben.«

Michael hebt eine Braue, sagt aber nichts. Er hat Nicoles Sucht nie so erleben müssen wie ich, er kann nicht verstehen, wie schlimm es war.

»Du weißt, dass du mit Geld nicht umgehen kannst, Nicole.«

»Was soll das heißen?«, faucht sie.

»Ich denke, das weißt du.«

Sie springt abrupt auf, zuckt jedoch schmerzhaft zusammen und stolpert fast. Dabei schwappt etwas von ihrem Drink auf Michaels Hose. Er stöhnt genervt und wischt sich über die Beine.

»Wenn du was zu sagen hast, Beth, dann sag es einfach!«, brüllt Nicole.

Ich bin ihre emotionalen Ausbrüche gewohnt. Sie gehören zur Sucht und genau deshalb habe ich mich vor einem Jahr von ihr distanziert. Ich konnte es nicht mehr ertragen. Sie hat mich mit jedem erdenklichen Schimpfwort belegt, mir gesagt, dass sie mich hasst, dass sie sich wünscht, ich wäre tot. Manchmal wurde sie sogar gewalttätig, griff mich an oder zerstörte Dinge, wenn ich ihr kein Geld gab. Ich bin mir nicht einmal sicher, ob sie sich daran erinnert.

Ich sehe zu ihr auf und ziehe die Brauen zusammen. »Wofür würdest du das Geld ausgeben, Nicole?« Meine Stimme bleibt ruhig.

Ihr Mund öffnet sich leicht. Unwillkürlich muss ich an Mom denken, an ihren schlaffen Kiefer nach ihrem Tod. Ich schließe die Augen für einen Moment, versuche, das Bild in meinem Kopf zu begraben. Als ich sie wieder öffne, sitzt Nicole wieder vor mir – ihre Lippen fest aufeinandergepresst, voller brodelnder

Wut. Was ich gesagt habe, war falsch. Aber ich habe recht. Und sie weiß es. Manchmal sind richtig und falsch austauschbar.

»Wir müssen jetzt keine Entscheidung treffen«, sagt Michael.

»Du hast recht«, sage ich. »Lass uns einfach einen Tag nach dem anderen angehen.«

Nicole nickt, aber ihre Wut ist noch nicht verraucht.

»Ich kann aber nur eine Woche bleiben«, fügt Michael hinzu.

»Und werden es dann wieder sieben Jahre sein, bis wir dich wiedersehen?«, frage ich.

»Hoffentlich nicht.« Er erhebt sich vom Sofa. »Gute Nacht, ihr beiden«, sagt er und damit beendet er den Streit, nach dem ich gesucht hatte.

Michael lässt die Flasche stehen, nimmt aber sein Glas mit, als er den Flur hinunter in sein altes Schlafzimmer geht. Seine Tür fällt mit einem lauten Knall ins Schloss, und meine Schultern zucken zusammen. Es ist lange her, dass in diesem Haus eine Tür zugeschlagen wurde – nicht mehr, seit wir Teenager waren.

»Home sweet home«, sagt Nicole sarkastisch.

»Japp.« Ich stehe von meinem Platz auf und entscheide, dass ich doch nicht streiten will – zumindest nicht jetzt. Ich nehme die halb leere Flasche Scotch mit, weil ich nicht will, dass Nicole in Versuchung gerät. Sie braucht nicht noch mehr. »Ich gehe ins Bett. Brauchst du noch was?«

»Nein, ich gehe auch schlafen«, sagt sie und leert den letzten Schluck ihres Scotchs.

Sie reicht mir ihr Glas und erhebt sich, sammelt ihre Sachen zusammen. Ich spüle die Gläser im Küchenbecken aus und verstecke die Scotchflasche im Eckschrank, bevor ich in mein Schlafzimmer gehe. Nicole läuft den Flur entlang in ihr Zimmer, hält aber kurz inne und schaut sich noch einmal nach mir um. Sie wünscht mir eine gute Nacht, und ich erwidere es. Unsere Schlafzimmertüren schließen sich fast gleichzeitig. Ich drehe den Schlüssel in meinem Schloss um. Ich fühle mich unwohl dabei, mit meiner Schwester unter einem Dach zu schlafen. Ich weiß, dass man ihr nicht trauen kann.

SIEBEN

NICOLE

Letzte Woche habe ich eine Kurzgeschichte geschrieben. Sie fing stark an, verlor sich in der Mitte und fand nie wieder zurück. Das Ende fiel flach, das Potenzial des Anfangs verpuffte, sie war nicht mehr zu retten. Ich änderte Sätze, löschte, fügte hinzu, aber egal, was ich tat — es wurde nicht das, was ich beabsichtigt hatte. Ich wollte mehr für sie. Aber manche Dinge lassen sich nicht polieren, also warf ich sie weg.

Mom, hast du ähnlich für mich gefühlt?

Nicole

Ich habe versucht zu schlafen, aber es ist schwer, meine Gedanken auszuschalten. Schreiben hilft. Es gibt mir einen Ort, an dem ich sie ablegen kann, aber ich glaube, heute Nacht sind es einfach zu viele. Ein leises Klopfen an meiner alten Kinderzimmertür lässt mich zusammenzucken. Schnell klappe ich mein Notizbuch zu und setze mich ein wenig aufrechter hin, richte die Decke über meinen Beinen.

»Komm rein«, sage ich.

Es ist Michael. Er hat sich umgezogen, ein T-Shirt und eine Jogginghose. Kein Markenlogo, aber ich erkenne trotzdem, dass sie teuer sind. Seine Haare stehen in alle Richtungen ab, als hätte er kurz geschlafen und wäre dann wieder aufgewacht. Vielleicht kann er seine Gedanken genauso wenig abschalten wie ich.

»Was ist los?«, frage ich, weil ich nicht weiß, was ich sonst zu ihm sagen soll. Mein Ton ist schnippisch, wahrscheinlich, weil ich ihm gegenüber Groll hege. Weil er gegangen ist. Weil er ein besseres Leben hat als ich, weil er kein Junkie ist, weil er Geld hat und weil er nicht da war, als ich ihn gebraucht hätte. Mein Blick wandert über den alten, abgenutzten Teppich, und eine Erinnerung schiebt sich plötzlich in den Vordergrund.

Als Kind hatte ich vor allem Angst, so sehr, dass ich nachts nicht schlafen konnte. Sobald ich die Augen schloss, sah ich Monster unter meinem Bett hervorkriechen, ihre Krallen in meine Bettdecke schlagen, um mich zu packen und mitzunehmen. Meine Eltern sagten, ich habe eine zu lebhafte Fantasie, weil ich mir immer das Schlimmste ausmale. Vielleicht war mein Kopf gar nicht überaktiv. Vielleicht hat er mich nur auf das zerbrochene Leben vorbereitet, das mich erwartete. Ich erinnere mich, dass ich Michael sagte, ich sei zu verängstigt, um zu schlafen. Ich war zwölf, er war zehn. Er schleppte eine Decke und ein paar Kissen in mein Zimmer, machte sich ein Lager auf dem Boden und sagte, er würde mich beschützen. Wir redeten, bis ich einschlief. Zum ersten Mal schlief ich die ganze Nacht durch. Ich fühlte mich sicher, weil er da war. Jetzt weiß ich nicht mehr, was ich fühle. Denn ich bin nicht mehr das ängstliche kleine Mädchen, und er ist nicht mehr der Bruder, der er mal war.

Michael macht ein paar Schritte in mein Zimmer und bleibt in der Mitte stehen. In seiner Hand baumelt eine Plastiktüte von Walmart, die Finger durch die Henkel geschlungen. Sein

Blick wandert durch mein altes Zimmer. Hier lebt niemand mehr, aber die Erinnerungen an das Mädchen, das es einst ihr Zuhause nannte, sind noch da. Dieses Mädchen gibt es nicht mehr. Mit den Jahren häuten wir uns, zerfallen wie jedes andere organische Material, aber manche von uns verrotten schneller als andere.

Die Wände sind in einem hellen Lila gestrichen, jedoch nackt. Ungefüllte Nagellöcher verraten, wie es hier früher einmal aussah. Meine alten Möbel stehen noch – Bett, Schreibtisch, Kommode. Aber meine persönlichen Dinge sind alle weg. Verloren oder verkauft, irgendwann zwischen meinem achtzehnten Geburtstag und heute. Die Zimmerecke ist noch immer übersät mit leuchtenden Plastiksternen. Ich habe fast eine Woche gebraucht, um sie aufzukleben, als ich ein Teenager war, doch genau wie ich haben sie längst ihren Glanz verloren.

»Hier, ich hab dir was mitgebracht«, sagt Michael und hält mir die Tüte hin. Sie schwingt leicht in der Luft.

Ich zögere, greife nicht danach, denn ich will nichts von ihm annehmen. Er sieht mich mitfühlend an, auch so etwas, das ich nicht von ihm haben will. Er tritt einen Schritt näher, drängt mich, es zu nehmen. Schließlich tue ich es auch. Bettler können nicht wählerisch sein, sagt man. In der Tüte finde ich ein iPhone samt einer lilafarbenen Hülle. Lila war schon immer meine Lieblingsfarbe.

»Was ist das?«, frage ich.

»Deins wurde gestohlen, also dachte ich, du brauchst ein neues.«

Ich stöhne genervt. »Ich hatte ein Klapphandy, Michael. So ein Prepaid-Ding. Ich kann mir das hier nicht leisten.«

Er schiebt die Hände in die Hosentaschen und macht einen Schritt zurück. »Ich habe dich in meinen Vertrag aufgenommen. Ist alles abgedeckt, du musst dir keine Gedanken machen.«

»Ich brauche dein Mitleid nicht.«

»Gut, denn du hast es nicht«, sagt er sachlich. Und ich glaube ihm sogar. Er dreht sich um und geht zur Tür.

»Danke«, murmle ich.

Michael bleibt kurz stehen, schaut über die Schulter zu mir. Sein Blick sucht meinen, findet ihn aber nicht, weil ich durch ihn hindurchsehe. Es ist schwer, jemanden wirklich zu sehen, wenn die Erinnerung an ihn präsenter ist als die Person, die direkt vor einem steht.

»Gern geschehen, Nicole.«

Er schließt die Tür hinter sich, lässt mich allein mit den Monstern. Aber sie sind nicht mehr unter meinem Bett. Sie sind in mir.

ACHT

BETH

Der Boden knarrt unter meinen Füßen, als würde das Haus mit mir aufwachen. Michaels Zimmertür steht offen, sein Bett ist gemacht. Nicoles Tür ist geschlossen, also weiß ich, dass sie noch schläft. Sie war schon immer die Letzte, die ins Bett ging, und die Letzte, die aufstand. In der Küche steht eine Kanne mit frisch gebrühtem Kaffee. Die Arbeitsflächen sind abgewischt, alles ist aufgeräumt – nicht so, wie ich es gestern Abend hinterlassen habe. Ich werfe einen Blick aus dem Fenster über der Spüle. Michaels Auto ist verschwunden und ich frage mich ... Für immer fort? So wie Dad? Ich gieße mir eine Tasse Kaffee ein, atme den nussigen Duft ein und gehe auf die hintere Veranda, um ihn dort zu genießen.

Der Himmel ist ein gedämpftes Grau, nur schwach erleuchtet von der aufgehenden Sonne. Vögel zwitschern ihren Morgengesang, während Eichhörnchen in den Vogelhäuschen herumtollen, die an alten Eschen und Ahornbäumen hängen. Das Grundstück fällt sanft in einen mit Bäumen bewachsenen Hügel ab. Rechts führt ein Tal hinunter zu einer kleinen Hütte und einer Feuerstelle. Dahinter eine Wiese, noch mehr Bäume, ein versteckter Friedhof für unsere verstorbenen Haustiere und der sich windende, plätschernde Bach. Links erstreckt sich eine Weide voller Löwenzahn, die wie kleine gelbe Explosionen aussehen. Die Landschaft ist grün und lebendig, aber bald werden sich die Farben ändern, die Blätter fallen, und die zwitschernden Vögel in den Süden ziehen. Das ist das Leben. Ein Kreislauf – bis er es nicht mehr ist.

Ich schicke Michael eine Nachricht und frage, ob er auf dem Heimweg ist.

Er antwortet sofort.

> Bin in der Stadt. Bin bald zurück.

Ich weiß nicht, ob es mich beruhigt oder nicht, dass er zurückkehren wird. Aber ich nehme an, es ist gut, noch jemanden hier zu haben, der hilft, den ganzen Scherbenhaufen aufzuräumen und ein Auge auf Nicole zu haben.

Es ist kurz nach acht Uhr morgens, und zum ersten Mal seit langer Zeit weiß ich nicht, was ich mit mir anfangen soll. Wäre Mom noch am Leben, würde ich jetzt Erdnussbuttertoast machen und mit ihr Der Preis ist heiß schauen. Aber das ist sie nicht. Wie schaffen es die Lebenden, einfach weiterzuleben? Ich nehme einen Schluck des heißen Kaffees und räuspere mich. Er ist viel stärker als meiner, fast wie dickflüssiges, bitteres Öl.

Das Dröhnen eines Motors reißt mich aus meinen Gedanken. Ich gehe hinten um das Haus herum. Als ich um die Ecke biege, stolpere ich über eine umgekippte Mülltonne. Verdammte Waschbären. Ich schiebe den verstreuten Müll mit dem Fuß zurück in die Tonne und richte sie wieder auf. Vor der Garage steht ein Auto, schöner als meins, aber nicht so luxuriös wie Michaels Mietwagen. Die Scheiben sind getönt, sodass ich nicht erkennen kann, wer darin sitzt. Ein Mann in einem grauen Anzug steigt aus, hebt das Kinn und winkt.

»Kann ich Ihnen helfen?«, frage ich.

»Sind Sie Elizabeth Thomas?«

»Ja.«

»Ich bin Craig Davidson, der Anwalt Ihrer Mutter«, sagt er und geht um sein Auto herum.

Seine Vorstellung verwirrt mich. Mom hatte einen Anwalt? Davon wusste ich nichts. Sie hat ihn nie erwähnt, und ich dachte nicht, dass sie das Geld für einen hatte – besonders, da ich die Rechnungen zahlte, die sie nicht decken konnte.

Er streckt mir die Hand entgegen. »Mein Beileid.« Seine Worte klingen mechanisch. Zu oft benutzte Sätze verlieren ihre Bedeutung, und es ist offensichtlich, dass er diesen schon tausendmal gesagt hat.

»Danke«, sage ich und schüttle seine Hand halbherzig.

Craig räuspert sich. »Ich bin hier, um mit Ihnen über das Testament zu sprechen.«

Ich bin noch verwirrter über die Erwähnung eines Testaments. Mom hat es nie angesprochen, nie darüber geredet, was nach ihrem Tod passieren würde. Also bin ich davon ausgegangen, dass sie keines hatte. Aber ich bin auch ein wenig erleichtert, denn jetzt werde ich genau wissen, was sie wollte.

Nicole sitzt am Ende des Tisches, eine Decke um die Schultern gelegt, die Beine wie eine Brezel verschränkt. Ihr Haar ist zerzaust, und sie wechselt zwischen Wasser und Kaffee. Ich bin mir sicher, dass sie einen Kater hat, denn laut Google sollte sie während ihrer Methadon-Behandlung keinen Alkohol trinken. Und sie weiß das sicher auch. Aber es ist Nicole. Sie tut, was sie will, wann sie es will. Der Anwalt, der Michael und mir gegenüber sitzt, zieht einen Stapel Akten aus seiner Aktentasche. Ganz oben liegt ein versiegelter brauner Umschlag mit den Worten *Thomas-Kinder,* mit schwarzem Filzstift geschrieben. Michael trommelt mit den Fingern auf den Tisch. Sein Kiefer ist angespannt, seine Blicke wandern umher. Er sieht beunruhigt aus. Aber so geht es uns allen. Nichts an diesem Moment ist beruhigend.

Craig glättet die Papiere. »Elizabeth, Ihre Mutter hat Ihnen fast alles vermacht«, sagt er sachlich.

Meine Augen huschen zwischen Nicole und Michael hin und her. Sein Gesicht ist angespannt wie eine Trommel. Ihres dagegen ist lasch – eine Mischung aus Enttäuschung und Traurigkeit, vielleicht noch etwas anderes.

Ich rücke mich auf meinem Stuhl zurecht. Meine Finger wandern automatisch zu meinen Zähnen. Ich beiße an einem Nagel, bevor ich es bemerke, und ziehe die Hand schnell weg, verschränke sie stattdessen in meinem Schoß.

»Was heißt fast alles?«, fragt Nicole.

Craig überfliegt das Papier vor sich. »Das Haus und die Möbel gehen an Elizabeth. Außerdem das hier.« Er zieht einen kleinen silbernen Schlüssel hervor, zusammen mit einer Notiz auf einem Post-it. »Die Informationen zum Schließfach stehen darauf.«

»Was ist in dem Schließfach?«, fragt Michael. Seine Augen folgen dem Schlüssel, als dieser über den Tisch zu mir rutscht.

»Laura hat es nicht gesagt. Ich weiß es also genauso wenig wie Sie.«

Ich drehe den Schlüssel in meiner Hand. Er ist glänzend und sieht brandneu aus. Ist das Schließfach auch neu? Und was hat Mom dort aufbewahrt? Sie hatte nie viel, also nehme ich an, es sind Erinnerungsstücke ohne finanziellen Wert, aber Schätze in ihren Augen.

Craig fährt mit dem Finger über das Papier. »Ihr Auto und ihre Tagebücher gehen an Nicole«, sagt er, blättert um und fährt fort. »Ihre Mutter hat auch die meisten Sachen Ihres Vaters aufbewahrt. Hier steht, dass Nicole und Elizabeth sich jeweils zwei Dinge aussuchen dürfen. Der Rest geht an Michael.«

»Nur zwei Sachen?«, stöhnt Nicole.

»Du kannst haben, was du willst«, sagt Michael achselzuckend. Ich nehme an, seine Großzügigkeit rührt daher, dass er im Leben weitaus mehr hat, als Nicole und ich je haben werden.

»Was ihre persönlichen Gegenstände betrifft, sollen sie unter Ihnen dreien aufgeteilt werden. Gibt es Fragen?«

»Woher wussten Sie, dass meine Mutter gestorben ist?«, frage ich.

Craig räuspert sich. »Ich wurde von der Hospizkrankenschwester informiert.«

Er dreht das Papier zu uns, klickt einen Stift und legt ihn auf den Tisch. »Ich brauche von jedem von Ihnen eine Unterschrift unten auf dem Blatt. Das bestätigt lediglich, dass ich alles mit Ihnen durchgegangen bin.«

Michael setzt schnell seine Unterschrift darunter und schiebt das Papier zu mir. Ich zögere, halte die Stiftspitze einen Zentimeter über das Papier. Es fühlt sich so beiläufig an. *Deine Mom ist tot. Teilt ihr Hab und Gut auf. Unterschreib hier. Jetzt kümmere dich wieder um dein eigenes Leben.*

Ich zwinge mich, den Stift auf das Papier zu setzen, ziehe eine unsaubere, ungleichmäßige Unterschrift darunter, die kaum wie meine aussieht. Dann schiebe ich das Dokument zu Nicole und sie unterschreibt, ohne groß nachzudenken.

Der Anwalt nimmt das Papier, schließt die Mappe und öffnet eine weitere. »Ihre Mutter hat verfügt, dass sie eingeäschert werden möchte und ihre Asche auf dem Grundstück verstreut werden soll.« Craig sieht uns an, um sicherzugehen, dass wir diesen Wunsch respektieren werden.

Michael lehnt sich vor, verengt die Augen. »Wirkt ein bisschen pietätlos. Das war mal Farmland.«

»Es ist nicht pietätlos. Sie wollte an dem Ort bleiben, den sie am meisten geliebt hat«, sagt Nicole.

Der Anwalt richtet seinen Blick auf mich. »Wird das ein Problem sein?«

»Nein. Das war Moms Wunsch, also werden wir ihn respektieren«, sage ich mit einem Nicken. Ich bin erleichtert, dass wir genau das tun werden, was sie wollte. Mom hat im Leben nicht bekommen, was sie wollte, also ist das Mindeste, was ich tun kann, ihr zu geben, was sie im Tod wollte.

»Beerdigungen sind nicht für die Toten. Sie sind für die Lebenden«, sagt Michael. »Mom sollte auf einem Friedhof begraben werden, damit wir einen Ort haben, an dem wir sie besuchen können.«

»Du hast sie doch auch nicht besucht, als sie noch lebte«, sage ich spöttisch.

»Beth!«, faucht Nicole.

»Was? Ich könnte dasselbe über dich sagen.« Ich verenge die Augen.

»Nur weil du hier warst, heißt das nicht, dass wir sie nicht auch verloren haben«, entgegnet Nicole. »Sie war genauso unsere Mom wie deine.«

»Ja, sicher.« Ich neige den Kopf. »Aber ich war diejenige, die sich bis zu ihrem letzten Atemzug um sie gekümmert hat. Wo wart ihr beiden?«

Michael dreht sich leicht zu mir. »Steig mal von deinem hohen Ross, Beth. Du magst hier gewesen sein, aber ich war derjenige, der für alles bezahlt hat.«

Der Anwalt sortiert leise seine Unterlagen, versucht den Streit zu ignorieren, aber seine bis zu den Ohren hochgezogenen Schultern verraten, wie unangenehm ihm die Situation ist.

»Nein, warst du nicht«, rufe ich aus. Der Klang meiner eigenen Stimme erschreckt mich.

»Oh, großartig. Dann haben wir also Mister Geldsack und Miss Ich-bin-die-bessere-Tochter, weil-ich-Mom-habe-sterben-sehen«, sagt Nicole und rollt mit den Augen.

Fast hätte ich noch *und die kleine Miss Junkie* hinzugefügt, aber ich halte mich zurück.

»Ich habe Mom jeden Monat zweitausend Dollar überwiesen.« Michaels Stimme bleibt ruhig, was mich im Gegensatz dazu noch aufgebrachter wirken lässt.

»Das ist eine Lüge!« Ich bin halb aufgesprungen, so wütend bin ich. »Ich habe ihre Finanzen durchgesehen. Ich habe alles bezahlt, was die Sozialversicherung nicht abgedeckt hat, und das war praktisch alles. Ich kam kaum über die Runden!«

»Genau genommen haben Sie beide recht«, sagt Craig leise. Seine geweiteten Augen verraten, dass er erwartet, gleich von einem von uns angesprungen zu werden.

»Was?« Ich runzle die Stirn und setze mich langsam wieder hin.

Der Anwalt blättert durch einige Seiten. »Ihre Mutter hatte zwei Girokonten. Eines davon ist das, das Sie kennen, Elizabeth. Das hat sie benutzt, um ihre Rechnungen zu bezahlen ... oder einige davon. Das andere wurde nie angerührt. Es hat ein Guthaben von 132.000 Dollar.«

Meine Augen weiten sich so sehr, dass sie sich an den Rändern einzureißen drohen. Zumindest fühlt es sich so an. Ich kann es nicht glauben. Ich habe mich abgemüht, meine eigenen Rechnungen und einige von Moms zu bezahlen, und sie saß auf so viel Geld? Warum hat sie mir das angetan?

»Und wo ist dieses Geld jetzt?«, fragt Nicole.

»Ihre Mutter wollte, dass das Geld an die Missing Persons Foundation gespendet wird«, sagt Craig und wirft einen Blick auf das Testament.

Michael ballt die Fäuste und streckt dann die Finger aus. Seine Knöchel knacken und er stöhnt. »Ich habe Mom das Geld geschickt, um ihr unter die Arme zu greifen.«

»Du weißt, dass Mom keine Almosen angenommen hat, Michael«, sagt Nicole. »Aber nachdem du – na ja, Mom – so viel gespendet hat, helfen sie uns vielleicht endlich, Dad zu finden.« Sie lehnt sich vor.

Nicole und ich hatten vor Jahren versucht, MPF dazu zu bringen, Dads Fall aufzunehmen. Aber sie sagten, er passe nicht in ihr Profil. Ich glaube, sie hielten ihn nicht wirklich für vermisst. Sie dachten, er wäre freiwillig gegangen.

»Ja, vielleicht«, sage ich. Moms letzte Worte hallen in meinem Kopf nach. *Dein Vater. Er ist nicht verschwunden.* Sie wollte, dass wir ihn finden, da bin ich mir sicher. Aber warum hat sie das Geld nicht schon vor ihrem Tod gespendet, oder mir zumindest... früher davon erzählt? Die restlichen Worte schlängeln sich in meinen Kopf... *Vertraue nicht.* Vielleicht war das der Grund. Sie hatte Angst, aber wovor?

»Noch etwas?«, fragt Michael. Er ist gereizt, und ich kann es ihm ehrlich nicht verübeln. Aber wenn man jemandem ein Geschenk macht, liegt es nun einmal an dieser Person, was sie damit tut.

»Es gibt noch eine letzte Sache«, sagt Craig. Er öffnet den braunen Umschlag und nimmt drei weiße Briefumschläge heraus. Sie sind versiegelt. Er schiebt uns jeweils einen zu. Auf der Vorderseite stehen unsere Namen. Die Buchstaben sind glatt und rund, fließen nahtlos ineinander. Mom war immer stolz auf ihre Handschrift und ich wäre nicht überrascht, wenn sie irgendwann einmal Kalligrafie geübt hätte.

»Ihre Mutter hat jedem von Ihnen einen Brief geschrieben, aber sie hat darum gebeten, dass Sie ihn erst nach der Beerdigung öffnen.«

Nicole hält ihren Umschlag gegen das Licht, versucht zu erkennen, was darin ist. »Warum können wir sie nicht jetzt öffnen?« Sie legt ihn auf den Tisch und verschränkt die Arme vor der Brust. Ihre Augen springen zwischen dem Anwalt und dem Umschlag hin und her. Ich kann sehen, dass es sie in den Fingern juckt, ihn aufzureißen.

»Das war ihr Wunsch«, sagt Craig, während er seine Papiere einsammelt und zurück in seine Aktentasche schiebt.

Ich betrachte den Umschlag vor mir auf dem Tisch und fahre mit dem Finger über meinen Namen. Was wollte sie mir sagen, das sie nicht aussprechen konnte, als sie noch lebte? Ich drehe ihn um. Meine Haut kribbelt, als ich auf die versiegelte Klappe starre.

»Noch Fragen?«, erkundigt sich der Anwalt.

Keiner von uns sagt etwas. Er nimmt das Schweigen als Antwort und nickt. Bevor er seine Aktentasche schließt, schiebt er mir eine Visitenkarte zu. »Falls Fragen aufkommen, können Sie mich jederzeit kontaktieren. Die restlichen Unterlagen werden innerhalb der nächsten zehn Werktage hierher geschickt.« Craig geht schnellen Schrittes zur Tür. *Natürlich.* Mom hat ihn bereits bezahlt, und hier gibt es kein Geld mehr für ihn zu holen. Er ist wie ein Blutegel, den man mit Salz bestreut.

»Was passiert, wenn wir unsere Umschläge vor der Beerdigung öffnen?«, fragt Nicole.

Der Anwalt bleibt stehen, dreht sich um und seufzt. »Wahrscheinlich nichts, aber man sollte die Wünsche der Toten respektieren.«

Seine Worte jagen mir einen Schauer über den Rücken, und ich kann nicht genau sagen, warum.

Die Fliegengittertür knallt gegen den Rahmen, setzt ein Ausrufezeichen hinter seinen Abgang. Meine Augen wandern von Umschlag zu Umschlag und ich grüble, was sie enthalten. Michael hat seinen nicht einmal angerührt. Vielleicht weiß er bereits, was darin steht. Nicole starrt auf ihren, als wäre er ihr nächster Kick, etwas, wonach sie sich sehnt, das sie aber am Ende nur noch mehr zerstören wird. Ich kann mir nicht vorstellen, dass Mom für sie besonders freundliche Abschiedsworte hatte, nach all dem, was sie uns über die Jahre hinweg angetan hat. Aber ich bezweifle, dass ihr Umschlag lange versiegelt bleiben wird. Meiner dagegen schon. Ich bin mir nicht sicher, ob ich ihn jemals öffnen werde. Ich bin mir nicht einmal sicher, ob ich wissen will, was drin ist.

Letzte Worte sind so endgültig.

»Und jetzt?«, fragt Nicole, während sie den Umschlag nicht aus den Augen lässt. Sie drückt die Fingerspitzen aneinander, um der Versuchung zu widerstehen, daran herumzuspielen.

Ich stehe auf, stecke den Schlüssel und das Post-it in die Vordertasche meiner Jeans. Dann falte ich den Umschlag und schiebe ihn in die hintere. »Wir tun, was Mom wollte.«

NEUN

NICOLE

Beth stellt einen Pappkarton mit der Aufschrift *Erinnerungen* auf den Wohnzimmerboden neben mich. Ich bin umgeben von den Habseligkeiten meiner Eltern – Kartons und Kisten, verstreut im Raum, drei oder vier übereinandergestapelt. Mom hat sie all die Jahre aufbewahrt, also müssen sie ihr etwas bedeutet haben. Über mir knarzt die Decke. Michael ist auf dem Dachboden und trägt alles zur ausklappbaren Leiter, die in den Flur führt. Er reicht die Kisten an Beth weiter, und sie bringt sie ins Wohnzimmer. Eine Art Fließbandarbeit – Beths Idee, dank ihrer Erfahrung in der Fabrik. Wenn ich zwei funktionierende Arme hätte, wäre ich nützlicher, aber stattdessen wurde ich damit beauftragt, alles in vier Stapel zu sortieren – Müll, spenden, verkaufen und behalten. Ich bin mir ziemlich sicher, dass mein Gips mehr im Weg ist, als dass er hilft, denn ich spüre keinen Schmerz in meinem Arm. Nur meine Rippen und mein Gesicht pochen, aber das würde mich nicht davon abhalten, Kisten zu tragen, wenn ich könnte. Mich mies zu fühlen, bin ich gewohnt, es macht mir nichts aus.

Ich öffne den *Erinnerungen*-Karton und huste, als eine Staubwolke aufsteigt. So sind Erinnerungen – ruhender Staub, der darauf wartet, aufgewirbelt zu werden. Darin befinden sich Dutzende VHS-Kassetten, ordentlich hochkant aufgereiht. Jede ist mit einem Datum und einer kurzen Beschreibung versehen, etwa *Michaels 16. Geburtstag, Weihnachten 1999* oder *Kinder spielen draußen, Sommer 1990.* Die Handschrift ist sauber und präzise, genauso wie auf den Umschlägen, die Mom uns hinterlassen hat. Sie muss diese Erinnerungen auf den Bändern sehr geschätzt haben. Ich drehe eine Kassette in meiner Hand, fahre mit den Fingern über die harte Plastikkante. Diese kleinen schwarzen Rechtecke enthalten Welten, in denen ich einst gelebt habe. Ich wünschte so sehr, ich könnte in eine davon eintauchen und dort bleiben, zurückkehren in eine Zeit, in der ich noch ganz war.

Ich lese die Beschriftungen durch, versuche, die Erinnerungen aus eigener Kraft hervorzurufen. Manche sind längst verblasst. Manche sind kristallklar. Die meisten sind verschwommen, wie nach dem Aufwachen aus einem Traum, an den man sich nur in Bruchstücken erinnert. Ich will mich an mehr erinnern. Meine Augen wandern zu dem Fernseher in der Ecke des Raumes, unter dem ein Kombigerät für VHS und DVD steht. Ein Kribbeln breitet sich in meinen Händen aus, zieht sich bis in die Fingerspitzen.

»Beeil dich, Michael!«, ruft Beth aus dem Flur. »Du brauchst ewig!«

»Du bist nicht hier oben, Beth, es ist echt furchtbar. Hier gibt's nur Deckenbalken zum Balancieren«, hallt seine Stimme durchs Haus.

»Wie viele Kisten sind noch übrig?«, fragt sie.

Michael antwortet nicht sofort. Aber ich höre seine Schritte auf den Dielen über mir.

»Wie viele?«, fragt Beth erneut. Die Leiter knarrt und ich weiß, dass sie hochklettert, um selbst nachzusehen. Sie war schon immer ungeduldig.

»Hier«, brüllt Michael. »Es gibt noch eine letzte Kiste und einen Weihnachtsbaum mit Außendeko.«

Die Leiter knarzt erneut, dann lässt Beth eine Kiste mit der Aufschrift *Dad* auf den Boden plumpsen. Sie seufzt, während ihr Blick durch das Wohnzimmer schweift. Es ist ein überwältigender Anblick, gelinde gesagt.

»Was ist das alles?«, fragt Beth und deutet auf die Kassetten.

In diesem Moment sieht sie Mom so ähnlich. Ich werde zurückversetzt in meine Kindheit, sehe zu unserer Mutter auf, denke, sie hätte Antworten auf alle Fragen der Welt. So sehen wir alle unsere Eltern an, bis wir es nicht mehr tun. Mein Vater konnte nichts falsch machen und dann lief er einfach davon. Ich hätte nie gedacht, dass er zu so etwas fähig wäre. Rasch wende ich den Blick ab, sehe wieder die Kartons vor mir an, bevor mir eine Träne entkommen kann.

»Heimvideos«, sage ich.

Beth kniet sich hin und sieht einige Kassetten durch, zieht sie aus ihren zerschlissenen Papphüllen und schiebt sie wieder hinein. Die Spulen klappern im Inneren der Kassetten. Sie fährt mit dem Finger über eine mit der Aufschrift *Sommer '99*. Beth war damals sechzehn, ich fünfzehn, Michael dreizehn. Ich erinnere mich kaum an diesen Sommer, aber ich weiß, dass sich danach alles veränderte, nur weiß ich nicht, warum.

»Das ist schon so lange her«, murmelt Beth und betrachtet das Band.

»Ja, ein ganzes Leben.«

Schwere Stiefel stampfen den Flur entlang, und Michael taucht auf, eine Kiste in den Armen. Die alten geschnürten Red-Wing-Arbeitsstiefel, die er trägt, gehörten Dad. Ich habe sie seit Jahren nicht mehr gesehen. Sofort wird eine Kindheitserinnerung in mir wach: Dad kommt nach einem langen Tag in der Fabrik nach Hause, lässt sich in seinen Sessel fallen, legt die Füße hoch. Beth und ich eifern darum, wer ihm am schnellsten die Stiefel aufschnüren und ausziehen kann. Wer am schnellsten ist, gewinnt. Meistens war sie es. Dad machte aus Hausarbeiten oder kleinen Aufgaben immer ein Spiel. Ich glaube, er wollte uns beibringen, dass das Leben, egal, wie schwer es ist, immer noch Spaß machen kann. Vielleicht war das der Grund, warum er uns verlassen hat. Vielleicht konnte er den Spaß nicht mehr finden.

»War das schnell genug für dich, Königin Beth?«, fragt Michael in neckendem Ton, als er den Raum betritt. Er stellt eine Kiste mit der Aufschrift *Tagebücher* auf den Boden und klopft sich den Staub von den Händen.

Beth wiederholt seinen Spott in übertriebener Stimme, um ihn zu ärgern. Michael grinst und macht ein paar Schritte auf uns zu. »Was habt ihr da?«

Sie hält drei Kassetten hoch, die sie aus der Kiste genommen hat. »Unsere Heimvideos. Lass uns eins anschauen. Du darfst aussuchen, Michael. *Sommer '99*, *Nicoles Geburt* oder *Ostern '96*?«

»Ich lege ein Veto gegen meine Geburt ein. Ich hab keine Lust, mir den größten Fehler meines Lebens anzusehen«, sage ich lachend.

Beth kichert und legt die Kassette zurück in die Kiste. »Okay, Michael. *Sommer '99* oder *Ostern '96*?«

Michael reibt sich die Stirn und beugt sich vor, um eine andere Kiste zu öffnen. »Lasst uns einfach weitermachen.«

»Ach, komm schon!« Ich werfe meinen nicht gebrochenen Arm in die Luft. »Nur ein einziges Tape.«

Michael zieht Kinderkleidung aus einer Kiste und wirft sie in einen schwarzen Müllsack. »Ich will wirklich nicht«, sagt er.

»Warum nicht?«, frage ich.

Er stößt ein genervtes Schnauben aus und sieht mich an. »Die Vergangenheit auszugraben, ist deprimierend.«

»Wir graben sie nicht aus. Wir besuchen sie noch einmal.« Ich springe auf die Füße und schnappe mir die *Sommer '99*-Kassette von Beth.

»Na gut. Eine einzige. Wir haben noch eine Menge Arbeit vor uns«, sagt Michael und greift nach der TV-Fernbedienung.

Ich schenke ihm ein Lächeln und lasse die Kassette vorsichtig aus der Papphülle gleiten.

Meine Hand zittert leicht, während das Band direkt vor dem VHS-Player schwebt. Vielleicht hat Michael recht, es ist deprimierend, in die Vergangenheit zurückzukehren, und es bringt keinem von uns etwas. Es kann nichts ändern. Oder vielleicht ist es genau das, was wir brauchen. Eine neue Perspektive. Einen Abschluss, wie man so schön sagt, für ein Leben, das wir nie wieder führen werden. Ich schiebe die Kassette in den Videorekorder. Es klickt, das Band verschwindet darin und summt leise, während es sich in Position bringt. Der Fernsehbildschirm springt von Schwarz auf graues Rauschen. Und dann ist es 1999, die fünfzehnjährige Version von mir erscheint auf dem Bildschirm.

ZEHN

LAURA

1999

Die Videokamera lastet schwer auf meiner Schulter. Sie wiegt fast zehn Kilo, aber die Mühe ist es wert, denn ich will unbedingt alles festhalten. Nachdem ich vor meinem fünfzehnten Lebensjahr sowohl meine Schwester als auch meinen Vater verloren habe, weiß ich, dass das Gehirn, so leistungsfähig es auch sein mag, Dinge vergisst. Meine Kinder hassen es, stöhnen immer wieder, dass ich die Kamera weglegen und aufhören soll, Fotos zu machen. Aber eines Tages werden sie die Zeit und die Mühe zu schätzen wissen, die ich in das Festhalten unserer Familienerinnerungen investiere. Was ich nicht durch Videos und Fotos dokumentiere, schreibe ich in meinen Tagebüchern auf, die wichtigsten Momente jedes Tages, die schönen und auch die schlechten – es ist wichtig, sich an beides zu erinnern, denn gemeinsam lehren sie uns Dankbarkeit und Bodenständigkeit.

Ich rücke die Kamera zurecht und werfe mein langes Haar über die Schulter, damit es sich nicht verfängt. Man sollte meinen, sie könnten diese Dinger kleiner machen. Vielleicht sind sie eines Tages so klein wie meine Hand. Ich drücke auf Aufnahme und gehe langsam ins Wohnzimmer, schwenke von Wand zu Wand, um mich daran zu erinnern, wie es aussieht. Die weißen Wände sind mit Familienfotos geschmückt, die Regale mit Kleinigkeiten gefüllt, die ich in Secondhand-Läden und auf Flohmärkten gefunden habe. In der Ecke steht ein Röhrenfernseher auf einem Schrank, er zeigt eine Wiederholung von *Der Prinz von Bel-Air*. Die Vorhänge, die Couch und der Sessel haben ein Blumenmuster. Ich habe Blumen schon immer geliebt. Sie haben eine besondere Bedeutung. Mit ihnen begrüßen wir die Menschen, die wir lieben, und verabschieden uns von denen, die wir verloren haben.

Nicole sitzt auf der Couch, trägt schwarze, weit geschnittene Jeans und ein T-Shirt mit einem Drachenmotiv. Sie hört Musik auf ihrem Sony Discman mit großen Kopfhörern. Monatelang hat sie ihr Taschengeld gespart, um sich diesen tragbaren Musikspieler zu kaufen. Ihre schulterlangen Haare sind gekreppt, ihre Lider mit dickem blauen Lidschatten bedeckt, ihre Augenbrauen zu dünnen Linien gezupft. Sie hat mir oft gesagt, dass das stylish ist – und ich kann ihr nicht widersprechen. Ich bin in der Zeit der brennenden BHs aufgewachsen, trug als Teenager Schlaghosen, gehäkelte Tops und Bauernblusen.

»Nicole«, sage ich. Sie reagiert nicht, ist zu vertieft in ihr Notizbuch, schreibt Gedichte und Gedanken nieder. Das hat sie von mir. Manche Dinge kann man nicht laut aussprechen, sie sind einfacher niederzuschreiben. Ich rufe ihren Namen erneut, aber ihre Musik ist zu laut. Ich habe ihr hundertmal gesagt, dass sie sich das Gehör ruiniert, aber meine Warnungen verhallen – vielleicht ist es schon zu spät. Ihr Kopf schnellt hoch, als sie mich aus dem Augenwinkel sieht, gerade als ich den Fernseher ausschalte, dem sie ohnehin keine Beachtung geschenkt hat. Ich muss meine Kinder ständig daran erinnern, dass Geld nicht auf Bäumen wächst. Sie verdreht so oft die Augen, dass ich manchmal denke, sie könnten ihr aus dem Kopf fallen.

»Mom, ich hab das geschaut«, stöhnt Nicole.

Higher von Creed dröhnt aus ihren Kopfhörern, als sie sie abnimmt und ihren Discman pausiert. Ich kenne das Lied inzwischen auswendig, weil sie es ständig hört. Sie war schon immer ein Alles-oder-Nichts-Mensch, etwas, das mir manchmal Sorgen macht. Null oder hundert lässt das Mittelfeld, wo das Leben eigentlich stattfindet, schnell zu einer Flaute werden.

»Hat nicht so ausgesehen«, sage ich und halte die Kamera weiter auf sie gerichtet. »Also, wie war dein letzter Schultag als Neuntklässlerin?«

»Super«, sagt sie mit monotoner Stimme.

Ich lächle leicht.

»Weil er vorbei ist«, fügt sie mit einem Grinsen hinzu.

Ich nehme mein Auge vom Sucher und sehe sie missbilligend an. »Eines Tages wirst du es bereuen, dass du dein Leben so wegwünschst.«

Sie lehnt sich in die Kissen zurück, verschränkt die Hände hinter dem Kopf, die Ellenbogen nach außen gestreckt. »Als ob. Wenn ich mal eine berühmte Autorin bin und in New York lebe, werde ich froh sein, dass ich die Highschool hinter mir habe.«

Ich will ihr sagen, dass sie einen Backup-Plan braucht, dass sie realistischer sein sollte. Aber ich weiß, dass es eine feine

Grenze gibt zwischen dem Versuch, seine Kinder auf dem Boden zu halten, und dem Abtöten ihrer Träume, also lächle ich stattdessen ein wenig breiter. Meine eigene Mutter predigte Vernunft bis zum Gehtnichtmehr. Such dir einen Job. Heirate. Bekomm Kinder. Für Träumereien war in ihrem Plan kein Platz. Ich bereue meine Entscheidungen nicht, bereue das Leben nicht, das ich mir aufgebaut habe, aber wenn ich zurückgehen könnte, würde ich ein bisschen mehr träumen. Aber trotzdem soll Nicole verstehen, wie schnell das Leben vergeht, selbst wenn man es nicht wegwünscht. Diese Erkenntnis kommt erst später im Leben, oder, in manchen Fällen, wenn es vorzeitig endet. Wenn das scheinbar Unmögliche eintritt. Ich habe das früh gelernt, mit zwölf, als meine Schwester und mein Vater mir entrissen wurden. Getötet von einem betrunkenen Fahrer. Mein Leben war danach nie mehr dasselbe. Ich war danach nie mehr dieselbe.

Ich richte den Sucher wieder auf Nicole. »Lies mir etwas vor, das du heute geschrieben hast, Nicole.«

Ihre Wangen werden rot. »Mom, nee«, sagt sie.

»Wie willst du Autorin werden, wenn du nicht willst, dass jemand deine Worte hört?«

Sie seufzt, verdreht erneut die Augen und blättert durch ihr Notizbuch. »Na gut, aber nur ein kleiner Teil.« Sie blickt kurz zu mir auf. Ihr Mund lächelt nicht, aber ihre Augen tun es und das reicht mir. Sie vergräbt die Nase wieder im Notizbuch und räuspert sich.

»Wenn du Angst vorm Fallen hast, wirst du nie fliegen.
Wenn du Angst vorm Scheitern hast, wirst du nie was versuchen.

Wenn du Angst vorm Sterben hast, wirst du nie wirklich leben.«

Nicole klappt ihr Notizbuch zu und zuckt mit den Schultern. »Ist noch ungeschliffen. Nicht wirklich gut.«

»Du musst nicht die Erste sein, Schatz«, sage ich und sehe sie direkt an. Ich will, dass meine Tochter mir wirklich zuhört, dass sie sich diese Worte merkt, wenn sie eines Tages aufhört, an sich selbst zu glauben. Dieser Tag wird kommen. Er kommt für uns alle. Und ich will, dass sie die Werkzeuge hat, um darüber hinwegzukommen, und über jeden weiteren Tag wie diesen.

Sie runzelt die Stirn. »Die Erste?«

»Die Erste, die sich dir in den Weg stellt. Andere Leute werden Nein zu dir sagen. Sie werden dir sagen, dass du etwas nicht kannst, dass du nicht gut genug bist, dass du es nicht wert bist. Du musst das nicht selbst tun. Verstärke nicht diesen Lärm. Denn mehr ist es nicht ... nur Lärm. Sei eine Stimme, eine Stimme für dich selbst.«

»Hast du diese *Hühnersuppe für die Seele*-Bücher gelesen, Mom?«, neckt Nicole mich.

Sie lacht, aber ich sehe den Ernst in ihren Augen, darum hoffe ich, dass meine Worte hängen bleiben. Ich bin mir nicht sicher, ob sie es werden. Mit fünfzehn sieht sie mich vor allem als Spaßverderberin. Ich bin ihr Drill Sergeant, eine Vorgesetzte, ein Hindernis auf dem Weg zu dem Leben, das sie führen will. Von allem, was cool ist, bin ich das Gegenteil. Diese Dynamik ist ein unausweichlicher Übergang für Eltern von Teenagern. Eines Tages wird sie da rauswachsen. Wenn es so weit ist, vermisse ich vielleicht sogar ihren bissigen Humor.

Das Geräusch einer zufallenden Tür lenkt mich ab und ich richte die Kamera in Richtung Küche. Meine Älteste, Beth, kommt um die Ecke. Sie bleibt stehen und hebt zwei Blockbuster-VHS-Kassetten vom Küchentisch auf, betrachtet sie neugierig. Ihre Haare sind zu einem hohen Pferdeschwanz gebunden, sie trägt ein weites Backstreet Boys-T-Shirt und eine kurze Sporthose. Ihre Wangen sind gerötet, sie keucht leicht, gerade noch dabei, ihren Atem zu beruhigen.

»Was hast du ausgeliehen?«, fragt sie und hält die Kassetten hoch.

»Der Soldat James Ryan und *A Night at the Roxbury.* Dein Vater wollte den ersten unbedingt sehen, und ich dachte, ihr Kinder würdet den Roxbury-Film mögen. Ist eine Komödie«, sage ich.

Sie nickt, legt die Filme zurück auf den Tisch und füllt am Spülbecken ein Glas mit Wasser.

»Ich wünschte, du hättest Psycho ausgeliehen«, stöhnt Nicole.

Ich schwenke die Kamera zurück zu ihr. »Den hatten sie nur auf DVD, nicht mehr als VHS.«

»Warum kaufen wir dann nicht einfach einen DVD-Player?«

»Weil die Hunderte von Dollar kosten und dein Vater überzeugt ist, dass das nur eine Modeerscheinung ist«, sage ich.

»Ja, aber er dachte auch, CDs wären nur ein Trend, und da lag er falsch.« Nicole zeigt auf ihren Sony Discman.

»Trotzdem, wir können es uns nicht leisten.«

Beth kommt mit ihrem halb vollen Wasserglas ins Wohnzimmer und plumpst in den geblümten Sessel, schwingt ihre Beine über die Armlehne.

»Wo warst du?« Nicole verengt die Augen.

»Joggen mit Lucas.«

»Warum darf Beth einen Freund haben und ich nicht?« Nicole verschränkt die Arme vor der Brust.

Bevor ich etwas sagen kann, kontert Beth: »Weil du keinen kriegen kannst, Loserin.« Sie lacht und nimmt einen großen Schluck Wasser.

»Wie gemein.« Nicole funkelt ihre Schwester an.

Ich trete ein paar Schritte zurück, sodass ich beide ins Bild bekomme. »Beth, sei nett. Nicole, du kennst die Regel: kein Dating vor sechzehn.«

Nicole verschränkt die Arme vor der Brust. »Klingt ziemlich willkürlich.«

Wir haben diese Diskussion schon ein Dutzend Mal geführt, aber sie ist viel zu versessen darauf, erwachsen zu werden. Ich wünschte, sie würde lernen, es langsamer anzugehen. Denn eines Tages wird sie in meinem Alter sein und sich wünschen, sie könnte die Zeit zurückdrehen.

»Du hast dein ganzes Leben Zeit für Beziehungen, Nicole. Hetz dich nicht ins Erwachsenwerden, denn du kannst nicht zurück, nur vorwärts.«

»Ja, und es ist nicht so, als ob überhaupt jemand an dir interessiert wäre«, neckt Beth.

»Ich sagte, sei nett«, ermahne ich sie und presse die Lippen zusammen.

»Ich kann nicht nett und ehrlich zugleich sein, Mom.« Beth verdreht die Augen. »Soll ich sie lieber anlügen?«

Ich werfe ihr einen strengen Blick zu und sie setzt sich ein wenig aufrechter hin. Nicole streckt ihr die Zunge raus, zieht sie aber sofort wieder ein, als ich sie anschaue. Sie tut so, als wäre nichts gewesen, spielt mit den schwarzen Gummiarmbändern an ihrem Handgelenk.

Ein Klopfen an der Haustür unterbricht ihren kleinen Zank. Keine von beiden macht Anstalten, aufzustehen, darum gehe ich vom Wohnzimmer aus durch die Küche. Christie Roberts steht auf der Veranda, die Hände um ihre großen braunen Augen gelegt, während sie durch die Fliegengittertür späht. Sie ist in Beths Alter und wohnt ein paar Straßen weiter.

»Hey, Christie«, sage ich und öffne die Tür. »Lächel mal für die Kamera.«

Sie tritt ein paar Schritte zurück, grinst schief und winkt in die Kamera. »Hi, Misses Thomas.« Ihr dunkles Haar ist fettig und ungekämmt, fällt ihr gerade bis zum Kinn.

Ich erwidere ihr Lächeln und frage: »Was möchtest du?«

Christie wippt auf den Fersen vor und zurück, und ich bemerke, dass sie keine Schuhe trägt. Im Frühling und Sommer tut sie das nie. »Ich wollte nur fragen, ob Beth rauskommen und spielen kann?« Ihr Lächeln bleibt unverändert. Eine Kamera hängt an einem Riemen um ihren Hals, ein Rucksack baumelt von ihren Schultern.

»Ähm, ich schau mal, was sie gerade macht. Bin gleich wieder da.«

Sie nickt. Die Fliegengittertür fällt hinter mir ins Schloss, als ich wieder ins Wohnzimmer gehe.

»Christie ist da«, sage ich.

Beth schüttelt sofort den Kopf und flüstert: »Nein, sag ihr, ich bin nicht da.«

»Sei nett«, flüstere ich zurück. »Warum gehst du nicht ein bisschen mit ihr raus?«

»Auf keinen Fall. Sie ist mir beim Joggen nachgelaufen, Mom.«

»Sie will doch nur eine Freundin.« Ich achte auf meine Lautstärke.

Beth bleibt stur, schüttelt vehement den Kopf. »Nein. Dann sei du doch ihre Freundin«, sagt sie und sackt tiefer in den Sessel.

Ich werfe Nicole einen Blick zu, in der Hoffnung, dass sie sich anbietet oder zumindest ihre Schwester dazu ermutigt. Aber sie hat ihre Kopfhörer wieder auf und kritzelt in ihr Notizbuch.

Ich seufze, akzeptiere Beths Entscheidung und fühle mich schlecht wegen Christie. Also gehe ich zurück in die Küche, drücke die Fliegengittertür erneut auf und finde sie wartend vor, immer noch lächelnd. »Tut mir leid, Christie. Beth ist gerade vom Joggen zurückgekommen, sie will erst mal duschen, und danach haben wir Familienpläne. Aber vielleicht morgen?«, sage ich.

Sie nickt. »Ja, klar. Ich komme morgen wieder.« Ihr Lächeln bleibt, aber es wirkt nun angestrengt.

»Okay. Hab einen schönen Abend, Christie.«

»Sie auch, Misses Thomas«, sagt sie und dreht sich auf dem Absatz um. Ihre Schultern sacken herab, ihr Kopf hängt nach vorne, während sie die Einfahrt hinaufgeht.

Als ich wieder ins Wohnzimmer komme, sitzt Beth kerzengerade im Sessel.

»Ist sie weg?«

Ich nicke. »Ja, aber sie kommt morgen wieder. Du solltest netter zu Christie sein. Es kostet nichts, freundlich zu sein.«

Beth stöhnt und wirft den Kopf dramatisch nach hinten. »Nur meinen Ruf.«

Nicole bemerkt den Unmut ihrer Schwester und nimmt ihre Kopfhörer ab. »Was ist dein Problem?«

»Mom zwingt mich, Dinge zu tun, die ich nicht tun will«, jammert Beth.

»Ist das was Neues?« Nicole verdreht die Augen, um mich aufzuziehen.

Die Fliegengittertür schlägt gegen den Rahmen und unterbricht unser Gespräch. Schuhe poltern gegen die Wand, als sie achtlos ausgezogen werden. Plötzlich umschlingen die Arme meines Jüngsten meine Taille. Ich beuge mich hinab, sauge seine Nähe auf. Diese Momente werde ich für immer in Erinnerung behalten.

»Mikey, wie war die Schule?«, frage ich. Er löst sich von mir und tritt ein paar Schritte zurück, damit ich ihn mit der Kamera einfangen kann. Er ist groß für sein Alter, schmal gebaut, mit einem Topfschnitt, den sein Vater ihm verpasst hat. Ich nehme mir vor, ihn beim nächsten Mal in einen richtigen Friseursalon zu bringen.

»Megageil! Wir hatten eine Eiscreme-Party und unsere Klasse hat Völkerball gegen die Achtklässler gespielt. Und auch noch voll abgezogen. Die ganzen Schwächlinge!« Sein Grinsen ist breit.

»Aber hey, kein Grund, ein schlechter Gewinner zu sein«, sage ich.

»Besser als ein Verlierer zu sein«, mischt sich Nicole ein.

Ich werfe ihr einen tadelnden Blick zu.

»Du musst es ja wissen, weil du einer bist«, stichelt Beth.

»Mom!«, jammert Nicole.

Ich ermahne sie, nett zueinander zu sein. Michael plumpst neben Nicole auf die Couch.

Sie wuschelt ihm durchs Haar, und er schubst sie spielerisch weg.

»Weil heute der letzte Schultag ist, bestellen dein Vater und ich Pizza zum Feiern.« Ich lächle.

Michael jubelt und ruft, dass er Peperoni will.

»Ich esse kein Fleisch«, verkündet Nicole.

»Seit wann?«, fragt Beth.

Ich habe dieselbe Frage, denn gestern hat sie noch das Gulasch gegessen, das ich gekocht hatte, und heute hat sie ein Schinken-Käse-Sandwich mit in die Schule genommen.

»Das ist eine aktuelle Entscheidung«, sagt Nicole.

Wieder eine Phase für mein Alles-oder-Nichts-Mädchen. »Ich bestelle auch eine Käsepizza«, sage ich versöhnlich.

»Ich will Wurst.« Beth hebt die Hand.

»Also gut, eine Käsepizza, eine mit Wurst, eine mit Peperoni und eine Supreme für euren Dad.«

Ich lächle, während ich die Kosten im Kopf überschlage. Ich weiß jetzt schon, dass es mehr ist, als ich eingeplant habe, aber ich beschließe, die nächsten zwei Wochen bei den Lebensmitteln zu sparen. Beth ist jetzt in der elften Klasse, das bedeutet, es gibt nur noch einen weiteren letzten Schultag, an dem alle drei zusammen sind. Und irgendwann gibt es gar keine letzten Schultage mehr. Ich weiß, dass die Zukunft meiner Kinder strahlend hell sein wird, aber ich will im Jetzt leben – auch wenn das nur schwach beleuchtet ist, und wir gerade so über die Runden kommen. Denn ich weiß, dass das Jetzt sicher ist, während das Morgen vielleicht nie kommen wird.

ELF

NICOLE

Der Fernsehbildschirm wird zu weißem Rauschen, und die jüngeren Versionen von mir, Beth und Michael verschwinden. Moms Stimme kehrt dorthin zurück, wo sie hingehört ... in die Vergangenheit. Ich blicke zu Beth hinüber. Dicke Tränen rinnen aus ihren Augenwinkeln. Sie wischt sie schnell mit dem Handrücken weg, aber ich habe es bereits bemerkt. Michaels Gesicht ist kreidebleich, als hätte er ein Gespenst gesehen. Vielleicht haben wir das alle. Geister der Menschen, die wir einmal waren. Er hatte recht – das hier ist deprimierend. Moms Stimme wieder zu hören, obwohl sie nicht mehr hier ist, fühlt sich falsch an. Einen Blick in die Vergangenheit zu werfen, fühlt sich unnatürlich an, als wäre es etwas, das wir eigentlich nicht können sollten. Es ist, als würde ich in einen Spiegel sehen, doch die Person, die mir entgegenblickt, bin nicht ich. Diese Version von mir existiert nicht mehr. Ich schlucke hart und zwinge den Kloß des Kummers in meinem Hals dorthin zurück, wo er hingehört.

Niemand sagt etwas. Das einzige Geräusch kommt vom leisen Summen des Videorekorders, während das Band weiterläuft. Ich stehe auf und gehe zum Fernseher, um es auszuwerfen. Doch plötzlich ist der Bildschirm schwarz, und in der unteren Ecke erscheint das Datum 15. Juni 1999. Es fühlt sich bedeutungsvoll an, aber ich kann mich nicht erinnern warum. Ich weiche ein Stück vom Fernseher zurück, meine Augen starr auf das Bild gerichtet. Die Umrisse von Bäumen zeichnen sich gegen den Nachthimmel ab, beleuchtet von einem vollen Mond. Eine Eule ruft irgendwo aus den Ästen. Die Kamera wackelt leicht, als sie die Baumlinie absucht.

»Wo bist du, kleine Eule?« Moms Stimme ist außerhalb des Bildes zu hören.

Ich greife nach der Fernbedienung und drehe die Lautstärke hoch. Aus den Lautsprechern des Fernsehers dringen das Summen von Zikaden und das leise Quietschen von Fledermäusen. Die Kamera zoomt langsam hinein und fährt erneut über die Baumreihe. Dunkle, knorrige Äste ragen in alle Richtungen wie ausgestreckte Hände. In der Ferne ertönen hastige Schritte, die immer lauter werden. Die Kamera schwenkt abrupt nach rechts, das Bild wird unscharf, dann wieder klar. Plötzlich füllt Dads Gesicht den Bildschirm. Panik liegt in seinen weit aufgerissenen Augen, sein Atem geht schwer.

»Herrgott, Brian! Du hast mich zu Tode erschreckt!«, schnaubt Mom. Die Kamera zoomt raus, sodass Dad nun vom Bauch aufwärts im Bild ist.

Er hält eine Taschenlampe in der Hand, die genauso unruhig wackelt wie die Kamera. Er ist groß und stämmig, sein Bart dicht und dunkel. Sein weißes T-Shirt ist mit roten Flecken verschmiert – direkt auf seiner breiten Brust. Die Mondstrahlen lassen das Weiße in seinen Augen unnatürlich leuchten. Ich habe ihn noch nie so verängstigt gesehen.

»Laura, ich brauche deine Hilfe«, sagt er außer Atem.

»Was? Was ist los?« Moms Stimmlage passt sich seiner Panik an.

»Mach das aus«, brüllt er, während er sich umdreht und in die Richtung geht, aus der er gekommen ist.

Mehrere Tasten klicken, als Mom die Kamera von ihrer Schulter nimmt. Sie läuft allerdings noch immer. Was auf dem Bildschirm zu sehen ist, ist ein verschwommener Mix aus Bäumen, Gras und Schatten. Die Kamera ist auf Moms weiße Sneakers gerichtet, als sie die Betonstufen hinunterläuft, die ins Tal führen. Sie passiert die Hütte und die Feuerstelle, überquert die grüne Wiese und betritt den Wald am unteren Ende des Grundstücks. Sie folgt Dad entlang des Bachufers. Ein Platschen ertönt, und Mom bleibt abrupt stehen. Die Kamera schwenkt in die Richtung des Geräuschs. Ein Fisch springt aus dem Wasser und platscht zurück in den Bach. Sie seufzt erleichtert.

»Laura, hier lang!«, ruft Dad.

Er kommt wieder ins Bild, zehn Meter voraus. Mom folgt dem Pfad am Bach entlang und hält ein paar Schritte hinter Dad an, unter der Brücke von Highway X. Er sucht mit seiner Taschenlampe den Boden ab. Die Kamera versucht vergeblich, sich auf etwas zu fokussieren. Dann, plötzlich, wird das Bild klar. Ein Körper. Der Kopf zur Seite geneigt. Die Lippen blau und geschwollen. Die Haut blass wie frischer Schnee. Feuchtes blondes Haar, verklebt mit Dreck und Blut. Die durchnässte Kleidung – blaue Jeansshorts und ein Britney-Spears-T-Shirt – liegen eng an dem kleinen Körper an.

Mom schreit. Das Licht verschwindet. Der Bildschirm wird schwarz – wie in einem Albtraum, aus dem man nicht erwachen kann, wenn man nichts als die Rückseite der eigenen Augenlider sieht.

Dad zischt sie an, dass sie ruhig bleiben soll, aber selbst er ist es nicht.

»Oh mein Gott!« Mom schluchzt. Die Kamera fällt zu Boden. Das Bild zeigt nun das tote Mädchen aus einem neuen Winkel. Das blasse Gesicht zur Seite gedreht, die blauen Augen sind milchig-trüb, zwei Hope-Diamanten, die langsam auf den Meeresgrund sinken, für immer verloren. Sie blicken direkt in die Kamera, als würden sie mich ansehen, um Hilfe rufen, dreiundzwanzig Jahre zu spät – wie das Licht eines Sterns, der längst explodiert ist, aber erst jetzt unsere Augen erreicht.

»Was ist passiert?« Moms Stimme ist eine Mischung aus Angst, Wut und Verzweiflung.

»Es war ein Unfall«, erklärt Dad, aber er klingt nicht überzeugt.

»Wir müssen die Polizei rufen!«, schreit sie.

Jede Muskelfaser in meinem Körper spannt sich an wie die Membrane einer Trommel. Meine Atemzüge sind flach, fast nicht vorhanden. Ich bin mir sicher, dass meine Lungen kaum registrieren, dass ich noch atme.

»Nein, das können wir nicht«, sagt Dad fest.

»Was? Warum? Du sagtest doch, es war ein Unfall, Brian!«

»Sie werden das nicht so sehen.«

Eine lange Pause entsteht zwischen ihnen. Das einzige Geräusch ist das Summen der Zikaden, das leise Quietschen der Fledermäuse, das Plätschern des Baches.

»Sag mir, was passiert ist«, fordert Mom. Obwohl sie normalerweise ruhig bleibt, verrät ihr ansteigender und absteigender Tonfall etwas ganz anderes.

»Je weniger du weißt, desto besser.«

Es raschelt im Off. Schuhe schlurfen durch den Schlamm. Die Kamera liegt schräg auf dem Boden, das Objektiv zeigt zum Nachthimmel. Die tote junge Frau verschwindet aus dem Bild und einen Moment später ist Dad wieder zu sehen. Eine Nahaufnahme seines Gesichts, als er die Kamera aufhebt.

»Verdammt, Laura. Das Ding läuft noch. Wie löscht man das?«

»Drück die Zurückspulen-Taste. Ich muss es überspielen«, sagt Mom panisch.

Tränen stehen in Dads Augen, aber sie fallen nicht. Verwirrung zeichnet sich auf seinem Gesicht ab, während er an dem Gerät herumhantiert. Dann wird der Bildschirm schwarz.

Der 15. Juni 1999 liegt wieder in der Vergangenheit.

Aber ich weiß, dass er nicht dort bleiben wird.

ZWÖLF

BETH

Ein Stoß Luft entweicht meinem Mund, während ich versuche, wieder zu Atem zu kommen, erschüttert von dem, was ich gerade gesehen habe. Ich glaube nicht, dass ich überhaupt geatmet habe, während das Band lief. *Es ist echt*, sage ich mir immer wieder, obwohl mein Verstand sich weigert, diese Vorstellung zu akzeptieren. Stattdessen behandelt er das Gesehene wie Fiktion, als hätte ich gerade einen Film gesehen. Aber ich weiß, dass es echt ist. Weil ich das Mädchen auf dem Video kenne. Das kleine tote Mädchen. Das Mädchen, das seit mehr als der Hälfte meines Lebens vermisst wird.

Ihr Name ist Emma Harper. Nun ja, er *war* Emma Harper. Sie war zwölf, als sie verschwand. Sie war unsere Nachbarin, die kleine Schwester meines damaligen Freundes Lucas. Jeder suchte nach ihr, als sie im Sommer 1999 verschwand. Tagelang, wochenlang, monatelang. Und selbst dann gab ihre Familie nicht auf. In den ersten Tagen nach ihrem Verschwinden durchkämmten wir die Wanderwege, ein altes Bahngleis ohne Schienen, das sich über sechs Meilen zwischen dem Grove und Clinton erstreckt. Wir suchten in den Nachbarorten: Darien, Delavan, Sharon,

Elkhorn – überall. Überall hingen Flugblätter mit ihrem Sechst-klässler-Schulfoto, an Bäumen, Telefonmasten, Schaufenstern. Doch Emma wurde nie gefunden. Und niemand wusste, was mit ihr passiert war ... Ich kann den Gedanken kaum zu Ende führen. Niemand wusste, was mit Emma Harper passiert war, bis auf meine Eltern.

An dem Tag, an dem sie verschwand, fand im Stadtpark ein Volksfest statt: *Groovin' in the Grove*. Meine Mutter hatte das Event organisiert. Sie wollte Allen's Grove ins rechte Licht rücken, denn so sah sie unsere Stadt, wie Kohle, ehe sie durch genug Druck und Hitze zu einem Diamant gepresst wird. Es gab Spiele, Händler, Essen – frittiert und doppelt frittiert –, Bauernhoftiere und sogar ein paar klapprige Fahrgeschäfte. Die Dukes of Hazzard-Themenbar namens Boar's Nest, die schräg gegenüber vom Park an der Highway X lag, bot Live-Musik von lokalen Bands und den ganzen Tag über reichlich Drinks für die Erwachsenen. Es war das größte Event, das diese kleine Stadt je gesehen hatte.

Groovin' in the Grove war eine Benefizveranstaltung für den Park, damit Spielgeräte, Picknicktische und ein Schattendach angeschafft sowie die laufende Instandhaltung finanziert werden konnten. Menschen aus den umliegenden Städten kamen, mindestens fünfhundert, wodurch sich die Einwohnerzahl unseres Ortes verdreifachte. Und irgendwann an diesem Tag, dem 15. Juni 1999, verschwand Emma. Die Polizei ging davon aus, dass sich irgendein Widerling unbemerkt unter die Menge gemischt hatte und, mit all dem Lärm und der Aufregung, ein Kind mitten in der Öffentlichkeit entführen konnte. Niemand bemerkte es. Es war nicht das erste Mal, dass so etwas geschah, und es sollte auch nicht das letzte Mal bleiben. Aber es war das erste Mal, dass es hier geschah, und es hinterließ unauslöschliche Spuren in der Gemeinschaft.

Der Grove war ein Ort, an dem Kinder bis nach Einbruch der Dunkelheit mit ihren Fahrrädern unterwegs sein konnten, Geisterjäger im Wald spielten, auf den Naturpfaden wanderten, im flusskrebs- und blutegelverseuchten Bach schwammen und sogar auf fremdes Farmland schlichen, ohne Angst haben zu müssen, dass die Bauern auf sie schossen. Eltern erwarteten, dass ihre Kinder heil nach Hause zurückkehrten. Denn in einem Ort wie Allen's Grove verschwanden keine Kinder ... bis es doch geschah.

Ich erinnere mich, dass sich nach diesem Tag alles veränderte, nicht nur für die Stadt, sondern auch für unsere Familie. Ich hatte immer geglaubt, dass Emmas Verschwinden zu nahe an uns dran war, gleich auf der anderen Straßenseite. Oder dass meine Mutter sich die Schuld gab, weil sie das Event organisiert hatte. Nie im Leben hätte ich gedacht, dass meine Eltern irgendetwas damit zu tun haben könnten. Schließlich hatten sie nach ihr gesucht, genau wie Nicole, Michael und ich. Schulter an Schulter durchkämmten wir den Naturpfad, die Felder und den Wald. Wir hängten Vermisstenanzeigen auf und führten Telefonate. Wir taten alles, was wir konnten. Ich erinnere mich an ihre beruhigenden Worte: »Mach dir keine Sorgen, wir werden sie finden.« Der bloße Gedanke an diese Worte jagt mir einen Schauer über den Rücken. Mom hat sogar einen Teil der Spendengelder aus der Veranstaltung an Emmas Familie gegeben. Der Park bekam seine Schaukel, Kletterstangen, eine Rutsche, ein Schattendach, Picknicktische, einen Basketballplatz und mehrere Blumenbeete. Aber die Familie Harper bekam Emma nie zurück. Und sie fand niemals heraus, was mit ihr passiert war.

Da sind sie wieder ... diese Worte ... ganz vorne in meinem Kopf.

Dein Vater. Er ist nicht verschwunden. Vertraue nicht.

Verschwunden ... Das sticht nun weitaus mehr heraus. Vielleicht meinte Mom nicht, dass Dad irgendwann zurückkommen würde. Vielleicht war es eine Warnung. Hat Dad Emma etwas angetan? Hat er Mom belogen, als er sagte, es war ein Unfall? Ist das der Grund, warum sie mir diese kryptischen, letzten Worte hinterließ?

Meine Augen wandern zu Nicole. Sie ist erstarrt, die Hand auf der Fernbedienung, ihre Schultern steif, ihre Augen weit aufgerissen. Ich habe sie so schon einmal gesehen, nach ihrer ersten Überdosis. Aber sie stirbt nicht. Dennoch, dies ist lebensverändernd. Ihre Sicht auf die Welt wurde vernichtet. Michael ist genauso erstarrt. Keine Regung, kein Blinzeln, kein Zucken der Augenbraue. Doch seine Augen glänzen, als würde er all seine Emotionen mit Gewalt in sich einsperren.

»Das ... das kann nicht echt sein. Das ist bestimmt nur irgendein Schabernack von Mom und Dad«, sagt Nicole. »Richtig?« Ihre Augen sind immer noch geweitet, doch jetzt starrt sie mich an.

»Wusste eine von euch etwas davon?«, fragt Michael. Er mustert uns, als würde er darauf warten, dass wir ihm die Wahrheit enthüllen.

Ich schüttle den Kopf, unfähig, auch nur einen einzigen Ton herauszubringen.

Nicole sieht von mir zu Michael. »Du glaubst, dass das echt ist?«

»Natürlich ist es echt! Das ist verdammt noch mal Emma Harper auf diesem Band. Und das ist der Tag, an dem sie verschwand.« Michael gestikuliert zum Fernseher.

Obwohl der Bildschirm leer ist, sehe ich das Bild noch. Sie liegt im Schlamm, bedeckt mit Blut. Ihre leblosen Augen starren direkt in die Kamera, während Insekten über ihre porzellanfarbene Haut kriechen. Wie konnte Mom dieses Geheimnis mit ins Grab nehmen? Wie konnte sie Emmas Familie Aufläufe bringen, sie zum Abendessen einladen, Tag für Tag mit Susan herum laufen, um nach ihrer Tochter zu suchen – und die ganze Zeit über wissen, dass sie tot war?

Nicole steht abrupt auf. »Ich glaube das nicht«, sagt sie und läuft im Wohnzimmer auf und ab. Ihre Schritte sind so schwer wie die Vergangenheit.

»Du hast es mit eigenen Augen gesehen«, sage ich schließlich, und versuche damit mehr, mich selbst zu überzeugen als sie.

Michael schüttelt den Kopf, steht auf und verschwindet in der Küche.

»Mom würde niemals ...« Nicoles Stimme bricht, ihre Unterlippe zittert. »Und Dad ...« Sie beendet den Satz nicht, aber ich weiß genau, was sie sagen wollte. Dad würde niemals jemandem etwas antun. Aber er tat es. Er verletzte uns alle, als er seine Sachen nahm und einfach ging.

Einen Moment später kehrt Michael zurück, mit drei Plastikbechern und einer Flasche Scotch. Er schenkt mir und sich selbst großzügig ein, Nicole bekommt weniger. Dann reicht er uns die

Becher. Wir nehmen alle einen tiefen Schluck, bevor jemand das Wort ergreift.

»Ist das ... ich meine, denkt ihr, das ist der Grund, warum Dad gegangen ist?« Nicoles Frage richtet sich an keinen von uns.

»Vielleicht konnte er die Schuld nicht mehr ertragen«, sagt Michael.

Ich runzle die Stirn. »Aber das war 1999. Und er ist erst 2015 gegangen. Das ergibt keinen Sinn.«

Michaels Blick trifft meinen. »Schuld kann dich langsam auffressen oder dich auf einen Schlag verschlingen.«

Er hat recht damit.

Nicole nimmt einen tiefen Schluck Scotch, mehr als nur einen Mund voll. Ein Teil der Flüssigkeit schwappt über ihre Lippen und rinnt ihr übers Kinn. Sie wischt es nicht weg. Entweder bemerkt sie es nicht, oder es ist ihr egal. »Im Video hat Dad gesagt, es war ein Unfall«, sagt sie und zeigt auf den Fernseher.

Ich lehne mich in meinem Stuhl nach vorne, umklammere den Becher mit beiden Händen. »Wenn es ein Unfall war, warum hat er dann nicht einfach die Polizei gerufen?«

»Vielleicht dachte er, er würde zur Verantwortung gezogen, weil es auf seinem Grundstück passiert ist, und er und Mom alles verlieren würden?«, schlägt Michael vor.

»Oder vielleicht war es gar kein Unfall, und er hat Mom nur erzählt, dass es einer war.« Kaum habe ich die Worte ausgesprochen, will ich sie wieder zurücknehmen. Ich hatte den Gedanken, aber ihn laut auszusprechen, fühlt sich falsch an. Nur weil Dad uns verlassen hat, macht ihn das noch lange nicht zum Mörder. Aber vielleicht kannte ich ihn auch gar nicht so gut, wie ich dachte.

Eine Montage von Erinnerungen läuft vor meinem inneren Auge ab, eine private Vorstellung nur für mich. Dad, wie er mir das Fahrradfahren beibringt. Dad auf den Tribünen bei meinen Leichtathletik-Wettkämpfen. Sein Gesicht in meinen Highschool-Farben bemalt, Blau und Gelb, als würde er lieber seine Green Bay Packers anfeuern als mich, während ich Runde um Runde laufe. Dad, wie er mir hilft, einen Barsch aus dem Bach zu ziehen. Dad, wie er mit mir weint, als ich mir in meinem Abschlussjahr durch Übertraining und Mangelernährung das Knie ruiniere. Dad, wie er mir sagt, dass meine Zukunft auch ohne Vollstipendium noch strahlend sein wird. Dad, wie er mich zum Altar führt. Dad, wie er seine Enkelin hält. Und dann Dad ... wie er über Emma Harpers Leiche steht.

Ich reiße mich aus den Erinnerungen und versuche, mich auf meine Umgebung zu konzentrieren, mich in der Gegenwart zu verankern, anstatt mich von der Vergangenheit verschlingen zu lassen. Die Habseligkeiten meiner Eltern liegen überall auf dem Boden verstreut. Ob darunter wohl Hinweise darauf sind, was in der Nacht des 15. Juni 1999 wirklich passiert ist? Und dann sind da noch meine Geschwister, die mir mehr als Fremde denn als Familie erscheinen. Michael sitzt auf der Couch und massiert sich die Schläfen. Nicole nestelt an ihren Fingern und läuft weiter unruhig auf und ab.

Plötzlich bleibt sie stehen, wirbelt herum und sieht mich direkt an. »Wo ist Emmas Leiche jetzt?«

Daran hatte ich noch gar nicht gedacht. Was könnten sie mit ihr gemacht haben? Wir blicken uns gegenseitig an, unsere Augen huschen hin und her.

»Wo auch immer sie ist, sie muss längst weg sein. Sonst hätte man sie irgendwann gefunden«, sagt Michael. »Vielleicht haben sie sie begraben. Vielleicht verbrannt. Oder sie beschwert und in den Bach geworfen. Oder sie zerstückelt und Stück für Stück entsorgt.«

»Was zur Hölle stimmt nicht mit dir, Michael?!« Ich spucke die Worte fast aus.

Er hebt abwehrend die Hände. »Was? Nicole hat doch die Frage gestellt.«

»Ja, aber du bist so verdammt grob. Denkst du wirklich, Mom und Dad hätten eine Kinderleiche zerstückelt?« Ich verenge die Augen.

»Ich weiß es nicht, Beth. Aber offensichtlich haben sie irgendwas mit ihr gemacht«, entgegnet er schnaubend. Wir atmen alle tief aus, als würden wir alles loslassen, was wir je zu wissen glaubten.

»Was machen wir jetzt?«, fragt Nicole.

Ich antworte nicht, weil ich es wirklich nicht weiß. Einerseits denke ich, dass die Harper-Familie es verdient, die Wahrheit über Emmas Schicksal zu erfahren. Andererseits – würde es ihnen überhaupt etwas bringen? Lucas zog nach der Highschool weg, und sein Vater starb kurz darauf bei einem Jagdunfall. Emmas Mutter, Susan, lebt immer noch in dem Haus auf der anderen Straßenseite. Ihre Gesundheit verschlechtert sich seit Jahren. Ich schätze, es ist schwer, gesund zu bleiben, wenn einem das Herz gebrochen wurde. Mom war mit Susan befreundet, und ich glaube, wenn sie erfährt, was Mom ihr all die Jahre verschwiegen hat, würde es sie umbringen. Vielleicht würde die Wahrheit jetzt mehr Schaden anrichten als Gutes tun.

Ein Klopfen an der Haustür lässt uns zusammenzucken, drei Klopfer, um genau zu sein. Sie sind schnell und laut, die Dringlichkeit hallt durch die Tür. Meine Schultern schnellen hoch, fast bis zu meinen Ohren. Nicole erstarrt, ihre Augen weiten sich, während sie zur Küche starrt. Michael schluckt schwer, sein Adamsapfel bewegt sich ruckartig auf und ab, wie eine Schlange, die eine Beute verschlungen hat, die zu groß für sie ist.

Mom und Dad mögen eine Leiche begraben haben, aber sie haben die Vergangenheit nicht begraben ... und jetzt hat sie uns ganz eindeutig eingeholt.

DREIZEHN

BETH

Meine Hand bewegt sich in Zeitlupe zum Türgriff, mein Blick flackert unstet, wie ein alter Horrorfilm aus der Perspektive des Protagonisten. Wäre das hier ein Film, dann stünde sicherlich der Geist von Emma Harper auf der anderen Seite der Tür. Oder jemand, der das furchtbare Geheimnis kennt, mit dem mein Vater davongelaufen ist und das meine Mutter mit ins Grab genommen hat.

»Wer ist es?«, flüstert Nicole aus dem anderen Zimmer.

Ich ermahne sie zur Ruhe und konzentriere mich auf die Tür. Meine Hand schwebt keine zehn Zentimeter vom Griff entfernt, bereit zuzugreifen, zu drehen und sie aufzureißen. Durch die vier kleinen, undurchsichtigen Glasfenster erkenne ich die Silhouette eines Mannes. Groß, mindestens einsneunzig, mit breiten Schultern. Er verlagert sein Gewicht von einem Fuß auf den anderen, als wäre er nervös. Falls er mich sehen kann, dann erscheine ich ihm vermutlich genauso ... nervös. Ohne nachzudenken schalte ich das Licht der Veranda ein und öffne die Tür. Das Gehirn abzuschalten ist manchmal die einzige Möglichkeit, an der Angst vorbeizukommen.

Motten und winzige Insekten schwirren in das goldene Licht, das über seinem Kopf aus der Deckenlampe strahlt. Mein Magen zieht sich zusammen, bevor er flatternd nach oben schnellt, bis in meine Lunge. Mein Herz rast schneller, als ich früher laufen konnte, und meine Haut beginnt zu schwitzen, obwohl die kühle Nachtluft durch die Tausende winzigen, ausgestanzten Aluminiumquadrate des Fliegengitters sickert, das mich von ihm trennt.

Es ist Jahre her, mehr als nur Jahre, und er hat sich nicht verändert. Aber ich glaube, wenn du dich in jemanden verliebst und niemals damit aufgehört hast, sieht derjenige immer so aus wie damals, als du ihn das erste Mal gesehen hast. Da ist dieser scharf geschnittene Kiefer, über den ich früher gescherzt habe, er könne Diamanten spalten, und diese blauen Augen, von denen ich immer dachte, sie würden aussehen wie eine Nahaufnahme des Meeres. Er schenkt mir ein schwaches Lächeln und ich denke, ich erwidere es. Aber ich weiß nicht, wie mein Gesicht in seinen Augen aussieht.

»Hey, Beth«, sagt er.

»Hi, Lucas.« Meine Worte kommen atemlos über meine Lippen. Ich räuspere mich und verlagere mein Gewicht von einem Bein aufs andere, unsicher, was ich sagen oder wie ich mich verhalten soll.

Er streckt mir die Hand entgegen und darin hält er ein in Frischhaltefolie gewickeltes Bananenbrot.

»Ich ...«, stammelt er. Wir waren uns früher einmal so nah wie sich zwei Menschen nur sein können, und jetzt sind wir fast Fremde, doch da ist immer noch eine seltsame Vertrautheit, die uns verbindet, die dieses Aufeinandertreffen umso komplizierter

macht. »Ich habe von deiner Mom gehört. Es tut mir so leid.«
Es bilden sich Falten an den Seiten seiner Augen und er senkt
den Kopf.

Bei der Erwähnung von Mom zieht sich mein Herz zusammen und gleich darauf ist es ein Fausthieb in den Magen,
als ich zurück in die Realität geschleudert werde, mich daran
erinnere, was ich gerade erst auf dem Bildschirm gesehen habe.
Mein Atem verändert sich. Er ist schnell und kurz und ungleich-
mäßig, so wie es Moms letzte Atemzüge waren. Meine Augen
füllen sich mit Tränen. Ich will hindurchatmen, sie wegblinzeln,
aber diesmal wird es mir nicht gelingen. Ich will ihm sagen, was
ich gerade über seine Schwester herausgefunden habe. Ich will
ihm die Kassette zeigen, aber ich weiß, es wäre, als würde man
eine alte Wunde wieder aufreißen, etwas aufdecken, das gerade
erst zu heilen begonnen hat. Und die Aufnahme gibt uns keine
Antworten. Sie verrät uns nicht, wo ihre Leiche ist. Sie zeigt nur,
dass mein Vater etwas mit ihrem Tod zu tun hatte – ob es ein
Unfall war oder nicht –, und dass meine Eltern wussten, was mit
Emma Harper passiert ist. Statt die Wahrheit ans Licht zu bringen, haben sie sie vertuscht. Ich muss mehr herausfinden, bevor
ich es Lucas sagen kann – falls ich das jemals kann.

Schließlich nicke ich mehrmals und nehme das Brot von ihm
entgegen.

»Das ist das Rezept meiner Mom.« Er schiebt seine Hände
in die vorderen Taschen seiner Jeans. Es wirkt, als wüsste er
nicht, wohin damit. »Ich habe es gemacht, also wenn es nicht
schmeckt, liegt das an mir«, fügt Lucas hinzu und wippt auf
den Fersen. Ein halbes Lächeln huscht über sein Gesicht, doch
es verschwindet genau so schnell, wie es gekommen ist, und ich

nehme an, dass das wegen mir ist. Ich sehe bestimmt aus wie jemand, die für ein Verbrechen verhört wird, das sie tatsächlich begangen hat.

»Danke«, bringe ich gerade so heraus.

Als ich merke, dass ich das weiche Brot zerdrücke, lockere ich meinen Griff und lasse es fallen. Sofort bücke ich mich, um es aufzuheben. Der Laib ist dort eingedellt und zerquetscht, wo ich ihn zu fest gehalten habe. Genau so sind er und ich – eine deformierte Sache, die einst mit Liebe gemacht und zur Perfektion geformt wurde. Doch selbst die vollkommensten Dinge zerbröckeln unter Druck.

»Sorry«, murmle ich.

»Wahrscheinlich besser so. Vielleicht habe ich versehentlich Salz statt Zucker genommen«, witzelt er und steckt seine Hände noch tiefer in die Taschen.

Ein Lachen entweicht mir, und es fühlt sich fremd und falsch an. Ich verdiene diese Erleichterung nicht.

»Wie geht es deiner Mutter?«, frage ich.

Er bläst die Wangen auf und blickt kurz nach rechts. »Manche Tage sind besser als andere. Deswegen bin ich zurück … um mich um sie zu kümmern. Als sie von Lauras Tod erfahren hat, hat es sie wirklich getroffen.« Er scharrt mit den Füßen. Ich hatte nicht mitbekommen, dass er wieder in der Stadt ist. Das Letzte, was ich gehört hatte, war, dass er verheiratet war und in Schofield lebte, einer Stadt ein paar Stunden nördlich von Grove. Es überrascht mich nicht, dass er und Susan vom Tod meiner Mom gehört haben. Hier verbreiten sich Nachrichten schnell und schlechte Nachrichten noch schneller. Jeder wusste, dass es ihr nicht gut ging und ihre Tage gezählt waren. Irgendein neugieriger Nachbar hat bestimmt gesehen, wie das Bestattungs-unternehmen ihre Leiche abgeholt hat.

»Wie hältst du dich?«, fragt er, als ich nichts erwidere.

»Ich bin okay.« Bin ich nicht, aber das sagt man eben so.

Er sieht mich mitfühlend an, weil er weiß, dass ich nicht okay bin. Aber er wird nicht weiter nachbohren. Auch wenn wir seit Ewigkeiten nicht gesprochen haben, kennen wir uns tief im Inneren noch immer. Doch mein Inneres ist nicht mehr dasselbe. Es ist verfault – dank der Sünden meiner Eltern. Während ich ihn ansehe, sehe ich nur seine kleine Schwester, wie sie tot am Bach liegt. Ich wende den Blick ab, erst auf meine Füße, dann wieder zu ihm, nein, über seinen Kopf hin-weg. Ich kann ihm nicht in die Augen sehen. Er würde mich durchschauen.

»Ich wollte nur vorbeischauen und sehen, wie es dir geht. Also lass ich dich mal wieder in Ruhe«, sagt Lucas und wippt erneut auf den Fersen.

Er dreht sich halb um und plötzlich ist da dieses starke Zie-hen, als wären wir zwei Magneten, die sich anziehen. Es heißt, man solle ohne Bedauern leben, aber mein Leben ist voll davon und das größte davon steht genau vor mir.

»Willst du morgen früh mit mir spazieren gehen?«, frage ich, ohne zu überlegen, was das bedeutet.

Lucas hält inne und sieht mich an. Er und ich sind morgens zusammen gelaufen, bis ich mir das Knie kaputtgemacht habe, danach war es nie wieder dasselbe. So viele Teile von uns selbst bleiben wund, heilen niemals vollständig.

Seine Mundwinkel heben sich leicht. »Ja. Wie wär's, wenn ich um sieben vorbeikomme?«

Ich nicke, lächle aber nicht. Ich kann meine Lippen nicht dazu zwingen. »Klingt gut.«

»Dann ist das ein Date.« Seine Wangen röten sich leicht. »Also ein Spaziergang«, verbessert er sich mit einem Nicken. »Gute Nacht, Beth.« Er joggt die Stufen hinunter, wirft mir noch einen Blick zu.

Ich beobachte ihn, wie er den Weg hinab läuft, dann unsere lange Auffahrt, warte darauf, bis er mehr als die Hälfte hinter sich gebracht hat, bevor ich die Tür schließe.

Ich atme aus, hoffe, dass das Schuldgefühl vergeht. Doch das tut es nicht. Es ist immer noch da, sitzt in meiner Magengrube wie ein Tumor, wuchert und wächst. Ich kann es kaum aushalten, dabei weiß es ich erst seit einer Stunde. Wie konnte Mom mehr als zwanzig Jahre mit diesem schrecklichen Geheimnis leben?

VIERZEHN
NICOLE

Ich lasse das Stück Käsepizza auf meinen Teller plumpsen. Es schmeckt nicht so, wie Pizza schmecken sollte. Es ist fad, der Teig hat die Konsistenz von Pappe. Selbst der klebrige, fettige Käse bringt mir keine Freude. Meine Geschmacksnerven registrieren ihn kaum als Nahrung, und ich weiß, dass das nichts mit der Qualität der Pizza zu tun hat. Es liegt an dem Video von Emma Harper. Ich glaube, von jetzt an wird alles anders schmecken.

Michael sitzt am anderen Ende des Tisches und kaut an seinem zweiten Stück. Vielleicht schmeckt es für ihn genauso wie immer. Aber nach jedem zweiten Bissen nimmt er einen Schluck aus einer PBR-Dose, vielleicht zwingt er sich das Zeug also einfach nur rein. Beth hat ein Stück gegessen, aber die Kruste liegen lassen. Sie mochte die Kruste noch nie – den knusprigsten, härtesten Teil der Pizza, der nichts weiter ist als gebackener Teig. Ich denke, Menschen mögen etwas aus zwei Gründen nicht: Entweder sie hassen es wirklich, oder sie hassen es, weil es ihnen die Gelegenheit gibt, etwas anderes mehr zu schätzen. Und wenn du nicht viel im Leben hast, bleibt dir nicht viel, das du ablehnen

kannst, bevor dir die Möglichkeiten ausgehen, nun ja, etwas abzulehnen. Beth entschied sich, die Kruste zu hassen. Michael
entschied sich, diese Stadt zu hassen. Und ich entschied mich
für mich selbst.

Ich nehme einen Schluck von dem halb vollen Becher Rot-
wein, den Beth in einem der Küchenschränke gefunden hat. Er
schmeckt nach Essig, aber das stört mich nicht. Meine Venen
kribbeln. Sie tun das immer. Eine Nadel, die in eine von ihnen
gleitet, die noch nicht zusammengefallen ist, wäre göttlich. Sie
würde all meine Probleme verschwinden lassen. Ein einziger
Schuss würde die Schuld auslöschen, den Schmerz, die Trauer.
Ich weiß, Michael und Beth denken über das Video nach, aber
ich frage mich, wie angeekelt sie wären, wenn sie wüssten, was
mir gerade durch den Kopf geht. Ich muss mich ablenken, bevor
meine Gedanken zu Taten werden, deshalb sehe ich Beth an.

»Du triffst dich morgen früh also mit Lucas. Meinst du, das
ist eine gute Idee?«, frage ich.

»Ich weiß nicht mehr, was gut ist«, sagt sie und zuckt mit
den Schultern. Sie nimmt einen Schluck aus ihrem Glas, das mit
warmem Seagram's gefüllt ist. Nicht mal Eis hat sie dazugetan.
Wahrscheinlich versucht sie nur, den Schmerz zu betäuben.

Ich ziehe meine Beine erneut in den Schneidersitz. »Wirst du
ihm von dem Video erzählen?«

»Ich weiß es nicht«, murmelt sie und starrt in ihr Glas.

Michael lehnt sich in seinem Stuhl zurück. »Wir müssen uns
überlegen, was wir tun.«

Beths Blick schnellt zu ihm. »Was meinst du damit?«

»Ich meine, bewahren wir Mom und Dads Geheimnis oder
sagen wir es jemandem?«

»Es würde Lucas und Susan Gewissheit bringen«, sagt Beth.

Ich verenge die Augen. »Wirklich? Oder bringt es ihnen nur mehr Schmerz? Zu wissen, dass es kein Fremder war, der Emma getötet hat, sondern ihre Nachbarn, ihre Freunde?«

»Würdest du nicht alles in der Welt dafür geben, zu wissen, was mit Dad passiert ist?«, fragt sie.

»Hättest du mich vor einer Stunde gefragt, hätte ich Ja gesagt.« Ich senke den Kopf, starre in meinen Schoß. »Aber nachdem ich gesehen habe, was Mom und Dad getan haben ... bin ich mir nicht mehr so sicher, ob ich es wirklich wissen will.«

»Dad sagte auf dem Video, es war ein Unfall«, argumentiert Beth.

Michael verdreht die Augen. »Ja, lass uns doch einfach dem Kerl vertrauen, der unsere Familie verlassen hat.«

»Er ist immer noch unser Vater.« Ihre Stimme ist schwach, unsicher.

»Nur weil jemand ein Elternteil ist, heißt das nicht, dass er keine schlimmen Dinge tun kann. Ted Bundy hatte eine Tochter und der BTK-Killer auch. Ich bin sicher, ihre Kinder sagten sich ebenfalls: *Aber er ist unser Vater. Er könnte doch niemals ...* Jeder kann zu jeder Zeit alles tun«, sage ich und starre meine Schwester direkt an.

»Du vergleichst Dad doch jetzt nicht ernsthaft mit zwei der berüchtigtsten Serienmörder der Welt.« Sie schnaubt und schüttelt den Kopf.

»Ich sag ja nur«, erwidere ich mit einem Achselzucken.

Beth beißt an ihrem kleinen Finger die Nagelhaut ab, zieht ein winziges Stück davon heraus und schnipst es fort. »Ich denke, wir sollten Susan die Wahrheit sagen. Sie hat es verdient.«

»Es wird sie wahrscheinlich umbringen«, sagt Michael.

»Er hat recht«, füge ich mit einem Nicken hinzu.

»Aber es ist das Richtige«, murmelt Beth, allerdings ist da wenig Überzeugung in ihrer Stimme.

Das hier ist eine dieser Situationen, in denen es kein Richtig oder Falsch gibt. Man muss sich einfach für eine Richtung entscheiden und sich später einreden, dass es die beste Entscheidung war.

Meine Augen wandern zu Michael. »Was denkst du?«

»Ich bin mir nicht sicher, weil wir nicht wissen, was passiert ist.«

»Wir wissen genug«, sagt Beth, jedes Wort langsam und betont.

Michael senkt den Blick auf die Bierflasche in seinen Händen. »Wir müssen die Konsequenzen bedenken, die das für uns hätte, und für Mom und Dad, bevor wir eine Entscheidung treffen.«

»Was meinst du?« Beths Augen verengen sich.

»Denk doch mal nach, Beth. Willst du wirklich als die Tochter von Brian und Laura Thomas bekannt sein, dem Paar, das vielleicht ein Kind getötet und dann die Leiche verschwinden lassen hat? Falls das rauskommt, wirst du niemals etwas anderes sein.« Michael nimmt einen Schluck Bier.

»Ist mir egal«, sagt sie.

»Mir aber nicht.« Er stellt die Flasche mit etwas zu viel Kraft ab. Sie erzeugt einen dumpfen Knall auf dem Tisch.

Ich will Michael gerade zustimmen, doch Beth fällt mir ins Wort. »Ach, halt doch die Klappe, Michael. Du rennst doch eh wieder zurück in dein großes Haus in Kalifornien, schlürfst deinen teuren Scotch und machst einfach weiter mit deinem Leben, so wie du es schon immer getan hast.«

Er senkt den Kopf. Eine einzelne Träne läuft über seine Wange. Sie fällt langsam, wie ein Mensch, der sich durch unberührtes Land schleppt. Sie schlängelt sich ein wenig, berührt den Winkel seiner Lippe und tropft dann weiter bis zu seinem Kinn, wo sie an seiner Kieferlinie hängen bleibt und sich weigert, zu fallen.

»Ich stimme Michael zu«, sage ich. »Ich will dafür nicht bekannt sein.«

»Ist immer noch besser, als ein Junkie zu sein«, murmelt Beth.

Ich springe abrupt von meinem Platz auf, sodass der alte Holzstuhl nach hinten kippt. Er kracht auf den Parkettboden, und eine der dünnen Spindeln bricht mit einem lauten Knacken in zwei Teile. »Fick dich, Beth. Du hältst dich für so großartig? Du stehst am Fließband und packst Tiefkühlgemüse in Kartons. Deine eigene Tochter redet nicht mal mit dir, also würde ich sagen, für dich wäre das auch ein Aufstieg.«

»Wag es nicht, über meine Tochter zu reden, du Crackhead!«, schreit Beth und zeigt mit dem Finger auf mich.

»Genug!« Michael donnert mit der Faust auf den Tisch, was uns beide zusammenzucken lässt.

Beths Augen sind geweitet, ihr Mund bleibt halb offen, als wollte sie ihn ebenfalls anschreien, aber sie tut es nicht.

Michaels Träne ist verschwunden, entweder in sein teures Hemd gesickert oder in Luft aufgelöst. Ich atme tief durch, hebe den kaputten Stuhl auf und setze mich wieder hin, während ich die zerbrochenen Spindelteile auf dem Boden liegen lasse.

»Sich gegenseitig anzugehen wird nichts bringen. Lasst uns einfach alles durchgehen und falls wir genug finden, um zu verstehen, was mit Emma wirklich passiert ist oder wo ihre Leiche sich befindet, dann melden wir es. Falls nicht, machen wir weiter mit unserem Leben und vergessen, dass wir dieses verdammte Band je gesehen haben«, sagt er mit fester Stimme.

Beth schließt den Mund und presst die Lippen zusammen.

Michaels Blick wandert zwischen uns hin und her. »Einverstanden?«

Ich nicke, weil es sich für mich richtig anfühlt. Warum sollte man etwas melden, wenn es eigentlich nichts zu melden gibt?

Michael sieht zu Beth und wartet auf ihre Antwort. Sie kippt den Rest ihres Drinks herunter und stellt das Glas mit einem lauten Knall auf den Tisch. »Meinetwegen«, sagt sie widerwillig.

»Und wenn wir nichts finden, nehmen wir es mit ins Grab, so wie Mom, richtig?«, fügt er hinzu, um sicherzugehen, dass sie wirklich zustimmt und es versteht.

Beth starrt ihn mit leicht verengten Augen an. »Okay.« Das Wort klingt rau und ohne Überzeugung. Ich bin mir nicht sicher, ob ich ihr glaube. Sie hat nie aufgehört, Lucas zu lieben, nicht während ihrer Ehe, nicht nach all den Jahren, obwohl sie ihn seit mehr als einem Jahrzehnt nicht gesehen hat. Aber Michael vertraue ich. Er wird sich an unsere Abmachung halten, egal, wie es ausgeht.

»Gut, dann sind wir uns alle einig.« Er nickt.

Ich verlasse den Tisch und gehe ins Wohnzimmer, wo der Karton mit der Aufschrift *Tagebücher* steht. Er gehört zu den wenigen Dingen, die ausdrücklich mir hinterlassen worden sind.

»Was machst du da?«, ruft Beth mir hinterher.

»Wenn es Hinweise darauf gibt, was mit Emma Harper passiert ist, dann sind sie irgendwo hier drin«, sage ich, während ich mich auf den Boden setze und die Pappschachtel öffne.

Für einen Moment huscht ein schwaches Lächeln über ihr Gesicht, als wollte sie mir danken, dass ich ihr helfe. Aber ich tue das nicht für sie. Ich tue es für mich.

FÜNFZEHN
LAURA

15. JUNI 1999

Es ist kurz nach Mittag, und die Sonne steht hoch am Himmel, strahlt auf unser kleines Event herab. Perfektes Wetter für einen perfekten Tag. Ich stecke acht Ein-Dollar-Scheine in die Geldkassette und schenke einer vierköpfigen Familie, die ich noch nie zuvor gesehen habe, ein Lächeln. Sie nehmen ihre Tombola-Lose entgegen und schlendern am Eintrittsstand vorbei in den Park.

Eine Hand tippt mir auf die Schulter. »Tolle Beteiligung«, sagt Susan strahlend.

Ihr blondes Haar endet einen Zentimeter unter ihrem Kinn, und ihre blauen Augen sehen aus wie zwei Rotkehlcheneier in einem Nest. Wir sind seit 1990 Nachbarinnen, als sie mit ihrem Mann und ihren beiden Kindern in das Haus gegenüber einzog. Ich mochte Susan von Anfang an. Sie hat diese warme Ausstrahlung, bei der man sich fühlt, als würde man direkt im Sonnenlicht stehen, selbst wenn man es nicht tut.

Ich nicke und lasse meinen Blick über den Park schweifen. Er ist etwa so groß wie ein Footballfeld und liegt im Zentrum der Stadt, gesprenkelt mit großen Eschen und Weiß-Eichen. Heute wimmelt es dort nur so vor Menschen und Aufregung. Der Grove fühlt sich an wie eine der großen Städte, die ich in Filmen und Fernsehsendungen gesehen habe. Hunderte Menschen aus den umliegenden Städten sind in unsere kleine Gemeinde geströmt, um an der Wohltätigkeitsveranstaltung *Groovin' in the Grove* teilzunehmen.

»Kaum zu glauben, dass wir es geschafft haben«, sage ich und versuche, alles in mich aufzunehmen. Überall gibt es Jahrmarktspiele, Essensstände, eine Holzachterbahn für Kinder und ein Karussell. Ein Clown bläst Luftballons auf und formt daraus Schwerter und Pudel für die Kinder. Brians Stimme, verstärkt durch ein Mikrofon, durchdringt den Lärm. Er ruft »B9«, während an zehn Tischen Menschen aller Altersgruppen konzentriert auf ihre Bingokarten starren und mit Markern ihre Zahlen abstreichen.

»Du hast es geschafft.« Susan stupst mich mit der Schulter an.

»Ohne dich hätte ich das nicht hinbekommen.«

»Ich glaube, du hättest es auch alleine geschafft, aber ich nehme das Kompliment trotzdem an.« Sie lacht und kräuselt die Nase.

»Hey, lass uns schnell ein Foto machen«, sage ich und winke sie näher heran. Ich löse den dicken Riemen von meinem Nacken, an dem meine Nikon 28Ti-Kamera hängt – eine Kamera, die wir uns eigentlich nicht leisten konnten. Brian hatte sie mir letztes Weihnachten geschenkt. Ich sagte ihm, er solle sie zurückbringen, dass sie zu teuer sei, aber er behauptete, die Quittung verloren zu haben. Ich wusste, dass er log. Er war schon immer ein schlechter Lügner. Aber er tat es für mich, weil er wusste, dass ich niemals so viel Geld für mich selbst ausgeben würde. Also ließ ich ihn lügen und behielt die Kamera.

»Cheese«, sage ich, während ich die Kamera so weit von uns weghalte, wie es meine Arme erlauben. Wir stehen nebeneinander, die Arme um die Schultern der anderen gelegt, und lächeln. Die Kamera klickt und gibt ein surrendes Geräusch von sich.

Ich lege den Riemen wieder um meinen Hals und lasse die Kamera frei hängen, knapp über meinem Bauchnabel.

»Ich will eine Kopie davon«, sagt Susan.

»Natürlich, ich lasse doppelte Abzüge machen.«

Sie bedankt sich, und wir wenden uns wieder dem Park zu.

Ich entdecke Nicole, die ein Nirvana-T-Shirt und eine abgeschnittene Jeans trägt, die früher mal eine richtig gute Hose war. Um ihre Taille ist eines der karierten Flanellhemden ihres Vaters geknotet. Sie zählt den Start eines Sackhüpf-Rennens herunter, während eine Reihe von Kindern und sogar einige Erwachsene nebeneinanderstehen und darauf warten, dass sie Los sagt. Ihre Hände umklammern die Kartoffelsäcke, die sie bis zur Hüfte hochgezogen haben, die Füße und Beine darin fest eingewickelt. Nicole hat bei zwanzig zu zählen begonnen statt bei drei, wie wir es vorher besprochen hatten, und die Leute fangen an zu stöhnen. Endlich sagt sie Los, und die Teilnehmer beginnen zu hüpfen.

»Schau dir Emma an!«, strahlt Susan. Meine Augen finden ihre Tochter, die ein Britney Spears-T-Shirt trägt und einen entschlossenen Ausdruck hat. Sie übernimmt schnell die Führung, lacht und grinst, während die anderen hinter ihr zurückbleiben oder hinfallen.

»Los, Emma!«, feuert Susan sie an.

»Sie ist schnell«, sage ich.

»Ja, ich komme kaum mit ihr mit an den meisten Tagen.« Susan kichert und klatscht für ihre Tochter. Christie Roberts bekommt Momentum und holt Emma ein. Sie ist fünf Jahre älter und über einen Kopf größer als sie, also hat sie einen Vorteil. Aber Emma will diesen Sieg um jeden Preis. Die beiden liefern sich ein Kopf-an-Kopf-Rennen, bis Christie ausrutscht und mit dem Gesicht voran ins Gras stürzt. Emmas blonde Haare flattern in alle Richtungen, als sie die Ziellinie überquert und den ersten Platz belegt. Sie springt freudig aus ihrem Kartoffelsack, und Nicole hält ihren Arm hoch, um Emma als Sackhüpf-Champion von *Groovin' in the Grove* zu küren.

Ich lasse meinen Blick erneut durch den Park schweifen, auf der Suche nach meinen anderen beiden Kindern. Obwohl Michael ganz am anderen Ende steht und mir den Rücken zugewandt hat, weiß ich sofort, dass er es ist. Ich kann meine Kinder überall erkennen, egal, wie weit sie entfernt sind, selbst mit verbundenen Augen. Mütter wissen es einfach. Er ist im umzäunten Streichelzoo und füttert ein Ziegenbaby mit Heupellets. In der rechten Ecke des Parks beginnt eine lokale Band ihren Auftritt mit *Chattahoochee* von Alan Jackson. Die Bühne, auf der sie spielen, wurde von der örtlichen Bar Boar's Nest bereitgestellt. Barleute zapfen frisches Bier aus Fässern, während die Gäste aus ihren roten Bechern trinken, sich im Takt wiegen und tanzen.

»Mom, Mom!«, ruft Emma und rennt mit voller Geschwindigkeit auf Susan zu. »Schau mal, was ich gewonnen habe.«

Sie hält ihre Hand hoch und präsentiert stolz ein blaues Band für den ersten Platz. Auf ihrem schmalen Ringfinger sitzt locker ein Stimmungsring, der sich orange gefärbt hat.

»Wow! Den müssen wir präsentieren«, sagt Susan und pinnt das Band an Emmas T-Shirt.

»Wir haben dich gesehen.« Ich hebe eine Augenbraue und lächle. »Du hast sogar ein paar Teenager-Jungs abgehängt.«

»Und die sagen, Jungs wären stärker als Mädchen.« Emma kichert und klatscht sich lachend auf ihr Knie.

»Das Eierrennen beginnt gleich. Machst du mit?« Susan deutet auf eine Gruppe von Leuten auf der anderen Seite des Parks, die sich gerade in Zweiergruppen aufteilen und in zwei Reihen aufstellen.

»Ja, ich werde heute alle blauen Bänder gewinnen«, sagt Emma mit einem entschlossenen Nicken. Sie hat das Selbstbewusstsein eines Mädchens, das dreimal so alt ist wie sie, und ich kann mir schon jetzt vorstellen, wie sie eines Tages die ganze Welt erobert.

»Dann solltest du dir schnell einen Partner suchen«, sagt Susan und klopft ihr auf den Rücken.

Emma dreht sich auf dem Absatz um und stürmt in Richtung des Eierrennens, wechselt zwischen lässigem Hüpfen und vollem Sprint.

Ich lasse meinen Blick erneut über den Park schweifen, auf der Suche nach meiner ältesten Tochter, in der Hoffnung, dass sie nicht mit ihrem Freund davongelaufen ist.

»Hast du Beth oder Lucas gesehen?«, frage ich.

»Nicht seit heute Morgen, als wir alles aufgebaut haben. Aber sie müssen irgendwo hier sein«, sagt sie mit einer beiläufigen Geste.

Susan sorgt sich nicht so wie ich, und ich beneide sie darum. Sie hat noch keinen Verlust erlebt wie ich, deshalb kann sie ihn sich nicht vorstellen. Aber ich weiß, dass die schlimmsten Dinge immer plötzlich passieren, und wenn man es einmal erlebt hat, ist man für immer auf der Hut, bereit, dass es erneut geschieht. Es ist sowohl ein Segen als auch ein Fluch, denn es zwingt einen, im Moment zu leben, aber auch, sich vor dem nächsten zu fürchten.

Susan legt ihre Hand auf meine Schulter. »Warum gehst du nicht ein bisschen herum und mischst dich unter die Leute? Ich übernehme den Eintritt.«

»Bist du sicher?«

»Ja, geh nur, ich komme klar.«

»Okay. Ich bin nicht lange weg und bringe dir einen Corn Dog mit«, sage ich.

»Ein Bier wäre auch toll.« Sie lacht, aber ich weiß, dass sie es ernst meint.

Ich schlendere durch den Park, tausche Grüße und Lächeln mit mehreren Leuten aus dem Grove. Viele loben die Veranstaltung, und ich antworte bei jedem gleich: dass ich es ohne all die freiwilligen Helfer, Spenden und allen, die mit der Organisation geholfen haben, nicht geschafft hätte. Eine Hand tippt mir auf die Schulter und erschreckt mich. Ich drehe mich um und sehe Nicole.

»Kann ich jetzt mit meinen Freunden abhängen, Mom?« Ihre Arme sind vor der Brust verschränkt, ihre Art mir zu bedeuten, dass sie die Nase voll hat. Nicole war keine meiner freiwilligen Helferinnen, aber sie hat eingewilligt, als ich ihr versprochen habe, ihr das neue Blink-182-Album zu kaufen, das sie unbedingt haben wollte.

Ich überblicke erneut den Park. Michael ist nicht mehr beim Streichelzoo. Ich entdecke ihn in der Reihe für das Eierrennen. Brian ruft »B4« für eine Gruppe von Bingo-Spielern aus und fügt hinzu: »Ich hoffe, einer von euch gewinnt, bevor das Fass leer ist.« Es gibt ein paar Lacher. Ich schüttele den Kopf und grinse über seinen schlechten Witz.

»Mom!« Nicole stöhnt und reißt mich wieder in die Realität.

»Wo ist deine Schwester?«

»Woher soll ich das wissen? Wahrscheinlich ist sie gerade mit Lucas beschäftigt.«

Ich werfe ihr einen strengen Blick zu und seufze schwer. Ich hoffe, dass sie nur herumalbert und es nicht stimmt. Beth ist fast siebzehn, und ich weiß, wie Teenager sein können, aber ich bin einfach noch nicht bereit, meine kleine Tochter erwachsen werden zu sehen.

Noch einmal lasse ich meinen Blick durch den Park schweifen und schließlich entdecke ich Beth. Sie tanzt langsam mit Lucas vor der Bühne, während eine lokale Band *Amazed* von Lonestar spielt. Ihre Arme sind um seinen Nacken gelegt, seine Hände ruhen auf ihrer Taille. Sie wiegen sich im Rhythmus der Musik, ihre Augen verlassen einander nicht. Es mag eine junge Liebe sein, aber das bedeutet nicht, dass sie nicht echt ist. Ich habe Brian mit sechzehn genauso angesehen und tue es immer noch.

Ich halte meine Kamera hoch, blicke durch den Sucher und mache ein Foto der beiden. Dann noch ein paar weitere – ein Ei, das an Michaels Brust zerschellt, Brian, der eine Bingo-Kugel zieht, und Nicole, die direkt vor mir genervt das Gesicht verzieht.

»Mom, hör auf, eine Spaßbremse zu sein.«

Ich lasse die Kamera wieder am Riemen hängen und konzentriere mich auf mein rebellisches Kind.

»Also ... kann ich jetzt mit meinen Freunden losziehen?«

»Na gut, aber sei vor dem Abendessen zu Hause und behalt deinen Bruder im Auge.«

»Ja, ja, ja«, murmelt sie, während sie zu einem Tisch voller Teenager in ihrem Alter rennt. Sie sind alle ähnlich gekleidet – grunge, wie sie es nennen. Ich erkenne nur einen von ihnen: Casey Dunn. Er und Nicole sind seit der Mittelschule befreundet, und er scheint einen guten Einfluss auf sie zu haben. Bei den anderen bin ich mir nicht so sicher.

»Mom!« Michaels weinerliche Stimme lenkt meine Aufmerksamkeit auf ihn. Eigelb klebt an seinem Shirt. »Schau, was sie gemacht haben!« Er deutet auf das Debakel. In seinen Augen stehen Tränen, aber sie laufen nicht über. Er bemüht sich, nicht zu weinen.

»Oh, Schatz.« Ich gehe in die Hocke, um auf Augenhöhe mit ihm zu sein, und tätschle seine Schulter. »Warum gehst du nicht schnell nach Hause und ziehst dir was Neues an? Wirf das dreckige Shirt einfach in die Waschmaschine, ich kümmere mich später darum.«

»Aber dann verpasse ich das Wasserbomben-Werfen!«

»Nein, tust du nicht. Und bring dir vorsichtshalber noch ein zweites Shirt mit«, necke ich ihn.

Er stampft mit dem Fuß auf und lässt den Kopf hängen. Ich lege meine Hand unter sein Kinn, hebe es an und verspreche ihm Zuckerwatte, wenn er zurückkommt. Das zaubert ihm ein Lächeln ins Gesicht und bringt ihn in Bewegung. Er rennt über die Straße und unseren Weg nach Hause. Von hier aus kann ich unseren Briefkasten sehen, also behalte ich ihn im Auge, bis er die Einfahrt erreicht.

»Hey, Babe«, ruft Brian hinter mir.

Ich drehe mich um und sehe Brian mit zwei Bierbechern in der Hand und diesem jungenhaften Grinsen, in das ich mich vor zwanzig Jahren verliebt habe. In ein weißes T-Shirt und eine Wrangler-Jeans gekleidet, überbrückt er die Distanz zwischen uns, beugt sich zu mir herunter und drückt mir einen warmen Kuss auf die Lippen. Ein Schwarm Schmetterlinge flattert in meinem Bauch. Brian hat diese Wirkung immer noch auf mich.

»Ich bin stolz auf dich«, flüstert er.

»Danke«, sage ich und lächle zu ihm hoch.

Er reicht mir ein Bier. Die dichte, schaumige Krone bleibt an meiner Lippe hängen, als ich einen Schluck nehme.

»Brauchst du Hilfe?«, fragt er.

Ich lasse meinen Blick an ihm vorbei über den Park schweifen. Meine Augen landen bei Charles, einem hochgewachsenen, dürren Mann mit einem Hufeisenbart, langem dünnen Haar und leicht gekrümmtem Rücken. Er ist in seinen Vierzigern und lebt an der Ecke unserer Straße. Nicht nur sein Aussehen ist eine Zumutung, sondern auch sein Grundstück, das mit heruntergekommenen Fahrzeugen übersät ist, die er sich weigert zu entsorgen. Jetzt steht er allein da und starrt auf eine Gruppe von Teenager-Mädchen, die versuchen, eine menschliche Pyramide zu bauen. In einer Hand hält er ein Bier, in der anderen eine brennende Marlboro, die zwischen Zeigefinger und Daumen klemmt.

»Kannst du ein Auge auf die Dinge haben?«, sage ich zu Brian.

Mit Dinge meine ich Charles, aber ich werde nicht genauer.

»Ja, klar. Wo sind die Kinder?«, fragt Brian.

Ich erzähle ihm, dass Michael nach Hause gerannt ist, um sein Shirt zu wechseln, und dann deute ich zur Bühne, wo Beth und Lucas sind.

»Um Himmels willen!«, stöhne ich. Mein Blick wandert weiter zu Nicole. »Verdammt noch mal.«

»Was ist los?«, fragt Brian.

Seine Augen folgen meinem Finger erst zu Beth, die vor der ganzen verdammten Stadt mit ihrem Freund herumknutscht, und dann zu Nicole, die an einem Picknicktisch sitzt und an einem Bier nippt. Ich mache einen Schritt nach vorne, bereit, auf beide loszugehen und sie zusammenzustauchen, aber Brian hält mich auf.

»Ich kümmere mich darum, Laura.«

Ich seufze schwer und stemme meine Hände in die Hüften. »Diese Mädchen werden mich ins Grab bringen.«

»Jetzt weißt du, wie sich deine Mutter gefühlt hat, als wir in dem Alter waren und uns heimlich davongeschlichen haben, um am Naturpfad zu trinken und … na ja.« Brian wackelt grinsend mit den Augenbrauen.

»Oh, hör auf. So schlimm waren wir nicht.«

Er küsst meine Stirn und flüstert: »Ich erinnere mich daran, dass du ziemlich unartig warst.«

Ich kichere und schlage ihm spielerisch auf die Brust. Für einen Moment fühlt es sich an, als wären wir wieder Teenager. Aber das, was wir jetzt haben, gefällt mir noch mehr – diese tiefe Verbindung, gewebt aus Jahrzehnten unserer Beziehung, unseren Kindern, unserem Zuhause und dem Leben, das wir gemeinsam aufgebaut haben. Ich würde es um nichts in der Welt eintauschen.

»Gut, Zeit für mein strenges Vatergesicht.« Brian setzt eine übertrieben ernste Miene auf und stapft mit Missionarsschritten auf Nicole zu. Er wirft mir über die Schulter einen albernen Blick zu, und ich kann nicht anders, als zu lachen.

»Hier, Mom!«, ruft Michael.

Gerade als ich mich umdrehe, fliegt mir ein zusammengeknülltes Shirt entgegen, aber ich fange es, bevor es mich trifft.

»Was ist das?«

»Mein Ersatzshirt, weil du denkst, dass ich die Wasserbombe auch fallen lasse.« Er verdreht die Augen.

»Das denke ich nicht, Michael. Aber es ist immer besser, vorbereitet zu sein.« Ich entfalte das Shirt und lege es mir über die Schulter.

»Was auch immer.« Er zuckt mit den Schultern und rennt los in Richtung Wasserbomben-Werfen.

Ich überblicke den Park noch einmal und meine Augen bleiben an Charles hängen. Er schnippt seine Zigarettenkippe weg und tritt sie mit seinem alten, dreckigen Arbeitsstiefel aus. Die flatternden Schmetterlinge in meinem Bauch, die Brian immer heraufbeschwört, sind verschwunden. An ihre Stelle ist ein flaues Gefühl getreten, eine Vorahnung, dass etwas Schlimmes passieren wird. Ich weiß es, weil ich es schon einmal gefühlt habe …

SECHZEHN
BETH

Das Haus ist unheimlich still, als ich aus dem Bett gleite und in einen Hoodie und eine Jogginghose schlüpfe. Ich glaube nicht, dass ich letzte Nacht mehr als ein paar Stunden geschlafen habe. Und selbst als ich es tat, träumte ich von Mom und Dad, und diese Träume verwandelten sich schnell in Albträume, aus denen ich nicht erwachen konnte. Der weiße Umschlag auf dem Nacht-tisch fängt meinen Blick ein, jener Brief mit meinem Namen in Moms Handschrift darauf. Ich möchte ihn öffnen, wissen, was sie mir zu sagen hatte, aber ich kann nicht. Die Worte des Anwalts hallen in meinem Kopf wider: *Man sollte die Wünsche der Toten respektieren.* Also werde ich das tun. Übermorgen, wenn wir ihre Asche auf dem Grundstück verstreuen, werde ich ihn lesen.

Der silberne Schlüssel liegt neben dem Umschlag und blitzt auf, als das Licht der Nachttischlampe darauf fällt. Es gab keine Regeln oder letzten Wünsche in Bezug auf das Schließfach. Ich könnte es jederzeit öffnen, aber ich fürchte mich vor dem, was ich darin finden werde. Ich mache mir auch Sorgen über unser dunkles Familiengeheimnis. Heute fühlt es sich ein bisschen leichter an und das beunruhigt mich. Gestern dachte ich, es würde mir wie ein Schwall Erbrochenes aus dem Mund schießen. Heute fühlt es sich eher wie Sodbrennen an, das meine Speiseröhre hinaufkriecht. Vielleicht wird es sich morgen nur noch wie ein schwerer Kloß in meinem Magen anfühlen, wie industriell verarbeitetes Essen, das sich weigert, verdaut zu werden.

Die Haustür schlägt zu und erschreckt mich, dann ist es wieder still. Ich bin mir sicher, dass es Michael ist, der Besorgungen erledigt oder in einem Café seiner Arbeit nachgeht. Ich habe Nicole letzte Nacht gehört, als sie irgendwann aus ihrem Zimmer kam. Sie wühlte in den Kisten und Schränken in der Küche. Ich weiß nicht, wonach sie gesucht hat, hoffentlich hat sie nichts gestohlen.

Ich nehme den Schlüssel vom Nachttisch, halte ihn vor meine Augen und betrachte ihn genau, während ich überlege, was ich damit tun soll. Da ich mich nicht entscheiden kann, schiebe ich ihn zwischen Matratze und Lattenrost, verstecke ihn nicht nur vor meinen Geschwistern, sondern auch vor mir selbst. Man kann nie vorsichtig genug sein. Das hat Mom immer gesagt. Doch allmählich glaube ich, dass sie sich selbst nicht an ihren eigenen Rat gehalten hat.

In der Küche gieße ich mir eine Tasse Kaffee ein. Michael hat ihn gekocht, und wieder ist er viel zu stark, legt sich wie dickes Öl auf meine Zunge. Ich verstehe nicht, wie er das genießen kann. Mein Blick wandert zur Wanduhr. Lucas wird bald hier sein, und ich freue mich darauf und fürchte es gleichzeitig. Ich will in seiner Nähe sein, aber ich weiß nicht, ob ich es wirklich kann. Körperlich, ja. Doch mein Kopf ist woanders, und ich bin mir nicht sicher, ob ich jemals wieder hier ankommen werde.

Die aufgehende Sonne fällt durch das Wohnzimmerfenster und taucht die verstreuten Kisten in warmes Licht. Sie stehen überall auf dem Boden, einige leer, einige geöffnet, einige noch versiegelt. Wir haben etwa ein Drittel davon durchgesehen, aber nichts darin hat uns weitere Hinweise auf die Nacht des 15. Juni 1999 geliefert – außer *dieses* Band. Es liegt oben auf dem VHS/DVD-Player, offen und ungeschützt. Jeder könnte hereinkommen, es einlegen und die verborgene Wahrheit sehen. Ich überlege, es zu verstecken oder irgendwo zu verstauen, aber mir fehlt die Kraft, noch mehr zu verbergen. Vielleicht will ich auch, dass es jemand sieht. Dieses Geheimnis fühlt sich fast zu schwer an, als dass wir drei es allein schultern könnten.

Letzte Nacht habe ich das Band zwölfmal angesehen, auf der Suche nach einer Spur, irgendetwas, das mir sagt, was passiert ist, bevor Dad Mom zu Emmas Leiche führte, oder was nach der Aufnahme geschehen sein könnte. Ich dachte, je öfter ich es sehe, desto abgestumpfter würde ich werden. Aber das wurde ich nicht. Jede Wiederholung schockierte und erschütterte mich mehr als die vorherige. Es gibt Dinge, an die man sich einfach nicht gewöhnen kann. Ich bemerkte jedes Mal etwas Neues. Dads Augen waren blutunterlaufen, als hätte er geweint oder vielleicht war es der Alkohol. Aber er war nie ein starker Trinker, höchstens mal ein paar Bier hier und da. Moms Atem war flach und unkontrolliert. Entweder weil sie vom Haus bis zum Bach gerannt war oder weil sie mitten in einer Panikattacke steckte. Und Emmas Haare waren mit Blut verklebt. Ein Teil war trocken, ein anderer noch feucht, als würde die Wunde an ihrem Kopf noch immer bluten.

Ein sanftes Klopfen an der Fliegengittertür lässt mich aufblicken, und ich sehe Lucas auf der Schwelle stehen. Er trägt einen Zip-Hoodie, eine Baseballkappe und ausgewaschene Jeans.

In jeder Hand hält er eine Thermoskanne, eine lila, eine blau. Es sind dieselben, die wir als Teenager benutzt haben. Sein Lächeln erreicht seine Augen, bringt feine Fältchen in ihre Winkel.

»Morgen«, sagt Lucas. Seine Stimme ist klar, nicht kratzig, also war er schon eine Weile wach.

Er streckt mir die lila Thermoskanne entgegen. Sie ist kalt. Er hat sich daran erinnert. Ich mag meinen Kaffee am liebsten eisgekühlt, aber ich trinke ihn schon lange nicht mehr so. Zu viel Aufwand. Zu viel Planung. Zu viele Eiswürfel, die eingefroren werden müssten. Unwillkürlich lächle ich.

»Kalt und schwarz«, sagt er.

»Genau wie mein Herz.«

Wir lachen beide ... der alten Zeiten wegen.

»Sollen wir?«, fragt er und gestikuliert zur Auffahrt.

Ich nicke, und gemeinsam gehen wir Seite an Seite die Verandastufen hinunter und die Einfahrt hinab. Die Luft ist kühl und feucht, der Himmel ein graues Tuch, durch das die Sonne nur durch die schwächsten Nähte hindurchsickert. Unsere Schritte sind im Gleichschritt, als hätten sie nie ihren Rhythmus verloren. Am Ende der Einfahrt werfe ich einen kurzen Blick über die Straße zu seinem Elternhaus. Nur ist es kein Zuhause mehr. Es ist ein Haus. Ein Zuhause bedeutet Freude, aber ihnen wurde ihre damals 1999 geraubt.

»Also«, sagt Lucas und wirft mir einen flüchtigen Blick zu. Er kippt seine Thermoskanne nach hinten. Früher trank er seinen Kaffee heiß mit zwei Stück Zucker, und ich frage mich, ob er das immer noch tut. Oder ob er ihn mittlerweile so trinkt wie seine Frau. Ich frage mich, wo sie ist. Vielleicht wartet sie zu Hause auf seine Rückkehr.

»Also«, wiederhole ich.

Es gibt nur drei Häuser in dieser Straße. Unseres, das der Harpers und das von Charles Gallagher. Seit mein Vater verschwunden ist, habe ich das Gefühl, dass diese Sackgasse verflucht ist, wenn man bedenkt, was mit jeder Familie passiert ist, die hier lebte. Am Stoppschild nimmt Lucas abrupt eine scharfe Rechtskurve. Er meidet offensichtlich den Park. Sein Kiefer spannt sich an und entspannt sich erst, als wir nach links in eine andere Straße abbiegen und den Park hinter uns lassen.

Die Grove ist still. Sogar die Vögel singen heute nicht. Die Häuser in dieser Stadt sind größtenteils bescheiden. Viele sind einstöckige Bauten mit großen Gärten und hohen Bäumen, die wie zufällig verstreut stehen. Es ist wie jede andere nicht eingetragene Gemeinde, die man auf keiner Karte finden kann. Ein Ort, in den man entweder hineingeboren wird oder über den man zufällig stolpert und sich fragt: *Wer könnte hier leben?*, während man hindurchfährt.

»Kommt deine Frau mit?«, frage ich. Die Worte klingen zaghaft und ungeschickt, und ich bereue die Frage sofort. Ich erinnere mich, seine Hochzeitsfotos in meinem Facebook-Feed gesehen zu haben. Sie waren wunderschön und ich habe ihretwegen geweint. Ich trauerte um eine Zukunft, die wir hätten haben können, wenn die Dinge anders gelaufen wären. Danach habe ich meinen Account gelöscht. Ich hatte ohnehin nicht viel, was ich der Welt mitzuteilen hatte, und das Glück anderer machte mich nur noch trauriger.

Er sieht mich an, als wollte er meinen Gesichtsausdruck einschätzen. »Nein, wir haben uns vor zwei Jahren scheiden lassen.«

131

Sein Gesicht bleibt ausdruckslos, als wäre es ihm weder eine Freude noch ein Bedauern.

»Das tut mir leid«, sage ich, und ich glaube, ich meine es auch so.

»Dafür gibt es keinen Grund. Wir wollten einfach unterschiedliche Dinge, und es tut mir auch leid wegen deiner Scheidung.«

Ich nicke und presse die Lippen aufeinander. Ich hatte angenommen, dass Lucas davon wusste. Meine Mom hatte es seiner Mutter damals sicher erzählt. Aber ich habe nie von ihm gehört. Nicht, dass ich es erwartet hätte. Wir gehen vorsichtig die North Road hinunter. Sie ist steil, und unsere Füße tragen uns schneller als beabsichtigt. Früher war das die perfekte Route für eine Fahrradfahrt, weil es sich anfühlte, als würde man fliegen – ein magischer Moment für ein Kind. Am Fuß des Hügels liegt der Eingang zum Naturpfad und ich nehme an, dass Lucas genau dort hinwill. Denn das war unser Ort.

»Was wolltest du?«, erkundige ich mich.

»Es geht nicht darum, was ich wollte. Es geht darum, was ich nicht wollte.«

Ich werfe ihm einen kurzen Blick zu, nehme sein markantes, stoppeliges Kinn und seine Lippen wahr. Ich erinnere mich, dass sie weich und warm waren. »Und was wolltest du nicht?«

»Kinder«, sagt er, als wäre es die einfachste Sache der Welt.

Ich nippe an meiner Thermoskanne und weiß nicht, wie ich darauf reagieren soll. Ich erinnere mich nicht daran, dass ich jemals darüber nachgedacht habe, Kinder zu bekommen, bevor ich eines hatte. Ich war neunzehn, als ich mit Marissa schwanger wurde. Ich wurde Mutter, bevor ich überhaupt überlegen konnte, ob ich es sein wollte. Aber jetzt kann ich mir nicht vorstellen, keine Mutter zu sein. Auch wenn unsere Beziehung schwierig ist und meine Tochter am anderen Ende der Welt lebt, wird uns immer ein Band verbinden. Es ist eine Bindung, die niemals durchtrennt werden kann, denn die Liebe zwischen einer Mutter und ihrem Kind ist unendlich. Ich spüre die Liebe meiner Mom immer noch, obwohl sie nicht mehr da ist. Selbst nachdem ich erfahren habe, was sie Emma angetan hat. Unsere Arme streifen sich, und ich schlucke schwer, während ich das dunkle Geheimnis erneut hinunterdrücke.

Wir betreten den Naturpfad, der sich wie ein Tunnel durch den Wald zieht, eine alte Bahnstrecke ohne Schienen. Der Boden besteht aus Erde, Gras und kleinen Steinen. Hohe Bäume auf beiden Seiten bilden ein Blätterdach. Neben dem Weg verläuft ein Bach – aber er ist in großen Teilen ausgetrocknet. Nichts hält ewig. Das Schweigen zwischen uns zieht sich so lange, dass ich glaube, das Thema Kinder wäre vom Tisch. Doch dann spricht Lucas weiter.

»Nachdem ich gesehen habe, was meine Eltern durchgemacht haben, als Emma verschwand, konnte ich einfach nicht. Mein Vater hat es nicht überlebt, und meine Mom ... ich habe sie immer wieder sterben sehen. Nicht im wörtlichen Sinne, im echten Sinne.« Er hält inne und sieht mich an. »Sich tot zu fühlen, während dein Körper noch auf dieser Erde wandelt, ist schlimmer, als wirklich tot zu sein.«

Er muss nicht erklären, was er meint. Ich verstehe es.

»Als sie verschwand, sagten die Polizisten immer wieder, dass die ersten 48 Stunden entscheidend sind, dann verstrich diese Frist und plötzlich erwähnte es niemand mehr. Meine

Mutter starb nach einem Monat, nach einem Jahr, und danach jedes Jahr erneut. Vielleicht bin ich einfach ein Zyniker, aber ich dachte mir: Wenn ich keine Kinder habe, kann ich sie nicht verlieren.«

Ich sehe ihn mitfühlend an. Es ist leicht, ein Zyniker zu werden, wenn man in einer zynischen Welt lebt, in der gute Absichten oft keine wahren Absichten sind. Wo Vertrauen sich mehr wie eine Religion anfühlt – nicht eine, die man praktiziert, sondern eine, an die man sich nur sicherheitshalber hält, falls es am Ende doch einen Gott gibt.

»Wünschst du dir manchmal, du wüsstest, was mit ihr passiert ist ... mit Emma, meine ich?« Ich kann ihn nicht ansehen, als ich die Frage stelle.

»Nein. Weil ich weiß, dass sie tot ist«, sagt er sachlich.

Meine Atmung ändert sich – kurz, schnell, unkontrolliert. Ich atme tief ein, versuche, sie zu beruhigen, und wage einen flüchtigen Blick auf ihn. Seine Augen sind verengt, starren auf den langen, dunklen Tunnel vor uns. Am Ende ist kein Licht.

»Sie ist seit dreiundzwanzig Jahren verschwunden, und es ist höchst unwahrscheinlich, dass sie einfach irgendwo lebt. Ein Teil von mir glaubt vielleicht daran, aber wenn ich wüsste, was mit ihr passiert ist, würde ich diesen winzigen Funken Hoffnung verlieren.«

Meine Augen fühlen sich feucht an, und ich blinzele so lange, bis die Nässe verschwindet. Vielleicht haben Nicole und Michael recht. Vielleicht ist es besser, die Vergangenheit in der Vergangenheit zu lassen, denn die Wahrheit zu kennen, ändert nichts. Ich trinke aus der Thermoskanne und drücke das seltsame Gefühl in meiner Kehle hinunter. Es könnte Schuld sein, Trauer, Reue.

Vielleicht ist es sogar die Wahrheit, die mein Körper loswerden will, als wäre sie ein Gift.

»Mom fragt auch immer wieder nach ihr. Wegen der Demenz vergisst sie manchmal, dass Emma damals verschwunden ist. Ich musste es ihr mehrmals sagen. Ich musste mit ansehen, wie sie diesen Verlust immer und immer wieder durchlebt.« Lucas schüttelt den Kopf. »Aber in letzter Zeit lüge ich. Ich sage ihr, dass sie bei einer Freundin ist oder mit dem Fahrrad unterwegs. Das sind winzige Momente des Trostes für sie, aber ich glaube, sie sind es mehr für mich. Sie lächelt dann und redet über Emma, als wäre sie die ganze Zeit hier gewesen. Vielleicht ist das falsch von mir.« Er zuckt mit den Schultern.

»Ich finde nicht, dass das falsch ist. Wenn ich das für meine Mom hätte tun können, hätte ich es getan.«

Er bläst die Wangen auf und gibt mir einen mitfühlenden Blick. »Ja, dein Dad. Es tut mir wirklich leid, Beth.«

Ich sage nichts, weil es nichts zu sagen gibt.

»Es sind sieben Jahre, oder?«, fragt er. Es ist eine genaue Zahl, zu genau. Er weiß, dass es so lang her ist.

Ich nicke.

Eine Minute lang sagt keiner von uns etwas. Wir laufen einfach weiter. Äste wiegen sich im Wind. Blätter lösen sich einzeln, gleiten zu Boden und akzeptieren schließlich ihr Schicksal. Sie zerfallen, bilden eine Schicht aus Fäulnis und Verfall am Fuß des Baumes, die ihn im Winter schützt, indem sie Regen aufnehmen und Nährstoffe liefern. Selbst im Tod haben sie noch einen Zweck.

Ein schwarzer Kater springt zehn Meter vor uns aus dem Wald und bleibt abrupt stehen, hebt eine Vorderpfote und reckt seinen

Kopf in unsere Richtung. Seine gelben Augen leuchten wie Glüh-würmchen. Dann setzt er seinen Weg fort und verschwindet wie-der im Wald. Ein schwarzer Kater hatte auch an jenem Tag mei-nen Weg gekreuzt, an dem mein Vater verschwand. Ich erinnere mich, dass ich dachte: Ich sollte umkehren. Zumindest sagen die Leute, dass man das tun sollte, sonst findet einen das Pech ... und das tat es.

Lucas spricht schließlich. »Wünschst du dir manchmal, du wüsstest, was mit deinem Dad passiert ist?«

»Ja.« Ich zögere, schaue ihn an. »Dieses Nichtwissen bringt mich um. Diese Mischung aus Hoffnung und Trauer ist giftig, wie Ammoniak und Bleichmittel zusammen. Getrennt kann man es eine Weile ertragen, aber zusammen ist es tödlich.«

Schnell wende ich den Blick ab, sobald das Wort tödlich über meine Lippen kommt. Das Bild von Emmas lebloser Gestalt unten am Bach blitzt in meinem Kopf auf. Es ist schrecklich. Etwas, das ich nie wieder vergessen werde.

Er sagt nichts, und ich frage mich, ob ich das Falsche gesagt habe. Wir verlassen den Pfad über eine kleine Lichtung, die auf die Dead End führt. Man nennt sie so, weil sie die Hauptstraße des Ortes ist und einfach aufhört, als gäbe es keinen Grund, weiterzugehen. Hier endet die eine Seite des Grove. Die andere endet auf unserer Straße, nur eine Meile entfernt.

Der Asphalt bildet einen Kreis, groß genug für ein Fahrzeug, um zu wenden und zurückzufahren. Eine Leitplanke verläuft um die Hälfte davon, eine Warnung, sich nicht über die Ab-sperrung hinauszuwagen, wo das Gras und die Bäume wild und ungezähmt wachsen. Als Kinder erzählten uns die Erwachsenen, dass die, die dort hineingingen, nie wieder zurückkamen. Aber wir hörten nicht auf sie. Wir kletterten über die Leitplanke und forderten uns gegenseitig heraus, immer weiter zu gehen. Es geschah nie irgendwas. Wir kamen immer zurück. Aber hier fanden sie Emmas Fahrrad. Rosa mit weißen Quasten an den Lenkern. Es tauchte Monate nach ihrem Verschwinden auf, als hätte das wilde Gras es ausgespuckt. Wir Kinder wagten uns nicht mehr über die Leitplanke, aus Angst, dass unsere Eltern die Wahrheit gesagt hatten.

Ich weiß jetzt, dass alles eine Lüge war. Alles.

»Ich schreibe meinem Vater jede Woche eine E-Mail«, sage ich plötzlich und weiß nicht einmal, warum. Ich habe das noch nie jemandem erzählt, nicht einmal Mom. Ich schäme mich. Es fühlt sich an, als wäre ich ein Kind, das zu alt ist, um noch an den Weihnachtsmann zu glauben.

»Hilft es?«, fragt Lucas, während wir die Hauptstraße entlanggehen, zurück in Richtung unserer Häuser.

»Ich weiß nicht.«

Der Grove schläft noch. Autos stehen regungslos in den Einfahrten. Vorhänge sind zugezogen. Nebel hängt über taufrischen Wiesen. Es ist zugleich friedlich und unheimlich.

»Was schreibst du ihm?«

»Eigentlich nur belanglosen Kram. Alles, was ich ihm erzählen würde, wenn er hier wäre. Filme oder Serien, die ich schaue, Bücher, die ich lese. Dinge, die passiert sind, in meinem Leben oder um mich herum.«

»Das ist nicht belanglos. Zumindest ist es sicher befreiend.«

Ich glaube, Lucas ist einfach nur nett. Denn wer schreibt über dreihundert E-Mails, ohne jemals eine Antwort zu bekommen? Mein Ex würde sagen: Ein verrückter Mensch, jemand, der den

Bezug zur Realität verloren hat, jemand, der in der Zeit stehen geblieben ist. Vielleicht hat er recht. Vielleicht bin ich all das.

»Ja, denke schon.« Ich trinke einen Schluck. »Ich stelle mir gerne vor, dass er sie liest, auch wenn er nie antwortet.«

Lucas nickt und nimmt ebenfalls einen Schluck aus seiner Thermoskanne.

»Gestern Nacht habe ich ihm geschrieben und ihm von Mom erzählt.« Meine Stimme bricht, sobald ich sie erwähne. »Wenn er nicht antwortet, weiß ich endlich, dass er für immer weg ist. Und dann lasse ich ihn los.«

Das Gewicht meiner Worte lässt meine Schultern sinken und meine Lippe beben. Es fällt mir schwer zu schlucken, und meine Augen füllen sich mit Tränen. Ich will nicht weinen. Aber es fühlt sich an, als müsste ich. Ich habe mal nachgelesen, warum wir weinen. Damals, als ich nicht mehr aufhören konnte, nachdem Dad gegangen war. Ich wollte wissen, warum es passiert, was der Sinn dahinter ist. Aber niemand weiß es genau. Eine Theorie besagt, dass Tränen anderen signalisieren, dass wir leiden, ein unbewusster Hilferuf nach menschlicher Verbindung. Emotionale Tränen sind dicker, dicke Proteinbomben. Sie fallen langsam, haften an unseren Wangen, schreien hinaus, dass wir Hilfe brauchen, dass wir nicht mehr allein klarkommen. Und ich denke, da bin ich. Schon eine sehr lange Zeit – festgefahren, unfähig weiterzumachen, standzuhalten, zu leben.

Lucas legt eine Hand auf meine Schulter und sieht mich an. Er sieht mir in die Augen, doch ich erwidere den Blick nicht. Ich kann es nicht. Diese fetten, emotionalen Tränen entkommen, verraten ihm mehr, als ich je mit Worten sagen könnte, doch er versteht es und zieht mich an seine Brust, legt sein Kinn auf meinen Kopf, während er mich hält. Ich schluchze, mein Körper zittert und bebt gegen seinen.

Auch wenn ich zusammenbreche – irgendwie fühle ich mich aufgehoben in seinen Armen.

Das ist der Grund, warum wir weinen.

SIEBZEHN

NICOLE

Ich dachte, ich hätte alles über meine Mutter gewusst, bis ich ihre Tagebücher gelesen habe. Du kannst einen Menschen dein ganzes Leben lang kennen, aber ihn trotzdem nie wirklich *kennen*. Denn er muss dir nur das zeigen, was du sehen sollst. Ich wusste nicht, dass sie sich als Mutter unsicher fühlte. Ich wusste nicht, dass sie Angst hatte, uns falsch zu erziehen, einen Fehler zu machen, der uns für immer prägen würde. Ich wusste nicht, dass sie sich selbst für meine Sucht verantwortlich machte. Und ich wusste nicht, wie sehr sie uns wirklich geliebt hat. Sie schreibt nicht über die Nacht des 15. Juni 1999. Sie deutet sie an, aber ihr Eintrag ist so kryptisch wie Hieroglyphen. Sie nennt sie die Nacht, in der sich alles änderte, die Nacht, die sie jeden Moment ihres Lebens bis dahin infrage stellen ließ. Die Nacht, die ihren Glauben erschütterte und, am erschreckendsten von allem, die Nacht, in der sie erkannte, dass Monster unter uns wandeln.

Ich nehme meine Kaffeetasse vom Küchentisch und trinke einen Schluck. Der Kaffee ist mittlerweile lauwarm, aber das stört mich nicht. Ich will nur das Koffein – eine weitere Droge, um mein Gehirn davon abzulenken, dass es nach einer viel stärkeren verlangt. Meine Hand zittert, als ich die Tasse abstelle und eine weitere Seite umblättere. Ich lese jedes Wort bewusst langsam, weil ich weiß, dass jedes aus einem bestimmten Grund geschrieben wurde, ob es nun hastig dahingekritzelt wurde oder nicht. Moms Tagebücher sind manchmal ein einziges Wortchaos, als wäre einfach nur alles aus ihr herausgeflossen. Manchmal aber sind sie poetisch, als hätte sie sich Zeit genommen, um jedes Wort genau richtig zu setzen. Einige Zeilen springen mir ins Auge.

Selbst wenn ich ein Loch tief genug graben könnte, um den Erdkern zu erreichen, könnte ich es nicht begraben.

Ich habe immer versucht, das Richtige zu tun, aber irgendwo auf dem Weg ist alles schiefgelaufen.

Man glaubt nicht an Monster, bis man mit einem zusammenlebt ... und selbst dann glaubt man es erst, wenn man in den Spiegel schaut und erkennt, dass man selbst eines geworden ist.

Mir fällt auf, dass Seiten fehlen, insbesondere um den 15. Juni herum. Die ausgefransten Ränder, die noch im Metallring der Spiralbindung stecken, sind der Beweis für geschriebene Wahrheiten, die später herausgerissen und weggeworfen wurden. Warum hat sie sie überhaupt erst aufgeschrieben? Vielleicht war es befreiend, ihre Geschichte zu erzählen, auch wenn es nur auf eine leere Seite war. Ich kann das verstehen. Es gibt viele Wahrheiten, die ich nur für mich selbst aufgeschrieben habe. Manche Geschichten sind nicht dazu gedacht, erzählt zu werden.

Die vordere Fliegengittertür quietscht, als sie aufschwingt. Ich hebe den Kopf und sehe Beth hereinkommen. Sie kickt ihre Schuhe von den Füßen. Ihr Gesicht ist gerötet und geschwollen, ihre Augen blutunterlaufen. Sie hat geweint und ich würde sie fragen, was los ist, aber ich bin immer noch wütend auf sie, weil sie mich als Junkie und Crackhead bezeichnet hat. Es ist wahr, aber das heißt nicht, dass sie es sagen sollte.

»Wie war dein Spaziergang mit Lucas?«

Ich mustere ihr Gesicht, versuche, zu erkennen, ob sie es ihm gesagt hat. Hat sie ihm von Emma erzählt? Sie sagte, sie würde es nicht tun, es sei denn, wir fänden etwas Handfestes, aber ich bin mir nicht sicher, ob ich ihr das glaube.

»Gut.« Sie holt sich ein Glas aus dem Schrank und füllt es mit Leitungswasser. »Und nein, ich habe ihm nichts von Emma erzählt«, sagt sie, ohne mich anzusehen.

»Ich hab nicht gefragt.«

»Musstest du auch nicht.« Sie kippt fast die Hälfte des Glases in einem Zug herunter.

Es ist fast unmöglich, Beth etwas zu verheimlichen. Sie war die Erste, die meine Sucht bemerkte. Ich glaube, sie wusste es sogar vor mir, wenn das Sinn ergibt. Ich dachte, ich hätte einfach nur Spaß, und erkannte nicht, dass ich keinen hatte, bis die Jagd mein ganzes Leben einnahm und das Hoch nur noch Mittel zum Zweck war. Meine Mutter war die Nächste, die es wusste, aber sie hat es erst später gemerkt. Eltern haben eine blinde Stelle für ihre Kinder.

Beth macht ein paar Schritte auf den Küchentisch zu und betrachtet die aufgeschlagenen Tagebücher. »Irgendwas Interessantes gefunden?«, fragt sie.

Interessant ist nicht das richtige Wort. Ich weiß nicht, wie ich es beschreiben soll. Interessant ist, wenn ich eine neue, skurrile Tatsache herausfinde. Wie die, dass drei Tage nach dem Tod die Enzyme, die eigentlich das Essen verdauen, anfangen, den

Körper selbst zu zersetzen. Ich dachte, das wäre interessant. Diese Tagebücher sind anders und ich glaube nicht, dass es ein Wort dafür gibt.

»Nein«, sage ich. »Aber einige Seiten fehlen ... von ... der Nacht.«

Beth zieht eine Braue hoch. »Hat sie sie herausgerissen?«

»Muss sie wohl.«

Ich überlege, ihr ein Tagebuch zum Lesen zu geben, aber Mom hat sie mir hinterlassen. Viel habe ich nicht bekommen, nur die und ihr altes Auto, von dem ich nicht mal sicher bin, ob es überhaupt noch fährt. Wenn Mom gewollt hätte, dass jemand anderes sie liest, hätte sie sie aufgeteilt, jedem von uns ein Drittel gegeben. Aber das hat sie nicht. Also gehören sie mir.

»Vielleicht liegen sie irgendwo hier herum.« Beth blickt auf die Kartons im Wohnzimmer – einige geöffnet, einige geschlossen, einige leer, einige voll.

»Ja, vielleicht«, sage ich und staple die Tagebücher. Ich brauche eine Pause davon. Ich bin mit ihren Worten eingeschlafen, und als ich heute Morgen aufwachte, bin ich zu ihnen zurückgekehrt.

»Ist Michael zurück?«, fragt sie.

Ich schüttle den Kopf.

»Sollen wir ohne ihn anfangen?«

»Eigentlich muss ich zu meiner ...« Ich zögere und suche nach dem richtigen Wort. »Behandlung?« Ich bin mir nicht sicher, ob das das Richtige ist. Ich nehme immer noch Opiate, synthetische, nur in geringeren Dosen. Der Arzt ist zuversichtlich, dass ich sie nur ein Jahr lang brauchen werde. Aber ich frage mich: Werde ich jemals ohne das Methadon leben können?

»Kannst du mich fahren?« füge ich hinzu.

Ich will sie nicht um Hilfe bitten, weil ich weiß, dass sie es schon vor einem Jahr leid wurde, mir zu helfen. Ich kann es ihr nicht übel nehmen. Ich hatte schon immer die Tendenz, nach dem nächsten Kick zu suchen, lange bevor der Autounfall passiert ist. In meinen Zwanzigern waren es Gras, Alkohol und Kokain, wann immer ich etwas in die Finger bekam. Aber ich funktionierte, bis ich etwas viel Stärkeres probierte – etwas, das stärker war als ich selbst. Die Ärzte verschrieben mir Oxycodon. Sie hielten mich viel zu lange darauf, und dann setzten sie es abrupt ab, ohne einen Plan. Also machte ich meinen eigenen Plan. Werde high oder stirb bei dem Versuch. Und ich hätte es viele Male fast geschafft. Aber das hielt mich nicht auf. Sucht ist, als hätte man den Arm in einem Schraubstock. Du kannst den Griff nicht lockern. Du kannst dich nicht befreien. Du musst einfach lernen, damit zu leben.

Wegen meiner Sucht habe ich den Menschen, die ich am meisten liebe, die schlimmsten Dinge angetan – Beth ist einer von ihnen. Also kann ich ihr nicht übel nehmen, dass sie mir nicht mehr helfen will, aber ich kann sie sehr wohl dafür hassen. Vielleicht ist das die Sucht, die aus mir spricht. Ich weiß es nicht mehr.

»Klar«, sagt Beth. Ihre Stimme ist sanft, das Wort kommt langsam, als hätte sie es sich abgerungen. »Lass mich nur schnell die Klamotten wechseln«, fügt sie hinzu.

Schön wär's, wenn nicht nur Klamotten so einfach zu wechseln wären.

ACHTZEHN
BETH

Der Motor läuft noch, während ich vor dem herunter-
gekommenen Behandlungszentrum warte. Es befindet sich in
einer kleinen Einkaufszeile ein paar Städte weiter, eingeklemmt
zwischen einem Dollarstore und einem dieser dubiosen Schnell-
kreditläden, bei denen die Zinsen scheinbar minütlich steigen.
Eines der Fenster wurde mit Sperrholz verbarrikadiert. Vermutlich hat jemand außerhalb der Öffnungszeiten nach einer Behandlung verlangt. Die restlichen Fenster sind mit Jalousien ver-
hangen, für die Privatsphäre – oder um zu verbergen, was sich
hinter diesen Türen abspielt. Menschen, die noch kaputter sind
als meine Schwester, treten durch die milchige Glastür ein und
aus. Laut dem, was ich online gelesen habe, wird der Großteil
von ihnen rückfällig werden. Nicole schnallt sich ab und steigt
aus dem Auto.

»Soll ich mit reinkommen?«, frage ich.

»Nein, ich bin nicht lange weg«, sagt sie.

»Sicher?«

Sie knallt die Tür zu. Entweder hat sie mich nicht gehört,
oder es war ihr egal. Sie verschwindet im Inneren der Klinik.

Ich trommle mit den Fingern auf das Lenkrad, nur um mich zu beschäftigen, um meinen Geist daran zu hindern, abzudriften. Ein leichter Nieselregen prasselt herab. Kleine Tropfen treffen auf die Windschutzscheibe, rinnen das Glas hinunter. Sie verharren, wenn die Flüssigkeit sich erschöpft und nichts mehr bleibt, um sie weiterzutragen.

Ich greife nach meinem Handy und checke als Erstes meine verpassten Anrufe. Ich habe gestern Abend versucht, Marissa anzurufen, landete aber direkt auf der Mailbox, und ich habe keine Nachricht hinterlassen. Sie hat nicht zurückgerufen. Ich überprüfe als Nächstes meine E-Mails. Es ist das neunte Mal an diesem Morgen. Alles nur Spam, bis auf eine Nachricht von der Personalabteilung, die wissen will, wann ich aus meinem unbezahlten Urlaub zurückkehren werde. Keine Antwort von meinem Vater. Früher haben wir uns E-Mails geschrieben, nachdem meine Eltern für die Familie – na ja, hauptsächlich für Michael – einen Computer gekauft hatten. Ich erinnere mich, wie Dad mir sagte, es helfe ihm, schneller zu tippen. Anfangs hackte er noch mit zwei Fingern auf die Tasten ein, aber mit der Zeit legte er alle Finger auf die Tastatur. Seine E-Mails wurden länger, als er besser wurde. Die ersten paar Dutzend waren nur ein paar Sätze lang, aber ich bin sicher, sie haben ihn jeweils eine Stunde gekostet. Sie waren voller Tippfehler, ich konnte manchmal kaum entschlüsseln, was er mir mitteilen wollte. Er schrieb sie in den frühen Morgenstunden, bevor er in die Fabrik ging, und ich musste bis zum Feierabend warten, um ihn nach den kryptischen Nachrichten zu fragen. Er lachte dann und versprach mir, dass ich die nächste besser verstehen würde. Und das tat ich immer – bis sie plötzlich aufhörten.

Ich blicke zur Tür des Behandlungszentrums. Wieder huscht eine gebrochene Seele hinein, eine andere hinaus. Es sind fünfzehn Minuten vergangen. Ich schalte den Motor aus und steige vorsichtig aus, die Autoschlüssel fest in der Hand. Das hier ist kein guter Stadtteil. Ehrlich gesagt, gibt es in keiner Stadt wirklich gute Gegenden. Manche Viertel verstecken ihre Schattenseiten einfach besser. Ich eile ins Gebäude, gerade schnell genug, dass mich der Regen kaum trifft. Drinnen steht eine lange Schlange von Menschen, die auf ihre nächste Dosis warten, um die Entzugserscheinungen in Schach zu halten. Nicole ist nicht dabei, also drängle ich mich nach vorne. Ein Mann knurrt mich an. Ich entschuldige mich und versichere ihm, dass ich nur eine Sekunde brauche.

»Ich suche meine Schwester, Nicole Thomas«, sage ich zu der Frau hinter der kugelsicheren Glasscheibe. Sie trägt einen finsteren Ausdruck zur Schau, als wäre er in ihr Gesicht hineintätowiert. Ich kann es ihr nicht verübeln. Das hier ist kein einfacher Arbeitsplatz.

Die Frau tippt den Namen in den Computer. »Sie hat ihre Dosis vor zehn Minuten bekommen, müsste also längst wieder draußen sein. Wahrscheinlich ist sie durch den Hinterausgang raus.« Sie deutet auf einen Flur zu ihrer Seite.

Bevor ich mich bedanken kann, ruft sie schon »Nächster!« und scheucht mich weg.

Ich passiere das medizinische Personal und die Patienten. Jeder Einzelne von ihnen sieht müde aus, aber nicht wegen Schlafmangels. Ich glaube, sie sind einfach vom Leben erschöpft. Manchmal wird das Leben alt, lange bevor wir es tun. Draußen im Hinterhof gibt es einen Personalparkplatz. Da ist sie, ganz hinten an der Ecke. Sie spricht mit einem Mann. Er ist groß, ragt über meiner Schwester auf, gekleidet in eine Regenjacke und dunkle Jeans. Dann werde ich Zeugin einer Übergabe. Er drückt ihr einen großen braunen Umschlag in die Hand. Sie sieht sich rasch um und stopft ihn in ihre Tasche.

»Nicole!«, rufe ich und sprinte über den Parkplatz. Mein kaputtes Knie pocht, aber ich ignoriere den Schmerz. Gerade gibt es Wichtigeres.

Ihr Kopf zuckt in meine Richtung, die Augen weit aufgerissen. Der Mann sieht mich an und tritt dann zur Seite, stellt sich neben Nicole statt vor sie.

»Was zur Hölle machst du da?!« Ich schreie sie an, genau wie Mom es immer tat, wenn sie nach der Sperrstunde nach Hause kam. Ich beachte den Mann nicht einmal. Er ist unwichtig, nur eine Brücke zu ihrer Sucht. »Nimmst du verdammt noch mal wieder?«

»Was? Nein!«, entgegnet sie vehement. Ihre Augen haben einen wilden Ausdruck, ihr Kiefer mahlt schnell von links nach rechts.

Ich greife nach ihrer Tasche. Sie versucht sich zu wehren, schlägt um sich mit ihrem eingegipsten Arm, aber ich bin größer und stärker. Fast ein Jahrzehnt voller Drogen hat ihren Körper und ihren Verstand mürbegemacht.

»Was zum Teufel ist dann das?!« Ich reiße den Umschlag aus ihrer Tasche und halte ihn in die Luft. Er ist dick und schwer.

»Gib das zurück!«, schreit sie und greift danach, um ihn mir zu entwenden.

»Was ist das, Nicole?«

»Es ist die verdammte Fallakte zu Emma Harpers Verschwinden«, schnaubt sie.

Ihre Augen verengen sich, verbergen die grüne Iris, getrübt durch die zurückliegenden Jahre. Sie greift erneut nach dem Umschlag, diesmal lasse ich ihn mir aus der Hand nehmen.

Ich trete einen Schritt zurück und betrachte endlich den Mann, der neben ihr steht. Ich erkenne ihn sofort. Casey Dunn. Er war eine Klasse unter mir und eine über Nicole. Sie waren in der Highschool befreundet, angeblich rein platonisch, doch jeder wusste, dass da mehr zwischen ihnen war. Sie haben es nur nie kapiert. Die beiden verband ihre Liebe zum geschriebenen Wort. Ich war überrascht, als er Deputy beim Sheriffbüro von Walworth County wurde. Heute bekleidet er bestimmt einen noch höheren Rang. Ich hatte immer gedacht, er würde Englischprofessor oder Schriftsteller werden oder etwas in der Art. Dasselbe dachte ich auch über Nicole, aber offensichtlich hat sie einen anderen Weg eingeschlagen, als irgendjemand erwartet hätte. Wir alle haben das.

»Hey, Beth«, sagt er. Seine Stimme ist tief und vermittelt einen Hauch von Autorität. Er ist nicht mehr der dünne Teenager von damals. Er hat breite Schultern bekommen, einen kräftigen Nacken. Sein Gesicht ist glatt rasiert, ohne die Akne, die es in der Highschool übersäte. Statt der zotteligen Haare hat er einen Buzzcut.

Ich zwinge mir ein knappes Lächeln ab. »Schön, dich zu sehen, Casey.«

Nicole verschränkt die Arme vor der Brust und schiebt ihre knochige Hüfte zur Seite. Ein Sorry würde ihr nicht reichen, doch selbstverständlich war das mein erster Gedanke. Warum sonst würde sie sich heimlich mit jemandem auf dem Hinterhof eines Methadon-Klinik-Parkplatzes treffen?

»Wie gehts dir?«, fragt Casey. »Ich meine ... vergiss es. Das war eine dumme Frage.« Er reibt sich über die Stirn und murmelt: »Es tut mir leid wegen eurer Mutter.«

Es ist keine dumme Frage. Es ist die Frage, die jeder stellt. Und die Antwort ist immer gut oder okay, weil niemand wirklich wissen will, wie es einem geht.

»Danke.« Ich presse die Lippen zusammen. »Bist du noch beim Walworth County Sheriffbüro?«

Er nickt. »Ja, fast zwanzig Jahre mittlerweile. Ich bin jetzt bei der Kriminalpolizei.«

Meine Augen huschen kurz zu Nicole. Sie und Michael wollten unbedingt verhindern, dass jemand von der VHS-Kassette erfährt, und jetzt geht sie von sich aus der Sache auf den Grund. Ich frage mich, ob Casey es seltsam findet, dass sie sich nach all den Jahren plötzlich für den Fall interessiert. Was hat sie ihm gesagt? Welche Begründung hat sie ihm geliefert?

»Glückwunsch«, sage ich, obwohl ich nicht sicher bin, ob das die richtige Reaktion ist. Mein Blick wandert zwischen Nicole und Casey hin und her. Es fühlt sich an wie ein Duell, nur dass keiner von uns eine Waffe hat. Na ja, wahrscheinlich hat Casey tatsächlich eine unter seiner Regenjacke versteckt, in den Hosenbund geschoben oder im Holster. Aber in diesem Fall ist die Waffe die Wahrheit und nur Nicole und ich halten sie in der Hand.

»Bist du fertig?« Nicole sieht mich herausfordernd an. Ihre Stimme trieft vor Gereiztheit, ihr Fuß klopft ungeduldig auf den Asphalt.

»Was ist mit der Fallakte?« Ich muss wissen, wie sie ihn dazu gebracht hat, sie ihr zu geben.

»Nicole hat mir geschrieben und gefragt, ob ich Zugriff darauf habe und ob ich sie ihr besorgen kann«, beginnt Casey zu erklären, doch Nicole unterbricht ihn sofort.

»Ja, für das True-Crime-Buch, das ich über Emma Harpers Verschwinden schreibe. Erinnerst du dich, Beth?« Sie hebt eine Augenbraue – ihr Zeichen, dass ich mitspielen soll.

»Oh, ja, das. Davon hast du erzählt. Ich dachte, das war nur eine Idee. Ich wusste nicht, dass du es ernst meinst.« Meine Worte verweben sich zu einer halbwegs glaubhaften Lüge. Ich beobachte Caseys Gesicht. Keine Regung. Vielleicht kauft er es uns ab.

»Jetzt weißt du es.« Nicole neigt den Kopf leicht zur rechten Seite.

Casey räuspert sich. »Ich finde es großartig, dass du das machst. Wir waren Teenager, als sie verschwand, aber ich fand es immer traurig, dass ihre Familie nie erfahren hat, was mit ihr passiert ist.« Er schüttelt den Kopf und deutet auf den Umschlag. »Das hier war mal die wichtigste Fallakte des gesamten Landkreises. Heute hat nicht mal jemand gemerkt, dass ich sie genommen habe. Wie ein Spielzeug, für das ein Kind irgendwann das Interesse verliert.«

Wir stehen schweigend da, keiner weiß, was er sagen soll. Es stimmt. Der Fall wurde nach einem Jahr kalt. Die Leute vergaßen. Kinder spielten wieder nach Einbruch der Dunkelheit auf den Straßen. Es war, als wäre es nie passiert.

Casey schiebt seinen Ärmel hoch, um auf die Uhr zu schauen. »Ich muss los«, sagt er zu Nicole. »War schön, dich zu sehen, Beth.«

»Gleichfalls.«

»Und Nicole ...« Sein Blick wandert zu ihr, sein Gesicht wird weicher. »Sag Bescheid, wenn du noch irgendwas brauchst. Egal, was es ist. Ich bin für dich da.«

Nicole lächelt. »Danke, Casey.« Die Worte, die sie wirklich sagen will, bleiben unausgesprochen. »Ich schreibe dir.«

Er nickt und geht zu seinem Auto. Ich warte, bis er außer Hörweite ist.

»Du hättest es mir einfach sagen können, Nicole.«

»Ich muss dir gar nichts sagen«, faucht sie und marschiert zurück in Richtung Behandlungszentrum.

Nicole war schon immer so, verschlossen, beinahe heimlichtuerisch. Sie hat so lange über ihre Sucht und all die Dinge gelogen, die sie getan hat, dass sie vermutlich selbst nicht mehr weiß, wo die Wahrheit beginnt und wo sie endet.

NEUNZEHN

LAURA

15. JUNI 1999

Es klopft hektisch an der Haustür und ich weiß sofort, dass etwas nicht stimmt. Meine Augen wandern zu Nicole, die auf dem Sofa sitzt und Tagebuch schreibt. Michael und Beth liegen bäuchlings auf dem Boden, die Ellbogen aufgestützt, während sie *Zombies Ate My Neighbors* auf dem Sega spielen. Brian sitzt in seinem Sessel, halb in das Videospiel vertieft, halb in die aufgeschlagene Zeitung auf seinem Schoß. Es ist nach acht Uhr abends, und meine ganze Familie ist zu Hause. Mein erster Gedanke geht immer dorthin … immer. Ich lege mein Buch beiseite und springe auf.

»Wenn es Christie ist, sag ihr, ich bin nicht da«, ruft Beth über die Schulter, ohne den Blick vom Fernseher zu nehmen. Ich stöhne über ihre gleichgültige Teenagerart, während ich zur Haustür eile.

Das Klopfen wird lauter und schneller.

Ich reiße die Tür auf und finde Susan auf der anderen Seite. Ihr Gesicht ist eine nasse, verzogene Maske und ihre Unterlippe zittert.

»Susan, was ist los? Geht es dir gut?«

»Emma ist weg!«, schluchzt sie. »Hast du sie gesehen? Ist sie hier?« Ihre Worte sprudeln heraus wie das Klopfen an der Tür – hart, schnell, hektisch.

»Was? Was meinst du? Nein, sie ist nicht hier.«

Ein markerschütternder Schrei entweicht ihr. »Eddie und ich können sie nicht finden!«

Ich ziehe Susan in eine Umarmung, halte sie fest. Ein vermisstes Kind ist der schlimmste Albtraum eines jeden Elternteils – und obwohl es nicht mein eigenes ist, macht es mir Angst.

»Was ist los?« Brians Stimme erklingt hinter mir.

Ich drehe mich um und sehe ihn mit einem verwirrten Ausdruck in der Tür stehen. »Sie können Emma nicht finden.« Plötzlich weine ich auch.

Brian schlüpft hastig in seine Arbeitsstiefel, ohne sie zu schnüren, und greift nach den Schlüsseln für seinen Truck. »Habt ihr die Polizei gerufen?«

Susan löst sich aus meiner Umarmung und nickt mehrfach. »Sie sind auf dem Weg.«

»Wann habt ihr sie zuletzt gesehen?« Brians Augen verengen sich, während er Susan ansieht und auf eine Antwort wartet.

»Ich weiß es nicht.« Ihre Stimme ist kaum mehr als ein Flüstern. »Irgendwann beim Fest, nach dem Sackhüpfen, aber vor dem Eierwerfen, glaube ich. Ihr Fahrrad ist auch weg. Sie war da, und dann dachte ich ... ich weiß nicht, was ich dachte. Ich war so beschäftigt. Ich hätte sie beobachten müssen. Ich hätte sie nie aus den Augen lassen dürfen. Aber Allen's Grove ist eine Kleinstadt, hier passiert nichts Schlimmes. Es ist sicher.« Susan bricht erneut in Schluchzen aus.

Alles kann überall und jederzeit passieren. Das ist der Gedanke, der mir durch den Kopf geht, aber ich spreche ihn nicht aus.

»Es ist nicht deine Schuld.« Ich lege meine Hand auf ihre Schulter, versuche sie zu beruhigen, doch ich weiß, dass nur eines wirklich helfen wird: Emma nach Hause zu bringen. »Wir werden sie finden. Sie ist bestimmt nur mit dem Fahrrad unterwegs.«

»Was ist los?« Beth steht nun hinter ihrem Vater. Ihre Augen sind weit aufgerissen, huschen zwischen mir und Susan hin und her. Nicole und Michael haben sich ebenfalls dazu gesellt, mit demselben besorgten Ausdruck.

»Wann habt ihr Emma zuletzt gesehen?«, frage ich.

Beth antwortet als Erste: »Auf der Wohltätigkeitsveranstaltung.«

»Als sie das Sackhüpfen gewonnen hat«, fügt Nicole hinzu.

Michael nickt. »Beim Wasserbomben-Werfen«, sagt er. »Ihr Team wurde Zweiter.«

Ich sehe Emma vor mir, wie sie sich lachend aufs Knie schlägt, mit diesem selbstbewussten Grinsen, als sie sagte, sie sei besser als die Jungs. Das blaue Sieger-Band, das an ihrem Shirt steckt. Der orangefarbene Stimmungsring an ihrem schmalen Finger. Und dann, wie sie voller Energie zum nächsten Spiel rennt, fest entschlossen, alle Wettbewerbe zu gewinnen.

»Wo ist Lucas?«, fragt Beth.

»Er sucht nach ihr.« Susan schnäuzt sich und versucht vergeblich, ihre Fassung wiederzugewinnen. Doch in solchen Momenten gibt es keine Fassung.

Beth zieht ihre Tennisschuhe an und fragt: »Wo?«

»Er wollte den Naturpfad absuchen.«

»Kann ich gehen?« Beths flehender Blick trifft mich. Sie will bei Lucas sein, ihn trösten, ihm helfen. Sie sind ein unzertrennliches Team, schon seit Jahren.

»Nimm Nicole mit und bleibt zusammen. Ich meine es ernst.« Die beiden nicken und dreißig Sekunden später stürmen sie aus der Tür, Nicole als Schlusslicht.

»Ich fahre rum und halte Ausschau nach ihr.« Brian drückt mir einen flüchtigen Kuss auf den Kopf. Dann legt er Susan eine Hand auf die Schulter. »Wir werden sie finden.«

Sie nickt, doch ihre Tränen fließen weiter. Brian verlässt das Haus eilig, Michael folgt ihm.

»Lass uns zu deinem Haus gehen und auf die Polizei warten.« Ich lege den Arm um Susan und führe sie hinaus. Sie nickt, aber ich glaube nicht, dass sie mir wirklich zuhört. Ich hoffe, dass Emma einfach nur mit ihrem Fahrrad unterwegs ist und bald durch die Tür kommen wird mit einem Lächeln im Gesicht und lustigen Geschichten über ihre Abenteuer. Aber etwas tief in meinem Inneren sagt mir, dass es so nicht kommen wird.

ZWANZIG
BETH

Nicole hat während der ganzen Fahrt nach Hause kein Wort mit mir gesprochen. Sie ist sauer, weil ich dachte, sie wollte Drogen besorgen. Kann sie mir das wirklich übel nehmen? Eine Erinnerung von vor einem Jahr drängt sich auf: Nicole, die gegen meine Haustür hämmert, nach Geld verlangt. Ich stand auf der anderen Seite und hörte ihr Schreien, ihr Weinen, ihr Toben. Ein Auto lief im Leerlauf in meiner Einfahrt. Irgendeine Person – kein Freund, vielleicht ein anderer Junkie – hatte sie hergebracht. Als ich nicht öffnete, trat sie wieder und wieder gegen die Tür, nannte mich jedes Schimpfwort, das ihr einfiel, drohte mir sogar mit dem Tod, wenn ich nicht nachgab. Ich ignorierte sie, weil es nicht sie war. Es war ihre Sucht. Dann nahm sie einen meiner Blumentöpfe und warf ihn über die Veranda. Einen anderen schleuderte sie in den Vorgarten. Sie zerschmetterte den hölzernen Schaukelstuhl, ein Geschenk von Mom, das sie auf einem Flohmarkt für mich gefunden hatte, eines der letzten Geschenke, das sie mir gemacht hatte. Die Minuten verstrichen, bis Nicole schließlich erschöpft aufgab und mit dem Auto verschwand, mit dem sie gekommen war. Ich sah sie erst am Tag von Moms Tod wieder.

Ich blinzle mehrmals, lasse die Erinnerung in der Vergangenheit und sehe zu ihr hinüber. Sie starrt aus dem Fenster auf der Beifahrerseite. Ich würde sie fragen, woran sie denkt, aber ich weiß es bereits. Die Fallakte ruht auf ihrem Schoß. Es überrascht mich, dass sie sie noch nicht aufgeschlagen hat. Ich hätte gedacht, dass sie es kaum erwarten kann, aber vielleicht fürchtet sie sich vor dem, was sie darin finden wird.

Wir fahren in den Grove und biegen langsam in unsere Straße ein. Vor uns lenkt Michael sein Auto gerade in unsere Einfahrt. *Perfektes Timing.* Er hat bereits geparkt und steigt aus, als wir ankommen. Er hebt eine Hand zum Gruß und schenkt uns ein kleines Lächeln. Seine Umhängetasche schwingt er über seine Schulter und schnappt sich eine Walmart-Tüte von der Rückbank. Ich stelle meinen alten Wagen neben seinem ab, und wir steigen aus.

»Wo wart ihr zwei?«, fragt er und hebt eine Hand über seine Augen, um sie vor der Sonne zu schützen.

»Behandlung«, sagt Nicole. »Und du?«

»Oh ...« Er hält inne und mustert sie, als wollte er prüfen, ob es ihr gut geht. »Alles okay?«

Sie sagt ja. Er fragt nicht nach dem großen braunen Umschlag, den sie umklammert, und sie erklärt es ihm auch nicht.

Er streckt mir die Walmart-Tüte entgegen. »Ich habe dir einen neuen Scheinwerfer mitgebracht, als ich in der Stadt war. Ich kann ihn später einbauen, wenn du magst.«

»Danke.« Ich nehme die Tüte. »Das hättest du nicht tun müssen.«

»Ich weiß, aber ich wollte es.«

Es ist schwer, Michael als erwachsenen Mann zu sehen, wenn er für mich immer mein kleiner Bruder gewesen ist. Ich weiß nicht, was ich erwartet hatte, als ich ihn wiedersah. Ich wollte ihn hassen und irgendwie will ich das immer noch. Aber er macht es mir schwer. Vielleicht ist die einzige Person, die ich wirklich hasse, ich selbst.

»Na dann«, sage ich und deute auf das Haus. »Wollen wir weitermachen?« Mein Bruder und meine Schwester nicken und folgen mir, ihre Schuhe scharren über den Beton. Ich greife nach der Fliegengittertür, die Scharniere quietschen, und plötzlich halte ich inne. Etwas stimmt nicht.

»Was zur Hölle?«, murmle ich, als mir das aufgebrochene Türschloss und das gesplitterte Holz um den Griff herum auffallen. Die Tür steht einen Spaltbreit offen.

»Was? Was ist los?« Michael runzelt die Stirn.

»Beth«, spricht Nicole mich an.

»Jemand ist eingebrochen.«

»Lass mich vorbei.« Michael schiebt mich zur Seite, um als Erster hineinzugehen. Es ist keine Unhöflichkeit, sondern Beschützerinstinkt.

Er stößt die Tür langsam auf, streckt den Kopf hinein und lauscht, bevor er vorsichtig eintritt.

»Sollten wir die Polizei rufen?«, frage ich.

Weder Nicole noch Michael antworten. Ich schleiche hinter Michael her, obwohl er uns bedeutet, zurückzubleiben. Die Küchenschränke und Schubladen stehen offen, ihr Inhalt ist überall verstreut, als hätte jemand gezielt nach etwas gesucht. Im Wohnzimmer herrscht ein noch größeres Chaos. Alle Kisten wurden ausgeleert, selbst die, die wir bereits durchgesehen hatten. Michael greift sich einen Besen und hält ihn wie ein Schwert, während er das Haus Raum für Raum durchsucht. Nicole tritt vorsichtig ins Wohnzimmer und stößt einen tiefen Seufzer aus, als sie das Durcheinander sieht.

»Wer würde so etwas tun?«, frage ich. »Und warum?«

Mein Blick fällt auf den Videorekorder. Das Band mit dem tödlichen Geheimnis liegt immer noch unberührt darauf, im Gegensatz zu all den anderen, die quer über den Boden verstreut sind, vermischt mit den restlichen Sachen unserer Eltern.

Die Dachbodenleiter knarrt, als sie heruntergezogen wird. Dann ertönen Schritte die Leiter hinauf und oben auf dem Dachboden. Meine Schultern verspannen sich, während ich zur Decke hinaufschaue.

»Alles klar hier oben«, ruft Michael.

Ich atme aus. Die Decke knarrt und ächzt, als er den Dachboden durchquert und dann die Leiter wieder hochklappt. Sie schlägt mit einem dumpfen Knall zu.

»Was ist mit den anderen Räumen?«, frage ich, als Michael wieder ins Wohnzimmer tritt. Er seufzt schwer und lehnt den Besen gegen die Wand.

»Auch durchwühlt.«

»Fehlt etwas?«

»Ich weiß es nicht. Hier herrscht so ein Chaos, ich kann kaum sagen, was überhaupt alles da war.«

Nicole steht reglos da, pult am Gips ihres Armes herum und starrt ins Leere.

»Sollen wir jetzt die Polizei rufen?«, frage ich erneut.

»Ja, wahrscheinlich. Für den Fall, dass wirklich etwas gestohlen wurde«, sagt Michael mit einem Schulterzucken.

Ich schüttele den Kopf. »Ich verstehe nicht, wer das gewesen sein könnte.«

»Was, wenn jemand Bescheid weiß?« Nicole spricht leise, immer noch in Gedanken. Dann kommt sie wieder zu sich, die Ernsthaftigkeit der Situation holt sie zurück. Sie sieht erst mich an, dann Michael. »Über Emma. Und darüber, was Mom und Dad getan haben.«

»Warum dann das Haus durchwühlen? Warum nicht direkt zur Polizei gehen?« Ich runzle die Stirn.

Michael nickt zustimmend.

»Vielleicht haben sie nach Beweisen gesucht. Oder vielleicht war es ... eine Warnung.«

Mein Blick schnellt zum Videoband auf dem Rekorder. Falls das so ist, dann haben sie das wichtigste Beweisstück übersehen. Andererseits hätten wir es auch übersehen, wenn wir nicht zufällig genau dieses Band in den Rekorder gelegt und abgespielt hätten.

»Aber woher sollte es jemand wissen?« Michael kneift die Augen zusammen.

»Was, wenn Mom etwas geplant hat? Eine Art Notfallplan, falls sie stirbt? Die Seiten in ihrem Tagebuch von jener Nacht fehlen. Vielleicht hat sie sie herausgerissen und jemandem geschickt. Jemandem gesagt, er soll sie erst nach ihrem Tod lesen.« Nicoles Worte kommen langsam, als würde sie ihre Theorie im Kopf zusammensetzen, während sie spricht.

»Du glaubst wirklich, dass Mom zu so etwas fähig wäre? Ein ausgeklügelter Plan für den Fall, dass sie stirbt?«, fragt Michael.

»Sie hat einen Anwalt engagiert und ein Testament aufgesetzt, ohne dass ich davon wusste«, sage ich und klammere mich an Nicoles Theorie.

»Und sie hat das Geld versteckt, das du ihr überwiesen hast, Michael. Beth hatte keine Ahnung, dass sie ein weiteres Konto hatte«, fügt Nicole hinzu.

Michael reibt sich die Stirn. »Aber wem hätte sie davon erzählt?«

»Susan«, schlägt Nicole vor.

»Sie ist zu schwach, um so etwas zu tun«, sagt er und deutet auf das verwüstete Zimmer.

»Lucas?« Nicole sieht zu mir.

»Er würde so etwas niemals tun«, sage ich bestimmt.

Michael hebt eine Augenbraue. »Auch wenn er herausfinden würde, dass Mom und Dad in das Verschwinden seiner Schwester verwickelt waren?«

Ich schließe für einen Moment die Augen. Ich kann nicht mit Sicherheit sagen, dass er es nicht tun würde. Denn ich weiß nicht, wie er reagieren würde, wenn er die Wahrheit erfährt. Es heißt, die Wahrheit macht frei, aber es heißt nicht, dass sie einen auf dieselbe Weise befreit, wie der Tod es tut.

»Okay, wer bleibt noch?«, fragt Nicole.

Moms letzte Worte hallen in meinem Kopf wider. *Dein Vater. Er ist nicht verschwunden. Vertrau nicht ...*

Ich schlucke schwer und drücke die Worte wieder hinunter. Vielleicht wollte sie mir gar nicht erzählen, was passiert ist. Vielleicht wollte sie mich warnen, weil sie es bereits jemandem erzählt hatte oder es vorhatte und wusste, dass diese Person nach Antworten suchen würde.

»Vielleicht jemand aus dem Grove?«

»Wer denn?« Michael legt den Kopf schief.

»Ich weiß es nicht. Glaubst du, sie kommen zurück, wenn sie nicht gefunden haben, was sie suchten?«, frage ich.

»Wenn sie es nicht gefunden haben, bin ich mir sicher, dass sie zurückkommen«, sagt er.

»Und was machen wir dann?« Nicole ist bleich geworden. Ich weiß nicht, ob es vom Methadon oder von der Angst kommt.

»Ich habe Dads Pistole«, sagt Michael ernst. »Sie war in einer der Kisten, die Mom mir hinterlassen hat. Zum Glück habe ich sie schon vorher in Sicherheit gebracht, also hat der Einbrecher sie nicht gefunden. Und wenn sie zurückkommen, dann werden sie es bereuen.«

»Du wirst doch nicht wirklich jemanden erschießen, Michael«, spotte ich.

»Wenn ich muss, dann ja.«

Ich stelle keine weiteren Fragen, weil ich ihm glaube. Ich hoffe, es kommt nicht dazu. Ich würde gerne sagen, dass es sich nur um einen gewöhnlichen Einbruch handelt. Aber so etwas passiert nicht in einer Kleinstadt wie dieser. Hier geschieht alles aus einem bestimmten Grund.

Ein dumpfes Geräusch lenkt unsere Aufmerksamkeit auf Nicole. Sie bückt sich und hebt den dicken braunen Umschlag auf, der ihr aus der Hand geglitten ist.

»Was ist das?«, fragt Michael.

Sie drückt ihn an ihre Brust, während ein schuldbewusster Ausdruck über ihr Gesicht huscht. Ich weiß, dass Michael nicht mögen wird, was sie ihm gleich erzählt. Ich mochte es auch nicht. Ihr Verhalten war unüberlegt und chaotisch und aufgrund des Einbruchs jetzt noch weit mehr.

»Die Fallakte zu Emma Harpers Verschwinden«, sagt sie.

Michael bläst die Luft aus seinen Wangen. »Wo hast du die her?«

»Von einem Freund.« Sie zuckt mit den Schultern und tut so, als wäre es nichts Besonderes.

»Warum?«, fragt er.

»Du hast gesagt, wenn wir nichts finden, dann würden wir niemandem etwas erzählen. Aber wir können nichts finden, wenn wir nicht suchen«, entgegnet Nicole.

Gestern war sie noch völlig damit einverstanden, die Vergangenheit ruhen zu lassen, um ihren Ruf nicht zu »beschmutzen«. Ich weiß nicht, was ihren plötzlichen Sinneswandel ausgelöst hat. Vielleicht ist ihr klar geworden, dass es gar nichts mehr gibt, was man noch beschmutzen könnte.

»Ich meinte, wir suchen hier.« Er deutet auf die verstreuten Sachen unserer Eltern. »Nicht, dass du Nancy Drew spielst und Akten aus dem Polizeirevier stiehlst.«

»Ich habe nichts gestohlen.«

»Hat dein Freund sie gestohlen?« Michael macht Anführungszeichen in die Luft.

»Er hat sie nur ausgeliehen«, sagt sie und hebt herausfordernd das Kinn.

»Oh, ich wusste nicht, dass die Polizei eine Bibliothek für ungelöste Fälle hat.« Er verdreht die Augen und marschiert in die Küche.

Der Kühlschrank öffnet sich, Glas klirrt gegen Glas, und einen Moment später kehrt er mit einer Bierflasche zurück. Er trinkt fast die Hälfte davon. Michael war lange weg und ist nicht daran gewöhnt, mit jemandem wie Nicole umzugehen. Sie macht die Dinge auf ihre Weise. Manchmal muss man ihr den kleinen Finger geben, aber sie rechtzeitig stoppen, ehe sie sich die ganze Hand holt.

»Jetzt, wo wir die Akte haben, können wir sie uns genauso gut ansehen«, schlage ich vor. So bleibt Nicole wenigstens beschäftigt.

»Und was, wenn jemand bemerkt, dass sie fehlt?«, fragt Michael.

»Das werden sie nicht«, sagt Nicole.

»Und wenn doch?«

»Fallakten verschwinden ständig«, sagt sie.

Michael runzelt die Stirn. »Woher willst du das wissen?«

»Ich habe viele Krimiserien gesehen.«

»Das hier ist nicht NCIS, Nicole. Das ist das echte Leben, und das hat echte Konsequenzen«, belehrt er sie.

»Ich weiß das. Ich bin nicht dumm.«

»Na ja, du benimmst dich aber so.« Er schüttelt den Kopf.

»Ach, fick dich, Michael. Nur weil du auf einer fancy Uni warst und in einem fancy Tech-Konzern arbeitest, heißt das nicht, dass du schlauer bist als ich. Also tu nicht so.« Sie verengt die Augen.

»Ich muss nicht so tun, Nicole.« Er nimmt einen Schluck Bier, dreht ihr den Rücken zu und geht ins Wohnzimmer, vorsichtig, um nicht auf etwas zu treten.

Nicoles Gesicht ist rot vor Wut, ihre Hände zu Fäusten geballt. Mein Handy vibriert. Ich ziehe es aus meiner Hosentasche, um die Benachrichtigung zu überprüfen.

Als Nicole ihre Wut nicht länger unter Kontrolle halten kann, marschiert sie auf Michael zu. »Weißt du was, Michael? Ich habe so die Schnauze voll von deinem ...«

»Oh mein Gott«, rufe ich aus.

Nicole bricht mitten im Satz ab und reißt den Kopf herum. »Was? Was ist los?«

»Beth?«, sagt Michael und runzelt die Stirn.

Ich starre auf mein Handy. »Es ist Dad. Er lebt.«

VON: brianthomas1@yahoo.com
AN: elizabeth.thomas3@yahoo.com
BETREFF: LANGE ÜBERFÄLLIG

Beth,

es tut mir leid, dass ich dir so lange nicht geschrieben habe. Glaub mir, mich fernzuhalten war besser so. Es gibt Dinge, die ich getan habe, auf die ich nicht stolz bin. Unaussprechliche Dinge. Aber nicht ein Tag vergeht, an dem ich nicht an dich, Nicole, Michael und meine Laura denke. Ich kann nicht glauben, dass sie fort ist, und es tut mir unendlich leid, dass ich jetzt nicht bei euch sein kann. Ich wünschte, ich wäre ein besserer Vater, Großvater und Ehemann gewesen. Aber manchmal sind wir nicht die Menschen, die wir sein wollen. Wir sind einfach nur, was wir sind. Ich weiß, dass du dir Sorgen um mich machst. Aber das musst du nicht. Ich bin in Sicherheit, mir geht es gut. Und ich bin näher, als du denkst. Sag Michael und Nicole, dass ich sie liebe. Und bitte vergiss mich, denn ich bin kein Mann, an den es sich zu erinnern lohnt.

In Liebe, Dad.

EINUNDZWANZIG

BETH

Ich habe mir immer gewünscht, dass Dad mir zurückschreibt und jetzt, wo er es tat, wünschte ich, er hätte es nicht getan. Ich weiß nicht, warum ich überhaupt dachte, dass ich seine Worte brauche. Alles, was er zu sagen hatte, sagte er bereits, als er vor sieben Jahren aus unserem Leben verschwand. Michael sitzt am anderen Ende der Couch mit einem neuen Bier in der Hand und dreht es langsam, als würde er tatsächlich das Etikett lesen. Ich weiß nicht, ob er normalerweise so viel trinkt oder ob das eine Ausnahme ist. Aber Trauer ist wie ein Flughafen. Es gibt keine Regeln oder gesellschaftlichen Normen. Man tut einfach, was nötig ist, um die Zeit zu überbrücken, bis man sein nächstes Ziel erreicht. Nicole hält mein Handy fest umklammert. Ihre Stirn ist in Falten gelegt, während sie die E-Mail immer wieder liest.

»Warum schreibt er dir jetzt, nach all den Jahren?«, fragt sie.

»Weil Mom gestorben ist«, sage ich. Das muss der einzige Grund sein, warum er sich gerade jetzt meldet. Alle anderen E-Mails von mir blieben unbeantwortet.

Michael hebt seine Bierflasche und nimmt einen tiefen Schluck. »Oder er wusste, dass wir es herausgefunden haben.«

»Wie?« Ich schaue erst zu Michael, dann zu Nicole.

Sie hebt den Kopf. »Vielleicht dachte er, Mom hätte es uns gesagt.«

Ich schlucke schwer, als mir Moms Worte wieder einfallen: *Dein Vater. Er ist nicht verschwunden. Vertrau nicht ...*

Michael hebt eine Augenbraue. »Mom hat dir vor ihrem Tod nichts gesagt, oder?« Er sieht mich durchdringend an.

Nicole nun ebenfalls.

»Nein«, lüge ich wieder. Ich weiß nicht, warum ich es ihnen nicht einfach sage. Aber sie waren nicht hier. Sie wussten, dass sie im Sterben lag, und sind trotzdem nicht gekommen, also verdienen sie Moms letzte Worte nicht.

Eine Zeile aus Dads E-Mail schiebt sich in den Vordergrund meines Bewusstseins. *Ich bin näher, als du denkst.*

Das ist beängstigend. Oder vielleicht auch nicht? Ich weiß es nicht. Die Polizei war sich sicher, dass er nach Mexiko geflohen war, weil sein Truck nur knapp zehn Meilen vor der Grenze gefunden wurde. Aber jetzt bin ich mir nicht mehr sicher. Moms Worte hallen in meinem Kopf nach: *Er ist nicht verschwunden.* Und dann Dads: *Ich bin näher, als du denkst.* Vielleicht wusste sie, dass er sich melden würde, nachdem sie gestorben war. Vielleicht war es Mom, die ihn all die Jahre ferngehalten hat.

Ich versuche mich daran zu erinnern, wie es war, als er ging. Ich erinnere mich daran, dass Mom erstaunlich schnell damit abschloss. Sie versuchte immer, mich davon abzuhalten, weiter nach ihm zu suchen, und sagte Dinge wie: Wenn er hier sein wollte, wäre er hier. Es war nicht wie bei Emma. Susan, Eddie und Lucas hielten an der Hoffnung fest, dass sie zurückkommen würde. Sie hörten nie auf, nach ihr zu suchen. Aber Mom suchte nicht nach Dad. Vielleicht, weil sie die ganze Zeit wusste, wo er war, und wollte, dass er dort blieb.

Meine Augen wandern zwischen Michael und Nicole hin und her.

»Sie hat eine Sache gesagt.« Die Worte rutschen mir heraus. Ich sage es nur, weil ich glaube, dass ich allein nicht darauf kommen werde. Vielleicht können sie helfen, Moms Rätsel und Dads kryptische E-Mail zu entschlüsseln. Michael ist clever. Er war schon immer der Kopf der Familie. Und Nicole sieht die Welt aus einer anderen Perspektive, als wäre sie ihr auf eine einzigartige Weise präsentiert worden. Wenn ich ihr einen Apfel vor die Nase halten und sie bitten würde, ihn zu beschreiben, würde sie nicht sagen, dass er rot oder glänzend oder rund ist. Sie würde über die natürliche Wachsschicht sprechen, die ihn vor dem Verfall schützt. Sie würde eine Schwachstelle ausmachen, eine Verfärbung oder eine eingedellte Stelle, die durch zu viel Druck entstanden ist. Am Ende würde sie nicht mal mehr über den Apfel sprechen.

Michael lehnt sich vor, als wollte er sich mit mir messen. »Was hat sie dir gesagt?«

Nicole presst die Lippen aufeinander, hält die Worte zurück, die sie am liebsten herausschreien würde. Sie schlägt ein Bein über das andere und wippt nervös mit dem Fuß. Ihre Geduld mit mir ist offensichtlich erschöpft. Sie warten darauf, dass ich mehr sage, dass ich zugebe, sie angelogen zu haben, und dass ich preisgebe, über was genau. Dieser Unterton ist es, weshalb wir uns nicht trauen können.

»Sie sagte, Dad ist nicht verschwunden.« Ich lasse den Teil mit dem *Vertrau nicht* weg und ich weiß nicht, warum. Vielleicht will ich diesen Teil für mich behalten. Etwas, das nur mir gehört.

Oder vielleicht will ich nicht die Hoffnung verlieren, dass mein Vater ein guter Mensch ist.

»Warum hast du uns das nicht gesagt?« Michael schnaubt. »Was hat sie noch gesagt?«

»Nichts. Das war alles«, lüge ich erneut. *Je mehr du lügst, desto einfacher wird es.*

Nicole legt vorwurfsvoll den Kopf schief. »Woher sollen wir wissen, dass du jetzt die Wahrheit sagst?« Sie ist gut darin, eine Lüge zu erkennen, weil sie selbst ständig lügt.

»Warum sollte ich lügen?«

Sie verengt die Augen. »Warum hast du dann gelogen, als wir dich das erste Mal gefragt haben?«

»Ich ... ich weiß es nicht. Ich habe nicht verstanden, was Mom meinte, also dachte ich, es wäre nichts.« Die Worte stolpern aus meinem Mund, brüchig und wenig überzeugend.

Ich wusste immer, dass es etwas bedeutete. Niemand nutzt seine letzten Atemzüge für bedeutungslose Worte.

Michael lehnt sich in seinem Sitz zurück und trinkt sein Bier. »Nun, offensichtlich bedeutete es etwas.« Er tut gelassen, aber ich kann förmlich sehen, wie sein Gehirn auf Hochtouren arbeitet.

Nicole kneift die Augen zusammen, konzentriert sich. Sie will diejenige sein, die es herausfindet. Wenn du nichts hast, hast du alles zu beweisen.

»Ja, aber was?«, frage ich. »Mit Dads E-Mail fühlt es sich an, als hätte sie mich gewarnt ... als hätte sie gewusst, dass er zurückkommt.«

»Moment mal, kann man nicht eine E-Mail zurückverfolgen?«, fragt Nicole. »Über die IP-Adresse oder so?« Sie schaut mich an, aber ich habe keine Antwort. Dann blicken wir beide zu Michael.

»Manchmal, ja«, sagt er.

»Dann mach das. Sein E-Mail-Text sagt, dass er näher ist, als wir denken.« Nicole springt fast von ihrem Sitz.

Michael runzelt die Stirn. »Und dann? Sollen wir ihn einfach suchen gehen?«

»Warum nicht? Ich meine, wenn er in der Nähe ist, könnten wir genau das tun.« Nicole reicht ihm das Handy.

Vertrau nicht ... Soll ich ihnen von Moms Warnung erzählen? Nein, das kann ich nicht. Ich weiß nicht, wen sie gemeint hat. Vertrau Dad nicht? Vertrau niemandem? Ich habe sie bereits zweimal belogen. Ich kann jetzt nicht einfach sagen: *Ach, übrigens, Mom hat doch noch ein bisschen mehr gesagt.* Also halte ich den Mund. Sie werden ihn sowieso nicht finden. Ich habe jahrelang gesucht, jeden Stein umgedreht, und trotzdem stehe ich mit leeren Händen da.

»Bitte«, fleht Nicole. Ihre Augen glänzen feucht.

Michael sieht mich an, aber ich biete ihm keine Antwort. Sein Blick fällt auf Nicole. Sie ist gut darin, ihren Willen zu bekommen, und er ist es nicht gewohnt, ihr etwas abzuschlagen. Es hat mich Jahre gekostet, endlich Nein zu ihr sagen zu können, denn Nein zu einem Süchtigen zu sagen, erfordert Übung. Schließlich stößt er einen Seufzer aus, steht auf und geht in den Flur.

»Wohin gehst du?«, ruft sie ihm nach.

»Meinen Laptop holen.«

Ihr Gesicht erstrahlt. Ich wusste, dass er nicht Nein sagen könnte, obwohl ich finde, dass er es hätte tun sollen. Falsche Hoffnung ist die schlimmste Art von Hoffnung.

»Ich kann es nicht glauben. Wir sind wirklich kurz davor, Dad zu finden«, sagt sie.

Ich kann es auch nicht glauben, weil ich weiß, dass es nicht wahr sein kann.

»Ja«, bringe ich nur hervor.

»Freust du dich nicht oder bist zumindest erleichtert?«

»Selbst wenn wir ihn finden, würde das nichts ändern.«

»Aber er könnte uns sagen, was mit Emma passiert ist, und er könnte wieder Teil unseres Lebens sein.«

»Aber was, wenn ...?« Ich zögere, will die Worte nicht aussprechen, aber ich muss es tun, besonders mit Moms Warnung, die in meinem Kopf umherschwirrt wie eine Kugel in einem Flipperautomaten. »Was, wenn er gefährlich ist?«

Sie reißt den Kopf zurück, ihre Augen weiten sich. »Wie kannst du so etwas überhaupt denken?«

»Weil er lange weg war und ich ihn nicht mehr kenne. Der Dad, den ich kannte, hätte Mom nach über dreißig Jahren Ehe nicht einfach verlassen. Er hätte seine Kinder nicht verlassen. Er hätte am Leben seiner Enkelin teilgenommen. Und er hätte sich nicht nach sieben Jahren mit einer verdammten kryptischen E-Mail zurückgemeldet. Ich weiß nicht, wer diese E-Mail geschrieben hat, aber sie kam nicht von dem Dad, den ich kannte.«

Nicoles Augen füllen sich mit Tränen. »Du gibst Menschen viel zu schnell auf.«

Ich weiß, dass sie nicht von Dad spricht.

Bevor ich antworten, sie anschreien und sie fragen kann, wie sie es wagen kann, mir so etwas zu sagen, betritt Michael das Wohnzimmer mit seinem Laptop in der Hand. Ich war diejenige, die für Nicole da gewesen ist. Ich gab ihr Geld. Ich gab ihr Essen. Ich gab ihr Kleidung. Ich gab ihr ein Zuhause, bis ich mich nicht mehr unter demselben Dach mit ihr zu schlafen getraute.

Er hält kurz inne. »Störe ich gerade?«

Ich verschränke die Arme vor der Brust und schüttle den Kopf.

»Nein, finde einfach heraus, von wo die E-Mail gesendet wurde«, sagt Nicole.

Michael setzt sich, klappt den Laptop auf und sagt: »Leite mir die E-Mail weiter.« Dann nennt er seine E-Mail-Adresse.

Nicole drückt mehrere Tasten auf meinem Handy. »Erledigt.« Sie wirft es mir zurück. Ihre Augen haben ihren Glanz verloren und sind nun eine Mischung aus Wut und Hoffnung. Erstere ist gegen mich gerichtet.

Das Problem mit Nicole ist, dass sie die letzten sieben Jahre nicht wirklich mitbekommen hat. Für sie ist es, als wäre Dad erst gestern gegangen, weil ihre Sucht ihr so viele Erinnerungen gestohlen hat. Ich war die Erste, die es gemerkt hat ... ihre Sucht. Sie wurde 2015 nach einem Autounfall auf Oxycodon gesetzt. Das Traurige daran ist, dass sie in diesem Moment nach Dad gesucht hatte. Ein anderes Auto rammte sie, sie kam auf die Intensivstation und dann verbrachte sie fast ein Jahr mit Medikamenten, Physiotherapie und Hoffnung, um zu genesen. Doch als der Schmerz endlich schwand, übernahm die Sucht seinen Platz. Sie überzeugte den Arzt, dass ihr Körper die Medikamente noch brauchte, während es in Wahrheit ihr Gehirn war, das nach ihnen verlangte.

Michaels Finger fliegen über die Tastatur. Ich bin mir sicher, dass Nicole und ich in seinem Tunnelblick verblassen. Nicole starrt ihn an, als könnte sie so die Antwort erzwingen, die sie sich seit Jahren stellt. *Wo ist Dad?*

»Hab's«, sagt Michael schließlich und hebt den Kopf.

»Wo ist er?«, fragt Nicole. Sie ist bereit, sofort loszurennen, um unseren verschwundenen Vater zu finden.

»Juda, Wisconsin. Ungefähr eine Stunde westlich von hier.«

»Kannst du genau sagen, von wo er die E-Mail gesendet hat?« Ihre Augen leuchten auf.

»Nicht immer, aber ich habe die Koordinaten der IP-Adresse herausgezogen und mit Google Maps abgeglichen. Es gibt nur ein einziges Haus im Umkreis von drei Meilen. Es muss also dieses sein. Außerdem wurde die E-Mail über eine private Internetverbindung gesendet.«

Nicole legt den Kopf schief. »Was heißt das?«

»Dass er nicht in einem Starbucks, einer Bibliothek oder an einem anderen öffentlichen Ort war.«

»Dann los. Finden wir ihn.« Sie lächelt, als hätte sie das X auf einer Schatzkarte gefunden. Ich habe nichts als Mitleid mit ihr. Selbst wenn sie ihn findet, selbst wenn sie genau das bekommt, wonach sie sucht, wird er nicht der Vater sein, den sie in Erinnerung hat. Das kann er einfach nicht sein.

Michael sieht mich an. Ich glaube, er erwartet, dass ich an Bord bin, dass ich mich genauso freue wie Nicole, aber das ist nicht so. Dad hat mich zu oft enttäuscht, und ich ertrage das nicht mehr.

»Ich gehe nicht mit«, sage ich.

Nicoles Lächeln erlischt, und ein finsterer Ausdruck tritt an seine Stelle. »Was meinst du damit?«

»Ich meine, dass ich nicht mitgehe.«

»Willst du ihn denn gar nicht finden?« Nicole betrachtet mich misstrauisch.

»Nein, will ich nicht.«

»Warum?«

»Ich will es einfach nicht.« Ich werde mich nicht vor ihr rechtfertigen, denn sie würde es sowieso nicht verstehen.

Sie schüttelt den Kopf, als würde das meine Meinung ändern, sodass ich aufspringe und mit ihr gehe, aber das werde ich nicht. Ich habe auf meiner Suche nach ihm alles verloren. Und selbst wenn mir nichts mehr zu verlieren bleibt, bin ich nicht bereit, es für einen Funken Hoffnung zu riskieren. Sie sieht Michael an. Er hebt leicht die Schultern und lässt sie wieder fallen, ein schwaches Schulterzucken.

»Michael?« Ihre Stimme ist weich, fast flehend.

Er klappt den Laptop zu, zögert, bevor er antwortet. Ich glaube, er weiß selbst nicht, was er sagen wird. Er hat seine Karten schon immer verdeckt gehalten. »Okay, ich fahre.«

Ihre Lippen formen wieder ein Lächeln, und sie rennt zur Haustür. Es erinnert mich an unsere Kindheit, wenn Mom freitagnachts rief: »Dad ist zu Hause!« Wir waren so aus dem Häuschen und kamen alle angerannt, ihn zu begrüßen. Nur eine von uns läuft ihm jetzt entgegen und das auch nur, weil sie vor allem anderen davonläuft.

Michael erhebt sich und sieht mich an. »Bist du sicher, dass du nicht mitkommen willst, Beth?«

»Ganz sicher«, sage ich. »Aber ich hoffe, ihr findet ihn.«

»Wirst du hier allein klarkommen? Nach dem Einbruch ...?« Sein Blick schweift durch das Wohnzimmer und landet wieder bei mir.

»Ja.«

Michael nickt, akzeptiert meine Antwort. Ich kann nicht sagen, ob er enttäuscht ist, mich versteht oder froh ist, dass ich Haltung zeige. Er verlässt das Haus, ohne ein weiteres Wort. Und genau diese Stille ist es, die ich jetzt brauche.

ZWEIUNDZWANZIG
NICOLE

Michaels Mietwagen fährt ruhig über die Straße und federt die Stöße der holprigen Wege und von Schlaglöchern übersäten Straßen mühelos ab. Ich glaube, so war auch sein Leben, wie eine Fahrt in einem Luxusauto, unberührt von den Höhen und Tiefen des Daseins. Ich selbst besitze schon seit einer Weile kein Auto mehr. Früher hatte ich einen alten Toyota Camry, aber irgendwann konnte ich weder die Versicherung noch das Benzin bezahlen. Ich erinnere mich, dass die Fahrten nie so glatt verliefen.

Seine Hand ruht locker am unteren Ende des Lenkrads, die andere liegt entspannt in seinem Schoß. Kein Anzeichen von Anspannung, keine Sorgen, einfach eine lässige Gelassenheit. Wir sind vielleicht noch fünf Minuten entfernt, und wir haben die gesamte Fahrt über nicht gesprochen. Wahrscheinlich wissen wir beide nicht, was wir sagen sollen. Was sagt man zu jemandem, den man früher kannte? Es wäre leichter, mit ihm zu reden, wenn ich ihn gar nicht kennen würde.

»Danke, dass du mitgekommen bist«, sage ich schließlich.

Michael wirft mir einen kurzen Blick zu. »Natürlich. Ich konnte dich nicht allein fahren lassen.«

»Beth konnte es.« Ich treffe kurz seinen Blick, bevor ich ihn abwende und aus dem Fenster sehe.

Vorbeiziehende abgeerntete Maisfelder und Weiden mit verstreuten Milchkühen verschwimmen vor meinen Augen. Der Himmel ist von einem matten Grau überzogen, als hätte jemand ein schmutziges Laken darüber gespannt. Er sieht so aus, seit Mom gestorben ist. Vielleicht hat sie die Sonne mitgenommen.

»Nimm es nicht persönlich«, sagt er, die Augen wieder auf die Straße gerichtet.

»Wie soll ich es denn sonst nehmen?«

»Hast du es persönlich genommen, als ich nach Dads Verschwinden nicht mehr vorbeikam?«

Zum ersten Mal erwähnt er seine Abwesenheit.

»Ja«, antworte ich, ohne zu zögern.

»Warum?«

»Weil wir eine Familie sind und wir dich gebraucht haben.«

»Mom nicht.«

Ich mustere sein Profil. Er hat Dads markantes Kinn und seine Nase, stark und prägnant. Seine Augen sind eine Mischung aus denen unserer Eltern, nicht blau, nicht grün, sondern haselnussbraun. Sein Haar ist dunkel wie das von Dad, mit vereinzelten grauen Strähnen durchzogen, doch er trägt es an den Seiten kurz geschnitten und oben etwas länger.

»Was meinst du damit, *Mom nicht*?«

Er beißt die Zähne zusammen, als würde er auf den Worten kauen, die er noch nicht ausgesprochen hat, sie mit den Backenzähnen festhalten und überlegen, ob er sie freigibt.

»Sie hat mir gesagt, ich soll nicht zurückkommen«, sagt er schließlich.

»Warum hätte sie das tun sollen?«

Er schluckt hart, sein Adamsapfel bewegt sich über fast die gesamte Länge seines Halses auf und ab.

»Weil ich, als sie mir erzählte, dass Dad gegangen ist, sagte, dass es wahrscheinlich besser so wäre.«

»Warum hast du das gesagt?«

»Warum nicht? Er hatte einen Abschiedsbrief hinterlassen. Das bedeutet, dass er sich entschieden hat zu gehen, und ehrlich gesagt, lief es zwischen ihm und mir schon lange nicht mehr gut. Seit ich nach Kalifornien gezogen bin, hat er das Interesse an meinem Leben verloren. Ich glaube, er hat mir übel genommen, dass ich mehr erreicht habe als er, was ziemlich beschissen ist. Unsere Eltern haben uns dazu gedrängt, unser Bestes zu geben, doch als ich besser war als Dad, hat er mich ausgeschlossen.«

Ich schenke ihm einen mitfühlenden Blick, aber er sieht ihn nicht. Seine Augen bleiben auf die Straße gerichtet. Ich wusste nicht, dass es Spannungen zwischen ihm und Dad gab.

»Es tut mir leid, Michael«, sage ich.

Er zuckt mit den Schultern und murmelt: »Danke.«

»Falls es dich tröstet, du bekommst die gleiche Behandlung, wenn du schlechter abschneidest als deine Eltern«, sage ich.

»Wie meinst du das?«, fragt er.

»Ich habe Mom über ein Jahr lang nicht gesehen, bevor sie gestorben ist.«

»Warum?«

»Sie hat gesagt, ich soll nicht zurückkommen ... nicht, bevor ich einen Chip habe.« Eine Träne löst sich aus meinem Augenwinkel. »Am Tag ihres Todes war ich einen einzigen Tag davon entfernt, meinen Chip zu bekommen, so nah dran wie nie zuvor.

Aber sie ist gestorben, bevor ich ihn holen konnte, bevor ich sie wiedersehen konnte. Ich habe es versucht. Wirklich. Ich habe es versucht.« Ich schüttele den Kopf. »Aber ich war zu spät. Ich war verdammt nochmal zu spät«, sage ich, meine Stimme bricht fast.

Er seufzt. »Es tut mir leid, Nicole.«

Ich wische mir die Träne weg und versuche, mich zu fassen. »Jetzt ergibt es Sinn, warum Mom das Geld, das du ihr geschickt hast, an die Stiftung für vermisste Personen gespendet hat.«

Er macht ein kurzes, humorloses Geräusch, eine Mischung aus einem Schnauben und einem bitteren Lachen. »Selbst im Tod musste sie mir noch eine letzte Lektion erteilen.«

»Mir auch. Manchmal habe ich das Gefühl, sie wusste, dass ich nur noch einen Tag von meiner Nüchternheit entfernt war. Und sie ist absichtlich an diesem Tag gestorben, um mir zu sagen: ›Du hättest es früher und härter versuchen sollen.‹«

»Glaubst du das wirklich?«, fragt er und hebt eine Augenbraue.

Ich lächle schwach. »Nicht wirklich.«

Er lächelt ebenfalls und verlangsamt das Auto, biegt in eine Schotterauffahrt ein, die zu einem einstöckigen Ranchstyle-Haus führt. Die Fensterläden sind heruntergefallen, mehrere Fenster mit Holzplatten vernagelt. Das Gras ist verwildert, stellenweise kahl, an anderen Stellen überwuchert. Es sieht verlassen aus. Ich beiße mir auf die Unterlippe. Sie ist rissig, und meine Zähne ziehen eine dünne Hautschicht ab.

Mein Atem ändert sich, wird flacher und schneller.

Michael stellt den Motor ab. »Das ist es«, sagt er.

»Es sieht nicht so aus, als würde hier jemand wohnen.«

»Genau deshalb ist es der perfekte Ort, um sich zu verstecken.« Er hebt eine Braue, öffnet die Tür und steigt aus.

Ich steige ebenfalls aus, und unsere Schuhe knirschen über den Schotter, während wir zum Haus gehen. Michael klopft an die Tür, doch sie ist bereits einen Spalt offen. Sein Klopfen drückt sie weiter auf. Er steckt den Kopf hinein und ruft: »Hallo?«. Seine Stimme hallt durch das leere Haus.

Ich dränge mich an ihm vorbei und stürme in das dunkle, stille Haus. Es riecht muffig und abgestanden. Auf dem Boden des Wohnzimmers liegt eine alte, fleckige Matratze, als hätte hier jemand kampiert. Überall sind leere Essensverpackungen und Limonadendosen verstreut. Spinnweben kleben an jeder Ecke und jedem Lichtschalter.

»Dad«, rufe ich, während ich von Raum zu Raum eile, doch jeder ist leerer als der vorherige. Das Haus wiederholt mein *Dad* jedes Mal, wenn ich es schreie, wie ein Echo, das mich verspottet. Ich bleibe in einem Raum am Ende des Flurs stehen. Ich bin mir sicher, dass es früher ein Schlafzimmer war, aber ohne Bett ist es einfach nur ein Raum. Ich schließe die Augen und atme mehrmals tief durch, durch die Nase ein, durch den Mund aus. Das Verlangen ist stark ... stärker als es lange war. Ich stelle mir vor, wie die Nadelspitze in meine Haut sticht. Wie ich den Kolben nach unten drücke. Und dann dieses fast sofortige Gefühl der Euphorie. Als würde ich in warmem Honig gebadet. Alles und nichts zugleich fühlen. Es ist so nah, wie ich je an den Himmel herangekommen bin, oder zumindest an das, was ich mir darunter vorstelle. Mein Herz rast. Meine Haut prickelt, schwitzt. Und dann dieses Zittern, tief in mir drin. Es beginnt klein, doch ich spüre, wie es wächst ...

»Nicole«, sagt Michael.

Ich reiße die Augen auf und drehe mich ruckartig um. Er steht im Türrahmen.

»Geht es dir gut?«, fragt er.

»Du hast gesagt, er sei hier.« Meine Stimme bricht, verrät meine Schwäche.

»Es tut mir leid, Nicole. Eine IP-Adresse zu verfolgen ist nicht so einfach, wie es klingt. Sie sind nicht immer genau. Er könnte ein VPN benutzt haben oder irgendetwas anderes.« Michael presst die Lippen aufeinander und senkt den Blick.

Jeder Muskel in meinem Gesicht ist angespannt vor tiefer Enttäuschung. Es fühlt sich an, als könnten meine Sehnen jeden Moment reißen. Oder vielleicht bin ich es, die reißt.

»Bist du bereit, wieder zu fahren?«

Ich schüttle den Kopf und sage nur: »Schätze schon.«

Michael geht den Flur entlang.

»Hey«, rufe ich ihm hinterher. »Macht es dir was aus, wenn wir einen Zwischenstopp in Beloit einlegen?«

Er bleibt stehen und dreht sich um. »Wieso?«

»Ich habe dort vorübergehend bei einer Freundin in einem Motel gewohnt. Sie hat mir vorhin geschrieben, dass sie abreist und ich meine Sachen holen soll, falls ich sie noch will. Nur ein paar Klamotten und Kosmetik und so.«

Michael nickt. »Ja, kein Problem.«

»Danke«, sage ich und vermeide den Blickkontakt. Denn wenn ich ihm in die Augen sehe, wird er wissen, dass ich lüge.

DREIUNDZWANZIG
MICHAEL

Ich lenke das Auto auf den Parkplatz eines herunter-gekommenen Ladens namens Motel 5. Ich nehme an, der Name soll ein Witz sein, eine Stufe unter einem Motel 6. Aber es ist weit schlimmer als das. Ein lang gestrecktes einstöckiges Gebäude mit separaten Eingängen für jedes Zimmer. Mehre-re Fensterscheiben sind gesprungen, und die Fassade ist mit Graffiti übersät. Ich fahre langsam über den Parkplatz, halte die Augen offen. Die Leute sind abgewrackt und zugedröhnt; einige lehnen am Gebäude, andere stehen vornübergebeugt, können sich kaum aufrecht halten. Laute Musik dröhnt aus ein paar geparkten Autos. Muskelbepackte Männer sitzen auf den Fahrersitzen und starren auf die Motelzimmer vor ihnen, als wären sie Sicherheitsleute. Aber ich weiß, dass das Einzige, was sie sichern, ihre illegalen Geschäfte sind. Ich kann nicht glau-ben, dass meine Schwester hier gewohnt hat. Nicole zeigt auf die linke Ecke des Gebäudes und sagt mir, wo ich parken soll. Ich tue, was sie sagt, obwohl ich am liebsten einfach davon-fahren und ihr versprechen würde, dass ich ihr alles ersetze, was sie hier zurücklässt.

Ich halte vor dem letzten Motelzimmer, lasse den Motor aber laufen.

»Soll ich mitkommen?«, frage ich.

Nicole ist schon dabei auszusteigen. »Nein, ich bin gleich wieder da«, sagt sie und schlägt die Tür zu.

Ich blicke nach rechts und halte Ausschau, ob sich jemand nähert. Doch die zugedröhnten Gestalten könnten sich ohnehin kaum bewegen. Ihre Bewegungen sind langsam, fast zombiemäßig. Mein Blick fällt auf ein Auto, das etwa zwanzig Meter entfernt steht. Der massige Mann am Steuer sieht in meine Richtung. Er nickt mir zu, aber ich weiß, dass es kein freundliches Nicken ist.

Die Tür des Motelzimmers, vor dem Nicole steht, öffnet sich einen Spalt breit, und sie schlüpft schnell hinein.

Ich warte in der Stille. Sekunden dehnen sich zu Minuten, und nach einer Weile fühlt es sich an, als wäre schon viel Zeit verstrichen, doch vielleicht fühlt es sich an einem Ort wie diesem nur so an. Dann höre ich Geräusche, zuerst ein lautes Poltern, dann Geschrei. Dumpf, aber unverkennbar eine Mischung aus Wut und Angst, die sich umeinander windet. Etwas stürzt in dem Zimmer krachend zu Boden. Ich reiße die Autotür auf und renne los. Jetzt kann ich die Worte klar verstehen.

»Wo ist mein verdammtes Geld, du dumme Schlampe?«

»Ich habe kein Geld!«

»Diese blöde tote Mutter von dir hatte auch nichts Wertvolles im Haus. Die eigentliche Frage ist also: Wie wirst du mir mein verdammtes Geld besorgen?«

Ohne nachzudenken, werfe ich meine Schulter gegen die Tür und stürme hinein. Der Türknauf prallt gegen Wand und hinterlässt ein Loch, setzt mit dem lauten Knall einen Punkt hinter die Szene und für einen Moment scheint die Zeit stillzustehen. Ein Mann starrt mich an, der über meine Schwester gebeugt steht. Eine Hand an ihrem Kragen, die andere erhoben, mit unendlich vielen schlimmen Möglichkeiten. Dann ist es, als würde jemand an der Fernbedienung auf Play drücken. Der harte Klang einer Ohrfeige bringt alles zurück in Bewegung.

Keine Zeit für Worte. Keine Zeit, mit jemandem wie ihm zu diskutieren. Die gute Nachricht ist, dass er genauso zerstört aussieht wie Nicole in ihrer schlimmsten Zeit – ausgezehrt, schwach, dem nächsten Schuss entgegenzitternd. Mein Verstand schaltet ab. Mein Körper reagiert.

Ich pflüge ihn mit voller Wucht um und lasse ihn über das Bett gegen die Wand fliegen. Ich renne zu ihm, packe ihn am Kragen – genau wie er es bei Nicole getan hat – und hebe meine Faust, ramme sie ihm ins Gesicht. Erst seine Wange, dann seine Stirn, dann das Auge, dann breche ich ihm die Nase und das Blut schießt heraus, als hätte ich einen Wasserhahn aufgedreht. Er würgt, spuckt Blut auf meine Kleidung und ich will gar nicht wissen, welche kranken und ekelerregenden Dinge in seiner Körperflüssigkeit herumschwimmen. Ich teile noch mal aus, diesmal schlage ich ihm die Zähne ein. Als ich aufhöre, ist er kaum noch bei Bewusstsein.

Ich richte mich auf und drehe mich zu Nicole um, ihr Gesicht ist eine Mischung aus Angst und Scham. Mein Herz rast, Adrenalin pumpt durch meine Adern, sodass ich momentan noch nichts spüre. Ich bin mir sicher, ich habe mir ein paar Handknochen gebrochen oder zumindest ernsthaft angeknackst, aber ich registriere nichts außer der zusammengekauerten Gestalt meiner Schwester, die auf dem Bett schluchzt.

»Wie viel schuldest du ihm?«

Nicole blinzelt verwirrt, als hätte sie mit allem gerechnet, nur nicht mit dieser Frage.

»Fünfhundert Dollar«, flüstert sie unter Tränen und ersticktem Luftholen.

Ich greife in meine Tasche und ziehe mein Portemonnaie heraus. Es ist ein edles Stück von Hermès, Kalbsleder, handgefertigt in Frankreich. Es ist mehr wert als das Geld, das Nicole diesem Dreckskerl schuldet. Ich nehme einen dicken Stapel Scheine und werfe ihn auf sein eingeschlagenes Gesicht. Einige bleiben an der roten Lache kleben, die aus seiner Nase und seinem Mund läuft.

»Hier. Jetzt schuldet sie dir nichts mehr«, sage ich und beuge mich zu ihm hinunter. Meine Lippen bringe ich nah an sein Ohr und ich flüstere: »Wenn du dich noch einmal in ihre Nähe wagst, werde ich nicht mehr aufhören. Verstanden?«

Er nickt und stöhnt.

»Gut.«

Ich richte mich wieder auf und trete ihm in die Rippen, nur um sicherzugehen, dass er es wirklich verstanden hat. Es klingt wie ein Stock, den ein Kind über seinem Knie zerbricht. Er saugt scharf die Luft ein und stößt einen hohen, gequälten Laut aus, während er sich auf die Seite rollt.

Ich helfe Nicole hoch, und sie schluchzt, als wir aus dem Motelzimmer hinaustreten, zurück ins Licht der Welt. Ich öffne die Beifahrertür und helfe ihr, sich auf dem Sitz niederzulassen.

»Es tut mir leid, Michael. Es tut mir so leid.«

»Du musst dich für nichts entschuldigen«, versichere ich ihr.

»Ich bin nicht stark genug«, weint sie.

»Doch, das bist du.«

Nicole hebt ihren Kopf. »Danke ...« Ihre Augen sagen mehr als das, und ich weiß genau, wofür sie sich bedankt.

»Bitte erzähl Beth nichts davon«, fügt sie hinzu.

»Werde ich nicht.«

Ich schließe ihre Tür, steige auf der Fahrerseite ein und lege den Rückwärtsgang ein. Während ich aus dem Parkplatz rolle, werfe ich einen Blick auf den Mann, der im dunklen SUV sitzt. Er lächelt und hebt das Kinn. Diesmal weiß ich, dass es freundlich gemeint ist.

VIERUNDZWANZIG

BETH

Michael und Nicole sind schon eine ganze Weile weg, was mir den ganzen Nachmittag Zeit gegeben hat, das meiste Chaos im Wohnzimmer und in der Küche aufzuräumen. Viele der zerbrechlichen Gegenstände waren zerstört, also habe ich sie weggeworfen. Manche Dinge kann man nicht reparieren.

Ich schiebe eine VHS-Kassette mit der Aufschrift November 1999 in den Videorekorder. Sie rastet ein, und das Gerät beginnt zu summen. Diese Kassette ist die nächste in chronologischer Reihenfolge nach dem 15. Juni 1999. Dazwischen klafft eine Lücke, Monate ohne Aufnahmen, und das ergibt Sinn. Mom wollte offensichtlich keine Erinnerungen festhalten, die mit Emmas Verschwinden zusammenhingen. Das erklärt auch, warum sie vergessen hat, den Clip von jenem Abend zu überspielen – sie konnte sich dem, was passiert war, nicht stellen. Der Bildschirm zeigt erst graues Rauschen, dann wird er blau, bevor ein Bild erscheint. Das Datum in der unteren rechten Ecke zeigt den 13. November 1999. Michael sitzt am Küchentisch. Vor ihm steht eine Geburtstagstorte, verziert mit einem essbaren Bild eines Computerbildschirms. Darüber prangt in grüner

Zuckerschrift *Alles Gute zum 13. Geburtstag, Michael,* gestaltet wie Computercode, umringt von dreizehn brennenden Kerzen. Die Flammen flackern und tanzen.

Wir haben Michaels Geburtstag nicht mehr gefeiert, seit er nach Kalifornien gezogen ist. Und ich habe ihm seit Jahren nicht mehr gratuliert, also denke ich normalerweise nicht daran, aber nächsten Monat wird er sechsunddreißig.

Auf dem Bildschirm sitzt Dad neben Michael am Tisch, lächelnd und »Happy Birthday« singend. In seinem Gesicht ist kaum eine Spur von der schrecklichen Tat zu erkennen, die er begangen hat, aber er wirkt um einige Jahre gealtert im Vergleich zur letzten Aufnahme vor fünf Monaten. Graue Haare durchziehen seinen dichten Bart, und neue Falten säumen die Ecken seiner Augen. Nicole und ich stehen neben unserem Bruder und singen ebenfalls mit. Mom ist nicht zu sehen, also weiß ich, dass sie die Kamera hält. Sie war fast immer diejenige, die filmte, weshalb es kaum Fotos oder Videos von ihr gibt. Seltsamerweise ist ihre Stimme trotz der Nähe zum Mikrofon kaum zu hören. Es ist, als würde sie die Worte nur flüstern, als wäre sie nicht wirklich bei der Sache.

Als das Lied endet, kneift Michael die Augen zusammen, wünscht sich etwas und pustet dann alle Kerzen auf einmal aus. Wachs tropft von den Kerzen und sickert in die Torte. Meine Geschwister und ich verschwenden keine Sekunde, ziehen die Kerzen heraus und lecken die Glasur von den Enden.

»Was hast du dir gewünscht?«, fragt Dad.

»Das kann ich nicht sagen«, antwortet Michael.

»Ach, komm schon. Du kannst mir vertrauen.« Dad lacht gezwungen und stupst ihn an.

Die Kamera surrt, während das Objektiv auf Dad heranzoomt, immer näher, bis sein Gesicht den gesamten Bildschirm füllt. Das Video ist unscharf, aber die Intensität in seinen grünen Augen ist gestochen scharf. Die Kamera bleibt für einige Sekunden auf ihm, bevor das Objektiv wieder herauszoomt und uns alle ins Bild zurückholt.

»Wenn du es verrätst, geht es nicht in Erfüllung«, sagt Mom. Ihre Stimme klingt nicht spielerisch, sie ist ernst. Aber niemand scheint es zu bemerken.

Michael reckt das Kinn vor. »Ja, ich kann es dir nicht sagen.«

»Du kannst mir alles sagen«, erwidert Dad mit einem weiteren erzwungenen Lachen und wuschelt Michael durch die Haare. Mein Bruder zieht sich zurück und streicht seine Strähnen zurück an ihren Platz, während Dad Mom anlächelt. Ich glaube nicht, dass sie das Lächeln erwidert, denn er wendet den Blick schnell wieder uns zu und fragt: »Wer will Kuchen?«

»Ich!«, rufen wir alle gleichzeitig.

Dad schneidet die Torte in Stücke und verteilt sie. Mom lehnt ab. Niemand merkt es. Sie hält die Kamera weiter ruhig, sodass wir alle im Bild bleiben. Es scheint wie eine ganz normale Geburtstagsfeier und ich erinnere mich nicht daran, dass mir an diesem Tag etwas ungewöhnlich vorkam. Aber das liegt daran, dass ich es mit meinen eigenen Augen gesehen habe, nicht mit Moms.

Das Objektiv surrt, als es erneut heranzoomt. Zuerst auf mich. Mein Gesicht füllt den Bildschirm, während ich mir einen großen Bissen von der weißen Geburtstagstorte in den Mund schiebe. Meine Haut ist jugendlich und strahlt, leicht gebräunt von der Sonne. Dann ist Nicole dran. Ihr Gesicht füllt das Bild. Ihre Haut ist ölig mit ein paar Teenager-Pickeln. Aber das fällt kaum auf, weil ihre großen grünen Augen einen sofort in den Bann ziehen. Die Kamera schwenkt zu Michael. Zuckerguss klebt an seiner Oberlippe, und er grinst breit, wirft den Kopf zur Seite, um seine zotteligen, braunen Haare aus den Augen zu bekommen. Dann richtet sich die Kamera wieder auf Dad und diesmal bleibt sie viel länger auf ihm als auf uns. Ich sehe auf dem Bildschirm nur Dad, nichts Ungewöhnliches, aber Mom sieht offensichtlich etwas anderes, vielleicht die Fassade, die er aufrechterhielt. Nichts an dieser Aufnahme ist normal. Es ist keine typische Home-Video-Erinnerung. Mom hat nicht einfach den Moment eingefangen. Sie hat uns studiert.

»Kann ich jetzt meine Geschenke aufmachen?«, fragt Michael. Seine Stimme ist hoch, weil die Pubertät noch nicht eingesetzt hat.

»Laura, ist es Geschenkezeit?«, fragt Dad Mom und wirft ihr einen angespannten Blick zu. Er merkt nicht, dass die Kamera nur auf ihn gerichtet ist. Das Objektiv zoomt langsam heraus, und wir sind wieder alle im Bild.

»Klar«, sagt Mom. Ihre Stimme klingt freudlos. Niemand bemerkt es.

Michael klatscht in die Hände und schiebt seinen Teller zur Seite, um Platz vor sich freizumachen.

»Moment«, sagt Dad, rückt seinen Stuhl zurück und steht vom Tisch auf, um in Richtung Mom zu gehen.

»Michael wird ausflippen. Stell sicher, dass du seine Reaktion einfängst«, flüstert er ihr zu, bevor er den Raum verlässt.

Mom sagt nichts.

Ein paar Augenblicke später taucht Dad wieder im Bild auf, diesmal mit einer großen, verpackten Kiste in den Armen. »Das ist von der ganzen Familie«, sagt er, stellt das Geschenk auf den Tisch und strahlt seinen Sohn an.

»Von der ganzen Familie?« Nicole lacht. »Ich habe ihm ein Jo-Jo besorgt. Ich wusste nichts von diesem riesigen Geschenk.«

Es stimmt. Nicole und ich hatten keine Ahnung, was in der Kiste war.

Michael reißt das Geschenkpapier auf und enthüllt einen Compaq ProSignia Desktop Computer, zumindest steht das so auf der Seite des Kartons.

Er quietscht vor Freude, und eine Flut an Worten sprudelt aus ihm heraus. »Krass! Das ist der Hammer! Ich kann es nicht glauben! Das ist wirklich für mich? Danke, Mom und Dad! Ich liebe es so sehr!« Er dreht die Kiste hin und her, um sie sich von allen Seiten anzusehen.

»Ich hoffe, das heißt, dass ich zu meinem Geburtstag ein Auto bekomme«, sagt mein jüngeres Ich und wirft Dad einen vielsagenden Blick zu, dann blicke ich direkt in die Kamera.

Dad klopft mit der Hand auf die Kiste. »Nun, dieser hier ist für Michael, damit er zu Hause Java Script programmieren kann. Aber da es der einzige Computer im Haus ist, werden wir ihn im vorderen Zimmer aufstellen, damit jeder ihn benutzen kann. Verstanden?«

Wir nicken alle, aber Nicole und ich wechseln einen Blick. Und ich erinnere mich genau, was er bedeutete. Dass Michael so ein großes Geschenk bekam, fühlte sich für uns unfair an und war völlig untypisch. Sie hatten eigentlich kein Geld für so etwas, aber jetzt ergibt es Sinn. Michaels Geburtstag war der Erste von uns dreien nach Emmas Verschwinden. Meiner ist im April, Nicoles im März. Vielleicht war das ihre Art, uns abzulenken, uns davon abzuhalten, die Risse in unserer eigenen Familie zu bemerken oder die Wahrheit über das zu entdecken, was sie getan hatten. Ein beschäftigter Geist beginnt nicht, abzuschweifen.

Ein Klopfen an der Haustür reißt mich aus der Vergangenheit. Ich werfe schnell die Kassette aus, schiebe sie zurück in ihre Hülle und lege sie zu den anderen. Nun ja, außer zu der einen, die außen vor bleibt, oben auf dem Rekorder. Diese Kassette gehört nicht zu den anderen.

Auf der Veranda steht Lucas. Er trägt eine graue Strickmütze, die wahrscheinlich seine Mutter gemacht hat. Seine Hände stecken in den vorderen Taschen seiner Jeans, und er lächelt mich an. Es ist die Art von Lächeln, das die Augen zum Funkeln bringt. Schon lange hat mich niemand mehr so angesehen. Trotz der kühlen Temperaturen um die 10 Grad fühlt sich meine Haut warm an.

»Hey«, sage ich und schiebe die Fliegengittertür auf, damit nichts mehr zwischen uns steht, außer natürlich diesem Geheimnis, das sich wie eine fünf Meilen hohe Mauer anfühlt. »Alles in Ordnung?« Es ist die Art von Frage, die man stellt, wenn man mehr schlechte Nachrichten als gute erhalten hat.

»Ja, alles gut.« Er zögert einen Moment. »Oh, was ist hier passiert?« Lucas deutet auf das gesplitterte Holz an der Tür.

Mein Blick fällt darauf. *Der Einbruch.* Aber ich kann ihm das nicht sagen, weil es vielleicht mit seiner Schwester und dem zu tun hat, was unsere Eltern getan haben. »Oh ... wir haben ein Möbelstück rausgetragen, um es an Goodwill zu spenden, und na ja, dabei ist das passiert. Noch eine Sache, die repariert werden muss ...« Ich zucke mit den Schultern und zwinge mir ein Lächeln ab. »Brauchst du etwas?«, füge ich schnell hinzu, um von der kaputten Tür abzulenken.

Sein Blick verweilt einen Moment auf der Tür, bevor er wieder zu mir zurückschwingt. »Nein«, sagt er. »Ähm ... ich wollte einfach ein bisschen frische Luft schnappen und fragen, ob du Zeit für einen Spaziergang hast?«

»Klar.« Ich nicke. »Lass mich nur schnell meine Jacke holen.« Er lächelt erneut. Blasser diesmal.

Ich schlüpfe in ein Paar alte Tennisschuhe und greife nach der nächstbesten Jacke an der Garderobe. Es ist eine ausgeblichene alte Jeansjacke – *Moms*. Ich überlege, sie zurückzuhängen und eine andere zu nehmen, aber ich tue es nicht. Ich ziehe sie einfach an. Manche Dinge muss man eben tragen – Schuld, Trauer und alte Jacken, die von geliebten Menschen zurückgelassen wurden.

»Wohin?«, frage ich und schließe die kaputte Tür hinter mir.

Lucas blickt nach links, wo unsere lange Auffahrt zur Straße führt. Dann schaut er nach rechts, wo der geschwungene Wasserlauf und die anschließenden Betontreppen den Hang hinunterführen.

»Wie wäre es mit einem Abstecher zum Bach? Ich war ewig nicht mehr dort.«

Ich schlucke schwer, stimme ihm aber zu. Es wäre seltsam, wenn ich plötzlich sagen würde, dass ich nicht dorthin gehen will.

Wir gehen nebeneinander her, folgen dem Wasserlauf, den mein Vater angelegt hat, als wir Kinder waren. Es war seine Idee, um sicherzustellen, dass starke Regenfälle sein Land nicht abtragen, wenn das Wasser den Hügel hinab strömt. Mein Vater hatte immer Angst, Dinge zu verlieren. Er besaß nicht viel, also war das, was er hatte, umso wertvoller, selbst der Boden, auf dem er stand. Beide meine Eltern waren so. Meine Mutter, weil sie Verluste erlitten hatte. Mein Vater, weil er nie viel besessen hatte.

Ein paar Meter weiter gibt es eine kleine Kante, wo eine Mauer aus Zement und auf dem Grundstück gesammelten Steinen das Gelände sichert. Wenn es stark regnet, stürzt das Wasser darüber und schlägt auf den Beton auf, sodass es klingt wie ein Wasserfall.

Lucas springt als Erster herunter, seine Füße landen sicher auf dem Beton. Er dreht sich um und streckt mir seine Hand entgegen, genau wie früher, als wir jung waren. Aber anders als damals brauche ich die Hilfe jetzt wirklich. Ich nehme seine Hand, beuge die Knie und springe hinunter. Kaum berühren meine Schuhe den Boden, gibt mein lädiertes Knie nach, und ich gerate ins Straucheln. Seine Hände fassen mich an der Taille, halten mich fest, damit ich nicht stürze.

»Ich hab dich«, sagt er.

Ich blicke zu ihm auf und studiere sein Gesicht. Es gibt tausend Dinge, die ich ihm sagen will, aber das Einzige, das ich herausbringe, ist: »Danke.«

Wir tauschen ein Lächeln aus. Meines ist straff gespannt wie ein überdehntes Gummiband. Seines ist das genaue Gegenteil.

Die Betontreppen, die ins Tal hinabführen, sind groß, also nehmen wir sie langsam. Sie sind von Felsen und Steinen gesäumt, die ebenfalls von unserem Land stammen, jeweils fünf Fuß breit auf jeder Seite. Links stehen drei Laternenpfähle, in gleichem Abstand voneinander positioniert. Jenseits des Betons und der Felsen erstrecken sich bewachsene Hänge mit alten Bäumen, wilden, ungezügelten Sträuchern und einem Teppich aus gefallenen Blättern und Ästen. Lucas hält meine Hand, bis wir unten angekommen sind. Als seine Finger sich von meinen lösen, kann ich sie noch immer spüren, wie ein Phantomkörperteil.

Das Tal öffnet sich in eine Lichtung, die von massiven Eschen und Bergahornen umschlossen wird. Von unserem Standpunkt aus wirkt es, als ob die Spitzen der Bäume den trüben grauen Himmel berühren. Blätter in Gelb-, Orange- und Brauntönen tanzen durch die kühle Luft, fallen eines nach dem anderen zu Boden.

»Ich hatte ganz vergessen, wie schön es hier unten ist«, sagt er, während er sich umsieht.

»Ja, wirklich«, sage ich.

»Wo sind deine Geschwister?«

Ich seufze. »Sie sind losgezogen, um meinen Vater zu finden.«

Er runzelt die Stirn. »Wie meinst du das?«

»Du erinnerst dich an die E-Mails, die ich meinem Vater jede Woche geschrieben habe?«

Lucas nickt.

»Er hat geantwortet.«

»Wow, das ist ... unglaublich.« Er kratzt sich am Nacken und schaut auf seine Schuhe.

»Ist es.«

»Warum sollte er nach all der Zeit zurückschreiben?«

»Vielleicht, weil Mom gestorben ist, und er sich verpflichtet fühlte, zu antworten.« Ich zucke mit den Schultern.

»Was hat er geschrieben?«

»Nicht viel. Nur dass er nicht für uns da sein konnte.«

»Warum dann überhaupt die E-Mail schicken?«

»Keine Ahnung. Aber Nicole wollte ihn finden. Also hat sie Michael gebeten, die IP-Adresse nachzuverfolgen, von der aus die E-Mail versendet wurde.«

»Und du wolltest nicht mit?«

»Nein, weil ich mir nicht schon wieder Hoffnungen machen kann.«

»Es tut mir leid, Beth«, sagt Lucas, und ich bin mir nicht sicher, wofür genau er sich entschuldigt, aber ich neige den Kopf und nicke. Der Wind flüstert in den Bäumen, als gäbe es etwas, das er uns sagen möchte. Uns allen geht es so.

Lucas räuspert sich. »Wie läuft die Planung für die Beerdigung?« Er will offensichtlich das Thema wechseln. Der Tod ist ein einfacheres Gesprächsthema als das Unbekannte.

»Sie ist morgen. Mom wollte eingeäschert werden und dass wir ihre Asche auf dem Grundstück verstreuen.« Ich sehe ihn an. »Du weißt ja, wie sie war. Sie wollte nie, dass man um sie Aufhebens macht. Selbst ihre letzten Wünsche waren so unkompliziert wie möglich.«

»Ja. Ich erinnere mich. Ich habe ihr mal Blumen zum Geburtstag gebracht, und nachdem sie sich bedankt hatte, hat sie mich ausgeschimpft, weil ich Geld dafür verschwendet habe.« Er lacht leise.

»Das war Mom«, sage ich, schüttle den Kopf und lächle bei der Erinnerung. »Sie hat immer alles gegeben und nie etwas dafür zurückgewollt.« Ich ziehe die Jeansjacke enger um meinen Körper, und für einen Sekundenbruchteil fühlt es sich an wie eine Umarmung von ihr.

»Wäre es okay, wenn meine Mom und ich kurz vorbeikommen, um ihr die letzte Ehre zu erweisen?«, fragt er. »Wir würden nicht lange bleiben, nur zehn Minuten oder so, weil es ihr nicht gut geht. Aber ich weiß, dass sie das gerne tun würde.«

Ich senke den Kopf und blicke auf meine alten Tennisschuhe. Wahrscheinlich bin ich schon fünfzig Meilen in ihnen gelaufen, aber gebracht haben sie mich nur hierher. Ich sollte Nein sagen. Ich sollte mir einen Grund ausdenken, warum sie nicht dazu kommen können. Aber es gibt keinen guten Grund – zumindest keinen, den ich Lucas sagen kann.

Seine Lippen stehen leicht offen, wartend auf eine Antwort.

»Natürlich. Es ist bei Sonnenuntergang. Das war ihr Wunsch.«

Er lächelt und nickt. »Sollen wir?« Lucas deutet auf das Feld mit dem überwucherten Gras.

Ich nicke ebenfalls, aber das Lächeln erwidere ich nicht, und laufe neben ihm her. Dad hat das Gras früher kurz gehalten, jetzt reicht es mir bis zu den Knien. Lucas und ich sind früher oft um die Wette gelaufen, von einem Zaun zum anderen. Ich war schneller als er, bis zum zweiten Jahr der Highschool. Aber selbst dann ließ er mich noch gewinnen, indem er so tat, als würde er stolpern und hinfallen, kurz bevor er die Ziellinie erreichte. Egal, was ich durchmachte, ob ich mich wie die Königin der Welt fühlte oder am absoluten Tiefpunkt war, Lucas gab mir immer das Gefühl, eine Gewinnerin zu sein.

Vorsichtig bahnen wir uns unseren Weg durch das verwilderte Land, achten auf Löcher, die Erdhörnchen und Murmeltiere gegraben haben. Das Gras raschelt an unseren Hosenbeinen, als wir das Feld verlassen und einen breiten Pfad betreten, der sich durch den Wald schlängelt. Links ist es dicht und dunkel, kleinere Bäume kämpfen um Platz und Nährstoffe. Rechts stehen die Bäume weiter auseinander, größer, mit kräftigen Stämmen und weitverzweigten Wurzeln, die sich viel Raum nehmen.

Noch bevor wir den Bach erreichen, kann ich ihn hören. Er plätschert über sein Bett und schlängelt sich um die Bäume und Äste, die ihm zum Opfer gefallen sind. Schließlich stehen wir am Ufer des Bachs, der das Land meiner Eltern durchschneidet. Es klingt schöner, als es aussieht. Das Wasser ist braun. Auf der gegenüberliegenden Seite neigen sich mehrere Trauerweiden zum Wasser, ihre langen, grazilen Äste streifen über das plätschernde Wasser. Die einzige Möglichkeit, hinüberzukommen, ist, durch das Wasser zu waten oder den steilen Abhang von Highway X hochzulaufen und die Brücke zu nehmen.

Lucas steht neben mir, die Füße schulterbreit auseinander, das Kinn leicht angehoben, die Hände in die vorderen Taschen seiner Jeans gesteckt. Ich lasse meinen Blick über den Bach wandern, bis mein Blick auf die Autobahnunterführung trifft. Das Wasser unter der Brücke ist flach, wodurch sich der Bach verengt und ein schlammiges Bett bildet. Ich blinzle und sehe sie dort liegen, bedeckt mit Blut und Dreck. Trübe Augen, die keine Zukunft mehr sehen. Ihre Haut blass und kalt. Ich frage mich, was sie mit ihr gemacht haben. Wo ist Emma jetzt? Ich blinzle erneut und sie ist verschwunden.

Lucas legt eine Hand auf meine Schulter. »Alles in Ordnung?«

Ich schüttle den Kopf und sage: »Ja.« Er bemerkt nicht, dass mein Körper die Wahrheit sagt, während mein Mund lügt.

»Dachte schon, ich hätte dich verloren.«

»Nein, ich bin noch hier.« Ich weiche seinem Blick aus, weil ich ihn kaum ansehen kann.

»Gut«, sagt er. »Denn ich habe das vermisst.« Ein schwaches Lächeln umspielt seine Lippen.

Meine Augen finden seinen Blick wieder, wie ein Magnet, der vom Metall angezogen wird. »Was vermisst du?«

»Uns.«

Mein Körper reagiert, bevor mein Verstand eingreifen und mich davor warnen kann, dass es keine gute Idee ist. Meine Arme schlingen sich um seinen Nacken, meine Hände ruhen auf seinem Rücken. Er zieht mich an sich. Obwohl ich ihn seit Jahrzehnten nicht mehr geküsst habe, fühlt es sich an, als wäre alles, was ich je verloren habe, in dem Moment zurückgekehrt, als sich unsere Lippen berühren. Zuerst ist es langsam, sanft, warm. Doch als die Spannung steigt, übernehmen unsere Zungen die Führung, tasten sich vor, umkreisen einander. Meine Zähne graben sich in seine weiche Lippe. Ich kann nicht genug bekommen und frage mich, wie ich ihn je gehen lassen konnte. Es fühlt sich an wie ein erster Kuss oder wie ein letzter. Aber ich fürchte, es ist Letzteres, wegen des tödlichen Geheimnisses, das sich in mein Herz gebrannt hat. Ich will es ihm sagen, doch wenn ich es tue, wird es uns erneut zerstören und dieses Mal werde ich es nicht überleben.

FÜNFUNDZWANZIG

LAURA

16. JUNI 1999

Ich habe letzte Nacht nicht geschlafen. Wie hätte ich auch gekonnt? Wie hätte ich meine Augen schließen und in einen Traum gleiten können, wissend, was ich getan habe? Innerhalb weniger Stunden bin ich von der tröstenden Freundin, die Susan versicherte, dass wir Emma finden und ihre Tochter zurückkehren würde, zu einer Frau geworden, die wusste, dass das nie passieren wird. Brian liegt neben mir, unter der Decke, schläft mal ein, dann wacht er wieder auf. Er will mir nicht sagen, was passiert ist. Er meinte, er sei sich selbst noch nicht sicher, was genau passiert sei. Er sagte, er müsse mehr wissen, bevor er es mir erzählen könne. Dann sagte er, je weniger ich wisse, desto besser. Ich glaube ihm nicht, und ich glaube nicht, dass ich mit einer Halbwahrheit leben kann. Eine Halbwahrheit ist nichts anderes als eine ganze Lüge.

Brian sagte, wir müssten Emmas Leiche verschwinden lassen. Dass es keinen anderen Weg gebe. Würden wir zur Polizei gehen, würde es uns zerstören. Er schwört, dass er nichts getan hat, dass er ihr nichts angetan hat. Dass er so etwas niemals tun würde. Aber warum dann nicht einfach zur Polizei gehen? Ich habe ihm diese Frage ein Dutzend Mal gestellt, jedes Mal leiser, mit weniger Überzeugung in meiner Stimme. Schließlich habe ich aufgegeben. Ich weiß nicht genau, warum. Vielleicht stand ich unter Schock. Vielleicht hatte ich Angst davor, herauszufinden, wozu mein Mann fähig ist. Vielleicht liebe ich ihn einfach zu sehr. Also habe ich funktioniert. Ich musste entweder eine Wahrheit verbergen oder alles verlieren. Als wir fertig waren, war es früher Morgen, drei Uhr etwa. Um diese Uhrzeit ist niemand wach, es sei denn, man arbeitet in der Nachtschicht oder hat Dreck am Stecken.

Ich blicke zur Uhr auf meinem Nachttisch. Die Zahlen sind fett und rot. Das Leben ist ein Countdown, aber es endet nicht bei null. Manchmal ist das Ziel zwölf, so wie bei Emma; oder vierzig, so wie bei meinem Vater; oder fünfzehn, so wie bei meiner Schwester.

Es ist kurz nach neun Uhr morgens. Schritte hallen durch das Haus, also weiß ich, dass die Kinder wach sind. Es sollte ein normaler Sonntag sein. Aber das ist es nicht, und ich glaube nicht, dass ich jemals wieder einen normalen Tag haben werde. Brian bewegt sich, dreht sich von einer Seite auf die andere, nun mir zugewandt. Ich neige meinen Kopf zu ihm. Seine Augen sind geschlossen, in den Winkeln sammelt sich Schlaf. Er hat irgendwie ein wenig Ruhe gefunden, und ich weiß nicht, wie er das geschafft hat. Wir sind seit sechzehn Jahren verheiratet, und ich dachte, wir wüssten alles übereinander. Jetzt bin ich mir nicht mehr sicher. Der Mann, in den ich mich verliebt habe, würde mich niemals bitten, ihm zu helfen, eine Leiche loszuwerden, und ich hätte niemals gedacht, dass ich einer solchen Bitte nachkommen würde. Aber meine Familie ist mir zu wichtig, und wenn ich Brian verliere, würde alles auseinanderfallen.

»Mom?«, ruft Beths Stimme von der anderen Seite unserer Schlafzimmertür.

Brian rührt sich. Er reißt die Augen auf. Sie sind grün mit gelben Sprenkeln. Früher habe ich mich in ihnen verloren, doch jetzt bin ich einfach nur verloren.

»Hey.« Seine Stimme ist heiser, kaum mehr als ein Flüstern. Seine große Hand schiebt sich unter der Decke hervor und findet meine. Er hält sie fest, drückt sie dreimal. Es bedeutet: Ich liebe dich. Ich erwidere das Drücken nicht. Nicht weil ich ihn nicht liebe, sondern weil ich ihn in diesem Moment nicht liebe. Ich starre in seine Augen und frage mich, was sie gesehen haben. Was haben sie erblickt, das ihn so in die Enge getrieben hat, dass das Einzige, was er tun konnte, das Falsche war? Oder seine Hand, die meine jetzt umschließt – was hat sie getan?

»Geht es dir gut?«, fragt er.

Er kennt die Antwort, aber er will, dass ich ihn anlüge. Und das kann ich gerade nicht.

»Ich weiß nicht, wer ich bin.«

»Laura, wir haben getan, was wir tun mussten.«

Das sagt er immer wieder.

Gestern sah ich ihn noch als den Mann, in den ich mich vor zwei Jahrzehnten Hals über Kopf verliebt habe. Doch jetzt fallen mir die Veränderungen auf, die über die Jahre schleichend kamen, jene Art von Wandel, die man nicht bemerkt, wenn man jeden Tag mit einer Person verbringt. Die feinen, schleichenden Veränderungen: Die grauen Haare, die sich durch seinen

Bart ziehen. Die dunklen Flecken, die sich über seine Haut ausbreiten, verursacht von zu vielen Stunden in der Sonne. Die verblasste Narbe an seiner Stirn, die sich vier oder fünf Zentimeter in seinen Haaransatz erstreckt. Ich erinnere mich genau an den Tag, an dem er sie sich zuzog. Wir waren spazieren, die Kinder noch klein. Sie fuhren Fahrrad, alle mit Stützrädern, bis auf Beth. Sie hatte gerade erst gelernt, ohne zu fahren – nicht besonders gut, aber gut genug. Sie schlängelte sich spielerisch über die Straße, was in einem kleinen Ort wie dem Grove eigentlich keine Rolle spielte. Doch dann kam ein Auto. Jemand von außerhalb. Jemand, der die Geschwindigkeitsbegrenzung in unserer kleinen Gemeinde nicht respektierte. Wir lachten, plauderten und bemerkten es nicht rechtzeitig. Aber Brian tat es, fast zu spät. Er stieß Beth aus dem Weg und nahm den Aufprall auf sich, so wie es jeder Elternteil getan hätte. Sein Kopf krachte gegen die Windschutzscheibe. Blut strömte aus der Wunde, rann in einem stetigen Strom über sein Gesicht. Ich erinnere mich, wie er sagte, dass es ihm gut gehe, während er auf allen Vieren zu Beth kroch, die weinend auf dem Boden saß, mit aufgeschlagenen Knien. Seine eigene Gesundheit war ihm egal. Alles, was zählte, war sie. Sechsunddreißig Stiche brauchte es, um die Wunde zu schließen. Und selbst dann blieb eine Narbe zurück, als ständige Erinnerung daran, was für ein Mann er war. Einer, der alles tun würde, um die Menschen zu beschützen, die er am meisten liebt. Ich klammere mich in diesem Moment an diese Erinnerung. Weil sie alles ist, was mir bleibt.

»Mom«, ruft Beth erneut.

»Was ist, Beth?« Brian antwortet für mich.

»Kann ich mit Lucas nach Emma suchen?«

Brian stößt einen schweren Seufzer aus. Was werden wir unseren Kindern sagen, wenn sie nie zurückkommt? Werden wir weitersuchen? Werden wir so tun, als hätten wir Hoffnung, obwohl wir wissen, dass es vergeblich ist? Es gibt keine richtige Antwort. Denn auf eine falsche Frage kann es keine richtige Antwort geben.

»Ja, aber sei vorsichtig und sei zum Mittagessen wieder da«, sagt er.

»Danke, Dad.« Ihre Schritte hallen durch den Flur, werden leiser, während sie sich durch das Haus bewegt. Dann knallt die Haustür zu, und ich zucke zusammen.

»Sollten wir Beth wirklich nach ... ihr suchen lassen?« Ich kann ihren Namen nicht aussprechen.

»Es wäre merkwürdig, wenn wir es ihr verbieten. Denkst du nicht, das würde Verdacht erregen?« Er sieht mich an, blickt mir direkt in die Augen, und ich frage mich, wie ich in seinen aussehen muss. Sein Daumen fährt sanft über meinen Handrücken. Früher war seine Berührung beruhigend, jetzt fühlt es sich an wie eine Nadel, die meine Haut aufkratzt, sie perforiert.

»Ich weiß nicht. Es fühlt sich einfach falsch an, sie nach jemandem suchen zu lassen, den sie nie finden wird.«

Er presst die Lippen aufeinander. »Ich weiß. Aber jetzt können wir nichts mehr tun.«

»Wir könnten Susan und Eddie die Wahrheit sagen.«

»Das können wir nicht. Es ist zu spät. Wir haben ihre Leiche verschwinden lassen. Das ist eine Straftat«, erklärt er – aber er erklärt nicht genug, zum Beispiel, warum wir sie überhaupt verstecken mussten.

»Ich verstehe es immer noch nicht. Warum konnten wir nicht einfach die Polizei rufen?«

Brian atmet tief aus, und für einen Moment glaube ich, dass er vielleicht auch die Wahrheit ausatmen wird. »Laura, bitte hör auf, mich das zu fragen.«

Sein Blick sucht meinen, aber da gibt es nichts zu finden. Ich bin nicht diejenige, die Geheimnisse versteckt – zumindest nicht vor ihm. Noch nicht.

»Kannst du es mir nicht einfach sagen? Ich weiß, du hast gesagt, es ist besser, wenn ich es nicht weiß. Aber das kann nicht wahr sein.« Meine Kehle ist so trocken, als hätte ich Sand geschluckt. Doch vielleicht fühlt sich Schuld genau so an, wenn man sie hinunterschlucken muss – körnig, geschmacklos, bitter.

»Ich kann nicht. Du musst mir einfach vertrauen. Wir haben das Richtige getan.«

Wenn man das Richtige mit einem Artikel rechtfertigen muss, dann ist es nicht richtig.

»Du glaubst mir doch, oder?«, fragt er.

Ich ziehe meine Hand aus seiner. »Ich habe keine Wahl.«

Seine Stirn legt sich in Falten, ein Teil seiner grünen Augen verschwindet hinter seinen Lidern. Wir haben beide etwas Schreckliches getan. Das verbindet uns mehr als alles andere – mehr als das Haus, das wir gemeinsam gebaut haben, mehr als unsere Ehe, mehr als unsere Kinder. Er und ich teilen das dunkelste aller Geheimnisse.

»Brian, wenn man jemanden so sehr liebt, wie ich dich liebe, dann glaubt man ihm. Man glaubt ihm immer«, sage ich.

Er lächelt warm und fährt mit dem Daumen erneut über meinen Handrücken. Es fühlt sich an wie eine Rasierklinge, aber ich zucke nicht zusammen.

Es ist egal, ob ich ihm vertraue. Es zählt nur, dass er es glaubt.

SECHSUNDZWANZIG
MICHAEL

Auf dem Heimweg hielten wir an der Klinik, damit Nicole ihre Methadon-Behandlung bekommen konnte. Anscheinend soll sie jeden Tag hingehen, aber sie geht nur jeden zweiten oder dritten Tag, weil sie versucht, schneller clean zu werden. Offensichtlich funktioniert das nicht, denn im Leben gibt es keine Abkürzungen. Nicole hat das noch nicht begriffen, und ich bin mir nicht sicher, ob sie es jemals tun wird.

»Versprichst du, dass du es Beth nicht erzählst?«, fragt sie erneut, als ich das Auto vor der Garage parke.

»Ja«, sage ich, aber ich weiß nicht, ob das stimmt. Vielleicht sollte ich es Beth sagen, obwohl es genau genommen weder meine Angelegenheit noch ihre ist.

»Danke«, sagt sie und steigt aus dem Auto.

»Warte, warum willst du nicht, dass Beth es erfährt?«, frage ich.

»Weil sie mich wahrscheinlich umbringen würde«, erklärt sie trocken.

Ich muss fast lächeln, aber dann merke ich, dass sie es ernst meint.

Nicole schlägt die Autotür hinter sich zu und bleibt stehen, wartet darauf, dass ich ebenfalls aussteige. Es wirkt, als würde sie sich nicht trauen, allein ins Haus zu gehen.

Meine Knöchel sind böse gerötet. Zwei sind aufgeschlagen, aber das Blut ist bereits getrocknet, und die Haut beginnt, sich zu verfärben. Sie pochen, also bewege ich meine Finger und schüttele sie aus.

Ich steige aus dem Fahrzeug und gehe durch die Haustür, Nicole folgt mir dicht auf den Fersen. Beth war während unserer fleißig, denn die Küche sieht wieder so aus wie vor dem Einbruch. Nicole schnappt sich einen Stapel Journale vom Tisch, murmelt, dass sie in ihr Zimmer geht, und verschwindet im Flur. Wahrscheinlich versucht sie, Beth aus dem Weg zu gehen, bis sie sich besser unter Kontrolle hat und ihre Lügen überzeugender klingen.

Ich gehe ins Wohnzimmer, das ebenfalls keine Spuren des Einbruchs mehr zeigt. Beth sitzt auf dem Boden, umgeben von ordentlich gestapelten Kisten, und sortiert sorgfältig jeden einzelnen Gegenstand. Sie nimmt sich für alles Zeit, als wären es Verlängerungen unserer Eltern. Ich verstehe den Sinn dahinter nicht. Es sind nur Dinge.

Sie unterbricht ihr Sortieren. »Ich nehme an, es ist nicht gut gelaufen.«

»Was hat dir das verraten?«

»Nicole, die in ihr Zimmer flüchtet.«

»Sie ist nicht geflüchtet«, sage ich und lasse mich auf das Sofa sinken. »Sie braucht nur ein bisschen Zeit für sich.«

Beth zieht eine Braue hoch, lässt sie dann aber schnell wieder sinken und widmet sich erneut den Kisten. Sie wickelt einen Gegenstand aus altem Zeitungspapier aus. Eine leere

A&W-Root-Beer-Dose aus den Siebzigern. Sie hat nicht die geschwungene Form, die heutige Limonadendosen haben, sondern sieht eher wie eine Suppendose aus. Ich erinnere mich nicht an viel aus meiner Kindheit, aber die Geschichte hinter dieser Dose kenne ich, weil Mom sie uns unzählige Male erzählt hat. Dad hatte sie ihr bei ihrem ersten Date gekauft. Die beiden waren spazieren, und sie hielten an dem kleinen Laden, der früher direkt gegenüber vom Park stand. Die Limo kostete zehn Cent, aber für Mom bedeutete sie die Welt, und sie hatte sie all die Jahre aufgehoben. Die meisten Menschen würden nur ein altes Stück Müll darin sehen, aber für sie symbolisierte sie einen Neuanfang. Beth betrachtet die Dose mit sanftem Blick. Ich weiß, dass sie sich ebenfalls an die Geschichte erinnert. Sie legt sie vorsichtig zur Seite, als könnte sie nicht entscheiden, ob sie sie behalten oder wegwerfen soll. Wenn es nach mir ginge, wäre sie längst im Müll, so wie die meisten Dinge in diesem Haus. Ich finde, es ist wichtig, sich von der Vergangenheit zu trennen, weil sie uns davon abhält, voranzukommen. Und das ist die einzige Möglichkeit, wirklich zu leben.

»Also, was ist passiert?«, fragt sie.

Ich zucke mit den Schultern. »Eigentlich nichts. Es war ein verlassenes Haus. Vielleicht war er da und ist abgehauen, oder vielleicht ist er nie dort gewesen. Er könnte auch ein VPN benutzt haben oder etwas in der Art, um seine IP-Adresse zu verschleiern.«

Sie kramt weiter in einer Kiste und zieht ein paar weitere Gegenstände heraus. »Geht es Nicole gut?«

Ich halte inne und überlege, ob ich Beth erzählen soll, was heute im Motel passiert ist, aber Nicoles Worte hallen in meinem Kopf nach. *Weil sie mich wahrscheinlich umbringen würde.*

»Ja, ihr gehts gut«, sage ich schließlich.

Beth wirft einen Blick zum Flur und dann zurück zu mir. »Wir sollten sie wahrscheinlich im Auge behalten. Ich habe Angst, dass sie wieder rückfällig wird.«

Ich habe keine Angst, weil ich weiß, dass sie es höchstwahrscheinlich wird. Es ist schwer, sich vor etwas zu fürchten, das man schon kommen sieht. Nicole hätte heute rückfällig werden können, wenn ich nicht eingegriffen hätte, aber ich kann sie nicht rund um die Uhr bewachen, und Beth ebenso wenig.

Ich nicke und neige meinen Kopf leicht zur Seite. »Hast du dir schon überlegt, was du mit dem Haus machen willst?«

»Ich weiß es nicht. Wieso?«

»Ich habe nur gedacht, da Nicole keinen festen Wohnsitz hat, wäre es vielleicht eine gute Idee, das Haus zu behalten und sie hier wohnen zu lassen.«

»Sie kann sich das Haus nicht leisten.«

»Es ist abbezahlt, also geht es nur um die Instandhaltung, Grundsteuern und Nebenkosten. Das könnte ich übernehmen, bis sie wieder auf die Beine kommt.«

Beth hebt eine Augenbraue. Ihr Blick ist beinahe vorwurfsvoll, und ich verstehe nicht, warum.

»Ich denke darüber nach, es zu verkaufen.«

»Du hattest doch gesagt, dass du dir noch nicht sicher bist«, sage ich und verschränke die Arme vor der Brust.

»Bin ich auch nicht, aber das Geld, das ich dafür bekommen würde, könnte mein Leben verändern.«

Ich ziehe eine Augenbraue hoch, um ihre zu spiegeln. Ich würde schätzen, dass das Haus vielleicht dreihunderttausend wert ist, kein Betrag, der das Leben verändert. Aber für sie ist es mehr Geld, als sie jemals besessen hat. Es ist genug, um eine Weile bequem zu leben, aber nicht genug, um wirklich ihr Leben zu verändern.

»Und was ist mit Nicole?«, frage ich.

»Nicht«, sagt sie und schüttelt den Kopf.

»Nicht was?«

Sie presst die Zähne aufeinander und spricht mit gesenkter Stimme. »Komm nicht hierher und halte mir Vorträge über Nicole. Du bist nicht derjenige, der all die Jahre mit ihr klarkommen musste. Du bist nicht derjenige, den sie bestohlen hat, den sie als alles Mögliche beschimpft hat, den sie bedroht oder dem sie Gewalt angetan hat. Also will ich das nicht von dir hören.«

»Sie ist krank, Beth.«

»Ich weiß, aber du kannst niemandem helfen, der sich nicht selbst helfen will.« Sie wickelt die Porzellanfigur eines Pferdes aus einer Zeitung. Zwei Beine sind abgebrochen, aber sie legt es trotzdem auf den Behalten-Stapel.

»Sehr klischeehaft, Beth.«

»Es ist ein Klischee, weil es wahr ist«, erwidert sie.

Ich seufze und lasse meinen Blick durch den Raum schweifen, schätze ab, wie viel wir noch zu tun haben. Wir teilen dieselbe DNA, denselben Nachnamen, dieselben Eltern, aber das wars auch schon. Ich reibe mir die Nasenwurzel mit Zeigefinger und Daumen, presse die Finger gegen die Seiten.

»Nur weil du Nicole nicht helfen konntest, heißt das nicht, dass ich es nicht kann«, sage ich.

Ihre Augen verengen sich. »Du bist echt ein Mistkerl, Michael.«

»Wieso?«

»Du warst sieben Jahre weg, und die einzige Person, der du geholfen hast, bist du selbst. Ich war es, die sich um Mom und Nicole gekümmert hat.«

»Ja, und jetzt ist Mom tot, und Nicole ist auf dem besten Weg dorthin. Wem genau hast du also geholfen?«

»Fick dich. Du tauchst hier auf in deinem schicken Auto, mit deinen teuren Klamotten und deiner Designeruhr, und besitzt die Frechheit, auf mich herabzusehen. Vielleicht hast du Geld, aber das ist auch alles, was du hast.« Sie springt auf und wirft wütend Gegenstände in den Müllsack.

»Und du hasst mich deswegen, nicht wahr, Beth?« Ich starre sie an.

»Nein, ich hasse dich, weil du alles bekommen hast.«

»Was soll das heißen?«, frage ich. »Wir hatten alle die gleichen Startbedingungen.«

»Nein, hatten wir nicht. Du hast die Computer-Sommer-camps bekommen, private Programmierkurse, teure Technik, Reisen zu akademischen Wettbewerben. Natürlich geht es dir besser als Nicole und mir. Mom und Dad haben dich auf den Erfolg vorbereitet.« Die Worte sprudeln aus ihr heraus, als hätte sie sie schon lange zurückgehalten. Grün vor Neid versucht sie, ihre eigenen Fehler und Versäumnisse zu rechtfertigen.

»Ich weiß nicht, wovon du redest, Beth. Mom und Dad haben deine Leidenschaft fürs Laufen und die Leichtathletik unterstützt. Es ist nicht ihre Schuld, dass du dir das Knie kaputtgemacht hast. Sie haben Nicole und ihr Schreiben unterstützt, und es ist nicht ihre Schuld, dass sie süchtig geworden ist. Hör auf, anderen die Schuld dafür zu geben, wie euer Leben verlaufen ist.«

»Du bist ein eingebildetes Arschloch.« Ihre Stimme bricht, weil sie weiß, dass ich recht habe.

»Und du bist eine verbitterte Zicke. Aber immerhin halte ich dir das nicht vor.«

Schritte hallen laut aus dem Flur, reißen uns aus dem gegenseitigen Hass, den wir in diesem Moment füreinander empfinden.

»Leute!«, schreit Nicole panisch.

Sie stürmt ins Wohnzimmer, hält ein Tagebuch und einen Stapel Papiere in den Händen.

»Was ist los?« Ich richte mich halb von meinem Sitz auf.

Ihre Augen sind weit aufgerissen, das Weiß um ihre grünen Iriden ist deutlich zu sehen.

»Ich glaube nicht, dass Emma Harper die einzige Leiche war, die Mom und Dad entsorgt haben.«

VERMISSTER TEENAGER:

POLIZEI BITTET ÖFFENTLICHKEIT UM HILFE BEI DER SUCHE NACH 17-JÄHRIGEM MÄDCHEN

31. Oktober 1999

ALLEN'S GROVE, Wis. – Das Sheriffbüro von Walworth County bittet die Öffentlichkeit um Mithilfe bei der Suche nach der 17-jährigen Christie Roberts aus Allen's Grove.

Laut einer Pressemitteilung des Walworth County Sheriffsbüros soll Roberts ihr Elternhaus in der Hill Street am 26. Oktober um 17:00 Uhr zu Fuß verlassen haben. Sie ist 1,60m groß und

wiegt etwa 54 kg, hat schulterlanges, dunkel-
braunes Haar und wurde zuletzt in einem Sweat-
shirt der Marke Old Navy, einer Jeans und New
Balance-Sneakern gesehen.

Es wird vermutet, dass Roberts freiwillig gegangen ist und möglicherweise als Ausreißerin
gilt. Ihre Eltern sind besorgt um ihre Sicherheit.

Wer Informationen über ihren Aufenthalts-
ort oder sachdienliche Hinweise zu ihrem Verschwinden hat, wird gebeten, sich an die Leit-
stelle des Walworth County Sheriffsbüros unter
der Telefonnummer 262-741-3300 zu wenden.

SIEBENUNDZWANZIG
LAURA

1. NOVEMBER 1999

Ein weiteres Mädchen ist diese Woche verschwunden. In einer so kleinen Stadt ist selbst eines zu viel. Man hält sie für eine Ausreißerin, aber ich glaube, Brian hat etwas damit zu tun. Er sitzt mir am Kopfende des Tisches gegenüber und schiebt sich eine Gabel voll Essen in den Mund. Ich habe Ramen gemacht, vermischt mit dicken Schinkenwürfeln, Rührei und gerösteten Zwiebeln. Es ist billig, aber alle mögen es. Brian lächelt mich an, während er die Gabel in seiner Schüssel dreht und einen Klumpen Nudeln um die Zinken wickelt. Ich fühle mich nicht viel anders als diese Ramen.

Ich zwinge mich zu einem Lächeln und sehe zu meinen Kindern. Michael und Beth sitzen auf der rechten Seite des Tisches. Michael hat sein Shirt bereits bekleckert, ein gelblich-brauner Fleck aus Ei und karamellisierter Zwiebel. Normalerweise würde ich ihn auffordern, es sofort auszuziehen, um den Fleck einzuweichen und zu behandeln, aber ich habe gelernt: Man kann nicht alles retten. Beth hat ihr Essen kaum angerührt. Sie ist seit ihrer Vollstipendium-Zusage der UW–Madison für

Leichtathletik besessen von Diät und Training. Ich mache mir Sorgen. Ich denke, sie übertreibt es, und ich sollte etwas sagen, aber wie kann ich meine Tochter noch erziehen, nachdem ich getan habe, was ich getan habe? Mein Blick wandert zu Nicole, die auf der linken Seite des Tisches sitzt. Sie isst wütend, stößt mit der Gabel in ein Stück Schinken. Zwischen uns bleibt ein leerer Stuhl, eine Barriere, die mir klarmacht, dass ich momentan außerhalb ihres Kreises der Liebe stehe. Sie ist sauer, weil ich sie nicht mit ihren *Freunden* ausgehen lasse. Aber sie sind kein guter Einfluss, und sie lässt sich zu leicht beeinflussen. Wenn ich meine Kinder nah bei mir halte, kann ich sie beschützen. Doch dann sehe ich wieder Brian an. Vielleicht sollte ich sie doch nicht nah bei mir halten. Denn das bedeutet, sie in seiner Nähe zu lassen, bei dem Mann, den ich geheiratet habe ... bei dem Mann, dem ich nicht trauen kann.

»Darf ich aufstehen?«, fragt Beth.

Brian sieht mich an, als sollte ich die Entscheidung treffen. Anscheinend darf ich jetzt doch noch über etwas bestimmen. Ich werfe einen Blick auf ihren Teller. Das Essen wurde nur hin und her geschoben, um vorzutäuschen, dass sie etwas gegessen hat. Ich überlege, ihr zu sagen, dass sie mehr essen soll, dass sie Energie für ihren Körper braucht, um stark zu bleiben, aber ich habe nicht die Kraft dazu.

»Ja, aber räum deinen Teller ab«, sage ich.

Sie steht auf, dankt niemandem im Besonderen und verschwindet abrupt.

Es klopft an der Tür, und bevor ich aufstehen kann, rennt Beth hin und reißt sie auf. Susan steht auf der anderen Seite der Fliegengittertür.

Jedes Mal, wenn ich sie sehe, zerbricht ein weiteres Stück meines Herzens. Ich glaube, viel davon ist nicht mehr übrig. Aber diesmal sieht sie anders aus. Ihr Haar ist gekämmt. Ein Hauch Rouge liegt auf ihren Wangen. Sie trägt Jeans und einen dicken Strickpullover statt Jogginghosen oder Schlafanzug. Sie sieht nicht wütend oder traurig aus. Sie wirkt fast erleichtert. Emma ist seit fast fünf Monaten verschwunden. Vielleicht hat Susan endlich eine neue Phase der Trauer erreicht.

»Hey, Susan«, begrüßt Brian sie als Erster.

Ich verstehe nicht, wie er ihr überhaupt in die Augen sehen kann.

»Hallo, Susan«, sage ich und lasse meinen Blick knapp über ihren Augen schweben.

Susan schaut zu den Kindern und dann zurück zu mir. »Kann ich mit dir und Brian unter vier Augen sprechen?«

Mir bleibt fast das Herz stehen. Ich werfe Brian einen besorgten Blick zu, aber er sieht überhaupt nicht beunruhigt aus. *Weiß sie es? Verdächtigt sie uns?*

Wir treten auf die Veranda hinaus, und ich schließe die Tür hinter uns, damit die Kinder nichts hören. Ich habe versucht, sie davor zu schützen, aber es ist fast unmöglich. Es geschah auf unserem Grundstück, und die Ausläufer dieses hässlichen Geheimnisses, das ich verzweifelt zu verbergen versuche, müssen sich nicht weit nach ihnen recken. Ich merke, dass ich den Atem anhalte, also atme ich langsam und ruhig durch die Nase aus.

»Was ist los?«, frage ich und schaffe es immer noch nicht, ihr in die Augen zu sehen.

»Sie haben ihn verhaftet.«

»Wen?«, fragt Brian.

»Charles Gallagher.«

Meine Augen weiten sich, und meine Kinnlade scheint unter der Schwerkraft nachzugeben.

»Er hat gestanden. Er sagte, er habe Emma getötet.« Ihre Stimme bricht, und Tränen rinnen über ihre rötlich geschminkten Wangen, reißen auf ihrem Weg nach unten die Farbe mit sich. »Er sagte, er habe sie in einem Müllcontainer in Janesville entsorgt, hinter dem Möbelgeschäft. Wir werden sie niemals richtig beerdigen können, aber wenigstens weiß ich jetzt, dass derjenige, der sie uns genommen hat, endlich die Gerechtigkeit zu spüren bekommt, die er verdient.« Ihre leisen Schluchzer verwandeln sich in heftige Tränen, und ich ziehe sie in eine Umarmung.

Zum ersten Mal muss ich sie nicht anlügen. Ich muss ihr nicht sagen, dass alles gut wird oder dass wir Emma finden werden. Ich sage gar nichts. Ich lasse sie einfach weinen.

Aber in einem hat sie recht.

Emma wird nicht zurückkommen.

Doch das hier ist keine Gerechtigkeit. Aus dem Augenwinkel sehe ich, wie Brian in die Ferne starrt, als suchte er nach der richtigen Reaktion. Ich frage mich, ob er sich dieselbe Frage stellt wie ich ... *Was haben wir getan?*

ACHTUNDZWANZIG
NICOLE

Ich breite die Zeitungsausschnitte auf dem Wohnzimmerboden aus, damit ich sie in ihrer Gesamtheit überblicken kann. Das Papier ist vergilbt, einige Stellen sind verblasst, ausgelöscht und vergessen, genau wie Christie Roberts. Viele Artikel sind Updates oder vielmehr das Fehlen von Updates seitens des Sheriffbüros, weil sie nie eine Spur hatten. Mehrere Ausschnitte sind Kleinanzeigen, die ihre Eltern geschaltet haben. Sie flehten die Öffentlichkeit an, sich zu melden. Die meisten der Kleinanzeigen drehen sich um den Verkauf von wertvollen Gegenständen, wie gebrauchten Autos oder Möbeln. Die Roberts wollten das Kostbarste, was sie je besessen hatten, zurück.

»Das bedeutet nicht, dass Mom und Dad irgendetwas mit Christies Verschwinden zu tun hatten«, sagt Michael und deutet auf die Ausschnitte. Er geht im Wohnzimmer auf und ab und reibt sich die Stirn, als würde er gegen eine Migräne ankämpfen.

»Warum sonst hätte Mom sie aufbewahrt?« Ich blicke zu meinem jüngeren Bruder auf, aber er erwidert meinen Blick nicht, also richte ich meine Aufmerksamkeit auf meine Schwester. »Was denkst du, Beth?«

Sie sitzt neben mir, beißt sich auf den Daumennagel, bis kaum noch etwas davon übrig ist, und starrt auf die zerschnittenen Zeitungsblätter aus längst vergangenen Tagen. Sie wirkt abwesend und ich bin mir nicht sicher, ob sie sie überhaupt liest.

»Christie ist weggelaufen. Zumindest dachten das alle«, sagt sie schließlich. »Ich weiß nicht, vielleicht war Mom paranoid und glaubte, Dad hätte etwas damit zu tun.«

»Beth hat wahrscheinlich recht«, sagt Michael.

»Oder vielleicht wusste Mom etwas, das sonst niemand wusste.« Ich neige den Kopf zur Seite. »Oder sie war paranoid, wie Beth sagte. Ich meine, sie hat Dad geholfen, Emmas Leiche loszuwerden. Danach konnte sie nicht mehr dieselbe gewesen sein.« Michael hebt eine Braue.

»War sie auch nicht«, sagt Beth.

»Woher willst du das wissen?«, frage ich.

Sie seufzt. »Ich habe mir ein weiteres Band angesehen, eines von November 1999. Es war anders als die anderen.«

Michaels Stirn legt sich in Falten. »Inwiefern anders?«

»Einfach die Art, wie sie es gefilmt hat. Es war, als würde sie uns analysieren. Es wirkte nicht mehr so, als ob sie eine Familienerinnerung festhält.«

»Als wäre sie paranoid«, sagt er, und ich kann nicht erkennen, ob es eine Frage ist oder eine Feststellung.

Ich verstehe, was Beth meint. Mir ist das Gleiche in Moms Tagebüchern aufgefallen. Ihre Sichtweise hatte sich nach Emmas Verschwinden verändert. Sie war distanziert, schrieb über eine Familie, nicht über ihre Familie, wie eine Wissenschaftlerin, die Laborratten dabei beobachtet, wie sie sich durch ein Labyrinth bewegen.

»Oder als hätte sie mehr gewusst als alle anderen«, werfe ich ein.

»Also meinst du, weil Mom diese Zeitungsausschnitte aufbewahrt hat« – Michael deutet auf den Boden – »und weil sie uns anders gefilmt hat, bedeutet das, dass Dad etwas mit Christies Verschwinden zu tun hatte?«

»Ich sage nicht, dass er etwas damit zu tun hatte. Ich sage nur, dass Mom sich nach Emmas Verschwinden verändert hat, und die Bänder, die sie danach aufgenommen hat, sind der Beweis dafür«, sagt Beth.

»Und Mom hat auch alles über Emma Harper aufgehoben, und wir wissen, dass sie mit ihrem Tod zu tun hatten«, füge ich hinzu.

»Ihr wollt wirklich Mom und Dads Andenken zerstören, oder?«

Beth verschränkt die Arme vor der Brust. »Nein, Michael. Wir wollen einfach nur wissen, was passiert ist.«

Die Wahrheit wird nichts ändern. Aber das bedeutet nicht, dass sie nicht ans Licht kommen sollte.

»Und wir hatten vereinbart, dass wir jemandem Bescheid sagen würden, wenn wir etwas finden«, sage ich.

Als keiner von uns etwas sagt, wirft Michael einen genaueren Blick auf die Zeitungsausschnitte zu Christie Roberts' Verschwinden und inspiziert jeden einzelnen sorgfältig.

»Die Polizei sagte, Christie sei eine Ausreißerin gewesen. Das steht doch hier.« Er deutet auf einen der Artikel.

»Da steht, dass sie das *dachten*.«

»Sie müssen doch einen triftigen Grund gehabt haben, das zu glauben«, sagt Michael.

»Ja, wahrscheinlich wegen ihrer Eltern. Ich wäre auch weggelaufen, wenn ich sie gewesen wäre.« Beth zuckt mit den Schultern.

»Wie meinst du das?«, frage ich.

Beth starrt ins Leere, als würde sie Erinnerungen heraufbeschwören, die in den tiefsten Ecken ihres Gehirns verstaut waren. »Christies Eltern waren seltsam. Sie waren übermäßig kontrollierend, hielten sie abgeschottet, ließen sie nicht einmal zur Schule gehen. Sie war in meinem Alter, wirkte aber immer viel jünger. Ich erinnere mich, dass es schwierig war, sich mit ihr zu unterhalten. Sie brauchte lange, um auf irgendetwas zu antworten, und sie starrte dich mit diesen riesigen braunen Augen an. Es war verstörend, weil man nie wusste, was in ihrem Kopf vorging.«

Ich ziehe eine Braue hoch. »Aber wart ihr nicht befreundet?«

»Nein, nicht wirklich.« Beth schüttelt den Kopf. »Christie wollte meine Freundin sein. Ich glaube, sie wollte irgendeine Freundin. Sie tauchte bei uns auf und fragte, ob wir abhängen könnten, oder sie folgte mir, wenn ich joggen war. Mom sagte immer, ich solle nett zu ihr sein, also war ich es, aber ich habe mich nicht aktiv um eine Freundschaft bemüht.« Sie senkt den Blick schuldbewusst in ihren Schoß und spielt mit ihren Fingern.

Ich schließe für einen Moment die Augen und rufe mir ein Bild von Christie aus dem Jahr 1999 ins Gedächtnis. Sie erscheint blass vor meinem inneren Auge, grieselig, aber lebendig. Ihr schiefes Halblächeln, als könnte sie sich nicht entscheiden, welche Emotion sie zeigen soll. Ihr dunkles Haar, das nicht von irgendeinem großartigen Pflegeprodukt glänzte, sondern von Fett.

Meine Augen öffnen sich wieder, und ich sehe Beth an, die Erinnerung an Christie verschwindet zurück ins Nichts. »Ich erinnere mich, dass ich sie immer wieder Runden durch den Grove laufen sah, bei Regen oder Sonnenschein, mit dieser alten Kamera um den Hals.«

Beth nickt. »Ja, sie hat mir oft Bilder gezeigt, die sie gemacht hatte, wenn ich joggen war. Ich wusste nicht einmal, dass sie mich fotografierte, was ziemlich seltsam war.«

»Das ist wirklich seltsam«, stimme ich zu.

»Ich erinnere mich kaum an sie«, sagt Michael. »Aber basierend auf dem, woran ihr euch erinnern könnt, ergibt es Sinn, dass sie als Ausreißerin galt. Sie war wie ein Hamster im Laufrad, der nirgendwo hinkommt.« Er wirft einen Blick auf Beth und dann auf mich. »Aber zwei Mädchen, die innerhalb von fünf Monaten verschwinden, in einer Stadt mit weniger als zweihundert Einwohnern, das ist höchst verdächtig. Mom hat sich wahrscheinlich dasselbe gedacht.«

Mein Blick wandert wieder über die Zeitungsausschnitte. In so vielen wird das Wort Ausreißerin erwähnt. Vielleicht hat Michael recht. Es wäre naheliegend, dass Mom nach dem, was sie getan hatte, paranoid wurde und nach Mustern suchte, die gar nicht existierten. Nur weil unsere Eltern Emmas Leiche verschwinden ließen, heißt das nicht, dass sie etwas mit Christies Verschwinden zu tun hatten. Und wir wissen immer noch nicht genau, was mit Emma geschah, bevor die Videokamera am Abend des 15. Juni 1999 zu filmen begann. Vielleicht hat Dad ihre Leiche einfach gefunden. Aber das erklärt immer noch nicht, warum er nicht die Polizei rief. Ich nehme Emma Harpers Akte von der Couch und blättere zu der Stelle, an der ich aufgehört hatte.

»Sie hatten einen Verdächtigen in Gewahrsam wegen Emmas Verschwinden. Er wurde für den Mord angeklagt«, sage ich und lese aus dem Bericht.

»Wer?«, fragt Michael.

»Charles Gallagher«, sagt Beth, bevor ich die Antwort selbst finden kann.

Michael runzelt die Stirn. »Wer?«

»Dieser unheimliche Kerl, der am Ende unserer Straße wohnte«, erklärt sie.

»Oh ja. Den hatte ich total vergessen. Wie wurde er überhaupt zum Verdächtigen?«, fragt Michael.

»Viele unschuldige Menschen sind Verdächtige. So funktioniert das System nun mal.«

Beth hat recht. Charles Gallagher war ein leichtes Ziel. Er war der Außenseiter der Stadt. Ich glaube, jede Kleinstadt hat so jemanden. Eine Person, die niemand versteht. Er hatte schlechte soziale Fähigkeiten und keine Freunde. Er trank häufig, rauchte wie ein Schlot und trug unpassende Kleidung. Viel gesagt hat er auch nie. Er wohnte in dem Backsteinhaus direkt gegenüber vom Park. Seine Mutter lebte bei ihm oder vielleicht lebte er bei ihr. Niemand wusste das so genau. Sein Grundstück war ein Schandfleck, umgeben von alten Schrottkarren, die in der Einfahrt und im Garten standen. Die Leute beschwerten sich darüber, aber er bestand darauf, dass es sein Haus sei und er hier machen könne, was er wolle. Schon bevor Emma verschwand, gab es Gerüchte über ihn. Manche sagten, er sei im Gefängnis gewesen. Fragte man nach dem Grund, hatte jeder eine andere Antwort. Andere behaupteten, er hätte durch eine Kopfverletzung im Militärdienst Wutausbrüche. Ich wusste nie, ob diese

Gerüchte stimmten, aber ich mied ihn trotzdem. Die meisten anderen taten es auch.

Ich überfliege mehrere Seiten der Fallakte, bevor ich meine Erkenntnisse an Beth und Michael weitergebe. »Ein anonymer Hinweis führte die Polizei zu ihm«, erkläre ich. »Jemand sah ihn am Tag von Emmas Verschwinden mit ihr im Park sprechen. Dann meldeten sich noch weitere Leute und sagten, sie hätten dasselbe gesehen. Die Polizei fand Schuhabdrücke in seinem Garten, die mit einem Paar Sneaker übereinstimmten, das sie besaß. Offenbar reichte das als Beweis für einen Durchsuchungsbefehl. In seinem Haus entdeckte die Polizei einen Barbie-Spielball, ein pinkes Springseil und eine Powerpuff-Girls-Kapuzenjacke. Sie gehörten Emma.«

»Wenn ich die Wahrheit nicht wüsste, würde ich sagen, das klingt ziemlich belastend«, sagt Michael.

»Nicht wirklich.« Beth schüttelt den Kopf. »Das alles ist rein zufällig. Schuhabdrücke? Er wohnte direkt am Park. Kinder sind ständig durch seinen Garten gelaufen. Und alles, was in seinem Haus gefunden wurde, könnten Dinge sein, die im Park vergessen wurden.«

»Genau das sagte er anfangs auch«, sage ich.

»Warte, was meinst du mit *anfangs*?«, fragt Michael.

»Charles änderte seine Aussage, nachdem er sechzehn Stunden lang ohne Anwalt verhört worden war. Schließlich gestand er die Entführung und den Mord an Emma. Er sagte, er habe ihre Leiche in einen Müllcontainer hinter einem Laden in Janesville geworfen.«

»Warum erinnere ich mich an nichts davon?« Michael massiert seine Schläfen mit Zeige- und Mittelfinger.

»Weil Mom und Dad es vor uns geheim hielten. Außerdem war es 1999 und Kleinstadt-Nachrichten waren damals nicht so leicht zugänglich wie heute. Ich wusste nur davon, weil Lucas mir alles erzählte. Aber selbst seine Eltern hielten vieles von ihm fern«, sagt Beth.

Ich blättere zur nächsten Seite der Akte. »Wie konnten Mom und Dad tatenlos zusehen, wie das Leben dieses Mannes zerstört wurde?«

»Es hieß entweder sein Leben oder ihres«, sagt Michael.

Beth wirft ihm einen wütenden Blick zu. »Ja, aber er war unschuldig.«

»Er hat gestanden«, entgegnet er.

»Das nennt man ein falsches Geständnis. Menschen tun das unter großem Druck«, argumentiert Beth.

»Oder vielleicht hat er die Wahrheit gesagt. Vielleicht hat ihn sein Gewissen eingeholt, und er hat alles in einem Akt der Katharsis herausgelassen.« Michael spielt eindeutig den Advocatus Diaboli. »Wir wissen nicht, was mit Emma passiert ist, bevor das Video aufgenommen wurde, oder danach.«

»Ja, aber Mom und Dad haben sie gefunden. Das bedeutet, dass sie nicht in einen Müllcontainer hinter einem Laden in Janesville geworfen und dann auf eine Mülldeponie gebracht wurde, wie Charles es behauptet hat. Wenn du eine Leiche findest, rufst du die Polizei. Das ist verdammt noch mal ganz einfach«, fauche ich.

»Manchmal sind die einfachsten Dinge die kompliziertesten«, sagt Beth, und ich bin mir nicht sicher, was sie damit meint. Aber es fühlt sich nicht so an, als würde sie von Emma oder unseren Eltern sprechen.

Michael hebt eine Augenbraue. »Aber warum *hatte* er dann Emmas Sachen bei sich zu Hause?«

Ich überfliege den Bericht vor mir. »Er hatte Spielsachen und Kleidung, die mehreren Kindern aus der Nachbarschaft gehörten. Dinge, die sie beim Spielen im Park zurückgelassen hatten. Die Polizei hat das in ihrem Bericht nicht erwähnt.«

»Und wann wurde er verhaftet?«, fragt Michael.

Ich blättere zurück zum Anfang des Verhaftungsberichts. »Am 1. November 1999.«

»Aber diese Schuhabdrücke in seinem Garten wären da doch gar nicht mehr vorhanden gewesen«, merkt Michael an.

»Laut der Fallakte wurden die Schuhabdrücke in den Tagen nach Emmas Verschwinden entdeckt. Charles wurde darauf angesprochen und bestritt, sie an diesem Tag überhaupt gesehen zu haben, und sagte, es sei nicht ungewöhnlich, dass Kinder durch seinen Garten liefen. Die Polizei kam zu dem Schluss, dass er kein Hauptverdächtiger war, bis über vier Monate später ein anonymer Hinweis einging, in dem jemand behauptete, Charles habe am Tag ihres Verschwindens mit Emma gesprochen. Danach fokussierte sich die Polizei nur auf ihn«, erkläre ich.

»Lass mich das wiederholen: Charles wurde wegen Emmas Verschwinden am 1. November verhaftet, und Christie verschwand am 26. Oktober.« Er schaut mich an, nicht um die Daten zu bestätigen, sondern um sicherzugehen, dass ich ihm zuhöre. »Er war also noch auf freiem Fuß, als sie verschwand?«

Ich nicke langsam.

»Der Zeitpunkt ist verdächtig«, sagt Michael.

»Nicht wirklich.« Beth schüttelt den Kopf. »Wir wissen, dass er mit Emma nichts zu tun hatte.«

»Das wissen wir nicht«, sagt er mit einem Schulterzucken.

Michaels Gesicht ist hart und unbeweglich, als wollte er die Erinnerung an unsere Eltern schützen, eine Barriere zwischen Vergangenheit und Gegenwart. Beths Ausdruck liegt irgendwo zwischen Entschlossenheit und Gleichgültigkeit, als ob sie sie die Wahrheit wissen wollte, aber gleichzeitig spürte, dass sie sie nicht verkraften würde.

»Und was ist mit dem Einbruch?«, fragt Beth plötzlich.

Ich werfe Michael einen angespannten Blick zu, in der Hoffnung, dass er sein Versprechen hält und Beth nicht erzählt, dass es ein Drogendealer war, dem ich Geld schuldete. Wenn sie es wüsste, weiß ich nicht, was sie tun würde.

»Was ist damit?«, fragt Michael beinahe beiläufig. In dem Moment weiß ich, dass er dichthalten wird.

»Das kann kein Zufall gewesen sein«, sagt sie.

»Vielleicht doch. Es hat sich herumgesprochen, dass Mom gestorben ist. Vielleicht hat das jemand als Gelegenheit gesehen, hier einzubrechen. Von den Toten kann man schließlich nicht stehlen.« Er neigt den Kopf und hält Beths Blick.

Sie presst die Lippen zusammen und mustert ihn, als würde sie überlegen, ob seine Erklärung plausibel ist. Ich will gerade etwas sagen, aber Michael ist schneller.

»Und was ist eigentlich mit Charles passiert?«, fragt er und lenkt das Gespräch endgültig in eine andere Richtung.

Ich atme erleichtert auf und blättere durch mehrere weitere Seiten im Bericht. Ich erinnere mich vage daran, dass der Fall auseinandergefallen ist, aber die genauen Details entfallen mir.

Bevor ich die Antwort in der Akte finde, spricht Beth zuerst. »Die Anklage gegen ihn wurde fallengelassen.«

»Wie ist das möglich?« Michael kneift die Augen zusammen.

»Ja«, füge ich hinzu. »Vor allem, wenn man sein Geständnis bedenkt, und dass die Polizei Emmas Sachen in seinem Haus fand und ihre Schuhabdrücke durch seinen Garten führten.«

Michaels Blick wandert zu der Kassette, die noch auf dem Videorekorder liegt. »Und außerdem hat außer uns nie jemand dieses Band gesehen.«

»Es sei denn ... «, sagt Beth und stockt.

Ich werfe einen Blick auf die vergilbten Zeitungsausschnitte über das Verschwinden von Christie Roberts. Die Ränder sind gerade und sauber geschnitten. Mom hat jeden einzelnen mit Präzision ausgeschnitten, als hätte sie vorgehabt, sie für immer aufzubewahren. Oder vielleicht hat sie sie für uns aufgehoben.

NEUNUNDZWANZIG

LAURA

2. DEZEMBER 1999

Der Schnee fällt, als wüsste er nicht wohin mit sich, treibt ziellos umher, als wollte er so lange wie möglich in der Luft bleiben. Aber irgendwann wird er auf dem Boden aufkommen. So wie wir alle.

Ich blicke aus dem Wohnzimmerfenster und sehe Michael, Beth und Brian im Vorgarten herumtoben und Schneebälle aufeinander werfen. Sie tragen Winterjacken, Schneehosen, dicke Strickmützen und schwere Handschuhe. Ihre Wangen und Nasen sind von der Kälte gerötet. Wolken aus frostiger Luft entweichen ihren Mündern, während sie lachen und sich gegenseitig necken. Nicole sitzt etwas abseits und benutzt meinen Wischeimer, um sich ein Iglu zu bauen. Eigentlich wollte sie nicht nach draußen in den Schnee, aber ich habe es ihr befohlen. Als sie fragte, warum, sagte ich ihr, es sei mein Haus und meine Regeln. Schnippisch wie immer hatte Nicole geantwortet: »Na gut, dann baue ich mir ein Iglu und wohne darin, bis der Schnee schmilzt.« Und da sitzt sie nun – mein widerspenstiges Mittleres, stopft

Schnee in den Eimer, stürzt die Form aus und stapelt eine nach der anderen. Sie hat bereits fünf Reihen im Kreis um einen kleinen Kinderpool errichtet. Ich bin mir sicher, dass ich sie irgendwann ins Haus zerren muss, bevor sie sich noch zu Tode friert, nur um mir etwas zu beweisen.

Eddie, Emmas Vater, taucht am oberen Ende der Einfahrt auf, gekleidet in eine Jeanshose und eine Jeansjacke. Seine Hände stecken tief in den Taschen, verstecken sich vor der Kälte. Heiße Atemwolken schießen aus seinen Nasenlöchern wie bei einem Stier kurz vor dem Angriff. Entweder ist er außer Atem oder er ist wütend. Er marschiert direkt auf Brian zu. Erst als er nur noch zwei Meter entfernt ist, nimmt Brian ihn überhaupt wahr. Sie wechseln ein paar Worte, dann winkt Eddie Brian, ihm zu folgen. Die beiden gehen gemeinsam auf unser Haus zu, bleiben jedoch stehen, bevor sie die Treppe zur Veranda hinaufsteigen.

Ich kann sie nicht hören, aber ich kann die Worte von Brians Lippen lesen. »Was gibts?«, fragt er.

Eddie spricht zu schnell, als dass ich erkennen könnte, was er sagt. Seine Wangen sind gerötet, und ich glaube nicht, dass es an der Kälte liegt. Brians Augen weiten sich, sein Mund öffnet sich leicht. Sie nicken sich zu, klopfen sich auf den Rücken, und dann dreht sich Eddie um und geht die Einfahrt wieder hinauf. Brian blickt zu mir ans Fenster. Ich hebe mein Kinn und starre ihn direkt an. Seine Augen verengen sich, und er schüttelt den Kopf – ganz eindeutig enttäuscht von mir.

Ich weiß, dass sie Emmas Fahrrad gefunden haben.

Ich weiß das, weil ich dafür gesorgt habe.

DREISSIG

MICHAEL

Das Boar's Nest hat sich kein bisschen verändert. War ja zu erwarten. Kleinstädte verändern sich nicht. Und wenn doch, dann so langsam wie die Evolution, kaum merklich innerhalb eines einzigen Lebens. Der Dodge Charger ist immer noch da. Der einzige Hauch von Ruhm, den diese Stadt je gesehen hat. Doch in Wahrheit ist er es nicht. Nur eine Illusion. Ein ausgehöhltes Wrack, das auf dem Dach des einzigen noch laufenden Geschäfts thront. Dieselben Männer lehnen am Tresen. Älter. Grauer. Weniger Platz zwischen der Bar und ihren Bäuchen. Und dieselbe Barkeeperin schenkt die Drinks aus. Sie ist nicht mehr jung und strahlend. Sie hat sich mit ihrem unspektakulären, eintönigen Leben abgefunden und ihr Aussehen hat sich dem angepasst.

Nicole und Beth betreten als Erste die Bar und setzen sich auf zwei Hocker. Alle Köpfe drehen sich in ihre Richtung – nicht weil sie so umwerfend aussehen, sondern weil es einfach mal etwas Neues zu sehen gibt. Ich erkenne an Beths Haltung – ihre Schultern sind fast bis zu den Ohren hochgezogen –, dass sie jetzt lieber überall anders wäre als hier. Da sind wir schon zwei. Ich habe vorgeschlagen, herzukommen, weil ich es in dem Haus nicht mehr ausgehalten habe. Zu viele Erinnerungen. Außerdem musste ich meine Schwestern von ihrer Untersuchung losreißen, die bisher nur aus einer Kette von Vielleicht bestand. Nichts Konkretes. Alles Spekulation und es lenkt uns davon ab, was wir eigentlich tun sollten ... uns um Moms Nachlass kümmern.

Beth sieht mich an. »Bier?«

Ich nicke. Ich will eigentlich keins, aber ich werde eins trinken. So geht es mir mit den meisten Dingen im Leben.

Nicole und ich setzen uns zu beiden Seiten von Beth. Mein Blick wandert zur Uhr an der Wand. Ich weiß, dass sie mindestens fünfundvierzig Minuten nachgeht. Nicht voraus. In so einem Laden wäre man nie voraus. Doch es interessiert hier niemanden – denn wer nichts hat, worauf er sich freuen kann, hält die Zeit lieber an und kostet die bedeutungslosen Momente aus.

Die Billardkugeln klacken und knallen. Ein Dartpfeil trifft das Board. Die Jukebox dröhnt mit einem Song von Toby Keith. Und da ist Lachen, Geplauder ... lauter kleine Ablenkungen von ihren kleinen Leben.

Die Barkeeperin schiebt mir ein Bier hin und lächelt. Bei ihrem knappen Outfit, ihren wasserstoffblonden Haaren und ihrer übertriebenen Bräune ist klar, dass sie jünger wirken will, als sie ist. Es funktioniert aber nicht.

»Hey, Michael. Schön, dich zu sehen.«

Jetzt erkenne ich sie. Wir sind zusammen zur Schule gegangen. Sie war zwei Jahrgänge über mir. In einem anderen Leben kannte sie mich nicht. In diesem hier schon. Aber ich kenne sie nicht. Witzig, wie sich Dinge verändern. Ich erwidere dieselbe Floskel, weil es höflich ist.

Sie fragt, was ich so mache. Ich sage, dass ich in Kalifornien lebe, und stelle ihr dieselbe Frage, rechne mit einer kurzen Antwort, vielleicht ein knappes *Alles beim Alten*. Doch sie redet und redet, zieht die unwichtigsten Dinge in die Länge. Sie hat zwei Meerschweinchen. Ihre Namen habe ich bereits wieder vergessen. Sie war oder ist in einer Kosmetikschule, keine Ahnung. Sie hat vor Kurzem mit so einem Tanz-Fitness-Kurs angefangen, Roomba oder Zumba oder was auch immer. Es sind immer die uninteressantesten Menschen, die am meisten zu erzählen haben, als würde ihre Existenz enden, wenn sie nicht darüber sprechen. Ich weiß, ich klinge grausam. Aber wie soll man sonst in einem Ort wie diesem überleben oder es herausschaffen? Eine Stadt, die niemand kennt, es sei denn, man erzählt von ihr. Man braucht eine Perspektive. Ein Kerl am Ende der Bar pfeift nach einem weiteren Drink und beendet damit unser fruchtloses Gespräch. Ich sollte ihm eigentlich einen ausgeben, als Dankeschön.

»Die erste Runde geht auf mich«, sagt Beth und hebt ihr Glas.

Ich stoße meins dagegen und nicke. Erstgeborene, erste Runde. Ergibt Sinn. Aber als Jüngster weiß ich, was das bedeutet. Ich werde die Sauerei aufräumen.

»Ich übernehme die nächste Runde«, sagt Nicole, und ich weiß, dass ich später für ihre Getränke bezahlen werde, aber das macht mir nichts aus. Auch wenn sie meine ältere Schwester ist, fühlt es sich schon lange nicht mehr so an. Alter bedeutet nicht immer Reife. Manchmal bedeutet es nur, dass jemand länger auf dieser Welt war, mit nichts weiter vorzuweisen als brüchigen Knochen und tiefen Falten. Keine Weisheit. Kein Wert. Nur

Zeit. Nicole zieht ihr Handy heraus und vertieft sich in den Bildschirm, dreht sich dabei bewusst von uns weg. Was immer sie da macht, sie will nicht, dass wir es sehen.

»Also was denkst du?«, fragt Beth und deutet auf die Bar.

»Es ist, wie ich es in Erinnerung hatte.« Das ist die Wahrheit... nur eben nicht die ganze. Und genau da spielt sich das Leben ab, zwischen dem Ganzen und dem Halben.

»Ich war seit Jahren nicht mehr im Boar's Nest«, sagt sie und lässt ihren Blick durch den Raum wandern.

Ich weiß nicht, warum sie mir das erzählt. Vielleicht ist es ihre Art, sich von den anderen Einheimischen abzugrenzen. Sie nippt an ihrem Bier, während eine Pause zwischen uns entsteht.

»Hast du jemals gedacht, dass du hierher zurückkommst?«, fragt sie schließlich. Ich merke, dass das nicht die eigentliche Frage ist, die sie stellen will. Nur die, mit der sie anfängt.

Ich nicke, denn ich wusste es. In Allen's Grove gibt es nur zwei Arten von Straßen: die, die hinausführen, und die, die in Sackgassen enden.

»Ich wollte es nie, aber hier bin ich«, füge ich hinzu.

Beth runzelt die Stirn leicht über ihrem Glas.

»Es tut mir leid«, sage ich, und ich meine es ernst. Es war nie meine Absicht, sie zu verletzen. Aber allein durch meine Anwesenheit tue ich es; ich bin eine Erinnerung daran, was hätte sein können. Das ist einer der Gründe, warum ich nicht zurückkommen wollte. Niemand möchte das Monster in der Geschichte eines anderen sein.

Beths Stirnrunzeln glättet sich zu einer geraden Linie, und sie nickt. Sie sagt nicht, dass sie mir verzeiht. Sie sagt nur, dass sie es ruhen lässt ... fürs Erste.

»Prost«, sagt Nicole und kehrt ins Gespräch zurück. Ihr Handy ist wieder verstaut. Sie stößt mit einer Wodka-Soda gegen unsere Biere. Wir stoßen an, Beth und ich mit angestrengtem Lächeln. So geht man höflich mit einem Süchtigen um. *Danke, dass du hier bist ... immer noch.*

Nicole schlürft fast die Hälfte ihres Drinks und entspannt ihre Lippen, als sie den Strohhalm loslässt. Ich überlege, ob ich ihr sagen soll, dass sie langsamer machen soll, aber ich weiß, dass sie dann nur das Gegenteil tun würde. Also schweige ich.

»Was ist der Plan für morgen?«, fragt Nicole.

Sie meint Moms Beerdigung, wenn man es überhaupt so nennen kann. Wir haben kaum darüber gesprochen, außer dem zuzuhören, was der Anwalt gesagt hat: Ihre Asche soll auf dem Grundstück verstreut werden. Es fühlt sich so nichtssagend an. Wie das Entleeren einer Kehrschaufel in den Mülleimer.

»Wir verstreuen ihre Asche bei Sonnenuntergang auf dem Grundstück«, erklärt Beth. »Das war ihre Lieblingszeit, wenn die Sonne hinter dem Horizont verschwand und ein Mosaik aus Farben hinterließ. Mom sagte immer, es sei das Einzige, worauf man sich im Leben verlassen könne.« Sie trinkt einen großen Schluck aus ihrem Glas.

»Ziemlich deprimierend«, sage ich.

»Na ja, gibst du ihr die Schuld?«, erwidert Beth und sieht mich an. »Jetzt, wo wir wissen, was wir wissen.«

Nicole lehnt sich über die Bar, damit sie uns beide ansehen kann. »Ich würde gerne etwas vorlesen, das ich für Moms Beerdigung geschrieben habe.«

Ich weiß nicht, ob sie um Erlaubnis bittet oder uns einfach nur informiert.

Beth nickt. »Ist in Ordnung. Ach, und Lucas und Susan kommen auch vorbei ... nur kurz.«

Nicoles Augen verdoppeln ihre Größe. »Was? Warum?«

Beth bedeutet ihr, leiser zu sein. »Weil er gefragt hat. Und was hätte ich sagen sollen? ›Das ist keine gute Idee, weil meine Eltern wahrscheinlich etwas mit dem Verschwinden deiner Schwester zu tun hatten und das für uns verdammt unangenehm wäre‹?« Sie presst den Kiefer so fest zusammen, dass ihre Zähne möglicherweise zu Staub zerbröseln.

»Na, und wie sollen wir uns verhalten, wenn sie da sind?«, fragt Nicole genervt.

»Als hättest du die Kassette nie gesehen.«

»Und was ist mit Christie Roberts?«, fragt sie und sieht erst Beth an, dann mich.

»Du hast versprochen, das Thema bis nach Moms Beerdigung ruhen zu lassen«, erinnere ich sie. »Wir haben genug zu tun, und ...« Ich senke meine Stimme und lehne mich ein Stück zu ihr. »Jede ungelöste Vermisstenakte Mom und Dad in die Schuhe zu schieben, ist nicht gerade die beste Art, Moms Andenken zu ehren.«

Nicole verdreht die Augen. »Ich habe ihnen nichts in die Schuhe geschoben. Ich habe nur Fragen gestellt.«

Beth kippt den Rest ihres Bieres hinunter und knallt das Glas auf die Theke, ein unmissverständliches Zeichen, dass dieses Gespräch beendet ist. Die Barkeeperin bemerkt es sofort und bietet ihr ein neues an. Doch diesmal bestellt Beth einen doppelten Whiskey und sie spezifiziert, dass sie Rail-Whiskey möchte. Ich bin mir nicht sicher, ob sie das bestellt, weil es das Einzige ist, was sie sich leisten kann, oder weil sie sich selbst bestrafen will.

»Hey«, rufe ich und hebe die Hand, um die Aufmerksamkeit der Barkeeperin zu bekommen.

Ihre Augen richten sich auf mich. Sie sind stumpf, trüb. Der natürliche Schutzmechanismus eines Menschen, der die Realität seiner Umgebung ertragen muss.

»Ja, Michael«, sagt sie mit einer fröhlichen Tonlage.

Ich wünschte, ich könnte mich an ihren Namen erinnern, aber das tue ich nicht. Sie ist eine Edith, eine Ruth oder eine Maureen, irgendetwas Unbemerkenswertes, Altmodisches.

Mein Blick gleitet über die Whiskeyflaschen auf dem Glasregal hinter ihr. Es ist eine Spelunke, also gibt es hier nichts Hochwertiges, aber ich wähle das Beste aus, was sie haben.

»Mach stattdessen Elijah Craig draus und schreib's auf meine Rechnung.«

Wenn Beth sich heute Abend unbedingt selbst bestrafen will, kann ich zumindest dafür sorgen, dass es gut schmeckt.

Die Barkeeperin grinst. Großzügigkeit und Geld ziehen immer ein Lächeln nach sich. »Geht klar«, sagt sie mit einem Nicken. »Sonst noch was?«

Ich kippe den Rest meines Bieres herunter und schiebe ihr das leere Glas hin. »Ja, ich nehme dasselbe wie sie. Und was auch immer du willst, geht auf mich.«

Ihre trüben Augen scheinen kurz aufzuleuchten, wenn auch nur für einen Moment. Mehr haben sie nicht in sich. Sie bedankt sich und beginnt, die Drinks einzuschenken.

»Ich war mit Rail zufrieden«, stöhnt Beth.

»Ich weiß.«

Es hat keinen Sinn, mit ihr zu diskutieren, weil ich genau weiß, dass sie ihn trinken wird ... widerwillig, aber sie wird.

Die Eingangstür öffnet sich mit einem Quietschen, und eine kalte Windböe zieht in die abgestandene Bar. Ich bemerke sofort eine Veränderung bei Nicole. Ihre Haltung strafft sich, als würde jemand an den Fäden einer Marionette ziehen. Sie fährt sich mit den Fingern durchs Haar und zupft an ihrem übergroßen Oberteil herum. Ich folge ihrem Blick. Ein Polizist betritt die Bar. Er trägt eine wasserfeste Shelljacke über seiner zweifarbigen Uniform, dunkelbraun oben, helles Khaki unten, komplett mit Krawatte und hochglanzpolierten Oxford-Schuhen. Das Abzeichen auf seiner Schulter zeigt, dass er vom Walworth County Sheriffbüro ist. Das goldene Abzeichen an seiner Brust verrät, dass er sich selbst ernst nimmt. Sein Kinn ist nicht übermäßig erhoben, also ist er nicht in offizieller Mission hier. Als sein Blick auf uns fällt, ist ein Ausdruck des Wiedererkennens in seinen Augen. Er kommt mir bekannt vor, aber genau wie bei der Barkeeperin kann ich mich nicht erinnern, woher. Der Officer marschiert auf uns zu. Er ist größer als fast alle anderen Gäste. Viele grüßen ihn beiläufig. Andere weichen seinem Blick aus, ziehen die Schultern ein, als wollten sie so unauffällig wie möglich wirken. Ich nehme an, dass die, die sich unsichtbar machen wollen, offene Haftbefehle haben.

»Hey, Casey«, begrüßt Nicole ihn mit warmer Stimme.

Der Officer nickt und erwidert: »Hey, Nicole.«

Casey. Casey. Mein Gehirn sucht fieberhaft nach einer Verbindung. Dann erhasche ich einen Blick auf sein Namensschild. *Dunn.* Das ist es. Casey Dunn. Er war in der Highschool mit Nicole befreundet und es sieht so aus, als hätte er etwas aus sich gemacht.

»Hey, Beth«, sagt Casey.

Sie dreht sich auf ihrem Barhocker herum, nickt ihm zu und setzt das Glas mit Elijah Craig an die Lippen, nimmt einen tiefen Schluck.

Casey streckt mir die Hand entgegen. »Michael.«

Ich ergreife sie und sage: »Schön, dich zu sehen.«

Sein Blick wandert über uns, während er sein Beileid ausspricht. Dieses unangenehme Ritual aus *Danke* und *Tja* und *Es ist eine Schande.* Niemand weiß jemals wirklich, was man in solchen Momenten sagen soll. Man wiederholt einfach, was man aus Filmen oder Serien kennt oder greift auf Erfahrungen zurück, wenn der Tod einen bereits zuvor berührt hat.

»Was bringt dich hierher?«, fragt Beth.

»Oh.« Sein Blick huscht kurz zu Nicole. »Ich wollte nur auf einen Drink vorbeischauen.«

Er lügt. Aber ich spreche ihn nicht darauf an.

Ich winke die Barkeeperin heran und bestelle Casey einen doppelten Whiskey. Sie schenkt ihn schnell ein und schiebt mir das Glas mit einem Lächeln zu.

»Hier«, sage ich und reiche es Casey.

Er stammelt ein Dankeschön und hält es in der Hand, als wäre es eine scharfe Granate. Er nimmt nur einen winzigen Schluck. Sein Zögern verrät, dass er noch im Dienst ist. Aber warum ist er dann hier? Casey betreibt Smalltalk, fragt mich, was ich in den letzten Jahren gemacht habe. Ich frage ihn dasselbe, obwohl ich genau sehen kann, wie sein Leben verlaufen ist. Das Gespräch ist stockend und unbeholfen, wie ein erzwungenes Wiedersehen mit einem Fremden. Schließlich wendet er sich Nicole zu und fragt, ob er kurz draußen mit ihr sprechen kann.

Deshalb ist er also hier. Nicole. Und das ist eindeutig der Freund, der sich Emmas Fallakte geliehen hat. Die beiden gehen zur Tür. Casey stellt das fast volle Glas Whiskey auf einem Tisch ab, an dem er vorbeigeht. Ich frage mich, was er ihr diesmal mitgebracht hat. Kopfschüttelnd drehe ich meinen Barhocker zur Theke zurück.

»Was?« Beth mustert mich mit zusammengekniffenen Augen.

»Er bedeutet Ärger.«

»Wer?«

»Casey.« Ich nippe an meinem Whiskey.

»Warum sagst du das?«

»Weil das, was er tut, illegal ist. Du kannst nicht einfach Polizeiakten entwenden und an jeden weitergeben, dem du helfen willst.«

»Das wird doch sowieso niemand bemerken.« Beth zuckt mit den Schultern.

»Vielleicht doch.«

»Ich würde mir darüber nicht den Kopf zerbrechen.« Sie nimmt einen Schluck. »Wir haben genug andere Sorgen.«

»Schätze, du hast recht.« Ich nippe erneut an meinem Glas und blicke zu Beth. »Hast du inzwischen entschieden, was du mit dem Haus machen willst?«

»Noch nicht. Wieso?«

»Ich habe darüber nachgedacht, und ich würde es dir gerne abkaufen.«

Ihre Schultern versteifen sich für einen Moment, bevor sie sich bewusst entspannt – aber ich habe es bemerkt. Sie beschäftigt sich mit ihrem Glas, dreht es in ihren Händen. Es wirkt, als würde sie sich Zeit verschaffen, um eine Ausrede zu finden, warum sie nicht an mich verkaufen will. Sie sagte, sie brauche das Geld, also warum nicht von mir?

Ich lehne mich zur Seite, ziehe ein Stück Papier aus der Gesäßtasche meiner Jeans, falte es auseinander und schiebe es ihr über die Theke.

»Was ist das?«

»Ein Scheck über vierhunderttausend Dollar, weit über dem Marktwert.«

Beth rührt ihn nicht an. Sie starrt nur darauf. Geld spricht ... aber nur, wenn man zuhört. Und ich bin mir nicht sicher, ob sie das tut.

Ihre Stirn legt sich in Falten. »Warum willst du das Haus?«

»Weil es der einzige Ort ist, an dem ich Mom besuchen kann, seit sie sich entschieden hat, nicht auf einem Friedhof begraben zu werden.«

»Du hast sie nicht einmal besucht, als sie noch lebte.«

»Ich weiß, und das bereue ich. Aber ich kann die Vergangenheit nicht ändern. Außerdem braucht Nicole eine Unterkunft. Ich habe gesehen, wo sie untergekommen ist. Es ist deprimierend und nicht sicher. Hier hätte sie wenigstens etwas Stabiles, weit weg von den Leuten, mit denen sie bisher abhing.«

Beth legt den Kopf schief. »Ein Dach über dem Kopf lässt sie nicht clean bleiben. Glaub mir.«

»Ich weiß, aber es schadet auch nicht.«

»Ich denke darüber nach«, sagt sie schließlich und schiebt mir den Scheck wieder hin.

»Was gibt es da zu überlegen? Mehr als dreihunderttausend wirst du nicht bekommen. Also solltest du mein Angebot annehmen.«

»Nicht alles dreht sich um Geld, Michael.«

Meine Augen verengen sich. »Worum dann, Beth?« Ich stelle die Frage, aber ich kenne die Antwort bereits. Es geht um Trotz.

»Ich weiß es nicht.«

»Doch, das tust du.«

Sie beißt die Zähne zusammen, bewegt ihren Mund von einer Seite zur anderen, als würde sie abwägen, ob sie die Wahrheit schlucken oder ausspucken soll.

»Sag es, Beth.« Ich dränge sie, weil ich weiß, dass sie seit meiner Ankunft nichts als Lügen erzählt hat.

»Ich will nicht, dass du es bekommst«, gibt sie schließlich zu und nimmt einen Schluck von dem Whiskey, den ich bezahlt habe.

»Warum?«

»Weil du immer alles bekommst, Michael. Schon immer. Und ich will einfach mal, dass du nicht bekommst, was du willst.«

»Du denkst, ich hätte immer alles bekommen? Sieh dir unsere Familie an. Nicole ist süchtig. Dad hat uns verlassen. Mom ist tot. Und du ... du bist kaum noch eine Schwester. Ich bin dein kleiner Bruder, und anstatt dich über meinen Erfolg zu freuen, hasst du mich dafür.« Ich schüttle den Kopf.

Eine Träne sammelt sich am Rand ihres Auges, wird immer dicker, bis sie schließlich fällt. Ihre Unterlippe zittert, obwohl sie versucht, sie still zu halten. Sie weiß, dass ich recht habe. Es ist die Wahrheit und ich bin nicht schuld daran, dass sie schwer zu schlucken ist. Ich schiebe ihr den Scheck erneut hin. Ihr Blick fällt auf die fünf Nullen. Ich sehe, wie sie es überdenkt. Und das ist alles, was ich brauche, denn wenn sie es in Erwägung zieht, dann weiß ich, dass sie eine kluge Entscheidung treffen wird. Beth ist nicht dumm. Sie ist nur erbärmlich.

EINUNDDREISSIG
NICOLE

Casey wiegt sich auf den Fersen vor und zurück und schiebt die Hände in die Taschen seines Mantels. Wir stehen draußen neben der Bar, links von seinem Streifenwagen. Ein paar ältere Männer mit Bierbäuchen ziehen nahe dem Eingang an ihren Zigaretten und schenken uns keine Beachtung. Die Luft ist kühl, und der Himmel ist dunkel, ein dünner Schleier aus Wolken verdeckt die Sterne. Ich mag es, wenn es bewölkt ist. Dann habe ich nicht das Gefühl, etwas zu verpassen. Die Jukebox dröhnt aus dem Inneren der Bar, so laut aufgedreht, dass die Bar vibriert und wummert.

»Seltsam, deinen Bruder hier zu sehen«, sagt Casey.

Es ist weder eine Frage noch eine Feststellung. Es ist einfach eine Beobachtung.

»Ja, ist es. Aber er wird bald wieder weg sein. Moms Beerdigung ist morgen.«

»Tut mir leid«, sagt er, zieht das Kinn ein.

»Muss es nicht.«

Meine Augen wandern zurück zu den Männern, die geraucht haben. Nur noch einer steht da und zieht an den letzten anderthalb Zentimetern seiner Zigarette. Er schnippt den Stummel auf den Boden, tritt ihn aus und verschwindet wieder in der Bar.

»Wo findet der Gottesdienst statt?«, fragt Casey und lenkt meine Aufmerksamkeit wieder auf ihn.

»Zu Hause. Das war ihr Wunsch. Sie hat dort gelebt, ist dort gestorben und wollte dort bleiben. Es wird nichts Großes.«

Er nickt und seine Augen wandern über mein Gesicht. Ich frage mich, was er sieht. Das Mädchen, das ich war, als wir uns kennengelernt haben? Jung und voller Leben, mit der Zukunft vor uns? Oder sieht er mich so, wie ich jetzt bin? Jemand, der so viel von seinem Leben weggeworfen hat.

»Konntest du die Akte besorgen?«, frage ich.

Es gibt keinen Grund, um den heißen Brei herumzureden. Ich will wissen, was mit Emma und Christie passiert ist. Vielleicht aus egoistischen Gründen, aber das ist mir egal.

»Ja«, stammelt er und dreht sich weg, um die Beifahrertür seines Streifenwagens zu öffnen. Casey wühlt in einer Tasche und zieht zwei Akten heraus.

»Das hier ist die Fallakte von Christie Roberts.« Ich nehme sie ihm ab. Sie ist dünn im Vergleich zu Emmas.

»Danke«, sage ich.

Er hält mir eine zweite Akte hin. Sie ist noch dünner als Christies. »Und das hier.«

»Was ist das?«, frage ich und nehme sie ihm ab.

»Ich habe Emma Harpers Fallakte gegengecheckt und dabei einen Vermisstenbericht gefunden.«

»Von wem?«

»Charles Gallagher.«

ZWEIUNDDREISSIG

LAURA

16. Dezember 1999

Das Backsteinhaus an der Ecke liegt still und dunkel da. Kein Weihnachtsbaum mit funkelnden Lichtern in den Fenstern. Das Wort *Mörder* wurde in blutroter Sprühfarbe über das zweiflügelige Garagentor geschmiert. Zerbrochene Eier kleben an den Fenstern, das Eigelb zu einer eisigen Kruste erstarrt. Meine Schuhe knirschen über den festgetretenen Schnee, gezeichnet von den Spuren von Eindringlingen und Vandalen. In meinen mit Fäustlingen bedeckten Händen halte ich eine Auflaufform und Gebäck. Es ist das Mindeste, was ich tun kann nach dem, was Brian und ich getan haben. Ich weiß immer noch nicht, warum wir Emma loswerden mussten. Wenn ich es anspreche, schaltet Brian ab oder geht einfach weg. Also habe ich begonnen, Dinge zu tun, die mich zumindest für einen Moment ein bisschen besser fühlen lassen. Wie jetzt ... ein warmes Gericht und süße Leckereien zu dem Mann bringen, dessen Leben wir zerstört haben.

Die Luft ist scharf und eisig, sticht in meine Kehle, während ich sie einatme. Ein leichter Blutgeschmack breitet sich in meinem Mund aus, als die Kapillaren in der Kälte anschwellen, beim Ausatmen auftauen und aus feinen Rissen zu bluten beginnen. Vor der Tür zögere ich und bemerke, dass die Klingel herausgerissen wurde. Er will offensichtlich keine Besucher, und ich kann es ihm nicht verdenken. Ich werfe einen Blick zur Seitenstraße, an der unser Haus steht. Dann sehe ich schnell zum Park hinter mir, der gegenüber der Hauptstraße liegt, um sicherzugehen, dass mich niemand beobachtet. Ich wüsste nicht, wie ich erklären sollte, warum ich Charles Gallagher Gebäck bringe.

Ich hämmere mit der Faust gegen die Tür. Das Geräusch ist gedämpft durch meine dicken Fäustlinge. Der Wind peitscht mir ins Gesicht und brennt auf meiner Haut. Ich klopfe erneut, diesmal fester. Die zugezogenen Vorhänge im vorderen Fenster zucken kurz, bevor sie wieder in Position fallen. Ich weiß, dass jemand zu Hause ist, aber ich weiß nicht, ob er mir aufmachen wird. Schwere Schritte hallen drinnen wider, kommen näher. Eine Kettenverriegelung klirrt. Drei Riegel schieben sich aus ihren Halterungen. Der Türgriff ruckt. Solche Sicherheitsvorkehrungen sind in einer Kleinstadt ungewöhnlich, aber nicht nach dem, was er durchgemacht hat. Schließlich schwingt die Tür auf, und auf der anderen Seite steht Charles Gallagher.

Ich habe ihn nicht mehr gesehen, seit Emma verschwunden ist, und er scheint in den letzten sechs Monaten um Jahre gealtert zu sein. Er ist immer noch groß und schlaksig, aber sein Gesicht ist hart geworden. Das Gefängnis wird seinen Teil dazu beigetragen haben, nehme ich an. Er war nicht lange dort … nur etwa einen Monat, aber es war lang genug. Sein dunkles Haar ist kurz geschoren. Dasselbe gilt für seinen Bart. Eine dicke Brille mit silbernem Gestell sitzt auf dem Nasenrücken, und frische rosafarbene Narben ziehen sich über seine rechte Wange.

»Was?«, fragt er. Es ist keine Begrüßung, aber das habe ich auch nicht erwartet. Er ist seit zehn Tagen aus dem Gefängnis raus, und zurück im Grove zu sein, ist wahrscheinlich keine wirkliche Verbesserung. Auch wenn Charles vor Gericht freigesprochen wurde, im Gerichtshof der öffentlichen Meinung sah das anders aus.

»Hallo, Charles. Ich bin Laura. Laura Thomas. Ich wohne am Ende der Straße.«

»Ja«, sagt er. Sein Blick huscht unruhig umher, als würde er sich auf Kampf oder Flucht vorbereiten.

Ich hebe die Hände ein paar Zentimeter, um ihm die Auflaufform und die Tupperdosen zu zeigen. »Ich habe zu viel gekocht, ein Auflauf und Gebäck sind über.« Ich will nicht, dass er denkt, ich hätte es extra für ihn gemacht, auch wenn es so ist.

»Und?«

»Ich dachte, Sie und Ihre Mutter könnten es vielleicht mögen.«

Misstrauisch mustert er mich und meine Tupperdosen, dann lässt er den Blick über die Landschaft hinter mir schweifen.

»Sonst würde es nur verderben«, füge ich hinzu und hebe eine Augenbraue.

Charles verengt die Augen, während er mein Gesicht mustert. Als er sich schließlich entschieden hat, nickt er und bedeutet mir, ihm zu folgen. Ich atme tief durch, bevor ich über die Schwelle trete, und erinnere mich daran, dass nicht er der Gefährliche ist.

In der hinteren Ecke des Wohnzimmers läuft auf einem Röhrenfernseher eine Wiederholung von *Garfield und seine Freunde*. Charles wirft einen kurzen Blick auf den Bildschirm und bleibt einen Moment stehen, als Garfield eine ganze Lasagne verschlingt. Ein schwaches Lächeln huscht über sein Gesicht, bevor er weiter in die Küche geht. Ich bemerke, dass er nun mit einem Hinken läuft. Ich bin mir nicht sicher, ob ich ihm folgen sollte, aber ich tue es. Sein Haus ist ein Spiegelbild dessen, was ich aus seinem Leben gemacht habe – ein einziges Chaos. Ein übler Gestank aus Katzenurin und kaltem Zigarettenrauch dringt in meine Nase. Das Spülbecken quillt über mit schmutzigem Geschirr, das sich in hohen Stapeln türmt. Der Küchentisch ist übersät mit alten Zeitungen und vollen Aschenbechern, überquellend mit ausgedrückten Camel-Zigaretten. Irgendwo aus den Tiefen des Hauses ertönen klagende Miau-Laute, aber die Katzen selbst lassen sich nicht blicken. Charles schafft eine kleine freie Fläche auf dem Tisch.

»Stellen Sie's einfach hier hin«, sagt er.

Ich nicke und stelle die Behälter ab.

»Wollen Sie eine Tasse Kaffee?«

»Nein, danke, ich brauche nichts.«

Er öffnet den Kühlschrank. Er ist fast leer, lediglich eine Kiste Miller Lite und ein Dutzend halb leerer Soßenflaschen stehen darin. »Ich hätte auch Bier oder Leitungswasser.«

»Danke, aber ich bin versorgt.« Ich greife nach zwei der Behälter aus dem Stapel und halte sie ihm hin. »Aber die sollten Sie besser in den Kühlschrank stellen.«

Er mustert sie misstrauisch. »Was ist das?«

»Das hier ist ein Käsebällchen, und das ist ein Kartoffel-Hack-Auflauf. «

Charles nimmt die Behälter entgegen und stellt sie in den Kühlschrank. Dann dreht er sich zu mir um, die Stirn gerunzelt. »Warum haben Sie mir das alles gebracht?«

Ich sage nicht: *Weil ich mich schuldig fühle für das, was Sie durchmachen mussten.* Ich sage nicht: *Weil diese kleine Geste mehr für mich ist als für Sie.* Stattdessen sage ich: »Weil ich es wollte.«

Sein Gesicht entspannt sich augenblicklich, verwandelt sich von misstrauischer Skepsis in einen ausdruckslosen Blick, als hätte er gerade ein neues Gefühl entdeckt, von dem er nicht weiß, wie er damit umgehen soll. Ich glaube nicht, dass je jemand etwas für Charles getan hat, nur weil er es wollte.

»Charlie«, ruft eine kehlige Stimme aus dem dunklen Flur.

»Entschuldigen Sie mich kurz«, sagt Charles. Er füllt ein Glas mit Leitungswasser und legt ein paar Gebäckstücke auf einen Pappteller. Dabei nimmt er sich Zeit, wählt sorgfältig aus: ein mit Vanillecreme gefüllter rot-grüner Cupcake mit Frischkäse-frosting, einen mit Fudge überzogenen Rice-Krispie-Keks und ein Reese's Erdnussbutter-Plätzchen. Während er aus der Küche geht, sagt er, dass er gleich zurück sei.

Irgendwo im Haus knarrt eine Tür, und dann höre ich gedämpfte Stimmen. Ich kann nicht verstehen, was gesagt wird, aber ich nehme an, dass Charles mit seiner betagten Mutter spricht. Ich habe sie seit Jahren nicht gesehen. Ich glaube, sie verlässt das Haus nicht mehr, und sie ist niemand, den man besuchen würde. In dieser Hinsicht ähnelt sie Charles, eine Ausgestoßene in einer Kleinstadt. Sie ist eine Außenseiterin, weil sie gemein ist, während Charles einfach nur merkwürdig ist, missverstanden. Eine schwarze Katze miaut und schmiegt sich an mich, windet sich in einer Acht durch meine Beine.

Charles kehrt in die Küche zurück, die Arme voll mit schmutzigem Geschirr. »Sorry«, murmelt er und stellt sie neben das überquellende Spülbecken, wo der Geschirrturm aufragt, der Schiefe Turm von Piss-a sozusagen. »Meine Mutter ist nicht in bester Verfassung. Sie erholt sich gerade von einer Lungenentzündung.«

»Das tut mir leid«, sage ich.

Er nickt, senkt kurz den Blick auf seine Füße. Ich bemerke, dass sein großer Zeh aus einem Loch in seiner Socke ragt. »Sie mag den Cupcake«, fügt er hinzu. »Diesen Rot-Grünen.«

»Das freut mich zu hören. Das ist ein Familienrezept.«

Sein Blick trifft meinen. »Es ist wahrscheinlich keine gute Idee, dass Sie hier sind.«

»Wollen Sie, dass ich gehe?«

»Nein.« Er zuckt mit den Schultern. »Ich meine nur, nach allem, was passiert ist. Niemand glaubt mir. Alle denken, ich hätte etwas mit dem kleinen Mädchen zu tun.« Er schüttelt den Kopf. »Ich würde niemals ...«

»Ich glaube Ihnen«, sage ich.

Seine Augen weiten sich, und zum ersten Mal bemerke ich ihre Farbe. Ein Mix aus Braun und Grün, der sich je nach Licht verändert.

»Warum glauben Sie mir?«

Ich kann diese Frage nicht ehrlich beantworten. Ich möchte es. Ich möchte jemandem sagen, was wirklich passiert ist, denn im Moment fühlt sich die Wahrheit an wie ein Parasit, der tief in meinem Inneren begraben ist, sich von mir ernährt, mir langsam den Lebenswillen raubt. Ich weiß nicht, wie lange ich das noch aushalte.

»Wegen des Fahrrads.«

»Ja ... wenn dieses Rad nicht aufgetaucht wäre, während ich im Knast saß, würde ich jetzt lebenslänglich hinter Gittern sitzen. Meine Anwälte sagten, ich hätte nicht den Hauch einer Chance. Glück gehabt, oder?« Er seufzt.

»Wenn Sie es nicht getan haben, warum haben Sie gestanden?«, frage ich. Ich habe das nie verstanden. Warum sollte man etwas zugeben, das man nicht getan hat?

»Das frage ich mich auch. Aber versuchen Sie mal, sechzehn Stunden am Stück verhört zu werden. Man ist hungrig, übermüdet, und will einfach nur, dass es vorbei ist. Je mehr sie über Emma sprachen, je öfter sie ihre Theorie wiederholten, desto mehr fühlte es sich an, als wäre es nicht nur eine Geschichte, sondern meine Erinnerung. Schon verrückt, wie schnell man sich selbst verraten kann, eine Lüge mit der Wahrheit verwechselt. Und dann sagten sie, wenn ich gestehe, wäre es vorbei. Und ich glaubte ihnen.« Er lehnt sich gegen die Küchentheke.

»Es tut mir leid, dass Sie das durchmachen mussten, Charles.«

»Ja, nun ... jetzt ist es vorbei. Zumindest das Schlimmste.«

Mein Blick wandert erneut durch die Küche. An der mit Blümchentapete bedeckten Wand hängt ein Telefon. Das spiralförmige beige Kabel ist nicht mit dem Empfänger verbunden. Es hängt lose herab, baumelt im Luftstrom der Heizung darunter hin und her. Eine durchtrennte Nabelschnur, abgenabelt von seiner Energiequelle.

»Ist Ihr Telefon kaputt?«

»Nein. Aber es klingelte ununterbrochen. Anrufe von Leuten, mit denen ich nichts zu tun haben will. Reporter, Witzbolde, Schuldeneintreiber und Menschen, die mir den Tod wünschen.«

»Haben Sie schon mal darüber nachgedacht, wegzuziehen? Diese Stadt wird ihre Meinung über Sie nicht ändern. Sie könnten irgendwo neu anfangen.«

»Kann ich nicht. Mein ganzes Geld steckt in diesem Haus, und ich muss mich um meine Mutter kümmern. Wissen Sie, bevor das alles passierte, hat sich niemand in dieser Stadt um mich geschert. Ich dachte, das wäre unaushaltbar, sich unsichtbar zu fühlen, als würde ich nicht zählen. Jetzt weiß ich, dass es viel schlimmer ist, gehasst zu werden.« Charles schüttelt den Kopf. Dann sieht er mich an. »Sie sind die Einzige in dieser Stadt, die nett zu mir war.«

Ich schlucke schwer und zwinge mich zu einem höflichen Lächeln.

Wenn er nur wüsste ...

DREIUNDDREISSIG

BETH

Der Motor stottert einmal, zweimal, bevor er endlich anspringt. Michael klammert sich an den Haltegriff über dem Beifahrerfenster, als würde er sich auf eine holprige Fahrt vorbereiten. Er hatte angeboten zu fahren, aber ich habe darauf bestanden. Ich war es, die in Moms letzten Momenten bei ihr war, also sollte auch ich diejenige sein, die sie abholt und nach Hause bringt. Nicole sitzt auf der Rückbank und blättert durch Papiere.

Am Park biege ich links auf den Highway X und fahre in Richtung Delavan, wo das Bestattungsinstitut liegt. Zwei Ortschaften weiter. Im Rückspiegel beobachte ich Nicole. Ihre Augen huschen von links nach rechts, während sie liest, gelegentlich hält sie inne, um sich Notizen zu machen.

Ich weiß, dass Casey ihr letzte Nacht in der Bar weitere Polizeiberichte gegeben hat, aber sie hat sie bisher nicht erwähnt. Verheimlicht sie etwas? Und wenn ja, warum vor uns?

»Was liest du da?«, frage ich.

Ihr Blick trifft meinen im Spiegel. »Nichts«, sagt sie und schaut wieder weg.

Michael beobachtet sie über den Schminkspiegel an seiner Sonnenblende. »Was hat Casey eigentlich gestern Abend in der Bar gemacht?«

»Nur rumgehangen.« Nicole zuckt mit den Schultern.

Michael und ich tauschen einen Blick. Vielleicht hatte er recht. Vielleicht ist Casey kein guter Einfluss für sie. Er denkt, er hilft ihr bei ihrer Recherche, aber in Wahrheit stürzt sie immer tiefer ab. Die Fallakten sind wie der Gesang einer Sirene, eine Melodie über die Vergangenheit, einen Ort, an dem sie nicht mehr leben oder den sie nicht mehr besuchen kann.

»Ach ja? Hängt Casey immer während seiner Schicht in der Boar's Nest ab?«, fragt Michael.

Nicole hebt den Kopf und verengt die Augen.

»Du solltest ihn da nicht mit reinziehen«, sage ich.

»Casey weiß nichts. Er glaubt, er hilft mir bei der Recherche für ein Buch«, verteidigt sie sich.

»Er wird misstrauisch werden, wenn du ihn immer wieder um neue Akten bittest«, sage ich.

»Und was, wenn jemand bemerkt, dass die Akten fehlen? Eine könnte als Versehen durchgehen ... mehrere nicht.« Michael neigt den Kopf zur Seite.

Nicoles Blick verfinstert sich. Ich versuche, meine Augen auf die Straße gerichtet zu halten, aber ich kann nicht anders, als sie zu beobachten, ihr Gesicht zu studieren. Ihr Ausdruck ist herausfordernd oder vielleicht eher empört. Die Straße vor uns ist frei, umgeben von weiten Maisfeldern auf beiden Seiten. Ich muss mir keine Sorgen um die Straße vor uns machen. Doch das, was hinter uns liegt, macht mir Angst.

»Das wird nicht passieren«, beharrt sie.

»Es könnte passieren«, entgegne ich. »Also, was hat er dir noch gegeben?«

Nicole schnaubt und blättert durch die Ordner auf ihrem Schoß. »Er hat mir die Akte zum Verschwinden von Christie Roberts besorgt.«

»Warum?«, stöhnt Michael genervt.

»Weil ich ihn darum gebeten habe.«

»Ja, das hatte ich mir schon gedacht. Aber warum wolltest du sie haben? Glaubst du immer noch, dass Mom und Dad etwas mit ihrem Verschwinden zu tun hatten?« Er dreht sich zu ihr um.

»Ich weiß es nicht.«

»Was steht in dem Bericht?«, frage ich, während ich den Blick kurz von der Straße nehme.

»Genau das, was wir bereits in den Zeitungsausschnitten gefunden haben. Die Polizei dachte, sie wäre weggelaufen, also gab es eigentlich nie eine richtige Untersuchung.«

»Na also.« Michael lehnt sich wieder zurück und schaut nach vorne. »Dann wäre das ja geklärt.«

»Nein, ist es nicht. Wir wissen immer noch nicht, was mit Emma passiert ist, und Charles Gallagher ist ebenfalls verschwunden«, sagt Nicole.

Ich fange ihren Blick im Rückspiegel ein. »Was meinst du mit verschwunden?«

Nicole hält eine dünne Akte hoch. »Casey hat Fälle durchforstet, die mit dem Verschwinden von Emma Harper in Verbindung stehen, und ist auf diesen hier gestoßen. Seine Mutter meldete ihn am 28. Dezember als vermisst, nur wenige Wochen nach seinem Freispruch und seiner Entlassung.«

»Er ist wahrscheinlich einfach aus der Stadt verschwunden«, sage ich, während ich die Ausfahrt nach Delavan nehme. Im Vergleich zu Allen's Grove wirkt dieser Ort wie eine richtige Stadt. Es gibt einen Walmart, Starbucks, Kohl's und McDonald's, die typischen Wahrzeichen einer Kleinstadt im Mittleren Westen.

»Das dachte die Polizei auch und hat deshalb nie weiter nachgeforscht. Aber die Aussage seiner Mutter lässt daran zweifeln, dass Charles einfach abgehauen ist.«

»Was hat sie gesagt?« Michael dreht sich erneut zu ihr um. Ich kann nicht sagen, ob er wirklich interessiert ist oder nur Nicole zuliebe so tut.

Ich parke den Wagen an der Straße vor dem Monroe Bestattungsinstitut und stelle den Motor ab.

»Sie sagte, Charles sei am Abend des 27. Dezember 1999 ins Boar's Nest gegangen, um etwas zu trinken. Es war das erste Mal, dass er das Haus seit seiner Freilassung verlassen hat. Am nächsten Morgen stellte sie fest, dass er nie nach Hause gekommen war. Seine Fahrzeuge standen alle noch da, und es fehlten keine persönlichen Gegenstände. Sie war sich sicher, dass er niemals einfach so verschwinden würde, weil er sie nie im Stich gelassen hätte.«

Nicole blickt von den Unterlagen auf, ihre Augen suchen nach einer Reaktion von Michael oder mir.

Ich lasse meinen Blick zum Bestattungsinstitut wandern. Es sieht aus wie ein gewöhnliches Wohnhaus, im Erdgeschoss mit Backsteinfassade, im oberen Stockwerk mit weißer Holzverkleidung. Eine Veranda erstreckt sich vor dem Haus, und eine amerikanische Flagge ist am Geländer befestigt. Sie flattert und tanzt sich im Wind. Wenn nicht das große

Monroe-Bestattungsinstitut-Schild im Vorgarten stehen würde, könnte man meinen, es wäre ein gewöhnliches Wohnhaus, wie alle anderen in dieser Nachbarschaft. Aber das ist es nicht. Es soll wie ein Zuhause wirken, um den Lebenden das Geschäft mit dem Tod persönlicher erscheinen zu lassen, nicht kalt und kommerziell.

»Findet ihr es nicht merkwürdig, dass Charles Gallagher einfach so verschwunden ist?«, fragt Nicole und reißt mich aus meinen Gedanken.

»Nein«, sagt Michael. »Es hört sich an, als hätte sich nur seine Mutter um ihn geschert. Kann man überhaupt als vermisst gelten, wenn niemand einen vermisst?«

»Ja, Michael, kann man«, erwidert Nicole genervt. »Was denkst du, Beth?«

Ich atme tief durch und öffne die Autotür. »Ich denke, dass es heute nicht um Christie Roberts oder Emma Harper oder Charles Gallagher geht. Heute geht es um Mom. Und ich gehe jetzt rein, um sie zu holen, damit wir sie nach Hause bringen können.«

Ich schlage die Tür hinter mir zu und atme den Herbstduft ein – die scharfe, klare Luft, vermischt mit dem Verfall und der Fäulnis welker Pflanzen, trockener Blätter und kahler Bäume, die sich auf den Winter vorbereiten. Der Geruch ist süßlich-moschusartig. Wie der Tod, der alles verschlingt.

VIERUNDREISSIG
NICOLE

Das schwarze langärmelige Oberteil und die Stoffhose, die ich trage, sind zwei Nummern zu groß, weil sie nicht meine sind, sie gehörten Mom. Es fühlt sich seltsam an, ihre Kleidung zu ihrer Beerdigung zu tragen, aber ich hatte keine andere Wahl. Ich halte die Urne fest an meiner Brust. Sie ist darin. Oder zumindest das, was von ihr übrig ist. Michael taucht aus dem Flur auf, sieht makellos und gefasst aus.

»Schöner Anzug«, sage ich.

Er rückt seine Manschettenknöpfe zurecht und erwidert: »Danke.«

»Wie viel hat er gekostet?«

Michael verdreht die Augen und streicht sich über die Ärmel seines Jacketts.

So sehr ich ihm auch vorwerfe, dass er so viel mehr hat als ich, war es doch nicht nur schlecht, ihn wieder zu Hause zu haben. Er kauft den guten Alkohol, er hat den Kühlschrank gefüllt, und er hat mich beschützt ... genau wie damals, als wir Kinder waren.

Beths Schritte hallen den Flur entlang, werden lauter. Sie trägt ein schwarzes Oberteil, einen Rock, Strumpfhosen und kniehohe Stiefel mit Absatz. Ihre Kleidung schmiegt sich an ihre Kurven, und die meisten Stücke sehen neu aus. Ihr Haar ist hochgesteckt, kunstvoll mit einer Spange befestigt. Ihr Make-up ist minimal, aber ich sehe, dass sie sich Zeit für ihr Aussehen genommen hat. Ich kann mich nicht erinnern, wann ich das letzte Mal so viel Mühe investieren habe. Ich frage mich, ob sie es für Mom tat oder für Lucas.

»Du siehst hübsch aus«, sage ich.

Sie nickt nur und steuert zielstrebig auf die Scotch-Flasche auf der Küchentheke zu. Beth gießt sich mehr als einen Shot in eine Kaffeetasse und kippt ihn in einem Zug herunter.

Michael wirft mir einen Blick zu, der sagt: *Was ist los mit ihr?*

Wir machen uns beide Sorgen um Beth. Sie hat mit angesehen, wie Mom gestorben ist. Das kann nicht leicht gewesen sein, und ich glaube, ein Teil von ihr ist mit Mom gestorben. Sie scheint kurz davor zu sein, auseinanderzubrechen, genau in der Mitte zu zerspringen. Ich hingegen bin bereits zerbrochen, also gibt es keinen Grund, sich um mich zu sorgen. Ein Bruchstück von einem Bruchstück zu zerbrechen, macht nicht viel aus, wenn die ganze Struktur längst zunichtegemacht wurde.

Beth zupft an ihrem Rock und schaut erst Michael, dann mich an. Sie streckt die Hände aus, und ich reiche ihr die Urne.

»Bereit?«, fragt sie und drückt die Urne an ihre Brust. Sie tut so, als würden wir nur einen simplen Besorgungsgang erledigen, statt zur Beerdigung unserer Mutter zu gehen. Aber vielleicht hilft es ihr, das so zu sehen.

Draußen gehen wir zur höchsten Stelle unseres Grundstücks, wo der alte Farmzaun unser Land von der Kuhweide des

Nachbarn trennt. Die Sonne beginnt ihren Abstieg, eine Feuerkugel, die langsam in den Horizont stürzt und den Himmel mit Orangetönen und zartem Rosa färbt. Ich habe online gelesen, dass es nur etwa fünf Minuten dauert, bis die Sonne untergeht. Es geschieht so flüchtig und vielleicht war das der Grund, warum Mom Sonnenuntergänge so sehr geliebt hat. Wir schätzen die flüchtigsten Momente am meisten, weil sie es sind, die uns definieren – ein erster Kuss, ein plötzlicher Tod, ein Unfall, ein Heiratsantrag, ein Rausch ...

»Wir haben uns heute hier versammelt, um ...«, beginnt Beth.

Ich unterdrücke ein Lachen, aber es entweicht mir abrupt und unkontrolliert wie ein Niesen.

»Was?«, faucht sie.

»Das ist der Anfang einer Hochzeitszeremonie, nicht einer Beerdigung«, sage ich.

»Dann mach du es«, blafft sie zurück.

Ein hohes Quietschen unterbricht unseren Streit. Lucas schiebt Susan im Rollstuhl über die Straße und hält oben an der steilen Einfahrt. Ein Rad quietscht alle paar Meter laut auf. Lucas hebt die Hand zum Gruß. Es ist klar, dass er sie nicht über den Rasen schieben kann.

»Wir sollten zu ihnen rübergehen«, sagt Beth.

All die Farbe ist aus ihrem Gesicht gewichen, sie sieht blass und kränklich aus. »Bist du sicher, dass das eine gute Idee ist?« Meine Augen wandern zu Lucas und Susan, die etwa dreißig Meter entfernt stehen, dann zurück zu Beth. »Du siehst nicht gut aus.«

Sie atmet tief durch, einmal, zweimal. »Ich bin in Ordnung. Ich werde schon klarkommen. Lucas hat gesagt, dass sie nicht lange bleiben, also bringen wir es hinter uns.« Beth setzt sich in Bewegung und überquert die Wiese.

Wir folgen ihr.

»Hi, Lucas. Hi, Susan«, begrüßt Michael die beiden, als wir ankommen. Er schüttelt Lucas die Hand. Dann geht er vor Susans Rollstuhl in die Hocke und hält ihre schmale Hand.

Susan sieht so aus, wie ich es erwartet habe, wie jemand, dem das Leben nie eine faire Chance gegeben hat. Obwohl sie eine übergroße Daunenjacke trägt, ist offensichtlich, wie zerbrechlich sie ist, kaum mehr als vierzig Kilo schwer. Ihre eingefallene Haut ist von Falten durchzogen, ihre Augen haben den Glanz verloren, als wäre die Person dahinter nur noch halb hier ... oder wünschte sich, bereits gegangen zu sein. Ich kann immer noch nicht glauben, was unsere Eltern ihr angetan haben, besonders Mom, wo die beiden doch Freundinnen waren. Aber ich schätze, wir tun, was wir tun müssen, um zu überleben.

»Hi, Brian«, sagt Susan und legt ihre Hand auf Michaels.

Beth und Lucas tauschen einen besorgten Blick.

»Mom, das ist Michael. Brian und Lauras Jüngster«, korrigiert Lucas sie sanft.

Susan runzelt verwirrt die Stirn. »Wo ist dann Brian?«

Meine Augen wandern zur Straße und ich denke, dies wäre der perfekte Moment für ihn, um aufzutauchen und mit seinem alten schwarzen Truck in die Einfahrt zu biegen. Aber nach unserem gescheiterten Versuch, ihn aufzuspüren, habe ich akzeptiert, dass ich meinen Vater nie wiedersehen werde. Vielleicht verabschiede ich mich heute auch von ihm.

»Er ist zum Laden gefahren«, sagt Michael mit einem schnellen Lächeln.

Susans Miene wird leer, und sie blickt auf ihr dünnes Handgelenk, als würde sie auf die Uhr schauen. »Er ist schon lange weg«, sagt sie.

Michael nickt und richtet sich auf. »Ja, das ist er.«

»Und Laura? Wo ist das Geburtstagskind?«

Beth umklammert die Urne noch fester. Lucas formt lautlos ein *Tut mir leid* mit den Lippen und geht vor seiner Mutter in die Hocke. »Mom, wir sind hier für Lauras Beerdigung. Sie ist gestorben. Erinnerst du dich, dass ich dir das erzählt habe?«

Verwirrung zeichnet sich erneut auf Susans Gesicht ab. Sie runzelt frustriert die Stirn. »Nein. Das stimmt nicht. Laura und ich haben erst neulich gesprochen. Sie sagte, sie wisse, wo Emma ist, und dass sie es mir zeigen würde.«

Meine Augen weiten sich. Michael räuspert sich und hustet kurz. Beths Augen füllen sich mit Tränen, ihre Unterlippe bebt, und sie beißt sich fest darauf.

Hat Mom wirklich versucht, Susan zu sagen, was passiert ist? Oder ist Susans Verstand in der Vergangenheit gefangen, im Jahr 1999, als Emma verschwunden ist?

»Ich bringe dich nach Hause, Mom«, sagt Lucas sanft, hält ihren Blick, während er sich langsam erhebt.

»Wo ist deine Schwester?«, fragt Susan, jetzt ungehalten.

»Sie ist mit dem Fahrrad unterwegs«, sagt Lucas, während er kurz zu jedem von uns blickt. Dann flüstert er: »Es tut mir leid. Heute Morgen ging es ihr besser.«

»Ist schon gut«, sage ich.

»Mach dir keine Gedanken«, fügt Michael hinzu.

Lucas nimmt Beths Hand und hält sie einen Moment lang fest, während Michael und ich ein paar Schritte zurücktreten, um ihnen etwas Raum zu geben. Er sagt ihr, dass er später anrufen wird, bedankt sich, dass sie ihn hat vorbeikommen lassen, und lässt dann ihre Hand los.

»Emma sollte bis zum Abendessen zu Hause sein«, murmelt Susan, als Lucas beginnt, sie die Auffahrt entlangzuschieben.

Beth dreht sich zu uns um, Tränen laufen ihr über das Gesicht.

»Glaubt ihr, Mom hat wirklich etwas zu Susan gesagt?«, frage ich.

»Ich weiß es nicht«, sagt sie mit tränenerstickter Stimme.

»Was sollen wir tun?«

»Nichts. Selbst wenn Mom Susan etwas gestanden hat, sie ist geistig zu weit weg, als dass ihr jemand glauben würde«, sagt Michael leise.

»Aber wenn Mom es ihr gesagt hat, dann war es vielleicht genau das, was sie wollte ...«

»Hör auf«, fällt Beth mir ins Wort. Sie blickt auf die Urne, atmet tief durch, reißt sich zusammen. »Das Einzige, von dem ich weiß, dass Mom es wollte, war, dass ihre Asche auf diesem Grundstück verstreut wird.« Sie entfernt den Deckel und Michael nimmt ihn ihr ab. Ihre Hand taucht in die Urne und kommt mit einer Handvoll Asche wieder heraus. Beth wirft sie in den Wind und sagt: »Egal, was du getan hast, Mom, ich liebe dich trotzdem.«

Ich schiebe meine Hand in die Urne und nehme eine Handvoll Asche. Ohne ein Wort verstreue ich sie um mich herum. Ich hatte eigentlich geplant, etwas bei Moms Beerdigung zu sagen, aber jetzt, wo ich hier stehe, glaube ich, dass manche Worte besser ungesagt bleiben.

Michael zögert, als Beth ihm die Urne hinhält. Er mochte den Gedanken an eine Einäscherung noch nie, also kann ich mir kaum vorstellen, dass es ihm behagt, Moms Asche in die Luft zu werfen. Beth reckt ihm die Urne erneut entgegen. Schließlich stößt er einen tiefen Seufzer aus, taucht seine Hand hinein und nimmt eine Handvoll Asche heraus.

»Ich kann nicht glauben, dass das alles ist, was von uns übrigbleibt, wenn wir sterben – Asche.« Er dreht die Hand um. Ein Teil des Staubs wirbelt in die Luft, der Rest fällt zu Boden.

»Manchmal ist von uns noch viel weniger übrig, während wir leben«, sage ich.

Beth und Michael tauschen einen besorgten Blick. Gemeinsam laufen wir über das Grundstück, verstreuen ihre Asche und erinnern uns an unsere schönsten Momente mit Mom. Der Wind trägt einen Teil von ihr fort. Der Rest sinkt ins taunasse Gras, verschmilzt mit der Erde. Als wir fertig sind, ist die Sonne nur noch ein schmaler Streifen, beinahe vom Horizont verschluckt. Asche zu Asche, Staub zu Staub – am Ende geht die Sonne über uns allen unter.

FÜNFUNDDREISSIG
LAURA

27. DEZEMBER 1999

Das Geräusch der Dusche, die zum Leben erwacht, reißt mich aus dem Schlaf. Draußen ist es stockdunkel, und bis auf das laufende Wasser herrscht völlige Stille. Die roten Zahlen des Weckers leuchten mir die Zeit entgegen: 3:06 Uhr. Ich taste nach der anderen Seite des Bettes, streiche über die zerwühlten Laken und die Bettdecke. Sie ist leer. Wo ist Brian? Ein schmaler Lichtstreifen leuchtet unter der Badezimmertür hervor. Warum sollte er um diese Zeit duschen? Ich knipse die Nachttischlampe an, stehe auf und ziehe meinen Hausmantel über. Einen Moment lang starre ich nur auf die Tür, warte darauf, dass meine Augen sich an das Licht gewöhnen. Dann drücke ich sie auf. Brian steht auf der anderen Seite der beschlagenen Duschwand. Sein Kopf ist gesenkt, das Wasser prasselt auf seinen Nacken und läuft ihm in Rinnsalen über das Gesicht.

»Brian«, sage ich.

Seine Schultern zucken zusammen, und er hebt langsam den Kopf. »Ja, Laura?«

»Was machst du da?«

Er zögert einen Moment zu lange. Ich weiß, dass was auch immer er sagt, nicht die Wahrheit sein wird.

»Ich glaube, ich werde krank. Bin schweißgebadet aufgewacht und dachte, eine kalte Dusche könnte helfen.«

Der Dampf, der den Spiegel und die Duschwand beschlägt, erzählt eine andere Geschichte. Ich lasse meinen Blick auf den Boden sinken und entdecke seine achtlos hingeworfene Kleidung. Ich bücke mich, hebe sie auf und betaste sie Stück für Stück.

»Laura«, sagt er. »Geh wieder ins Bett. Ich komme gleich.«

Ich reagiere nicht. Stattdessen betrachte ich seine nasse Jacke. Mehrere dunkle Flecken erregen meine Aufmerksamkeit. Ich drücke meine Finger gegen einen davon und ziehe sie wieder zurück. Ein roter Fleck bleibt auf meiner Haut zurück. Langsam führe ich meine Finger zur Nase. Eisen. Ich kenne diesen Geruch. Es gibt nur eine Sache, die so riecht.

»Laura.« Brian steckt seinen Kopf aus der Dusche.

Mein Blick trifft seinen und er wirkt, als fiele er in sich zusammen.

»Bist du verletzt?«, frage ich.

Er schüttelt den Kopf und greift nach einem Handtuch an der Wand. »Es ist nicht mein Blut.« Er trocknet sich hastig ab.

Ich starre ihn an, meine Augen verengen sich. Doch alles, was ich sehe, ist ein Schatten. Eine dunkle Gestalt, die sich durch den Dampf auf mich zu bewegt. »Was hast du getan?«

»Ich habe nichts getan«, sagt Brian und schlingt sich das Handtuch um die Hüften. »Du hast das getan.«

»Was?!« Das Wort kommt in zwei Silben heraus, die erste scharf und wütend, die zweite ein ersticktes Flüstern. Die Kinder schlafen. »Wie soll *ich* das getan haben?«

Brian wendet sich zum Spiegel, fährt mit der Hand darüber und wischt den Nebel fort. Seine Finger gleiten durch sein nasses Haar, während er mich im Spiegel ansieht. »Als du Emma Harpers Fahrrad an der Sackgasse platziert hast.«

Ich presse die Zähne zusammen und verschränke meine Arme vor der Brust. »Ja, und? Sollte ich etwa zusehen, wie ein Unschuldiger für etwas ins Gefängnis geht, das er nicht getan hat?«

Brian dreht sich zu mir um. Sein Ausdruck ist eine Mischung aus Frustration und Enttäuschung. »Nun, darum musst du dir nicht länger Sorgen machen ... denn Charles Gallagher ist tot.«

SECHSUNDREISSIG

BETH

Moms Beerdigung war gestern, und ich glaube, es wird sich immer so anfühlen, als wäre sie erst einen Tag her. Genau wie Dads Verschwinden sich noch immer wie gestern anfühlt. Die Momente, die uns für immer verändern, fühlen sich stets frisch an, weil wir sie mit uns herumtragen, ob wir wollen oder nicht.

Ich klebe eine Kiste mit der Aufschrift *Spenden* zu und stelle sie zu den anderen. Das Haus ist still. Nicht friedlich, nur still. Michael und Nicole sind vor etwa zwanzig Minuten nach Beloit gefahren. Sie wurde zittrig und brauchte ihre Methadon-Behandlung. Wenn sie noch einen Tag ohne sie auskommen müsste, hätte ich Angst, dass sie rückfällig wird. Ich weiß, dass sie Tage auslässt, um schneller clean zu werden, aber es macht alles nur schlimmer.

Ich stehe auf und lasse den Blick durch das Wohnzimmer schweifen. Alles ist ordentlich in Kisten verstaut. Wir haben alles durchgesehen, bis auf die Küche. Ich muss noch entscheiden, was mit den Möbeln und dem Haus passiert. Je länger ich darüber nachdenke, desto eher tendiere ich dazu, es an Michael zu verkaufen. Er hat weit über dem Marktwert geboten (ich habe es überprüft), und dieses Geld würde mein Leben verändern. Ich könnte meine Schulden begleichen und meine Tochter besuchen, anstatt endlos mit ihr Telefon-Fangen zu spielen und immer zu verlieren. Nicole hätte eine Wohnung, auch wenn ich bezweifle, dass es sie weniger süchtig machen würde.

So sehr ich auch nicht will, dass Michael seinen Willen bekommt, habe ich erkannt, dass es mir nichts bringt, ihn dafür zu hassen. Groll vergiftet nur den, der ihn hegt, nicht den, für den er bestimmt ist. Michael und ich sind der beste Beweis dafür.

Ein Klopfen an der Tür. Ich stehe auf und gehe hin.

»Hey«, sage ich und schiebe die quietschende Tür auf.

Lucas steht auf der Veranda, einen Strauß gelber Rosen in der Hand und ein verhaltenes Lächeln im Gesicht. »Die sind für dich.«

Ich nehme die Blumen entgegen, bringe sie zur Nase und atme ihren frischen Duft ein.

»Danke. Komm rein.« Ich trete zur Seite, um ihn eintreten zu lassen.

Er zögert, bevor er über die Schwelle tritt. Lucas hat dieses Haus nicht mehr betreten, seit er achtzehn war. Es muss sich für ihn anfühlen, als würde er durch die Zeit reisen. Während ich eine Vase aus einer offenen Kiste hole und mit Wasser fülle, zieht er seine Stiefel an der Tür aus. Meine Augen wandern immer wieder zu ihm, während ich die Blumen auswickle und die Stiele kürze.

Lucas geht in die Küche und blickt sich um, als würde er sich jedes Detail einprägen. Seine Blicke springen von Ecke zu Ecke, zur Decke, zum Boden, als stünde er in einem Museum, nicht in meinem Elternhaus. Ich arrangiere die gelben Rosen in der Vase und stelle sie auf den Küchentisch. Sie wirken fehl am

Platz, zumindest für mich. Unsere Blicke treffen sich, und ich frage mich, wie ich je von ihm wegsehen konnte. Er sieht müde aus, als hätte er in letzter Zeit nicht gut geschlafen. Aber für mich ist er immer noch attraktiv. Meine Finger kribbeln bei der Vorstellung, sie durch seinen weichen, stoppeligen Bart gleiten zu lassen, über seine breiten Schultern, über seine festen Brustmuskeln. Ich frage mich, ob seine Finger auch kribbeln bei dem Gedanken, sie über meine Haut streichen zu lassen. Oder bin ich die Einzige, die solche Gedanken hat?

»Wie war der Rest der Beerdigung?«, fragt er mit mitfühlendem Blick. Seine Hände umklammern die Rückenlehne eines Küchenstuhls.

»So, wie sie es wollte.«

Er nickt leicht. »Tut mir leid wegen meiner Mutter ...«

»Du musst dich nicht entschuldigen«, unterbreche ich ihn.

Meine Augen huschen hinter ihm zur VHS-Kassette auf dem Videorekorder. Sie liegt so unscheinbar dort. Es ist das Einzige, was ich nicht eingepackt habe. Ich konnte es einfach nicht. Wie packt man ein Geheimnis ein? Ich zwinge mich wegzusehen und mein Blick landet wieder auf Lucas, ehe er meine gespaltene Aufmerksamkeit bemerkt.

»Wo sind deine Geschwister?«

»Sie sind in die Stadt gefahren«, sage ich, ohne weitere Erklärungen anzubieten.

Er nickt, sein Blick schweift erneut durch den Raum, fast so, als würde er nach etwas suchen. »Es ist irgendwie seltsam, in diesem Haus zu sein.«

»Das glaube ich. Es ist lange her«, sage ich, während ich ins Wohnzimmer gehe und ein paar Kisten zur Seite schiebe. Ich weiß nicht, was ich mit mir anfangen oder wie ich mich in seiner Gegenwart verhalten soll ... vor allem nicht mit dieser VHS-Kassette, die mich anstarrt.

Er folgt mir und schiebt die Hände in die Taschen seiner Jeans. »Es fühlt sich gleichzeitig wie gestern und wie ein ganzes Leben her an.« Lucas legt den Kopf schief. »Schon komisch, wie Zeit funktioniert. Es heißt, sie ist linear, aber manchmal fühlt es sich an, als würde alles gleichzeitig passieren. Weißt du, was ich meine?«

»Ich weiß genau, was du meinst«, sage ich.

Mein Blick wandert wieder zur Kassette. Wenn ich sie für ihn abspielen würde, wäre er mit einem Schlag zurück im Jahr 1999 und wüsste endlich, was mit seiner Schwester passiert ist. Die Vergangenheit und die Gegenwart würden sich überlappen und gleichzeitig entfalten.

»Kann ich eine Tour bekommen?«, reißt er mich ins Jetzt zurück.

Ein kleines Lächeln umspielt seine Lippen, und ich zwinge mich, es zu erwidern.

»Klar. Es hat sich viel verändert, seit du das letzte Mal hier warst.«

»Wirklich?«

»Nein«, necke ich ihn. Unsere Lächeln wachsen, um einen halben Zentimeter oder so.

Die Tour ist kurz, das Haus ist schließlich nicht groß, und jetzt stehen wir in meinem Zimmer. Und es fühlt sich an, als wären wir wieder sechzehn. Die Wände sind kahl, nichts ist mehr von meiner Kindheit übrig, außer einem Bett, einer Kommode und einem Schreibtisch. Mein Koffer steht offen in der

Ecke, aus dem ich seit Monaten lebe. Bleistiftstriche an der Tür zeigen unsere Größenunterschiede. Als wir zusammenkamen, waren wir fast gleich groß, aber in unserem zweiten Jahr an der Highschool schoss Lucas über einen Kopf in die Höhe, während ich aufhörte zu wachsen. Mein Blick wandert zum Fenster, und ich erinnere mich an all die Male, die er durch dieses Fenster herein- und hinausgeklettert ist. Ob er wohl gerade dasselbe denkt? Er mustert den Raum, sagt nichts, aber die Ecken seines Mundes heben sich, nur um wieder zu fallen, dann heben sie sich erneut. Wellen von Erinnerungen prallen gegen die Küste der viel dunkleren Gegenwart.

»Denkst du jemals an uns?«, fragt er. Sein Adamsapfel bewegt sich auf und ab, als hätte er die Worte eigentlich hinunterschlucken wollen, doch stattdessen sind sie herausgerutscht.

»Die ganze Zeit«, sage ich. Ich habe schon lange nicht mehr die Wahrheit gesagt und meine eigenen Worte überraschen mich. Ich bin auch nicht gerade dafür bekannt, geradeheraus zu sein. Es ist schwer, geradeheraus zu sein, wenn man sein Leben rückwärts gelebt hat.

Er tritt näher an mich heran, und wir verlieren uns in den Augen des anderen, finden den Weg zurück zueinander. Früher dachte ich, wir gehörten zusammen, weil er der Junge von gegenüber war. Aber jetzt weiß ich, dass Geografie nichts damit zu tun hatte. Seine Hand streift meine Wange, und jede Nervenbahn in meinem Körper erwacht. Ich spüre ihn überall, obwohl er nur einen einzigen Punkt meiner Haut berührt.

»Ich habe dich vermisst«, flüstere ich und drücke meine Wange in seine Hand.

»Ich dich auch, Beth«, flüstert er zurück.

Es gibt nichts mehr zu sagen. Mein Herz rast, pocht gegen meinen Brustkorb. Und zum ersten Mal seit langer Zeit beruhigt sich mein Geist, als sich seine Lippen auf meine legen. Es fühlt sich an, als hätte ich etwas wiedergefunden, das ich längst verloren geglaubt hatte. Unsere Münder öffnen und schließen sich, während der Kuss hungriger wird. Ich beiße in seine Unterlippe, und er stöhnt leise. Ich erinnere mich an das erste Mal, als ich das tat. Er reagierte auf dieselbe Weise. Seine Hände gleiten über meinen ganzen Körper, von meinem Rücken zu meinen Brüsten bis unter den Bund meiner Jeans. Seine Finger wandern an meinem Schambein vorbei, finden schließlich, wonach sie suchen. Ich küsse ihn so leidenschaftlich, dass ich nach Luft schnappen muss.

Seine Lippen streifen mein Ohr und meinen Hals, während seine Finger in mir arbeiten, mich keuchen und nach mehr verlangen lassen. Lucas zieht seine Hand aus meiner Jeans und küsst mich erneut. Seine Finger haken sich unter den Saum meines Shirts, er zieht es mir über den Kopf. Ich tue dasselbe mit ihm, lasse meine Nägel über seine Brust und seine Bauchmuskeln fahren. Wir entledigen uns unserer Jeans und fallen auf die Matratze. Wir könnten auf Asphalt landen, auf grobem Kies oder sogar auf einem Boden voller Legosteine, es wäre mir egal, solange ich mit ihm gemeinsam falle.

Ich verlasse das Badezimmer und hole zwei Bier aus der Küche, bevor ich in mein Schlafzimmer zurückkehre. Lucas zieht gerade sein Shirt wieder über den Kopf und lächelt mich an, als ich in der Tür stehen bleibe und ihn beobachte.

»Durstig?«, frage ich und halte ihm eine Flasche hin.

»Ausgedörrt.« Er nimmt sie und trinkt einen großen Schluck, ohne den Blick von mir abzuwenden.

»Besser?«, frage ich.

Lucas stößt ein zufriedenes Geräusch aus und wischt sich mit dem Handrücken über den Mund. »Besser.«

Ich nehme einen Schluck, während Lucas langsam zum Fenster geht und hinaus in den Vorgarten blickt. Man kann von hier aus sogar sein Haus sehen, wenn auch nur gerade so. Ich erinnere mich daran, wie ich oft im Bett lag und hinausgestarrt habe. Zu wissen, dass er so nah war, hat mich immer beruhigt.

»War das eine einmalige Sache?«, fragt er und dreht sich zu mir um.

»Ich hoffe nicht.«

Seine Mundwinkel heben sich, und seine blauen Augen scheinen durch das Licht des Himmels hinter ihm noch heller zu leuchten. »Ich hoffe es auch nicht.«

Ich überbrücke die letzten Zentimeter zwischen uns und lehne mich an ihn, lege meine Wange gegen seine Brust. Sein Herz schlägt ruhig und gleichmäßig, doch dann beginnt es zu rasen.

»Es gibt etwas, das ich dir nie gesagt habe. Der Grund, warum ich damals mit dir Schluss gemacht habe.« Er sieht auf mich herab, sein Blick wird ernst.

Ich trete einen Schritt zurück, um ihn ganz ansehen zu können. »Ich dachte, es war, weil du aufs College gegangen bist, und ich nicht.«

Er schüttelt den Kopf. »Ich hätte niemals mit dir Schluss gemacht, nur wegen der Entfernung.«

Meine Augen brennen, als drohten Tränen hervorzubrechen. »Warum dann?«

»Es hatte mit meinem Vater zu tun.«

»Ich weiß, Lucas. Ich weiß, wie schwer es für dich war, als er gestorben ist. Ich wollte für dich da sein, aber du hast mich nicht gelassen.«

»Ich habe dich nicht weggestoßen, weil ich getrauert habe«, sage ich.

»Ich verstehe das nicht.«

»Der Tod meines Vaters war kein Unfall.«

»Doch, war er. Es war ein Jagdunfall.«

»Nein, er hat sich umgebracht.«

Ich schüttele den Kopf, aber kein einziges Wort kommt über meine Lippen.

»Doch, Beth. Er hat einen Abschiedsbrief hinterlassen. Meine Mom hat ihn versteckt, und der Sheriff hat geholfen, seinen Tod offiziell als Unfall zu deklarieren, wegen der Lebensversicherung. Er hatte Mitleid mit ihr, und ich glaube, er hatte Schuldgefühle, weil er nie denjenigen gefunden hat, der für Emmas Verschwinden verantwortlich war.« Lucas atmet schwer aus und lässt den Kopf hängen.

»Es tut mir so leid, aber ... ich verstehe das nicht. Was hatte das mit uns zu tun?«

Seine Stirn legt sich in Falten. »Ich glaube, mein Vater hatte etwas mit Emmas Verschwinden zu tun.«

»Was?! Wieso denkst du das?«

Lucas setzt sich auf die Matratze. »Wegen des Briefs, den er hinterlassen hat.«

»Was stand darin?«

»Er schrieb, dass er sich selbst nicht vergeben kann für das, was er getan hat.«

Meine Augen weiten sich, wandern zur Tür ... die Tür, die in den Flur führt, der Flur, der ins Wohnzimmer führt, das Wohnzimmer, in dem die VHS-Kassette liegt, die Kassette, die die Wahrheit enthält. Wie kann er glauben, sein Vater hätte etwas mit Emmas Tod zu tun? Ich erinnere mich, dass Eddie streng war, manchmal hitzig, wenn Lucas sich nicht an seine Regeln hielt, wenn er zu spät nach Hause kam oder Widerworte gab. Vielleicht war das genug für ihn, um das Schlimmste über seinen Vater zu denken.

»Ich hatte Angst, dass ich so bin wie er ... oder so werden könnte.« Lucas hebt den Blick wieder zu mir. »Also habe ich mit dir Schluss gemacht. Ich dachte, ich tue dir einen Gefallen. Ich dachte, ich schütze dich.«

Die Tränen, die mir über die Wangen laufen, sind heiß und schwer, voll von Schmerz und Wut.

»Vielleicht meinte er gar nicht Emma«, sage ich und mache einen vorsichtigen Schritt auf ihn zu.

»Was hätte er sonst meinen sollen? Er hat sich am zweiten Jahrestag ihres Verschwindens umgebracht.«

Mir wird schlecht. Mein Herz hämmert so heftig gegen meinen Brustkorb, dass ich fürchte, eine Rippe könnte brechen. Mein ganzer Körper fühlt sich fiebrig an, Schweiß sammelt sich an meinem Haaransatz, mein Magen dreht sich um. Ich versuche, ruhig zu atmen. Einatmen. Vier Sekunden halten. Ausatmen. Aber es hilft nichts. Zu viele Jahre voller Bedauern und Groll drohen aus mir herauszubrechen. Man kann nur eine gewisse Menge in sich begraben, ehe es aus einem herausbricht. Ich renne ins Badezimmer und schaffe es gerade noch rechtzeitig zur

Toilette, bevor ich mich übergebe – Kaffee, Galle und die wenigen Schlucke Bier, die ich getrunken habe. Mein ganzer Körper bebt. Dann spüre ich eine Hand auf meiner Schulter. Er hält mein Haar zurück und streicht mir beruhigend über den Rücken. Ich würge weiter, bis nichts mehr in mir ist. Als ich fertig bin, verlässt er das Badezimmer, damit ich mich in Ruhe säubern kann.

Ich finde Lucas im Wohnzimmer, die gepackten Kisten musternd ... als würde er nach etwas suchen. Die VHS-Kassette liegt noch immer auf dem Rekorder. Ob er sie bemerkt hat?

Ich räuspere mich, um meine Anwesenheit bemerkbar zu machen. Lucas hört auf, die Sachen meiner Eltern zu inspizieren, und reißt den Kopf in meine Richtung, bevor er einen Schritt auf mich zumacht. »Alles in Ordnung?«, fragt er.

Ich nicke, aber mein Blick bleibt auf den Boden gerichtet. Ich kann ihm nicht in die Augen sehen. »Sorry«, sage ich.

»Nicht doch. Diese Wahrheit ist schwer zu schlucken. Glaub mir.« Er seufzt tief.

Es dauert einige Momente, bis ich ihn endlich ansehen kann. Es fällt mir schwer, aber ich zwinge mich dazu. »Ich glaube nicht, dass es die Wahrheit ist, Lucas.«

Er verengt die Augen und neigt den Kopf. Bevor er etwas sagen kann – und bevor ich es mir anders überlegen kann – trete ich zum Rekorder und nehme das Band in die Hand, drehe es zwischen meinen Fingern.

»Was ist das?«, fragt er.

»Es ist die Wahrheit darüber, was mit Emma passiert ist.«

Seine Augen weiten sich, sein Mund öffnet sich leicht. Es wirkt, als würde er entweder gleich schreien oder in Tränen ausbrechen, aber ich bin mir nicht sicher, was von beidem.

»Wir haben dieses Band gefunden, als wir die Sachen unserer Eltern durchgegangen sind. Es gibt nur einen kurzen Ausschnitt darauf, eine Minute oder so. Ich glaube nicht, dass sie vorhatten, das aufzuzeichnen.«

»Was ist auf dem Band, Beth?« Eine Ader pocht an der Seite seines Halses, seine Unterlippe zittert.

»Es ist vom 15. Juni 1999.«

Seine Augen füllen sich mit Tränen, und sein Mund presst sich zu einer harten Linie zusammen.

»Emma ist darauf. Ich weiß nicht, was mit ihr passiert ist, aber ich weiß, dass meine Eltern ihre Leiche unten am Bach gefunden und sie verschwinden lassen haben.«

»Wovon redest du, Beth?«

»Schau es dir einfach an.«

Die Tränen strömen schnell und unaufhaltsam über sein Gesicht und klammern sich an seine Kieferlinie.

Er schüttelt den Kopf und sagt trotzdem: »Lass mich sehen.«

Ich blicke auf das Band in meiner Hand und nicke. Das könnte ein Fehler sein, aber ich kann es nicht länger vor ihm verheimlichen, wissend, dass er seinen Vater all die Jahre dafür verantwortlich gemacht hat und dass es meine Eltern waren, die die Zukunft zerstört haben, die ich mit Lucas hätte haben können.

Vor dem Fernseher kniend schiebe ich das VHS-Band in den Rekorder. Es dauert einen Moment, bis es einrastet, dann beginnt ein leises Summen. Auf dem Bildschirm erscheint unser Garten in der Nacht. Eine Eule ruft in der Ferne. Der Mond taucht die Baumreihe in fahles Licht. Die Kamera schwenkt langsam durch die Dunkelheit. Die Äste der Bäume sehen aus wie Finger, die sich in alle Richtungen ausstrecken. Lucas' Atem stockt.

In der Ferne ruft mein Vater: »Laura.«

Die Kamera schwenkt zu ihm und der Bildschirm füllt sich mit schwarz-weißem Rauschen. Ich runzle die Stirn und trete näher, warte darauf, dass das Bild zurückkommt. Ich weiß, was als Nächstes passiert. Mein Vater taucht auf, blutüberströmt. Aber da ist nur Rauschen. Ich werfe einen Blick zu Lucas. Seine Augen sind zusammengekniffen, aber noch immer auf den Bildschirm fixiert.

Ich nehme die Fernbedienung und spule vor. Das Band stoppt und wird automatisch ausgeworfen. Ich schiebe es erneut hinein, spule zurück zum Anfang der dunklen Baumreihe. Es läuft, bis Dad nach Mom ruft, dann rauscht der Bildschirm erneut.

»Ist das Scherz?«, zischt Lucas. Die Adern an seinem Hals pochen.

»Was? Nein!« Ich werfe das Band aus dem Gerät und drehe es in meinen Händen. Das Etikett darauf lautet »Sommer '99«. Das ist das Band. Emma war auf diesem Band. »Ich schwöre es, Lucas, es war hier. Emma war auf diesem Band. Sie war tot. Meine Eltern haben ihre Leiche entsorgt. Sie haben es vor allen geheim gehalten.« Meine Worte kommen in hektischen, panischen Stößen heraus.

Lucas macht ein paar Schritte zurück und schüttelt den Kopf. »Du verlierst den Verstand, Beth. Du verlierst ihn wirklich.«

»Nein, tue ich nicht, Lucas!«, rufe ich. »Ich sage dir, es war auf diesem Band. Ich weiß nicht, was passiert ist, aber ich habe es gesehen.«

Ich betrachte das Band erneut. Es ist über zwanzig Jahre alt, und ich weiß, dass sie irgendwann abnutzen. Aber ich habe es vor ein paar Tagen noch gesehen, wie kann es verschwunden sein? Oder vielleicht ... vielleicht war es der Einbruch. Vielleicht war das Einzige, was sie mitgenommen haben, dieser Clip. Vielleicht haben sie ihn gelöscht. Oder das Band wurde beschädigt, als ich es mir wieder und wieder angesehen habe. Oder Nicole oder Michael? Sie wollten nicht, dass ihr ach so guter Ruf ruiniert wird.

Bevor ich eine Erklärung finden kann, weicht Lucas weiter zurück. Er sieht mich an, als wäre ich verrückt geworden, genau wie alle anderen in seinem Leben.

»Das war ein Fehler«, sagt er.

Meine Miene entgleitet und das Band fällt aus meinen Fingern, kracht auf den Boden.

»Nein, war es nicht.« Ich mache einen Schritt auf ihn zu. »Ich liebe dich, Lucas.«

Er weicht weiter zurück, als hätte er Angst vor dem, was ich tun könnte, oder davor, was er selbst tun könnte.

»Ich werde dich immer lieben, Beth. Aber es war dumm zu denken, dass wir einfach da weitermachen könnten, wo wir aufgehört haben. Du bist nicht in Ordnung. Und ich bin es auch nicht.«

»Aber diesmal können wir es gemeinsam durchstehen!«, flehe ich.

Lucas widerspricht mir nicht. Er schüttelt nur den Kopf, dreht sich um und verlässt das Haus. Nichts zu sagen, ist die schrecklichste Art, etwas zu beenden. Keine Chance zu betteln. Keine Chance, zu erklären, dass ich versuche, das Richtige zu tun und ihm Gewissheit zu geben. Er ist ... einfach weg. Meine Augen wandern zurück zum VHS-Band, das auf dem Boden des Wohnzimmers liegt. Ich habe es gesehen. Oder nicht? Ich sinke auf die Knie. Ein verzweifelter Schrei bricht aus mir heraus. Der Schmerz, ihn wieder verloren zu haben, nachdem ich dachte, ihn zurückzuhaben, ist fast unerträglich. Jeder Mensch kann nur so viel ertragen, bis es nicht mehr geht.

SIEBENUNDDREISSIG
MICHAEL

»Was zur Hölle?«, brülle ich, als ich in die Einfahrt einbiege.

Nicole hebt den Kopf aus ihrem Notizbuch. »Oh mein Gott! Was macht sie da?«

Ein Feuer lodert im Vorgarten. Die Flammen tanzen und flackern über einem Haufen von Pappkartons. Beth steht neben dem Inferno und spritzt aus einem Kanister Feuerzeugbenzin in die sengende Glut. Die Flammen schlagen dankbar in die Höhe, wachsen auf über zwei Meter. Sie hebt einen weiteren Karton auf und wirft ihn ins Feuer. Glühende Funken schießen in die Luft, während das Feuer unermüdlich weiter wütet. Ich schalte den Wagen in den Parkmodus und springe aus dem Auto, renne so schnell ich kann auf Beth zu. Nicole tut dasselbe und schreit ihren Namen. Beth ignoriert uns oder nimmt uns gar nicht wahr. Sie wirft einen weiteren Karton ins Feuer. Auf der Seite steht: Elisabeth. Sie greift sie nach dem Benzinkanister, der im Gras neben ihr liegt, und schleudert ihn direkt in die Flammen.

Ich gebe alles, um schneller zu werden. »Beth!«, brülle ich.

Sie sieht kein einziges Mal in meine Richtung. Sie starrt nur ins Feuer, während es gierig am Kanister leckt. Als ich Beth erreiche, reiße ich sie von den Füßen, packe sie und trage sie so weit wie möglich vom Feuer weg, bevor ich uns beide zu Boden bringe. Der Benzinkanister explodiert. Die Flammen schießen sechs Meter in die Höhe, während Trümmerteile und Glutfunken in alle Richtungen fliegen. Ich schütze Beth mit meinem Körper. Die Hitze brennt auf meinen nackten Armen und meinem Nacken, die Härchen sengen ab. Als endlich kein brennendes Material mehr vom Himmel regnet und die Flammen sich etwas beruhigen, rolle ich mich von ihr herunter. Sie liegt auf dem Rücken, starrt reglos in den blauen Himmel. Tränen strömen ihr in einer unaufhaltsamen Flut über die Wangen, sickern in ihr Haar.

»Beth!«, rufe ich, packe sie an den Schultern und schüttle sie. »Beth!«

»Ist sie okay?« Nicole steht über uns.

Ich rüttle Beth ein weiteres Mal, diesmal fester. Dann blinzelt sie endlich, als würde sie aus einer Trance erwachen. Ihre Augen huschen zu mir, dann zu Nicole, dann zurück zu mir.

»Was zum Teufel hast du dir dabei gedacht? Willst du dich umbringen?!« Ich springe auf und klopfe mir Schmutz und Grasreste von der Kleidung.

»Falls ja, dann mache ich offensichtlich keinen besonders guten Job«, spottet Beth.

»Warum zerstörst du all die Sachen von Mom und Dad?«, schreit Nicole. Sie blickt auf die brennenden Kartons, einige sind mit *Spenden* oder *Verkaufen* beschriftet. Ihr Gesicht zuckt, als könnte sie sich nicht entscheiden, ob sie wütend auf Beth sein oder Mitleid mit ihr haben soll.

Beth schwankt, als sie sich langsam erhebt. Als würde die Erde unter ihr beben. »Es gehört ihnen nicht mehr. Sie sind weg.«

»Ja, und? Das bedeutet nicht, dass du es einfach verbrennen kannst!« Nicole stemmt die Hände in die Hüften. »Was hat das für einen Sinn, dass wir uns die ganze Woche über die Mühe gemacht haben, alles auszusortieren, wenn du es dann einfach anzündest?!«

Beth zuckt die Schultern. »Nichts hat einen Sinn.«

»Warum benimmst du dich so?«, schreit Nicole.

»Wie denn?« Beth kneift die Augen zusammen. »Wie jemand, die keine Konsequenzen für ihr Handeln fürchten muss? Wie jemand, die tun und lassen kann, was sie will? Ich dachte, ich probiere einfach mal deine Lebensweise aus.«

Nicole schüttelt den Kopf. »Du bist so eine Schlampe.«

»Zumindest bin ich etwas.« Beths Miene verzieht sich zu einem überheblichen Lächeln. »Oh, und übrigens, ich verkaufe das Haus. Ich verkaufe alles. Hier gibt es nichts mehr für mich.«

»Gut. Verkauf es ruhig!«, brüllt Nicole.

Ich räuspere mich, ziehe meine Schultern zurück und sage mit ruhiger Stimme: »Ich werde meinen Finanzberater morgen die Unterlagen aufsetzen lassen. Du musst dir um nichts Sorgen machen, Beth. Ich regle alles.«

Ihre Augen verengen sich. Jetzt schaut sie nicht mehr durch mich hindurch, jetzt starrt sie mich an.

»Nein.« Ihre Stimme ist fest, endgültig. »Ich würde dieses Haus lieber niederbrennen, als es an dich zu verkaufen.« Sie hebt ihr Kinn.

Wut brodelt in mir, droht überzukochen. Ich ertrage das nicht länger. »Gut, behalte das dämliche Haus. Du kannst darin leben und darin sterben wie Mom, das ist mir scheißegal.«

»Michael!« Nicole klingt schockiert.

Ich verenge die Augen zu Schlitzen. »Ich bin zurückgekommen, um zu helfen, aber ich hätte wissen müssen, dass du nicht zu retten bist – keine von euch ist es.« Ich werfe Nicole einen Blick zu, die sich lieber bei einer Nadel im Arm als bei mir Trost sucht. »Wir sehen uns bei der nächsten Beerdigung.« Ich drehe mich um und marschiere zurück zu meinem Auto.

»Ich wette, es wird eine von euren sein«, rufe ich über meine Schulter.

ACHTUNDDREISSIG

LAURA

27. Dezember 1999

Brian setzt sich neben mich auf die Matratze. Sein Haar ist noch nass vom Duschen. Wassertropfen rinnen von seinen Strähnen und schlängeln sich an seinem Hals hinunter. Seine Hände zittern, also legt er sie fest auf seine Oberschenkel und reibt sie langsam auf und ab. Die Nachttischlampe wirft ein goldenes Licht, aber es reicht nicht aus, um das Zimmer richtig zu erhellen. Sein Gesicht bleibt im Schatten.

»Was meinst du mit *Charles ist tot*?«, frage ich und starre auf den Röhrenfernseher auf der Kommode vor dem Bett. Der Bildschirm ist schwarz. Ich sollte Brian ansehen, um zu erkennen, ob er lügt, aber das muss ich gar nicht, ich werde es in seiner Stimme hören. Er war noch nie gut im Lügen.

»Ich meine, dass er tot ist.«

»Wie?«, frage ich. Offenbar muss ich ihm jedes verdammte Detail aus der Nase ziehen. Früher hatten wir keine Geheimnisse voreinander, doch inzwischen scheinen wir alles geheimzuhalten.

Er senkt den Kopf. »Eddie hat ihn umgebracht.«

Mein Atem verändert sich abrupt. Tiefer, als käme er nicht mehr nur aus meinen Lungen, sondern aus meinem ganzen Körper.

»Was?! Wie? Was ist passiert?« Die Worte klingen scharf.

Brian stößt einen langen Seufzer aus. »Wir waren im Boar's Nest, Eddie und ich, und dann tauchte Charles auf. Er blieb für sich, aber Eddie konnte seinen Blick nicht von ihm lassen.«

»Warum seid ihr dann nicht gegangen?«

»Ich habe versucht, Eddie dazu zu bringen. Ich wollte keinen Ärger, aber er wollte bleiben und sich amüsieren. Dann fing er an, Shots zu kippen, und je mehr er trank, desto weniger achtete er auf Charles. Also dachte ich, alles wäre in Ordnung.«

»Aber das war es nicht, oder?«, sage ich.

Brian schüttelt den Kopf. »Nein. Irgendwann sagte Eddie, er müsse auf die Toilette. Das war kurz nachdem Charles gegangen war. Er kam nicht zurück. Ich ging nachsehen, dachte, ihm wäre schlecht geworden, aber er war weg. Ich nahm an, er wäre nach Hause gegangen, also bezahlte ich meine Rechnung und machte mich ebenfalls auf den Weg.« Brian atmet tief durch und reibt sich den Nacken.

»Und dann?«

»Dann lief ich durch den Park, ich hörte einen gedämpften Schrei. Also folgte ich dem Geräusch und fand Eddie. Er lag zusammengerollt neben einem Baum, völlig blutüberströmt, weinend – und ein paar Meter von ihm entfernt lag Charles im Schnee, blutig und zusammengeschlagen.« Brian kämpft gegen die Tränen.

»Hast du die Polizei gerufen?«

Er reißt den Kopf herum, aber ich sehe ihn nicht an. Ich starre nur weiter auf den schwarzen Bildschirm. »Natürlich nicht.«

»Herrgott, Brian. Was heißt hier ›Natürlich nicht‹? Warum hast du es nicht getan?«

»Glaubst du, ich würde Eddie verpfeifen?«

»Er hat einen Mann umgebracht.«

»Ja, weil er überzeugt war, dass Charles mit dem Verschwinden seiner Tochter zu tun hatte.«

»Charles wäre nie ins Visier geraten, wenn du nicht diesen anonymen Hinweis gegeben hättest.« Ich verenge die Augen.

Ein Ausdruck von Überraschung huscht über sein Gesicht, aber er widerspricht mir nicht, also weiß ich, dass es wahr ist. Er war es, der den Hinweis gab, nur damit sie aufhörten zu suchen. Charles war ein leichtes Ziel. Es gab bereits Gerüchte wegen der Schuhabdrücke in seinem Garten. Außerdem kümmerte sich niemand um ihn. Natürlich nahmen die Leute Brians anonyme Lüge dankbar auf und gaben sie wieder. Der Grove wollte Gerechtigkeit für Emma, und es war ihnen egal, woher die kam.

»Es tut mir leid«, flüstert er. »Ich wollte uns nur beschützen.« Seine Stimme bricht, und er senkt den Kopf in Scham.

»Du hast alles getan, nur das nicht.«

»Das stimmt nicht, Laura. Ich beschütze uns.«

»Wo ist Charles jetzt? Ich meine, seine Leiche«, frage ich.

»Ich habe mich darum gekümmert.«

»Was heißt, du hast dich darum gekümmert? Wie?«

»Du weißt, wie.«

Ich massiere meine Schläfen mit Zeige- und Mittelfinger, reibe sie in kleinen Kreisen. Ich habe noch keine Kopfschmerzen, aber am Ende dieses Gesprächs werde ich sie haben.

»Und was ist mit Eddie?«

»Ich habe ihn sauber gemacht, ihn nach Hause gebracht und ihm gesagt, er soll niemandem erzählen, was passiert ist, nicht einmal Susan oder Lucas«, sagt Brian. »Ich habe gesagt, falls jemand fragt, dann sind er und ich zusammen um halb eins nach Hause gegangen.«

»Du hättest diesen Hinweis nie geben dürfen.«

»Und du hättest Emmas Fahrrad nie platzieren dürfen.«

»Wag es nicht, mir die Schuld dafür zu geben! Du warst derjenige, der sich geweigert hat, die Polizei zu rufen, als es um Emma ging«, spucke ich ihm entgegen. »Jeden einzelnen Tag frage ich mich, warum ich das mitgemacht habe. Warum ich mich von meiner Liebe und Loyalität zu dir blenden ließ. Warum ich aufgehört habe, Fragen zu stellen. Also fang bloß nicht an, mich hier infrage zu stellen. Warum stecken wir überhaupt in dieser Scheiße? Warum hast du damals keine Hilfe geholt?«

»Ich habe dir gesagt, ich konnte nicht. Ich brauche Zeit.«

»Die Zeit ist um, Brian. Wenn du mir nicht alles erzählst – und ich meine jedes einzelne verdammte Detail darüber, was mit Emma Harper passiert ist – dann gehe ich selbst zur Polizei. Mir ist egal, was dann mit uns passiert. Ich kann so nicht mehr leben.« Ich drehe meinen Kopf und sehe ihm direkt in die Augen.

Er atmet tief ein und senkt sein Kinn, erwidert den Blick.

»Willst du es wirklich wissen, Laura?«

»Nein. Ich will nicht. Aber ich muss. Und wenn du auch nur das Geringste mit dem Verschwinden von Christie Roberts zu tun hattest, will ich das auch wissen.«

Brian senkt den Kopf noch tiefer, akzeptiert die Niederlage. »Okay«, sagt er, holt tief Luft, und atmet diesmal nichts als die Wahrheit aus.

Ich sitze da und höre meinem Mann schweigend zu, während er mir von dem erzählt, was mit Emma Harper geschehen ist und allem, was aus dem folgte, was wir getan haben. Als er fertig ist, hasse ich ihn und ich hasse mich, aber ich gebe ihm nicht die Schuld ... denn ich hätte genau dasselbe getan.

NEUNUNDREISSIG

NICOLE

Die Reifen von Michaels Mietwagen quietschen, als er aus der Einfahrt rast und mit über 60 km/h die Straße hinunterjagt. Er hat nicht einmal seine Sachen mitgenommen. Er ist einfach gegangen. Beth stapft in die entgegengesetzte Richtung zum Haus. Die Haustür knallt mit einem lauten Rumms zu, das Ausrufezeichen ihrer Wut. Das Feuer lodert immer noch, frisst sich durch die Kartons. Ohne jemanden, der es weiter füttert, wird es in weniger als einer Stunde erlöschen, nur ein Haufen Glut und Asche werden zurückbleiben. Es stimmt, was man sagt: Nichts hält ewig.

Ein leichter Windhauch streicht über meinen bloßen Arm. Seit vier Wochen hat er nichts anderes als den Gips gespürt, der ihn eingehüllt hat. Heute hat der Arzt ihn endlich entfernt. Er meinte, mein Arm sei stark genug, um ohne zusätzliche Unterstützung auszukommen. Vielleicht gilt das für meinen Arm. Aber für mich selbst bin ich mir da nicht so sicher.

Im Haus rufe ich Beths Namen. Ich kann mich nicht erinnern, wann ich sie das letzte Mal so wütend gesehen habe. Vielleicht, als Dad verschwunden ist. Vielleicht, als sie sich das

Knie ruiniert hat. Oder vielleicht meinetwegen. Die Glasschiebetür zur Terrasse steht einen Spalt offen. Der Wind pfeift durch die Ritze. Ich gehe hinüber, um sie zu schließen, und sehe Beths Kopf auf und ab wippen, während sie über die Hügel stapft, hinunter ins Tal. Eine Hand ist zur Faust geballt, während die andere ein Spiralnotizbuch umklammert. Es sieht aus wie eines von Moms Tagebüchern. Ob sie es ebenfalls verbrennen will? Ich überlege, ihr nachzugehen, entscheide mich aber dagegen. Sie will wahrscheinlich allein sein. Ich kann jedes Feuer löschen, das sie entfacht, aber jenes, das in ihr brennt, kann ich nicht ersticken. Als das Tal Beth verschluckt, wandert mein Blick zu den kahlen Bäumen. Fast alle Blätter sind von ihnen abgefallen, ihre fragilsten Organe, abgestoßen, um Energie zu sparen und den Winter zu überleben. Manchmal muss man Teile von sich selbst verlieren, nur um durchzukommen.

Der Himmel hat sich in ein stahlgraues Meer verwandelt. In der Ferne türmen sich dicke, wulstige Wolken auf, ein Sturm braut sich zusammen und steuert direkt auf uns zu. Wie passend. Das Wohnzimmer ist immer noch voller Kisten, obwohl Beth mindestens ein Dutzend verbrannt hat. Ziellos treibe ich den Flur entlang zu meinem Schlafzimmer. Ich weiß nicht, was ich jetzt mit mir anfangen soll. Der versiegelte weiße Umschlag lehnt gegen meine Nachttischlampe. *Nicole* steht in Moms Handschrift darauf. Ich habe ihn noch nicht geöffnet. Ich erinnere mich an die Anweisungen des Anwalts, als er uns die Umschläge überreichte: »Ihre Mutter hat jedem von Ihnen einen Brief geschrieben, aber sie hat darum gebeten, dass Sie sie erst nach der Beerdigung öffnen.« Die war gestern. Ich nehme den Umschlag auf, drehe ihn um. Ein Streifen Klebeband hält die

Lasche verschlossen, versiegelt die Worte, die Mom mir hinterlassen hat. Meine Finger zupfen an dem klebrigen Streifen. Was wollte sie mir sagen?

Ich hebe die Lasche an, ziehe ein gefaltetes Blatt Computerpapier heraus. Es sieht aus wie ein Reststück, etwa ein Drittel seiner Länge fehlt. Warum hat sie kein ganzes Blatt genommen? Hatte sie nicht viel zu sagen? Eine Seite ist leer. Auf der anderen stehen zwei Zeilen in ihrer Handschrift. Meine Augen überfliegen die Worte. Es sind nicht viele. Aber ich lese sie immer und immer wieder, nehme jeden einzelnen Buchstaben in mich auf. Eine Träne tropft auf das Papier, lässt das Wort *verdient* schwarze Tinte bluten. Eine weitere Träne fällt auf das Wort *wollte*. Mein Atem wird schnell und hektisch, entweicht meiner Nase in kurzen, gehetzten Stößen. Meine Haut glüht, als das Blut darunter zu kochen beginnt. Der Brief rutscht mir aus den Fingern und gleitet langsam zu Boden. Stumm forme ich mit meinen Lippen noch einmal Moms letzte Worte ...

Du bist nicht das Kind, das ich wollte, aber du bist das, das ich verdient habe.

Mit Bedauern, deine Mutter.

VIERZIG

BETH

Heute fällt der Regen nicht. Er prasselt, peitscht, bombardiert, straft. Es ist, als wäre der Himmel wütend und würde seine Unzufriedenheit demonstrieren. Meine Finger krallen sich fester um den hölzernen Griff der Schaufel, die ich hinter mir herziehe, während ich mich durch das hohe Gras kämpfe. In meiner anderen Hand halte ich eines von Moms Notizbüchern, aufgeschlagen auf einen Eintrag vom 15. August 1999, zwei Monate nach Emmas Verschwinden. Es ist die letzte Zeile, die mir nicht mehr aus dem Kopf geht. Sie schrieb: *Ich habe gelernt, dass man vieles begraben kann – aber die Vergangenheit gehört nicht dazu.* Emma Harper wurde nie gefunden, und ich glaube, das liegt daran, dass sie dieses Stück Land nie verlassen hat.

Ich kann den Bach vor mir hören, sein Plätschern klingt wie geflüsterte Geheimnisse, die er vor zwei Jahrzehnten verschluckt hat. Ohne die VHS-Kassette habe ich nichts, womit ich Lucas beweisen kann, dass ich die Wahrheit sage. Und ohne Lucas habe ich nichts.

Der Regen weicht die Erde auf, macht sie schlammig und erleichtert es der Schaufelklinge, in den Boden einzudringen.

Es ist, als würde er mich dazu drängen, die Vergangenheit auszugraben, die meine Eltern begraben haben. Ich beginne direkt
unter der Brücke, wo der Highway X über den Bach führt. Hier
lag sie im Video. Lag unter der Überführung. Meine Muskeln
brennen, als ich grabe, große Berge an Erde schaufle und zur
Seite werfe. *Sie muss hier sein*, wiederhole ich jedes Mal, wenn die
Klinge in die Erde fährt.

Ich halte nur inne, um Atem zu holen, meine Arme auszu-
schütteln und meine nassen Haare zurückzubinden, als sie mir
im Gesicht kleben. Der Regen prasselt härter, Donner grollt in
der Ferne. Blitze zucken über den pechschwarzen Himmel. Ich
lehne mich auf meine Schaufel und betrachte meine Fortschritte.
Überall unter der Brücke sind kleine Löcher verteilt, jedes einige
Meter tief. Aber keine Spur von ihr. Ich schnappe nach Luft,
sammle meine Kraft und grabe weiter. Doch irgendwann sind
meine Arme zu schwach, und ich sacke auf die Knie. Matsch
klebt an meiner Jeans, meinen Schuhen, zieht mich noch weiter
nach unten. Meine Lungen ringen nach Luft. Es fühlt sich an,
als würde ich Glassplitter einatmen und ich weiß nicht, wie viel
ich noch ertragen kann. Ich stoße einen Schrei aus. Der Schall
hallt unter der Betonüberführung wider, doch ein Donnerschlag
tilgt ihn sofort, als würde der Himmel sich weigern, sich von
mir übertönen zu lassen. Der Bach steigt langsam an, füllt eines
der ausgehobenen Löcher. Ich erinnere mich, wie hoch das Wasser im Frühling steigen kann. Alles steht hier monatelang unter
Wasser. Wenn Emma in der Nähe des Ufers begraben worden
wäre, hätte die Erde sie längst ausgespuckt.

Meine Augen folgen der Uferlinie bis zum Stacheldraht-
zaun, der dieses Grundstück von den Ackerflächen trennt.

Rechts davon erstrecken sich dichte Wälder mit wuchernden Unkräutern, wilden Büschen und jungen, ineinander verwachsenen Bäumen, die um Nährstoffe kämpfen. Dort führt ein Pfad durch eine Wiese mit wildem Gras bis ins Tal dahinter. Vielleicht ist sie dort. Ich stehe auf und gehe in Richtung der Anhöhe, die Schaufel hinter mir herziehend. Wenn ich Emma nicht finde, wird es niemand tun. Gerade als ich das wilde Gras erreiche, bringt mich das Klingeln eines Glöckchens dazu, innezuhalten. Der Wind pfeift, dann höre ich das Klingeln erneut. Ich halte den Atem an, um es besser hören zu können und die Richtung auszumachen. Es kommt irgendwo aus dem tief verschlungenen Wald.

Ich drücke mich durch tief hängendes Geäst, klettere über umgestürzte Bäume, weiche Kletten und Disteln aus. Mit der Schaufel schlage ich eine Schneise durch eine Wand aus üppigem Unkraut, das sich um einen toten Busch geschlungen hat. Seine Stängel, Knoten und adrig durchzogenen Blätter haben sich um das Holz gewunden und es langsam erstickt. Endlich breche ich durch das dichte Gestrüpp. Dahinter öffnet sich eine kleine Lichtung. Das Glöckchen klingelt wieder. Es hängt an einem Katzenhalsband. Das Halsband ist an einem hölzernen Kreuz befestigt, das in die Erde gerammt wurde. Mit einem schwarzen Filzstift steht auf dem Querbalken der Name Mooch geschrieben. Die Schrift ist kindlich, die Buchstaben sind verblasst und grau. Ich erkenne die Handschrift. Es ist meine. Mooch war meine Katze. Sie starb, als ich acht war. Ein weiteres Kreuz steht ein paar Meter entfernt. Darauf steht der Name *Timmy*, unser erster Familienhund. Ein weiteres Kreuz trägt den Namen *Sasha*, ein weiterer Hund.

Die Schaufel entgleitet meinen Fingern und schlägt dumpf auf den Boden. Ich sinke auf die Knie und weine um die Vergangenheit. Als keine Tränen mehr übrig sind, hebe ich den Kopf und lasse meinen Blick über die Lichtung schweifen. Regentropfen rieseln durch die schlangenartigen Äste über mir. Ein Blitz zuckt über den Himmel und taucht die Szene für einen Sekundenbruchteil in helles Licht. Donner grollt tief und lange. Ich seufze schwer und richte mich wieder auf. Mein Blick kehrt zu den Kreuzen zurück und ich erkenne, dass es noch mehr davon gibt. Sechs insgesamt. Zwei Reihen mit je drei Kreuzen, auf beiden Seiten der Lichtung. Timmy, Sasha, Mooch, Butterfly, Goofy und Garfield. Ich nähere mich der gegenüberliegenden Seite der Lichtung, wo die anderen drei Kreuze stehen. Butterfly, Goofy und Garfield.

»Butterfly«, spreche ich den Namen laut aus, aber er fühlt sich fremd an, nicht wie einer, den ich je gerufen habe. Ich erinnere mich nicht daran, dass wir ein Haustier namens Butterfly hatten. Vielleicht hatten Mom und Dad eines, nachdem ich ausgezogen war. Aber ich würde mich doch daran erinnern.

Die Schaufel bohrt sich in die Erde vor dem Kreuz mit der Aufschrift *Butterfly*. Ich grabe, bis meine Muskeln schwach werden, und dann drücke ich die Schwäche beiseite und grabe weiter. Das Loch wird tiefer und breiter, bis die Klinge schließlich auf etwas Hartes trifft. Ich lasse mich auf die Knie fallen, schabe und kratze mit den Händen die Erde weg, lege frei, was auch immer hier begraben wurde. Als es zum Vorschein kommt, schnappe ich nach Luft, falle nach hinten, würgend, unfähig zu atmen. Es ist ein Skelett. Aber es ist kein Tier.

EINUNDVIERZIG
NICOLE

Ich trete voll auf die Bremse, die Reifen rutschen über den nassen Beton, während ich Moms Kombi vor der U.S. Bank in den Park-Modus schalte. Technisch gesehen ist es jetzt mein Kombi. Ich erinnere mich nicht an die Fahrt hierher. Ich erinnere mich nicht an die Straße, an andere Autos oder an Straßenschilder. Es fühlte sich an, als wäre ich die ganze Zeit unter Wasser gewesen, meine Sinne ertränkt. Ich sehe mich selbst im Rückspiegel an. Die Äderchen um meine Augen sind geplatzt, verstreute, winzige violette und rote Punkte. Wahrscheinlich vom unterdrückten Schreien, bis es sich anfühlte, als würde mein Kopf explodieren. Mein Mascara ist verschmiert, dunkle Streifen ziehen sich über meine Wangen. Ich wische sie weg und versuche, mich zu sammeln, streiche mein Haar glatt, tupfe mir über die Augen.

Der Regen prasselt gegen die Windschutzscheibe. Ich öffne meine verkrampfte Hand und blicke auf den kleinen silbernen Schlüssel in meiner Handfläche, umgeben von blutigen, tiefen Kratzern. Die Luft sticht auf meiner Haut, brennend vom Druck meines eigenen Griffs. Ich atme ein paar Mal tief durch. Das Schließfach, das Mom für Beth hinterlassen hat, ist in dieser

Bank und ich bin mir sicher, dass er Geld enthält oder zumindest irgendetwas von Wert, das ich verkaufen kann. Meine Hände zittern, während meine eingefallene Vene fast zu pulsieren scheint beim Gedanken an einen Trip. Der kleine Stich in die Haut, die rote Wolke, der Rausch. Das Gefühl einer Ganzkörpermassage von innen nach außen. All meine Probleme in einem Augenblick vergessen. Moms Worte vergessen. Genau das brauche ich jetzt.

Ich setze eine Sonnenbrille auf und steige aus dem Auto, laufe zur Tür, um dem Regen zu entkommen. Im Inneren der Bank begrüßt mich eine ältere Frau mit einem Namensschild, auf dem Mel steht. Ihr Blick gleitet über mich, ihre Augen verengen und entspannen sich wieder, als hätte sie ihr Urteil bereits gefällt. Sie fragt, wie sie mir helfen kann, und presst die schmalen Lippen aufeinander.

Ich ziehe einen Zettel aus meiner Tasche und schiebe ihn unter der Glasscheibe hindurch, die uns trennt. »Ich würde gerne auf ein Schließfach zugreifen.«

Die Frau hebt das Papier an und betrachtet es prüfend. »Und Sie sind Laura Thomas.«

»Nein, ich bin ihre Tochter. Sie ist diese Woche verstorben.«

Mels Kopf neigt sich ein wenig, ihr Blick wird mitleidig. »Mein aufrichtiges Beileid.«

»Danke«, sage ich.

»Haben Sie eine Sterbeurkunde dabei?«

Ich schüttle den Kopf.

Die Bankangestellte mustert das Dokument erneut und tippt dann auf ihrer Tastatur. »Ich sehe hier, dass Elizabeth Thomas autorisiert ist, das Schließfach zu öffnen. Ich nehme an, das sind Sie?«

»Ja, genau.« Ich nicke.

»In Ordnung, dann brauche ich nur noch einen Ausweis.« Sie lächelt leicht.

Ich wühle in meiner Tasche, tue so, als würde ich nach etwas suchen, von dem ich genau weiß, dass ich es nicht habe. Meine Hände zittern, während ich Notizbücher und Papiere durchblättere.

»Ich muss ihn zu Hause vergessen haben«, sage ich und lasse die Schultern hängen.

Mel zieht das Kinn ein. »Es tut mir leid. Ohne gültigen Ausweis kann ich nichts machen.«

»Bitte«, flehe ich.

»Ich kann nicht. Es tut mir leid.«

Ich ziehe meine Sonnenbrille für einen Moment ab, um mir die Tränen aus den Augen zu wischen. Ihr Blick wird noch mitleidiger. Es ist offensichtlich, dass sie sich schlecht fühlt. Verlust ist eine geteilte Erfahrung und deshalb schenken wir anderen etwas, wenn sie ihn erleben. Aufläufe, Geld, Blumen, sogar eine Chance. Sie wirft einen kurzen Blick über die Schulter, zu einer offenen Tür am anderen Ende der Bank. Stimmen murmeln im Inneren des Raums. Ihr Blick heftet sich auf mich. »Haben Sie den Schlüssel für das Schließfach?«

Ich ziehe ihn aus meiner Tasche und halte ihn hoch.

»Okay. Falls jemand fragt, haben Sie einen Ausweis vorgezeigt«, sagt sie mit einem kleinen Lächeln.

Ich nicke.

Mel begleitet mich durch den hinteren Bereich der Bank, ihre Absätze klacken auf dem Fliesenboden. Der Gang führt zu einer großen Tresortür, die mehrere Schlüssel und einen Code benötigt, um geöffnet zu werden. Dahinter befindet sich ein Raum voller Metallkästen, gestapelt vom Boden bis zur Decke. Sie geht zu einem Fach mit der Nummer 1407 und steckt einen Schlüssel hinein.

Über ihre Schulter blickend, sagt sie: »Ihr Schlüssel kommt hier rein.«

Ich schiebe meinen in das andere Schlüsselloch und gemeinsam drehen wir unsere Schlüssel um. Eine kleine Tür springt auf. Mel zieht eine lange Metallkassette heraus und stellt sie auf den Tisch in der Mitte des Raums. »Ich lasse Sie einen Moment allein«, sagt sie.

Ich bedanke mich, und sie verlässt den Raum, lässt mich allein mit den Dingen, die meine Mutter hinterlassen hat ... Dinge, die helfen werden, mir Erleichterung zu verschaffen.

Ich halte inne, atme tief durch, dann öffne ich das Schließfach. Keine Geldbündel, kein wertvoller Schmuck, nichts, was ich zu Geld machen könnte. Nur ein versiegelter brauner Umschlag, auf dem in der Handschrift meiner Mutter *Die Wahrheit* geschrieben steht. Ich nehme ihn in die Hand, fahre mit den Fingern darüber. Es ist mehr als nur ein Brief darin. An einigen Stellen ist er uneben. Ich löse die Metallklammer, öffne den Umschlag und lasse seinen Inhalt in die Metallbox zurückfallen. Ein kleiner Ring mit einem schwarzen Edelstein klirrt gegen das Metall. Ich nehme ihn auf, streiche mit dem Finger über den ovalen Stein. Die Farbe wechselt von schwarz zu blau. Ein Stimmungsring, ein Überbleibsel aus den 90ern. Ich lege ihn beiseite und schüttle den Umschlag erneut. Ein alter Kassenzettel und ein Stofffetzen fallen auf den Tisch. Noch ist nicht alles herausgefallen, also greife ich in den Umschlag, ziehe ein blaues Erstplatzierungsband hervor und lege es neben den Ring. Aus irgendeinem Grund habe ich das Gefühl, dass sie zusammengehören.

Ich untersuche zuerst den Kassenzettel. Er ist für eine Zahlungsanweisung über 5000 Dollar. Ich erkenne den Namen des Empfängers sofort und die Unterschrift meines Vaters darunter. Meine Finger streichen über den ausgefransten Stoff. Er war einmal schwarz, ist aber inzwischen zu dunkelgrau verblasst. Ich drehe ihn um und auf der Rückseite ist ein Name eingestickt. Auch diesen Namen kenne ich. Meine Hand taucht erneut in den Umschlag, zieht einen Brief heraus.

Vorsichtig falte ich ihn auf, bereits ahnend, dass die Worte darin mein Leben in zwei Hälften teilen werden: Bevor ich die Wahrheit kannte und danach.

Ich lese den Brief, keuche bei jeder schockierenden Enthüllung. Es ist unglaublich, so sehr, dass es sich anfühlt, als würde ich ein fiktives Werk lesen, doch das ist es nicht. Es ist die Wahrheit ... eine abscheuliche.

Ich erreiche die letzte Zeile:

Ich habe diese Geheimnisse mit ins Grab genommen, doch weiter als dorthin kann ich sie nicht tragen.

Laura Thomas

ZWEIUNDVIERZIG

BETH

Ich höre nicht auf zu graben, bis die Gräber von Butterfly, Goofy und Garfield ausgehoben sind. Und als ich endlich aufhöre, breche ich zusammen, starre direkt nach oben in das Gewirr aus Ästen und den dunklen Himmel darüber. Der nasse Schlamm ist nicht das Schmutzigste, das an mir klebt – es ist der Betrug, die Trauer, die Scham. Der Regen schlängelt sich durch das natürlich geformte Blätterdach, tropft auf meine verschwitzte Haut. Ich weiß, dass es donnert, weil ich die Vibrationen im Boden spüre, aber ich höre es nicht. Ich höre nichts außer meinem eigenen Herz, das gegen meine Brust hämmert. Jeder Schlag fühlt sich an wie eine Warnung – lauf, verschwinde, sag jemandem Bescheid, tu etwas. Aber ich bleibe liegen, ringe nach Luft, versuche zu verstehen, wie es passieren konnte ... all das.

Vielleicht weine ich auch. Es ist schwer zu sagen. Es fühlt sich an, als wäre ich taub, aber gleichzeitig spüre ich alles auf einmal. Meine Finger pochen vom Festhalten der Schaufel. Die Handflächen sind mit Blasen übersät, die bereits aufgerissen sind. Ein Schluchzen steckt mir im Hals, dehnt meine Kehle, während es sich aufbaut. Ich schlucke schwer, versuche es hinunterzudrücken, doch es geht nicht weg. Ich rolle mich auf die Seite und blicke in die frisch ausgehobenen Gräber.

Es hat nicht lange gedauert, um Butterflys Identität herauszufinden. Susan hat Emma immer so genannt, weil sie so strahlte und ständig herumflatterte. Ihr Skelett ist klein und zerbrechlich. Das ist alles, was von ihr übrig ist, ihr Körper ist verwest, ihre Kleidung längst verrottet.

Ich weiß nicht, wer Garfield ist, und der Spitzname sagt mir nichts. Ich weiß nur, dass es sich um einen Erwachsenen handelt, der schon so lange tot ist, dass ebenfalls nur noch Knochen übrig sind.

Ich weine um Goofy. So hat Mom Dad immer genannt, weil er nie ein ernstes Gesicht machen konnte, selbst dann nicht, wenn er wütend war. Ich weiß, dass er es ist – wegen des goldenen Eherings, der lose an den Knochen seines Ringfingers hängt.

Die Warnung meiner Mutter kommt mir in den Sinn, doch jetzt verstehe ich erst, was sie sagte, zumindest teilweise.

Dein Vater. Er ist nicht verschwunden.

Eine vertraute Stimme ruft meinen Namen, aber es klingt, als würde ich sie unter Wasser hören, ein dumpfer Ruf. Ich setze mich auf und wische mir übers Gesicht. Tränen, Regen, Dreck – alles verschmiert miteinander. Ich versuche, mich zu beruhigen, damit ich meinen Herzschlag so weit verlangsamen kann, um aufzustehen, ohne umzukippen. Ich höre meinen Namen erneut. Lauter dieses Mal.

»Ich bin hier!«, schreie ich und reiße mich vom klebrigen Schlamm los.

Äste knacken. Schritte platschen durch das nasse Gras. Wucherndes Unkraut raschelt leise, als jemand sich hindurchdrängt.

»Hey«, höre ich erneut.

Der Wind heult und pfeift durch die Äste, trägt die letzten Worte meiner Mutter noch ein letztes Mal zu mir. Ein flüsterndes Echo, das sich im Wind verliert: »Vertrau nicht ...«

DREIUNDVIERZIG
NICOLE

Auf der Autobahn weiche ich einem LKW aus, der zehn Meilen unter dem Tempolimit fährt. Als ich an ihm vorbeiziehe, zeigt er mir den Mittelfinger. Normalerweise würde ich den Gruß erwidern, aber ich habe eine Hand am Lenkrad, während die andere verzweifelt versucht, eine Nummer zu wählen. Ich habe keine Kontakte in mein neues Handy gespeichert, also tippe ich die Ziffern aus dem Gedächtnis ein. Es geht direkt auf die Mailbox. Ich wähle noch mal und noch mal, immer wieder geht es auf die Mailbox. Frustriert werfe ich das Telefon auf den Beifahrersitz und umfasse das Lenkrad mit beiden Händen. Mein Fuß drückt stärker aufs Gas, bringt den Kombi von siebzig auf achtzig. Die Beschleunigung ist schwerfällig, der Motor ächzt, kämpft um mehr Geschwindigkeit.

Die Welt zieht verschwommen an mir vorbei, nicht weil ich zu schnell fahre, sondern weil ich gerade herausgefunden habe, dass alles, was ich je geglaubt habe, eine Lüge war. Und ich weiß nicht, ob ich jemals fähig sein werde, das zu akzeptieren. Ich greife nach meinem Handy, rufe den Wählbildschirm auf und tippe eine neue Nummer ein. Die Verbindung wird sofort hergestellt.

»911, was ist Ihr Notfall?«, fragt die Einsatzleiter-Stimme.

»Ich brauche die Polizei in W9164 Hustis Street, Allen's Grove, Wisconsin.«

»Ma'am, bitte langsamer. Wie ist Ihr Name?«

»Nicole. Nicole Thomas.«

»Und Sie fordern die Polizei an? Können Sie mir sagen, was passiert ist?«

»Da sind Leichen vergraben. Drei.«

»Benötigen Sie einen Notarzt?«, fragt sie, ihre Finger klappern über eine Tastatur.

»Nein. Sie sind bereits tot.«

»Und Sie sagten, die Adresse ist W9164 Hustis Street, Allen's Grove, Wisconsin?«

»Ja«, sage ich.

Das Haus taucht auf, als ich den Hügel auf dem Highway X erklimme, der direkt durch den Grove führt. Unser Grundstück liegt rechts, das Haus auf der höchsten Erhebung.

»Sie sagten, Sie haben drei Leichen gefunden?«, fragt die Stimme erneut, doch die Worte kommen nicht bei mir an.

»Miss Thomas, sind Sie noch da?«

»Ja.«

»Ich habe die Polizei losgeschickt, sie ist auf dem Weg. Ist die Adresse, an der Sie die Leichen gefunden haben, ein Gewerbegebäude oder ein Wohnhaus? Gehört es Ihnen?«

»Es ist mein Zuhause«, sage ich.

VIERUNDVIERZIG
BETH

Bevor er die Wand aus überwucherten Unkräutern durchbrechen kann, schlüpfe ich bereits hindurch. Er zuckt erschrocken zusammen und mustert mich von oben bis unten, nimmt meinen zerzausten Zustand in sich auf. Ich lasse Abstand zwischen uns. Der Regen fällt weiterhin, aber jetzt nur noch leicht.

»Was machst du hier?«, frage ich.

Lucas blickt auf seine Stiefel hinunter und dann wieder zu mir. »Ich bin gekommen, um dich zu finden.«

»Warum?« Ich mache einen winzigen Schritt zurück, vergrößere den Abstand.

Ein Stein liegt neben meinem Schuh, groß genug, um Schaden anzurichten, aber leicht genug, dass ich ihn aufheben könnte. Mein Blick geht wieder zu Lucas. Ich studiere sein Gesicht. Wusste er es bereits? Ist das der Grund, warum er im Haus herumgeschnüffelt hat, nach etwas gesucht hat? Ist das der Grund, warum er so abrupt gegangen ist? War ich kurz davor, die Wahrheit herauszufinden, und er musste mich brechen, bevor ich es konnte?

»Was ist los? Ist etwas nicht in Ordnung?«

Ich weiß nicht, was ich sagen soll, weil ich nicht weiß, ob ich ihm vertrauen kann, also starre ich ihn nur an.

»Du siehst aus, als hättest du einen Geist gesehen, Beth«, sagt er und macht einen Schritt auf mich zu. Ich zucke zurück.

Ich blicke auf die überbordende Vegetation hinter mir. Dort liegt die Wahrheit, das ganze Chaos der letzten zwanzig Jahre, reduziert auf drei Löcher im Schlamm. Ich kann ihm beweisen, dass ich nicht gelogen habe, selbst wenn es bedeutet, den Ruf meiner Eltern zu zerstören. Ich kann ihm Antworten geben, ihm die Gewissheit verschaffen, nach der er gesucht hat ...

Vertrau nicht ...

Vielleicht hat er diese Antworten bereits. Vielleicht hat er längst seine Gewissheit gefunden, und ist jetzt hier, um sicherzustellen, dass es auch dabei bleibt.

»Lucas ... woher wusstest du, dass ich hier bin?«

»Ich habe den Müll rausgebracht und stand oben an deiner Einfahrt, unentschlossen, ob ich mit dir reden soll. Ich habe mich schlecht gefühlt wegen der Art, wie wir die Dinge hinterlassen haben. Dann habe ich dich schreien gehört und bin losgerannt.«

Ich starre ihn an. Zu viele Emotionen und Fragen schwirren in meinem Kopf herum, um klar denken zu können. Ich erinnere mich nicht daran, geschrien zu haben. Aber vielleicht habe ich es. Ich kann mich nicht einmal mehr daran erinnern, die Gräber ausgehoben zu haben.

»Beth? Bist du verletzt?«, fragt Lucas und macht noch einen Schritt auf mich zu.

Ich schüttle den Kopf und weiche in gleichem Maße zurück.

»Warum hast du geschrien?«

»Habe ich das?«

Er wirft mir einen merkwürdigen Blick zu. »Ja, aber warum?«

»Weil ich etwas gefunden habe.«

»Was? Was hast du gefunden?«

Seine blauen Augen ziehen mich an wie die Strömung des Ozeans. Ich kann ihm nicht widerstehen, selbst wenn ich mir nicht sicher bin, ob ich ihm vertrauen kann. »Emma«, sage ich.

Sein Mund klappt auf, und seine Augen weiten sich so sehr, dass ich denke, sie könnten an den Rändern aufplatzen.

Bevor er sprechen, reagieren oder mich eine Lügnerin nennen kann, sage ich: »Und meinen Vater.«

»Was? Dein Dad hat die Stadt vor Jahren verlassen.«

»Nein, hat er nicht, Lucas.« Meine Unterlippe zittert. »Er war die ganze Zeit hier.«

»Ich verstehe nicht, was du sagst.«

»Sie sind tot. Sie liegen in den verdammten Löchern hinter mir begraben! Was verstehst du daran nicht?«

»Wie?« Er schüttelt fassungslos den Kopf, während Tränen aus seinen Augen strömen. »Und wer hat sie dort vergraben?«

»Ich habe dir gesagt, dass meine Eltern etwas mit Emmas Verschwinden zu tun hatten. Sie müssen es gewesen sein, die sie dort begraben haben.« Ich zeige auf die Wand aus wirrem Gestrüpp, das all die Jahre das dunkle Geheimnis meiner Eltern verbarg. »Aber ich weiß nicht, wer meinen Vater begraben hat oder wer die Person im Grab neben ihm ist.«

Tränen fließen in einem endlosen Strom. Ich zittere, kann kaum noch etwas sehen. Mein Herz schlägt so schnell, dass es sich anfühlt, als würde es gar nicht mehr schlagen. Es ist nur noch ein konstantes Summen.

Die Farbe weicht aus Lucas' Gesicht, während er erfasst, was ich sage. »Es gibt drei Leichen?«

»Nur noch Knochen, aber ja, es sind drei.«

»Beth ... haben deine Eltern meine Schwester getötet?« Seine Stimme bricht. Die Trauer in seinem Gesicht schwindet, übrig bleibt nur noch Wut. Die Spuren seiner Tränen verlaufen, füllen jede geplatzte Ader, die sich blutunterlaufen durch das Weiß seiner Augen zieht.

»Ich weiß es nicht, Lucas.«

Er ballt die Fäuste, eine dicke Ader pocht an seinem Hals. Ich mache einen weiteren kleinen Schritt zurück, erschrocken, wie wütend er ist, und verängstigt, dass er jeden Moment explodieren könnte – ein ruhender Vulkan, der nach Jahrzehnten der Stille ausbrechen wird. Lucas sieht mich mit schmalen, anklagenden Augen an.

»Glaubst du, dass sie meine Schwester umgebracht haben?«

»Ich weiß es nicht.« Ich sage ihm, dass es mir leidtut, weil ich nicht weiß, was ich sonst sagen soll.

Fragen überfluten meinen Verstand, der versucht, das Ganze zu begreifen. Warum hätten sie Emma töten sollen? Nein, das konnten sie nicht. Nicht Mom oder Dad. Aber wenn sie sie nicht getötet haben, warum haben sie dann ihre Leiche verschwinden lassen, anstatt die Polizei zu rufen? Warum hätten sie das Risiko eingehen sollen, ins Gefängnis zu kommen? Warum so viel Schmerz, Misstrauen und Leid verursachen, besonders, wenn sie kleine Kin... Oh mein Gott! Ich schnappe nach Luft, als die Erkenntnis sich in mir festsetzt und die Puzzleteile an ihren Platz fallen.

Lucas sieht mich mit wilden, tränenüberströmten Augen an. »Was ist?«

»Vertrau nicht ...«, sage ich.

Er macht einen Schritt nach vorne. »Was? Worin nicht vertrauen?«

»Nicht worin ... sondern wem.« Ich lasse meinen Kopf hängen und schüttle ihn ungläubig.

»Wem sollst du nicht vertrauen, Beth?«, fragt er.

Der dumpfe Klang von Metall, das auf Knochen trifft. Ein hohles Dröhnen, sofort übertönt von Regen und Wind. Mein Kopf schnellt nach oben. Lucas fällt zu Boden fällt, Blut strömt aus der Stelle, an der die Schaufel seinen Schädel getroffen hat. Ich will zu ihm rennen, aber ich kann nicht. Ich will weglaufen, aber auch das geht nicht. Weder Kampf noch Flucht setzen ein. Ich bin vor Angst und Unglauben erstarrt, völlig bewegungsunfähig.

»Du hättest die Vergangenheit einfach ruhen lassen sollen, Beth«, sagt Michael und umfasst den Griff der blutigen Schaufel.

Ich stolpere mehrere Schritte rückwärts und vergrößere den Abstand zwischen uns. Lucas liegt reglos im hohen Gras. Für einen Moment fokussiere ich mich auf seinen Rücken und beobachte, wie sich seine Lungen leicht heben und senken. Er atmet. Er lebt noch.

»Was hast du getan, Michael?«

Er wirft die Schaufel vor meine Füße und zieht eine Pistole aus seiner Tasche, richtet sie direkt auf mich. »Heb sie auf und ab mit dir. Zurück ins Gestrüpp.« Michael zuckt mit der Waffe und gibt mir ein Zeichen, mich zu bewegen.

»Bitte, tu nichts ...«

»Verrücktes? Herrgott, Beth, ich werde dir nichts tun. Ich hätte das schon tausendmal tun können, wenn ich wirklich gewollt hätte. Jetzt geh.«

Ich drehe mich um und blicke zurück in das dichte Gewirr aus Ästen, Ranken, Büschen und Bäumen. All die Jahre, direkt vor unseren Augen, hatte diese Vegetation die tiefsten Geheimnisse meiner Mutter umhüllt, die Wurzeln verseucht, genährt von den verwesenden Körpern der Vergangenheit. Werde ich mich jetzt zu ihnen gesellen? Ich kauere mich hinunter, krieche durch die Öffnung und werde vom Schoß des Todes verschluckt.

»Das reicht. Jetzt dreh dich um«, sagt er, als er in die Lichtung tritt und sich aufrichtet.

Meine Augen wandern zu den Gräbern und den Überresten darin. »Deshalb wolltest du das Haus so dringend, oder?«

»Ding. Ding. Ding. Wenn du mir einfach dieses heruntergekommene Dreckshaus für einen Batzen Geld verkauft hättest, wären wir jetzt alle glücklich unseres Weges gezogen, aber nein. Du konntest das einfach nicht, Beth.«

»Du kannst das Haus haben«, sage ich.

»Dafür ist es zu spät. Wer weiß noch davon?«

»Nur ich.«

»Wo ist Nicole?« Er überblickt die Umgebung, lauscht auf Bewegungen im Sturm.

»Ich weiß es nicht.«

»Moms Kombi stand nicht da, als ich kam. Ist sie weggefahren?«

»Muss wohl so sein.«

»Wahrscheinlich hat sie Moms Brief gelesen und ist losgezogen, um sich einen Schuss zu setzen. Scheiße, als ich ihn gelesen habe, dachte ich selbst daran, mir Heroin zu spritzen, und ich nehme nicht mal Drogen. Ich kann mir kaum vorstellen, was es mit ihr gemacht hat.« Er grinst.

»Wovon redest du?«

»Es könnte sein, dass ich meinen Brief mit ihrem getauscht habe«, sagt er mit einem Schulterzucken. »Mom hatte für Nicole viel nettere Worte als für mich, was überraschend war, immerhin ist eine von uns eine drogenabhängige Versagerin, während der andere ein erfolgreicher Tech-Unternehmer ist.«

»Ja, und einer von euch ist ein Mörder. Ich wette, für Mom hat das deinen Erfolg wieder aufgehoben.«

»Ich bin kein Mörder«, sagt er ernst, sein Gesicht ausdruckslos.

Ich deute auf die Löcher. »Warum hältst du dann eine Waffe auf mich gerichtet, während du über drei Gräbern stehst?«

Seine Augen wandern zu den Gräbern, und er seufzt, senkt die Pistole an seine Seite. Aber ich bemerke, dass sein Finger immer noch am Abzug liegt.

»Hast du Emma getötet?«, frage ich.

»Nein ... es war ein Unfall.«

»Wie? Wenn es ein Unfall gewesen wäre, hätten Mom und Dad sie nicht begraben. Sie hätten die Polizei gerufen.«

»Vielleicht. Vielleicht auch nicht.« Er zuckt mit den Schultern. »Man weiß nie, wie jemand in einer Stresssituation reagiert.«

»Was ist passiert?«, dränge ich.

Er presst die Lippen zusammen. »Spielt das eine Rolle? Sie ist tot, schon lange.«

»Für mich spielt es eine Rolle.«

»Wie ich schon sagte, es war ein Unfall.« Seine Nasenflügel blähen sich.

»Wie?«

»Wir haben unten am Bach gespielt, Steine übers Wasser springen lassen, einfach rumgealbert. Dann sind wir den Hang zur Brücke hochgeklettert, um die Steine von oben ins Wasser zu werfen. Emma lehnte sich über das Geländer und tat so, als wäre sie in diesem Titanic-Film, die Arme ausgebreitet, und rief, dass sie die Königin der Welt sei.« Da ist ein Schleier über seinen Augen, doch seine Stimme bleibt emotionslos, als würde er einen auswendig gelernten Text ablesen. »Ich dachte, es wäre witzig, sie zu erschrecken, also rannte ich auf sie zu, als wollte ich sie über die Kante schubsen. Ich wollte es nicht tun, aber sie drehte sich um, sah mich auf sie zu rennen und erschrak. Sie machte einen Satz rückwärts und fiel.« Michael seufzt schwer und blinzelt fünf- oder sechsmal, als müsste er Abstand zu seiner eigenen Geschichte gewinnen. »Sie verfehlte den Bach um einen knappen Meter und kam am Ufer auf. Ihr Kopf muss auf einen Stein aufgeschlagen sein, denn überall war Blut.« Sein Kiefer spannt sich an. »Ich habe versucht, sie zu wachzurütteln, aber sie hat sich nicht mehr bewegt. Ich war nur ein Kind. Ich wusste nicht, was ich tun sollte, also bedeckte ich sie mit Ästen, als wäre es ein Versteckspiel.«

»Und was ist mit Dad?«

»Ich habe es ihm am Abend erzählt, nachdem alle von der Suche nach Emma zurückgekommen waren. Er hat geweint und mich in den Arm genommen. Er hat gesagt, er würde sich darum kümmern.«

Ich bin mir nicht sicher, ob ich ihm glaube, aber ich tue so, weil sein Finger immer noch am Abzug liegt.

»Warum liegt Dad in einem der Gräber?«

Er blickt wieder zu den Erdlöchern und dann zu mir. »Woher weißt du, dass er es ist?«

»Weil er seinen Ehering trägt.«

Michael nickt und sein Mund formt eine dünne Linie. »Ich weiß nicht, was mit Dad passiert ist.«

»Wusstest du, dass er hier begraben liegt?«

»Nein.«

Ich glaube ihm nicht. Er erfährt gerade, dass unser Vater tot ist und in diesem Loch liegt und er zeigt keine Überraschung, keinen Schmerz, keine Trauer. Er musste es gewusst haben. Ich will schreien, aber ich muss ruhig bleiben. Ich muss ihn weiter reden lassen, denn er könnte der Einzige sein, der die Wahrheit darüber kennt, wieso diese drei Leichen auf dem Grundstück unserer Eltern vergraben sind.

»Warum bist du nie nach Hause gekommen, nachdem Dad verschwunden ist?«

»Weil es für mich kein Zuhause mehr war«, sagt er und zuckt mit den Schultern.

Noch eine Lüge. Seine Hand krampft sich fester um die Pistole.

»Wer liegt im dritten Grab?«, frage ich.

»Deine Vermutung ist so gut wie meine. Ich wusste nur von Emma.«

»Und Dad«, verbessere ich ihn.

Michael seufzt schwer und schüttelt den Kopf. »Die Schuldgefühle haben ihn mehr in dieses Loch gebracht als ich.«

»Was meinst du?«

»Dad hat mir nie verziehen, was mit Emma passiert ist, und er hat sich selbst nie für seinen Anteil daran vergeben.«

»Kannst du ihm das übel nehmen?«

»Ja, das kann ich!«, brüllt er plötzlich. »Es war ein Unfall, und ich war ein Kind. Er hätte zur Polizei gehen können, aber er hat sich dagegen entschieden.«

Eine Erinnerung überflutet meinen Geist: Dad, wie er mich von meinem Fahrrad stößt, um mich aus dem Weg eines herannahenden Autos zu schieben. Sein Kopf schlug gegen die Windschutzscheibe, als er den Aufprall abfing, ein Aufprall, der mich vermutlich getötet hätte. Dank ihm waren nur meine kleinen Knie aufgeschürft. So war er. Er hätte alles getan, um seine Kinder zu schützen. Dad ging nicht zur Polizei, um Emmas Tod zu melden, weil er dachte, dass er keine Wahl hatte. Es konnte kein Unfall gewesen sein.

»Was ist mit Dad passiert, Michael?« Eine Träne rollt über meine Wange, während mir all die Jahre durch den Kopf gehen, die ich damit verbracht habe, ihn zu suchen. Ich habe mein Leben zerstört, um ihn zu finden, und dabei war er die ganze Zeit tot, begraben im Hinterhof meines Elternhauses.

»Wie ich schon sagte, er hat mir und sich selbst nie vergeben.« In seiner Stimme liegen Wut und Bitterkeit. »Ich bin vor sieben Jahren nach Hause gekommen. Die Frau, mit der ich zusammen war, ist unerwartet gestorben, und ich wollte einfach nur zu Mom und Dad. Ich war depressiv, gebrochen und allein. Es spielt keine Rolle, wie alt man wird, manchmal braucht man einfach seine Eltern.«

Ich hebe eine Augenbraue. »Hast du sie umgebracht? Deine Freundin?«

»Fick dich, Beth«, zischt er. »Du bist genau wie Dad. Das war genau das, was er dachte, und er wollte sich nicht vom Gegenteil überzeugen lassen. Er hat eine Frage nach der anderen gestellt, während ich getrauert habe ... oder es zumindest versuchte. Ich konnte es in seinem Gesicht sehen. Er hielt mich für einen verdammten Psychokiller.« Michael schüttelt den Kopf und lacht bitter. »Es war offensichtlich, dass er es bereute, mich beschützt zu haben. Er dachte, er hätte einen Fehler gemacht.«

»Das kannst du nicht mit Sicherheit wissen«, sage ich.

»Du hast recht. Ich war mir nicht sicher. Bis ich es war.«

»Was meinst du damit?«

»Dad ist ausgerastet. Er hat mich angeschrien: *Wie viele Gräber muss ich da hinten noch ausheben, Michael? Meine Ehe liegt schon darin begraben, genau wie unsere Seelen. Wir sind nichts mehr und das alles wegen dir!* Und immer weiter und weiter. Er hatte jedes Recht, wütend zu sein und zu schreien, aber er hätte es vor einem Spiegel tun sollen. Er hat seine Entscheidungen getroffen. Doch dann ist er auf mich losgegangen, hat seine Hände um meinen Hals gelegt und so fest zugedrückt, wie er konnte. Er wollte mich umbringen und ... es war Selbstverteidigung.«

Ich halte meinen Blick auf Michael gerichtet, beobachte genau, ob sich verräterische Bewegungen ausmachen lassen. Aber er schaut nicht mehr mich an. Sein Blick ist in die Wälder gerichtet, nahezu wie in einer Art Trance, als würde er die Erinnerungen noch einmal erleben.

»Und Mom?«

Sein Blick trifft meinen. »Was ist mit ihr?«

»Wusste sie, was du Dad angetan hast?«

»Sie hat mir geholfen, ihn zu vergraben.«

Etwas in mir zerbricht. Vielleicht meine Seele. Mom wusste es? Wie konnte sie bei so etwas mitmachen? Wie konnte sie zusehen, wie ich meine Familie verlor, während ich versuchte, Dad zu finden? Wie konnte sie tatenlos zusehen, wie Nicole sich mit Drogen zerstörte? Warum hat sie uns glauben lassen, dass Dad irgendwo da draußen ist? Warum hat sie uns hoffen lassen, dass er eines Tages zurückkommen und einfach wieder in unser Leben treten würde?

»Warum hat sie das getan?«, frage ich.

»Weil es das war, was Dad gewollt hätte.«

»Dad hätte nichts davon gewollt! Sieh dir an, was es mit unserer Familie gemacht hat!«

Ich verenge die Augen, Erkenntnis sickert in mein Bewusstsein. Er ist nicht nach sieben Jahren aufgetaucht, um Mom zu verabschieden. Er ist hier, um sicherzustellen, dass die Vergangenheit begraben bleibt. »Wie zur Hölle konnte ich diese Woche eine E-Mail von Dad bekommen, wenn er in diesem verdammten Loch liegt, Michael?«

»Ach, komm schon, Beth. Das ist doch einfach. Du weißt, wie gut ich mit Computern bin.«

»Aber warum? Warum hast du dir die Mühe gemacht?«

»Du meinst, Nicole auf eine sinnlose Spur zu schicken, um sie zu beschäftigen, euch beide so gegeneinander aufzuhetzen, dass ihr alles andere ignoriert, und dann das Haus kaufen, um sicherzustellen, dass alles begraben bleibt ... ganz einfach. Aus demselben Grund habe ich das Band gelöscht. Aus demselben Grund habe ich Seiten aus Moms Tagebüchern herausgerissen.«

»Und der Einbruch?«

»Das war Nicoles Drogendealer.« Er rollt die Augen und schüttelt den Kopf. »Ihr beide seid so leicht aus der Bahn zu werfen. Ich würde es jämmerlich nennen, wenn es nicht so praktisch wäre. Wie kleine Aufziehpuppen, die im Kreis marschieren. Du hättest einfach auf mich hören sollen, Beth. Du hättest mir das Haus verkaufen, das Geld nehmen und diesen Ort verlassen sollen, denn jetzt ...« Michaels Blick fällt auf die Gräber. »... wirst du das nie mehr tun.«

Während er in Gedanken versunken ist und abgelenkt wirkt, ziehe ich meinen Schuh aus und werfe ihn auf ihn. Eine Masse aus nassem Schlamm fliegt vom Absatz und klatscht ihm mitten ins Gesicht.

»Ah, was zur Hölle?!«, brüllt er, während er versucht, sich den Dreck aus den Augen zu wischen.

Ich stürze mich auf die Waffe in seiner Hand. Doch sein Ellbogen trifft mich mit voller Wucht im Gesicht. Ich spüre, wie die Knochen in meiner Nase knirschen, und taumle rückwärts. Fast falle ich in Garfields Grab. Ich rapple mich auf und werfe mich erneut auf Michael, überrasche ihn, weil er noch immer versucht, den Schlamm aus seinen Augen zu reiben. Er schnappt nach Luft, als ich meine Schulter mit voller Wucht gegen seine Seite ramme.

»Verdammte Scheiße, Beth«, keucht er, als sein Körper mit einem Baum kollidiert.

Ich reiße mein Knie hoch und ramme es in seine Leistengegend. Er bricht zusammen, sackt zu Boden. Ich verdrehe die Pistole in seiner Hand, versuche, seine Finger davon zu lösen. Doch plötzlich durchzuckt ein brennender Schmerz meinen unteren Rücken. Mir bleibt die Luft weg. Seine Faust trifft mich ein weiteres Mal in die Niere. Diesmal lasse ich die Waffe los und sacke auf die Knie, ringe nach Atem und schnaufe durch den Schmerz hindurch.

»Beth?!«, höre ich in der Ferne Nicoles Stimme.

»Nicole!«, rufe ich mit dem wenigen Atem, der mir noch bleibt. »Ich bin unten ...«

Michaels freie Hand packt meinen Mund, presst mir Schlamm in die Nase, zwischen meine Zähne, versucht, mich zum Schweigen zu ersticken.

»Du wirst nur erreichen, dass ihr ebenfalls wehgetan wird«, zischt er.

»Beth!«, ruft sie wieder.

Ich überlege, seine Hand von meinem Mund zu reißen und nach Nicole zu rufen, doch er hat recht. Er wird uns nur beide verletzen. Stattdessen öffne ich meinen Mund, schiebe mit meiner Hand einen seiner Finger hinein. Dann beiße ich zu, so kräftig ich nur kann, bis eine andere Flüssigkeit neben Schlamm und Wasser in meinen Mund zu strömen beginnt.

Michael schreit auf und schlägt mir mit der Pistole direkt ins Gesicht. Ein warmer Schwall Blut strömt aus meiner Nase und über meine Lippen. Mein Mund öffnet sich unfreiwillig zu einem Schmerzensschrei. Er reißt seinen verstümmelten Finger aus meinen Zähnen. Ich spucke Blut, meines und seines, will ihn anflehen, aber bringe keine Worte heraus.

»Ich weiß nicht, warum ich überhaupt gedacht habe, dass ich eine vernünftige Unterhaltung mit dir führen könnte, Beth.« Er steht über mir, die Waffe entsichert, direkt auf meinen Kopf gerichtet.

Ich hebe meine Hände vor mein Gesicht, als ob das irgendetwas ändern könnte, und mein Blick fällt auf das ausgehobene Erdloch neben mir.

Ein dumpfer Schlag ertönt erneut, Metall auf Knochen, und ich blicke auf zu Michael, der seinen Arm gepackt hält. Blut rinnt aus einer frischen Wunde und hinter ihm steht Nicole mit einer Schaufel in der Hand. Sie hebt sie erneut, doch ihre Arme zittern und ihre Bewegungen sind zu langsam.

Michael rammt seinen Ellbogen in ihr Gesicht. Ihre Lippe platzt auf, das Blut strömt aus ihr heraus wie aus einem

Wasserhahn. Sie taumelt, stolpert über einen Ast, ihr Kopf schlägt hart auf dem Boden auf.

Ich bin auf den Beinen, mache zwei Schritte und stürze mich auf die Schaufel. Michael registriert meine Bewegung, versucht, mich zu überholen. Nicole hebt ihr Bein und bringt ihn zu Fall, sodass er mit dem Gesicht in den Schlamm landet. Ich greife nach der Schaufel, reiße sie über meinen Kopf und schwinge sie. Gerade als das Schaufelblatt seinen Schädel treffen würde, rollt er sich zur Seite. Die Schaufel bohrt sich in den Boden.

Sirenen heulen in der Ferne auf und Michaels Augen weiten sich, als Panik einsetzt. Der einzige Ausweg ist der Tod, entweder seiner oder unserer. Und das weiß er.

Er hebt die Pistole erneut, richtet sie auf mich. Doch Nicole wirft sich auf ihn, packt die Waffe mit beiden Händen. Ich folge ihrem Beispiel und nun kämpfen wir zu dritt um die Pistole. Wir zerren, ziehen, ringen darum wie Kinder, die sich um ihr Lieblingsspielzeug streiten.

Die Sirenen werden lauter und lauter, übertönen unser Keuchen und Fluchen und Schreien und Flehen. Nichts als Sirenen... bis der Schuss fällt.

FÜNFUNDVIERZIG
NICOLE

Rote und blaue Lichter tanzen durch das dichte Unterholz. Ein funkelndes Lichtspektakel, das sich in den Regentropfen spiegelt, die noch an den Ästen und Blättern haften. Überall wird gerufen, doch es klingt weit entfernt, als hätte jemand die Lautstärke meines Lebens heruntergedreht. Casey steht neben mir. Seine Hand ruht zwischen meinen Schulterblättern, reibend, massierend. Er spricht, aber ich kann nicht verstehen, was er sagt.

Mein Blick ist auf die Trage fixiert, die von zwei Sanitätern über den Hof getragen wird. Sie laden sie in einen Krankenwagen.

Lucas sitzt hinten in einem anderen Krankenwagen. Ein Sanitäter wickelt ihm einen Verband um den Kopf, während ein anderer mit einer Taschenlampe in seine Augen leuchtet.

»Lucas wird wieder«, sagt Beth über meine Schulter hinweg. Aus irgendeinem Grund durchdringt ihre Stimme den Nebel und kommt bei mir an.

»Wirklich?«, frage ich.

»Ja, aber sie bringen ihn ins Krankenhaus, um mit einem MRT sicherzugehen, dass es keine Blutungen oder Schwellungen im Gehirn gibt.«

»Und du, Beth?«, fragt Casey. Seine dichten Brauen ziehen sich besorgt zusammen. »Haben die Sanitäter dich untersucht?«

»Kurz.«

»Ihr solltet beide ins Krankenhaus fahren und euch untersuchen lassen.« Er sieht zwischen Beth und mir hin und her.

Sie ist völlig durchnässt vom Regen, bedeckt mit Schlamm. Ihre Haut ist eine Mischung aus Blau und Schwarz und getrocknetes Blut klebt an ihrem Gesicht. Ich sehe vermutlich nicht besser aus.

Wir nicken und versichern ihm, dass wir das tun werden.

Nachdem die Trage aufgeladen ist, springt einer der Sanitäter mit hinein, während der andere um das Fahrzeug herumrennt und auf den Fahrersitz klettert.

»Wie geht es Michael?«, fragt Beth.

Casey presst die Lippen aufeinander, als wäre er sich nicht sicher, ob er antworten soll. Die Türen des Krankenwagens schließen sich mit einem dumpfen Schlag. Die Lichter flammen auf, und die Sirenen beginnen zu heulen, als das Fahrzeug die Auffahrt hinaufrast.

»Man weiß es noch nicht«, sagt er schließlich. »Er hat viel Blut verloren und ist noch nicht wieder zu Bewusstsein gekommen. Sie müssen ihn notoperieren, um das volle Ausmaß seiner Verletzungen festzustellen. Schusswunden in den Bauchraum sind heikel.«

Beth und ich tauschen einen stummen, entschlossenen Blick. Wir haben getan, was wir tun mussten. Aber ich glaube, ich war es, die geschossen hat. Ich kann es nicht mit Sicherheit sagen. Alles geschah so schnell. Doch gleichzeitig zog es sich endlos hin. Momente, die uns für immer verändern, halten sich nicht an die Regeln der Zeit. Sie sind überall und geschehen gleichzeitig.

»Was passiert jetzt mit den drei Gräbern?«, fragt Beth. Sie dreht sich um und blickt hinunter ins Tal, wo Dutzende Polizisten das Grundstück absuchen.

»Sie werden die Leichen exhumieren, identifizieren und eine Untersuchung einleiten«, erklärt Casey.

»Detective Dunn«, ruft ein Beamter vom oberen Ende des Hügels.

»Ja?«, antwortet Casey.

»Der Captain braucht Sie.«

Casey nickt und verspricht, bald zurück zu sein. Er folgt dem Polizisten hinunter ins Tal.

Ich neige den Kopf und sehe zu Beth. »Bist du okay?«

»Das werde ich sein«, sagt sie. »Dank dir.«

»Ich habe nichts getan.«

»Doch, hast du, Nicole. Du hast mir das Leben gerettet.«

»Du hättest dasselbe für mich getan. Das tun Schwestern. Sie retten einander.«

Sie schlingt ihre Arme um meinen Körper und drückt mich fest an sich. Es ist eine dieser Umarmungen, die einen Teil von dir heilt. Eine, die dich daran erinnert, dass Liebe tatsächlich alles überwinden kann.

»Lieb' dich.« Die Worte kommen so leise über meine Lippen, ich hoffe fast, sie hört sie nicht.

»Lieb' dich auch, Nicole«, flüstert sie zurück.

Tränen steigen aus meinem tiefsten Inneren auf, von einem Ort, aus dem heraus ich lange nicht mehr geweint habe. Sie brechen hervor und rinnen über meine Wangen. Es sind Tränen der

Erleichterung. Beth löst sich von mir und sieht mir in die Augen. Sie weint genauso heftig wie ich. Sie sieht Mom so ähnlich, als die in ihrem Alter war.

Sie zieht einen Umschlag aus ihrer Tasche und hält ihn mir hin. »Ich habe das hier gefunden.«

Ich zögere einen Moment, bevor ich ihn nehme. Auf der Vorderseite steht in Moms Handschrift der Name *Michael*.

»Was ist das?«

»Der Brief, den Mom für dich geschrieben hat. Michael hat ihn gegen seinen ausgetauscht.«

Meine Unterlippe bebt, und mein Hals schnürt sich zu. Ich ziehe den Brief aus dem Umschlag. Schon nach den ersten Worten weiß ich, dass Beth recht hat. Das ist der Brief, den Mom mir geschrieben hat. Die Tränen laufen unaufhörlich weiter. Ich falte den Brief zusammen.

»Willst du ihn nicht lesen?«, fragt Beth.

»Noch nicht. Jetzt ist nicht der richtige Moment.«

Sie legt eine Hand auf meine Schulter und drückt sie sanft. »Ich verstehe.«

»Ich habe auch etwas für dich.« Ich greife in meine Tasche und gebe Beth den Schlüssel zum Bankschließfach.

Ihre Stirn legt sich in Falten, als sie ihn in ihrer Hand dreht. »Hast du es geöffnet?«

»Ja.«

»Und was war drin?«

»Moment«, sage ich und hebe einen Finger. Ich gehe zu meinem Auto, das in der Einfahrt steht, und hole vom Beifahrersitz den großen braunen Umschlag. Ich werde Beth Moms Brief lesen lassen, bevor ich ihn der Polizei übergebe.

Meine Hand zittert, als ich ihn ihr entgegenstrecke. Es sind die Entzugserscheinungen, mein Körper verlangt nach einem Kick. Früher hat es mich verängstigt, wenn meine Hände bebten, weil ich nicht stark genug war, um dem Drang zu widerstehen. Doch ich habe keine Angst mehr. Ich bin stärker, als ich mir je zugestanden habe, und ich weiß: Das Streben nach dem Rausch gleicht dem Rennen auf der Stelle. Mit jedem Schritt wirbelt man Staub auf, doch alles, was geschieht, ist, dass man den Boden unter sich aushöhlt. Tut man das lange genug, ist man irgendwann darin begraben.

Beth zögert einen Moment, bevor sie den Umschlag von mir nimmt. Sie sagt nichts zu meiner zitternden Hand. Die Lasche ist bereits geöffnet, bereit, dass sie hineinsieht und einen Blick in die Vergangenheit erhascht.

»Was ist das?«, fragt sie und wirft mir einen kurzen Blick zu.

»Es ist alles, was Mom uns wissen lassen wollte.«

»Und worum handelt es sich?«

»Um die Wahrheit«, sage ich.

SECHSUNDVIERZIG
LAURA

An diejenigen, die ich belogen habe,

meine Aufgabe als Mutter war es, meine Kinder zu beschützen ...
aber ich glaube, ich bin zu weit gegangen. Mein Mann und ich, wir
sind es beide. Wir wollten unseren Kindern die Welt zu Füßen legen
und waren bereit, sie zu zerstören, nur damit sie sie haben konnten.
Ich habe über zwanzig Jahre mit dieser Schuld gelebt, und ich weiß,
dass ich mit ihr sterben werde, aber ich werde sie nicht mit in mein
nächstes Leben nehmen. Im Tod will ich frei davon sein. Das hier ist die
Wahrheit darüber, was mit Emma Harper, Christie Roberts, Charles
Gallagher und meinem Mann, Brian Thomas, geschehen ist. Dies ist die
Wahrheit darüber, was wir getan haben.

Am Abend des 15. Juni 1999 sagte mir mein Mann Brian, dass Emma
Harper tot sei und wir ihre Leiche verschwinden lassen müssten.
Er sagte mir nicht, warum. Er sagte mir nicht, was passiert war. Er
sagte mir nur, dass es getan werden musste. Und irgendwie habe
ich einfach mitgemacht. Es ist erschreckend, wie schnell wir Dinge
tun können, von denen wir dachten, wir wären nicht dazu fähig. Es
braucht nur eine Sekunde, um die falsche Entscheidung zu treffen.

Nachdem wir sie begraben hatten, wusste ich, dass es damit nicht vorbei sein würde, aber ich dachte, das Schlimmste läge hinter uns. So war es nicht. Zu sehen, wie Emmas Eltern, Susan und Eddie, unter der Ungewissheit litten, wo ihr Kind abgeblieben war – das war weitaus schlimmer.

Um zu verstehen, was mit Emma geschehen ist, müssen wir zuerst über Charles sprechen. Brian gab den anonymen Tipp ab. Ich war von Schuldgefühlen überwältigt, weil er ihretwegen leiden musste, also platzierte ich Emmas Fahrrad. Trotz Charles' Freispruch war Eddie überzeugt, dass er etwas mit Emmas Verschwinden zu tun hatte. Am 27. Dezember 1999, nachdem er das Boar's Nest verlassen hatte, tötete Eddie Charles in einem Anfall von betrunkenem Zorn. In der Nacht, in der Charles ermordet wurde, erfuhr ich die Wahrheit über das Verschwinden von Christie Roberts und was in Emmas letzten Momenten geschehen war. Eddie konnte nicht loslassen. Also nahm er die Sache selbst in die Hand. Er prügelte Charles im Park von Allen's Grove zu Tode. Brian beseitigte die Spuren und sorgte dafür, dass Eddie nicht dafür belangt wurde. Wie hätte er das auch nicht tun können? Es war unsere Schuld, dass Charles tot war und Eddie jetzt ein Mörder. Trauer bringt dich dazu, Dinge zu tun, die deine Seele in Splitter reißen.

Was ist in Emmas letzten Momenten geschehen? Das müsstest du meinen Sohn Michael fragen, aber ich weiß, dass er dich anlügen würde, so wie er Brian angelogen hat. Michael erzählte Brian, es sei ein Unfall gewesen. Dass er und Emma unten am Bach gespielt hätten, einfach zwei Kinder, die herumalbern. Dass sie von der Brücke gestürzt sei, als er sie erschreckte. Er sagte, er sei in Panik geraten und

habe nicht gewusst, was er tun sollte, also habe er ihre Leiche unter
der Brücke versteckt, mit Ästen und langem Gras bedeckt. Dann sei er
nach Hause gegangen und habe geduscht, als wäre nichts passiert.

Ich erinnere mich daran, wie ich an diesem Abend das Abendessen
zubereitete. Ich machte Schweinekoteletts, Kartoffelbrei und
Maiskolben. Brian und ich öffneten eine Flasche Sauvignon Blanc,
um zu feiern, wie gut Groovin' in the Grove gelaufen war. Wir
stießen an, nippten an dem frischen, spritzigen Wein und setzten
uns an die gegenüberliegenden Enden des Tisches, völlig verliebt
ineinander. Michael saß zu meiner Rechten. Beth und Nicole zu
meiner Linken. Ich lächelte sie alle an und fragte mich, wie ich so ein
Glück haben konnte. Ich nahm den Moment ganz in mich auf, nicht
ahnend, dass ich nie wieder einen solchen erleben würde. Nichts
wirkte ungewöhnlich. Wir waren einfach eine glückliche Familie,
die ein gemeinsames, hausgemachtes Essen genoss. Nachdem ich
die Wahrheit erfahren hatte, war das für mich am verstörendsten –
dass alles so normal wirkte.

Es war erst viel später an diesem Abend, nachdem wir erfahren
hatten, dass Emma vermisst wurde, und nachdem wir die ganze
Nacht damit verbracht hatten, nach ihr zu suchen, dass Michael
Brian schließlich gestand, was passiert war. Ich glaube, Brian wusste,
dass Michael nicht ehrlich war, oder zumindest ahnte er es tief in
seinem Inneren. Dieses kleine Stechen des Zweifels war der Grund,
warum Brian überzeugt war, dass er nicht die Polizei rufen konnte.

Brian erfuhr die Wahrheit darüber, was tatsächlich mit Emma
geschehen war, erst ein paar Monate später, als Christie Roberts

an unsere Tür klopfte. Sie zeigte Brian eine entwickelte Filmrolle, eingesteckt in einen Umschlag der Kmart-Fotoabteilung. Darin befand sich ein Stapel 10×15-Fotos. Brian sagte, wenn man sie schnell hintereinander durchblätterte, sah es aus wie eines dieser alten Daumenkinos, die Bilder animierten eine düstere Wahrheit und entlarvten die Lüge, die unser Sohn erzählt hatte. Sie war nicht von allein gefallen. Michael hatte sie von der Brücke gestoßen. Wir wissen nicht, ob Michael sie absichtlich so kräftig gestoßen hat. Das kann man von einem Bild allein nicht sagen. Aber er goss Wasser auf das Blut, das aus ihrem Schädel floss, damit es in die Erde einsickerte. Dann zog er ihre Leiche unter die Brücke und bedeckte sie mit Pflanzen. Er überprüfte nicht einmal, ob sie noch einen Puls hatte oder ob sie atmete. Fünfzig Fotos dokumentierten alles.

Christie sagte nichts. Sie erzählte niemandem, was sie gesehen hatte. Ich weiß nicht, warum. Vielleicht hatte sie Angst oder vielleicht hatte sie etwas anderes im Sinn. Sie brachte die Fotos nicht zur Polizei. Sie brachte sie zu Brian und machte ihm ein Angebot: Er konnte sie haben, wenn er ihr fünftausend Dollar zahlte und ihr half, die Stadt zu verlassen. Für sie war ihre eigene Freiheit wichtiger als die Wahrheit. Es dauerte eine Weile, bis Brian das Geld auftreiben konnte, denn wir hatten nicht viel. Er verkaufte die meisten seiner Waffen, nahm zusätzliche Schichten bei der Arbeit an und leerte einen Großteil seines Rentenfonds. Er ging dabei sehr clever vor, denn ich bemerkte nichts. Dann bezahlte er sie, besorgte ihr einen gefälschten Ausweis und setzte sie in einen Zug nach Süden, der von Harvard, Illinois, abfuhr. Ich erinnere mich, dass Brian müde und erschöpft wirkte. Ich dachte, die Schuld fraß ihn auf, aber dann verschwand Christie, und ich wusste, dass er etwas damit zu tun hatte. Ich dachte, sie wäre tot, genau wie Emma. Doch das letzte Mal, als ich nachprüfte, lebte sie irgendwo im Süden unter dem neuen Namen, den Brian ihr besorgt hatte. Sie ist verheiratet, hat zwei Kinder und führt ein Leben, das sie nie gehabt hätte, wenn Michael nicht Emmas genommen hätte. Christie ist die Einzige, die aus all dem ein Happy End herausschlagen konnte. Man sagt, die Wahrheit befreit, aber niemand erklärt, ob es das Erzählen der Wahrheit oder das Wissen um die Wahrheit ist, das einen befreit.

Es ist offensichtlich, dass wir nach dem Sommer 1999 nie wieder dieselben waren. In diesem Sommer veränderte sich unsere Sicht auf alles. Wir versuchten nicht länger, unsere Kinder vor der Welt zu beschützen. Stattdessen versuchten wir, die Welt vor Michael zu beschützen. Da wir beschlossen hatten, zu verbergen, was er getan hatte, wussten wir, dass es nun unsere Aufgabe war, sicherzustellen, dass er es nie wieder täte. Wir wollten ihn reparieren, ihn rehabilitieren, ohne das Gesetz einzuschalten. Schließlich war er nur ein kleiner Junge, unser kleiner Junge. Ich hatte von Kindern gelesen, die sehr schlimme Dinge getan hatten, aber später ganz normale Erwachsene wurden. Brian und ich glaubten fest daran, dass Michael einer von ihnen sein könnte. Also hielten wir ihn beschäftigt, schrieben ihn in Programmierkurse ein, kauften ihm einen Computer und schickten ihn in Sommercamps, alles in der Hoffnung, seine Energie auf etwas anderes zu lenken. Brian behielt ihn jederzeit im Auge, überwachte alles, was er tat. Wir überschütteten ihn mit Liebe und Aufmerksamkeit, vernachlässigten dabei wahrscheinlich unsere Töchter. Aber wir mussten es tun. Wir mussten sicherstellen, dass das, was er Emma angetan hatte, eine einmalige Sache bliebe. Wir mussten unsere anderen beiden Kinder beschützen. Es war unsere

Verantwortung, weil wir es vertuscht hatten. Als Michael gute
Noten bekam, die Highschool abschloss und ein Stipendium für eine
renommierte Universität erhielt, glaubten wir, dass wir das Richtige
getan hatten.

Aber dann stand er 2015 völlig niedergeschlagen vor unserer Tür.
Er war einunddreißig Stunden am Stück gefahren. Er sagte, seine
Freundin sei bei einem tragischen Unfall gestorben und dass er seine
Eltern brauche. Er sagte, er habe sich eine Auszeit von der Arbeit
genommen, um den Verlust zu verarbeiten, und dass er zu Hause mit
uns trauern wolle. Wir hielten ihn in unseren Armen, als er weinte
und zusammenbrach. Ich erinnere mich, wie ich einen kurzen Blick mit
Brian austauschte, während wir unseren gebrochenen Jungen hielten,
und ich sah es in seinen Augen: _Reue. Bedauern. Scham. Niederlage._
Er glaubte, dass Michael wieder getötet hatte. Er glaubte, dass wir als
Eltern versagt hatten.

Am nächsten Tag gerieten die beiden in einen Streit. Brian stellte ihm
Frage um Frage, wie ein Verhör, über seine Freundin und ihren Tod.
Michael wurde immer wütender, aber er beantwortete jede einzelne.
Ich versuchte, sie zu beruhigen, sagte Brian, er solle es nicht so hart
mit ihm angehen, dass es ein Unfall gewesen sein könnte. Aber ich
glaube, nach sechzehn Jahren voller Schuldgefühle und mit dem
Wissen, dass Michael ihn über Emmas Tod belogen hatte, konnte
Brian ihm nicht glauben. Er sagte Michael, dass er die Wahrheit über
Emmas Tod herausgefunden hatte. Michael bestritt alles. Sie schrien
sich an, schleuderten sich gegenseitig die verletzendsten Dinge
entgegen, die sie sich ausdenken konnten. Ich war in der Küche und
kochte gerade das Abendessen, als der Streit in Gewalt umschlug.

Das Schreien verstummte. Es gab einen lauten Aufprall im hinteren Schlafzimmer, ein Gerangel, einen dumpfen Schlag. Ich drehte die Herdplatten aus und stapfte den Flur hinunter, um sie aufzuhalten. Aber als ich ankam, gab es nichts mehr, was ich noch hätte aufhalten können.

Brian lag auf dem Boden, Blut sickerte aus einer klaffenden Wunde an seinem Schädel. Michael stand über ihm, die Augen weit aufgerissen. Sein Hals war in verschiedenen Farben verfärbt: Tiefes Lila breitete sich über seine Kehle aus, nahe des Kiefers war er dunkelrot, und weiße kreisförmige Abdrücke zeigten, wo sich Brians Finger in seine Haut gegraben hatten. In Michaels Hand lag eine Trophäe, die er in einem Wissenschaftscamp gewonnen hatte. Das große hölzerne Fundament war mit dem Blut seines Vaters überzogen.

Ich habe noch nie in meinem Leben so heftig geweint. Ich habe mir beim Schluchzen eine Rippe gebrochen. Michael sagte, er dachte, Brian würde ihn umbringen. Er sagte, er könne nicht atmen und habe nicht nachgedacht, als er ihn am Kopf traf. Er sagte, es tue ihm leid. Dass er wünschte, er könne es rückgängig machen. Er behauptete, es sei ein Unfall gewesen. Dann sagte er, es sei Selbstverteidigung gewesen. Ich wusste nicht, was ich tun sollte. Aber ich wusste, was Brian gewollt hätte. Er hatte sein ganzes Leben lang versucht, seine Kinder zu beschützen. Sein Tod würde daran nichts ändern. Also sagte ich Michael, dass dies das letzte Mal sein würde ... dass wir ihn schützen. Wir begruben Brian neben Emma. Deshalb habe ich mich für die Einäscherung entschieden und darum gebeten, meine Asche auf dem Grundstück zu verstreuen. Ich wusste, dass es die einzige

Möglichkeit war, im Tod bei meinem Ehemann zu sein. Ich gab Michael die Schlüssel zu Brians Truck und sagte ihm, er solle ihn nach Texas fahren und irgendwo in der Nähe der mexikanischen Grenze stehen lassen. Ich sagte ihm, er solle nur mit Bargeld bezahlen, sein Gesicht bedecken und nach Kalifornien zurückkehren, sobald er fertig sei. Ich sagte ihm, er solle so tun, als wäre er nie hier gewesen. Nur Brian und ich hatten ihn gesehen. Ich stellte Michaels Auto in ein Lagerhaus und verkaufte es ein Jahr später. Brian hatte eine Woche zuvor eine Notiz auf dem Küchentisch hinterlassen, nachdem wir uns über etwas Albernes gestritten hatten, woran ich mich nicht einmal mehr erinnern kann.

Darauf stand: Laura, es tut mir leid. In Liebe, Brian.

Als ich am nächsten Morgen eine Vermisstenanzeige aufgab, nutzte ich die Notiz aus unserem Streit als Beweis dafür, dass er mich möglicherweise verlassen hatte. Ich sagte, er habe unter Depressionen gelitten, sich aber geweigert, mit jemandem darüber zu sprechen. Ich spielte die Rolle der besorgten Ehefrau, aber ich war nicht besorgt. Ich trauerte. Sie begannen eine Untersuchung und nahmen mich als Erstes unter die Lupe. Denn es ist immer die Ehefrau. Aber als sie sein Fahrzeug nahe der Grenze fanden, stellten sie die Suche ein. Schließlich ist es kein Verbrechen, seine Familie im Stich zu lassen.

Das letzte Mal, dass ich Michael sah, war an dem Tag, als er mit Brians Truck davonfuhr. Ich umarmte meinen Jungen. Ich sagte ihm, dass ich ihn liebe, und ich sagte ihm, dass ich ihn nie wieder sehen wollte. Er weinte. Die Tränen kamen schnell und heftig, strömten über sein verzerrtes Gesicht. Aber ich starrte ihn nur an, regungslos, emotionslos. Ich verspürte keinerlei Drang, mein Kind zu trösten, seine Tränen zu trocknen oder ihm zu sagen, dass alles gut werden würde. Jeglicher mütterliche Instinkt in mir war verflogen. Das Band zwischen Mutter und Sohn für immer durchtrennt. Man sagt, die Liebe zu einem Kind sei bedingungslos. Das glaube ich nicht mehr. Es gibt Bedingungen. Und meine Bedingung für Michael war, dass ich ihn für immer lieben würde ... doch von diesem Tag an nur aus der Ferne.

Ich weiß, dass Brian und ich in der Nacht des 15. Juni 1999 nicht das Richtige getan haben. Wir haben eine Wahrheit begraben, die nicht unsere war. Und ich habe mich seitdem selbst dafür gehasst. Manchmal wirst du zum Monster und manchmal wird das Monster zu dir. Unsere Absichten waren nichts weiter als das ... Absichten, und es tut mir leid, dass ich sie jemals hatte. Es tut mir leid für das, was ich getan habe, für das, was wir getan haben. Ich habe diese Geheimnisse mit ins Grab genommen, aber weiter kann ich sie nicht tragen.

Laura Thomas

SIEBENUNDVIERZIG
BETH

DREI JAHRE SPÄTER

Die Butter spritzt und zischt, als ich ein Ei in die Pfanne schlage, und dann noch eines und noch eines. In einer weiteren Pfanne braten Kartoffelpuffer und Würstchen. Der Duft ist göttlich, und diese behagliche Kombination ist meine liebste Art, einen Morgen mit meiner Familie zu beginnen. Ich blicke nach rechts und lächle, während ich Marissa dabei beobachte, wie sie konzentriert die Kartoffelpuffer wendet, um sie schön knusprig zu bekommen. Meine Tochter trägt einen entschlossenen Ausdruck auf dem Gesicht. Alles, was sie angeht, macht sie mit Perfektion, eine Eigenschaft, die sie sich beim Militär angeeignet hat.

»Wie läuft's da drüben, Sous-Chefin?«

»Gut, die brauchen nur ewig, bis sie fertig sind«, sagt sie und dreht sie erneut um.

»Kartoffeln brauchen immer ihre Zeit. Wenn du die Hitze auf neun oder zehn hochdrehst und etwas mehr Butter hinzufügst, helfen das Fett und das Öl dabei, sie schneller knusprig zu kriegen.«

Marissa nickt, stellt den Herd höher und gibt einen ordentlichen Klecks Butter dazu.

Sie wird niemals vollständig verstehen, wie viel es mir bedeutet, einfach nur neben ihr in der Küche zu stehen. Oder vielleicht wird sie es eines Tages begreifen – wenn sie selbst Kinder hat. In den letzten drei Jahren haben wir unsere Beziehung geheilt, wirklich daran gearbeitet, sie zu reparieren. Genau wie die Eier, die ich gerade in die Pfanne geschlagen habe: Manchmal muss etwas erst zerbrechen, bevor es gut werden kann und ich meine wirklich zerbrechen. Eine Tasse mit ein paar Rissen, die noch Wasser hält, repariert man nicht, man stellt sie einfach in die hinterste Ecke des Schranks. Aber eine zersprungene Tasse muss zusammengeflickt werden, um wieder benutzbar zu sein. Bis an meine Grenzen getrieben zu werden, einen Zusammenbruch zu erleiden, alle und alles zu verlieren ... ich war zerbrochen. Was mit meiner Familie – mit meiner Mutter, meinem Vater und meinem Bruder – geschehen ist, bedeutete, dass ich die Familie, die ich hatte, verloren habe, doch es half mir, die Familie zu gewinnen, die ich wollte und brauchte.

»Ich krieg dich! Ich krieg dich!«, ruft Lucas in einem Singsang, während er unseren dreijährigen Sohn um den Küchentisch jagt. Sein Name ist Jack, und er ist ein kleiner Energieball. Wir haben ihn vor vier Monaten adoptiert. Er hat unsere Familie vervollständigt. Lucas ist ein wunderbarer Vater, jemand, der nie dachte, dass er es sein könnte, aber jemand, von dem ich wusste, dass er genau dafür bestimmt war.

»Hab dich!«

Hohe Kreischlaute und lautes Lachen hallen durch die Küche, als Lucas Jack kitzelt und ihm geräuschvolle Schmatzküsse auf den Bauch drückt. Sein Lachen ist das schönste Geräusch der Welt.

Wir leben nicht mehr im Grove. Zu viele Altlasten, zu viele Erinnerungen, die besser begraben bleiben – wortwörtlich begraben. Wir sind nicht weit weggezogen, nur ein paar Städte weiter, aber diese Veränderung hat den Unterschied gemacht. Keine vertrauten Straßen mehr, die uns an die Vergangenheit erinnern. Keine ungewollten Begegnungen mit Leuten, die unsere Geschichte kennen. Es war ein Neuanfang. Lucas und ich haben vor achtzehn Monaten geheiratet. Achtzehn Jahre zu spät, wenn man mich fragt. Es war nichts Großes, nur eine standesamtliche Trauung, etwas Intimes, Kleines. Nicole war unsere Trauzeugin. Sie und ich haben uns gegenseitig auf eine Weise geholfen zu heilen, die keine von uns für möglich gehalten hätte. All die Jahre war es das Geheimnis, das uns trennte, doch am Ende war es genau das, was uns vereint hat. Früher waren wir durch Schmerz aneinandergekettet, mit Fesseln, die einschnitten und einschnürten. Aber jetzt sind wir durch Liebe verbunden, durch Hoffnung und den Wunsch, bessere Leben zu führen und eine bessere Familie zu sein, gemeinsam.

Michael ist an jenem Tag nicht gestorben. Er lag lange im Krankenhaus, hatte unzählige Operationen. Sein Heilungsprozess war mühsam und qualvoll. Aber er hat überlebt und ich glaube, genau das war das Schlimmste für ihn. Ein Junge, der so stolz darauf war, dem Grove entkommen zu sein, ist nun in eine zwei mal zwei Meter große Zelle eingesperrt, nur dreißig Meilen von seiner Heimatstadt entfernt. Es ist, als wäre er nie wirklich entkommen. Er wird erst 2050 für eine Bewährung infrage kommen, und dann wird er in seinen Sechzigern sein. In den letzten drei Jahren habe ich ihm über dreißig Briefe geschrieben. Er hat nie geantwortet, und das ist in Ordnung für mich. Ich glaube, er schreibt aus Scham nicht, nicht aus Hass. Ich hasse ihn ebenfalls nicht. Ich empfinde einfach nur Mitleid mit meinem kleinen Bruder. Das wird er immer für mich bleiben.

»Lucas, kannst du Jacks Hochstuhl im Wohnzimmer aufstellen?«

»Klar, mein Schatz.« Lucas gibt mir einen Kuss auf die Stirn und kneift mir dabei unauffällig in den Hintern. Mein Herz schlägt schneller, und meine Wangen werden heiß. Ich habe schon so auf ihn reagiert, als ich jung war, und ich glaube nicht, dass sich das jemals ändern wird.

»Kocht, Kartoffeln, kocht«, sagt Marissa zu ihrer Pfanne mit Kartoffelpuffern, als wäre sie Befehlshaberin der kulinarischen Abteilung.

»Die sehen gut aus«, sage ich und verteile die Spiegeleier und die gebratenen Würstchen auf mehrere Teller.

»Sie kommt gleich«, sagt Marissa fast panisch.

Ich nehme ihr den Pfannenwender ab. »Geh schon, mach den Fernseher an. Ich übernehme die Kartoffelpuffer.«

»Danke, Mom«, ruft sie und sprintet ins Wohnzimmer.

Dampf steigt von unserem köstlichen, Arterien verstopfenden, Glückshormone freisetzenden Frühstück auf, während wir uns versammeln und auf den Beitrag warten. Und plötzlich erscheint sie – meine Schwester. Tränen füllen meine Augen, und ein Lächeln breitet sich auf meinem Gesicht aus.

»Guten Morgen, Amerika. Ich bin Rebecca Sanford, und heute habe ich einen besonderen Gast bei mir. Nicole Thomas ist die Bestsellerautorin der Memoiren *Home Is Where the Bodies*

Are, in denen sie von ihren erschütternden und grausamen Erlebnissen in einer Familie erzählt, die unter den Sünden einiger ihrer Mitglieder litt. Nicole, vielen Dank, dass Sie heute hier sind.«

Wir kleben förmlich am Bildschirm, gespannt auf das, was als Nächstes kommt. Lucas, Marissa und ich haben ihr Buch alle gelesen – nicht, dass wir es hätten lesen müssen. Wir kannten jedes Wort darin. Als sie mich fragte, ob es mir etwas ausmachen würde, unsere Geschichte mit der Welt zu teilen, war ich mehr als glücklich, ihr diese Katharsis zu ermöglichen. Außerdem wusste ich, dass sie es gut erzählen würde. Nicole ist nicht wieder rückfällig geworden. Sie ist stark geblieben und hat sich den Traum erfüllt, Schriftstellerin zu werden, so, wie sie es sich immer gewünscht hat. Sie und Casey sind inzwischen ein Paar. Ich wünschte, Mom könnte sie sehen. Könnte uns alle sehen. Sie wäre so stolz.

Während mein Blick durchs Zimmer wandert und ich meine Tochter ansehe, die sich strahlend für ihre Tante freut, und meinen Mann, der unseren Sohn auf seinen Knien reiten lässt, kann ich nicht anders, als über das nachzudenken, was unsere Eltern getan haben. Sie waren keine schlechten Menschen. Sie waren gute Menschen, und sie liebten uns mit jeder Faser ihres Seins. Sie wollten nur das Beste für ihre Kinder. Alle Eltern wollen das. Doch sie trafen miese Entscheidungen in dem Versuch, ihre Kinder zu beschützen. Sie waren Menschen, und sie waren unvollkommen. Manchmal tun wir das Falsche aus den richtigen Gründen. Ich gebe meinen Eltern nicht die Schuld und hasse sie nicht für das, was sie getan haben. Denn wenn ich meine eigenen Kinder ansehe, weiß ich, dass ich genau dasselbe für sie tun würde.

ACHTUNDVIERZIG

NICOLE

Die Lichter am Set sind heller, als ich gedacht hätte, doch andererseits hat das Licht auch noch nie besonders hell auf mich geschienen. Meine Haut erwärmt sich unter ihnen. Ich zupfe an meinem Rock, rücke ihn zurecht und glätte ihn, bevor ich Platz nehme. Ein Mann steht zwischen zwei übergroßen Kameras, die direkt auf mich gerichtet sind. Er hebt die Hand und beginnt einen Countdown, um anzukündigen, wann wir wieder live sind. Rebecca, eine der *Good Morning America*-Co-Moderatorinnen, sitzt mir schräg gegenüber, gekleidet in einen maßgeschneiderten Bleistiftrock mit passendem Blazer. Ihr glänzendes blondes Haar endet genau an ihren Schultern, und sie ist von Kopf bis Fuß perfekt gestylt. Sie ist atemberaubend. Sogar ihre Knie sehen makellos aus. Eine Maskenbildnerin tupft mit einem Pinsel etwas Puder auf Rebeccas T-Zone, während sie ihre Moderationskarten durchgeht. Sie bietet mir ebenfalls ein Touch-up an, aber ich lehne ab.

»Sind Sie bereit?«, fragt die Moderatorin und strahlt mich mit einem makellosen weißen Lächeln an.

Ich nicke.

»Denken Sie daran, wir führen einfach nur ein Gespräch. Kein Grund, nervös zu sein«, sagt sie.

»Bin ich nicht.«

Mein ganzes Leben lang war ich nervös, bis mir klar wurde, dass das Leben zwischen den Schlägen unseres eigenen Herzens passiert und wenn es zu schnell schlägt, bleibt kein Raum, um wirklich zu leben.

Der Mann zwischen den Kameras ruft: »Und wir sind live in fünf, vier ...« Dann zählt er die letzten Sekunden nur noch mit den Fingern runter, drei, zwei, und schließlich zeigt er auf Rebecca, die mich mit einem Lächeln vorstellt. Sie sagt: »Nicole, vielen Dank, dass Sie heute hier sind.«

»Danke, dass ich hier sein darf, Rebecca.«

»Bitte, erzählen Sie uns ein wenig über Ihren Roman.«

»Ja, gerne.« Ich will sie korrigieren, ihr erklären, dass es kein Roman ist, aber ich tue es nicht. »*Home Is Where the Bodies Are* handelt vom Leben, genau genommen von meinem Leben. Aber ich glaube, dass wir alle ähnliche Erfahrungen machen, vielleicht nicht genau dieselben wie ich, aber es gibt universelle Themen. Es geht um Tod, Trauer, Reue, um das, was wir im Leben brauchen, und das, was das Leben von uns braucht. Es geht um Liebe, mit und ohne Bedingungen. Es geht um Sucht und Heilung. Aber vor allem geht es um Familie. Was es bedeutet, eine zu sein, eine zu haben und eine zu verlieren.«

»Nun, ich habe es gelesen und geliebt. Es ist spannend.«

Ich erwidere höflich ihr Lächeln. Spannend ist es nur, wenn man es nicht selbst durchlebt hat. »Also, vor drei Jahren haben Sie herausgefunden, dass Ihre Eltern einen Mord vertuscht haben, den Ihr Bruder 1999 begangen hat. Wie hat sich das angefühlt?«, fragt sie.

Genau aus diesem Grund hätte ich wohl doch das Geld für einen Presseagenten ausgeben sollen ... um sicherzustellen, dass solche Fragen nicht gestellt werden. Ich atme kaum hörbar aus, damit mein Mikrofon es nicht aufzeichnet.

»Es hat sich angefühlt, als wäre mein ganzes Leben eine Lüge gewesen. Aber die Wahrheit zu kennen, hat das Leben, das ich geführt habe, erst begreifbar gemacht.«

Sie hebt eine Braue. »Wie meinen Sie das?«

»Ich meine, dass es mir erlaubt hat, mir selbst Gnade zu gewähren. Ich habe mich nicht aus der Verantwortung gezogen. Aber ich habe mir meine Fehler vergeben, genauso wie ich meinen Eltern und meinem Bruder vergeben habe.«

»Moment mal, Sie sind nicht wütend auf sie?« Sie blickt ins Publikum hinter den Kameras. »Ich weiß, dass ich es wäre.«

»Wut ist einfach, Rebecca. Sie ist das rudimentärste aller menschlichen Gefühle. Babys empfinden Wut. Psychopathen empfinden Wut. Menschen mit minimaler Gehirnaktivität empfinden Wut. Aber Mitgefühl und Vergebung sind schwierig. Sie sind die komplexesten aller Emotionen. Also nein ... ich bin nicht wütend auf sie.«

Sie zieht ihr Kinn ein und blättert schnell durch ihre Moderationskarten. »Wenn Ihre Mutter und Ihr Vater jetzt hier vor Ihnen sitzen würden, was würden Sie ihnen sagen?«

Ich schenke Rebecca ein winziges Lächeln. Sie denkt wahrscheinlich, dass ich gleich in Tränen ausbreche, dass sie diesen unglaublichen Moment fürs Fernsehen einfängt, einen, der sie als erstklassige Journalistin etabliert und ihr vielleicht sogar eine

Nominierung für einen Daytime Emmy einbringt. Aber ich werde heute keine Tränen vergießen.

»Ich würde ihnen sagen, dass ich sie liebe«, sage ich.

»Das ist alles?« Sie runzelt die Stirn. »Es gibt nichts anderes, was Sie Ihnen sagen würden?«

Ich halte kurz inne, überdenke meine Antwort und die, die sie hören will. »Ich würde ihnen auch versichern, dass sie gute Eltern waren und dass sie ihr Bestes gegeben haben.«

Rebecca bewegt ihren Mund von einer Seite zur anderen und blättert erneut durch ihre Karten. »Und was ist mit Ihrem Bruder Michael, der vielleicht gerade zusieht?« Sie blickt in die Kamera. »Für diejenigen, die die Geschichte der Familie Thomas nicht kennen: Michael Thomas sitzt derzeit für die nächsten fünfzig Jahre im Gefängnis, wegen des Mordes an seinem Vater Brian Thomas, wegen Körperverletzung mit einer tödlichen Waffe, Entführung und der Schändung einer menschlichen Leiche, neben einer Reihe weiterer Anklagepunkte.« Rebecca richtet ihren ernsten Blick auf mich. »Was würden Sie Ihrem Bruder Michael sagen, wenn er jetzt hier sitzen würde, Nicole?«

»Ich würde ihm sagen, dass ich ihn liebe. Ich würde ihn daran erinnern, wie er als Kind auf dem Boden meines Zimmers geschlafen hat, weil ich Angst vor den Monstern unter meinem Bett hatte. Ich würde ihm dafür danken, dass er mich beschützt und die Monster in Schach gehalten hat. Aber ich würde ihm auch sagen, dass es mir leidtut, dass ich ihn nicht ebenfalls vor ihnen beschützt habe.« Eine einzelne Träne rollt über meine Wange.

Rebeccas Lächeln wird breiter, und ich höre das Summen einer der Kameras, die heranzoomt, um genau diesen Moment einzufangen. Ich wische die Träne nicht weg. Denn die ist nicht für sie.

»Sie werden uns heute eine kleine Passage aus Ihrem Buch vorlesen, richtig?« Sie hebt die Hände, um das Publikum zum Jubeln zu animieren, und das geschieht auch. Denn das hier ist Showbusiness, und man tut, was die Show von einem verlangt.

»Ja«, sage ich. »Den Prolog.«

»Perfekt, dann hören wir mal rein.«

Ich nehme mein Buch vom Tisch neben mir und schlage die erste Seite auf. Bevor ich beginne, räuspere ich mich und atme tief durch die Nase aus. Die Gegenwart einatmen, die Vergangenheit ausatmen.

»»Die besten Geschichten stammen von denen, die unvollkommen sind, zutiefst gebrochen. Von denen, die Prüfungen und Strapazen durchlebt haben. Von denen, die sich der Welt gestellt haben und dabei ganz unten gelandet sind. Nur sie können Geschichten erzählen, die es wert sind, gehört zu werden, denn sie haben mehr als einen Anfang gehabt, mehr als eine Mitte, durch die sie sich geschleppt haben, und mehr als ein Ende ... und trotz allem geht ihre Geschichte weiter. Mein Name ist Nicole Thomas. Ich bin vieles – eine ehemalige Drogensüchtige, die ältere Schwester eines Mörders, die jüngere Schwester einer der mutigsten Frauen, die ich kenne, die Tochter unvollkommener Eltern, die ihre Kinder bis zur Selbstaufgabe liebten, die Tante einer Nichte, die mich an meinen tiefsten Punkten gesehen hat, aber mich trotzdem liebt, die Tante eines Neffen, der diese Seite von mir hoffentlich nie sehen wird, eine gute Freundin und eine schlechte Freundin, eine Lügnerin und eine, die Klartext redet, aber vor allem bin ich eine Geschichtenerzählerin. Das hier ist meine Geschichte. Und sie beginnt in meinem Zuhause ... denn Zuhause ist, wo die Leichen liegen.‹«

DANKSAGUNGEN

Vor Kurzem las ich, dass die meisten Leute die Danksagungen am Ende eines Buches gar nicht lesen. Ich habe kurz darüber nachgedacht, diese Theorie zu testen und hier all meine tiefsten, dunkelsten Geheimnisse zu gestehen. Aber dann wurde mir klar, dass meine Geheimnisse gar nicht so tief oder dunkel sind. Also dachte ich mir, ich nutze diesen Abschnitt doch so, wie er eigentlich gedacht ist, um jenen Menschen zu danken, die dieses Buch möglich gemacht haben. Aber vielleicht versteckt sich hier ja doch ein dunkles Geheimnis ... also lies ruhig weiter.

Allen's Grove ist ein echter Ort. Es ist eine kleine nicht eingetragene Gemeinde im Südosten von Wisconsin, nichts Besonderes, aber etwas ganz Besonderes für mich, denn es war sechzehn Jahre lang mein Zuhause. Ich habe im Park meine Zunge an einer gefrorenen Schaukel festgeklebt (ich dachte nicht, dass sie wirklich festfrieren würde – sie tat es). Ich bin auf einem Naturpfad vom Rücken eines Pferdes gefallen. Ich habe im Bach Barsche und Karpfen mit einer Angel gefangen und Blutegel mit meinem Körper. Ich habe beim Bau eines Hauses geholfen, weil meine Eltern meinten, das wäre eine spaßige Kindheitsaktivität für meine Geschwister und mich. Spoiler: War es nicht. Aber ich habe den Wert harter Arbeit gelernt und dass man sich selbst holen muss, was das Leben einem nicht freiwillig gibt. Der Grove hat mich auf viele Arten geprägt. Ich bin dankbar für die Zeit, die ich dort gelebt habe, und froh, dass ich meine kleine Gemeinde in diesem Buch abbilden konnte.

Danke an Patsy Ryan, die mich nicht einfach abgewiesen oder für verrückt erklärt hat, als ich plötzlich vor ihrer Haustür stand und erzählte, dass ich früher dort gelebt habe und mein nächstes Buch hier spielen lassen will. Es war eine surreale und wunderbare Erfahrung, mein Elternhaus noch einmal zu besuchen, über das Grundstück zu laufen (das ich in dieser Geschichte ausführlich beschreibe) und alles zu fotografieren. Es hatte einen positiven Einfluss auf dieses Buch und auf mich selbst, und ich bin dir sehr dankbar für deine Gastfreundschaft. Ebenso danke ich meiner Tante Flo, die meine Rückkehr nach Allen's Grove möglich gemacht und ein kleines Treffen mit Freunden und Familie im Boar's Nest organisiert hat.

Danke an meine Agentin Sandy Lu, die mich und meine Arbeit immer wieder unterstützt. Als du dieses Buch durchgesehen und all die Stellen markiert hast, die dir besonders gefallen haben, war das genau der Motivationsschub, den ich brauchte, um weiterzumachen.

Danke an das gesamte Team von Blackstone Publishing dafür, dass ihr diesen Weg mit mir gemeinsam geht. Dies ist bereits mein drittes Buch mit euch, und ich schätze es sehr, mit so vielen talentierten Menschen zusammenarbeiten zu dürfen. Danke an meine Lektorinnen Josie Woodbridge, Celia Johnson und Kathryn Zentgraf, die dieses Buch um ein Vielfaches verbessert haben. Danke an Stephanie Stanton und Sarah Riedlinger für ein weiteres atemberaubendes Cover; ich bin unglaublich stolz darauf, dass es mein Werk repräsentiert. Danke an Rachel Sanders, die beste Marketing-Direktorin, die sich eine Autorin wünschen kann. Für mich bist du eine MVP (Marketing Vice President). Danke an Sarah Bonamino für deine herausragende Pressearbeit und dafür, dass du mich auf der letzten Buch-Tour organisiert und geistig gesund gehalten hast (keine leichte Aufgabe!). Danke an das Verkaufsteam, das meine Bücher in den gesamten USA vertreibt, besonders an John Lawton, Brad Simpson und Bryan Green. Danke an Stephanie Koven, die meine Bücher in die Hände von Leserinnen und Lesern auf der ganzen Welt bringt. Danke an das Social-Media-Team für eure Online-Unterstützung, besonders an Bella Bedoya. Danke an Sean Thomas für die atemberaubendsten Buchtrailer, die können locker mit Hollywood mithalten. Das ist allerdings kein Tipp für Sean, nach Hollywood zu gehen, denn ich möchte noch viele Buchtrailer von ihm haben. Danke an Anthony Goff – alias »A«, aber nicht der aus Pretty Little Liars-Serie, ich habe nachgefragt – dafür, dass du immer ein offenes Ohr hast und mir mit Rat oder Humor zur Seite stehst. Danke an Josh Stanton fürs CEO-sein, wie kein CEO je zuvor geceoed hat. Ich bin stolz, eine Blackstone-Autorin zu sein, denn ihr habt ein Team zusammengestellt, das selbst die Avengers in den Schatten stellt.

Danke an meine Filmagenten Debbie Deuble Hill und Alec Frankel, die mein Werk auch über die Buchseiten hinaus unterstützen.

Nach jedem fertigen Manuskript lasse ich es von einer kleinen Gruppe ausgewählter Personen lesen, bevor ich es an meine

Agentin oder Lektorinnen weitergebe. Sie sorgen für die perfekte Balance aus Kritik und Lob, und sie machen das verdammt gut. Danke an Bri Becker, Cristina Montero, James Nerge sowie Andrea und Kent Willetts.

Dicke Grüße an meine Beta-Leserin **APRIL GOODING**. Ich schreibe deinen Namen extra in Großbuchstaben und fett, weil Microsoft Word es in meiner letzten Danksagung automatisch korrigiert hat, wodurch ich aus Versehen einer Person gedankt habe, die ich nicht kenne (und die vielleicht nicht einmal existiert). April, dies ist das vierte Buch, an dem du mitgewirkt hast … und wieder einmal hast du es so viel besser gemacht.

Danke an meine Mutter, die so viele Momente meiner Kindheit mit ihrer riesigen Kamera festgehalten hat. Es waren diese alten Home-Videos, die ich mir ansah, während ich dich vermisste und die mich zu dieser Geschichte inspirierten. Ich mag es, mir vorzustellen, dass du mir die Idee geschickt hast.

Grüße an die unglaublich talentierten und ebenso wunderbaren Autorinnen und Autoren, die sich die Zeit genommen haben, mein Buch zu lesen und mir ihr Feedback zu geben. Ich schätze das sehr. Danke an: Ashley Flowers, Mary Kubica, Hannah Mary McKinnon, Karen Dionne, Stacy Willingham, Ashley Winstead, Lisa Gardner, Peter Swanson und Lisa Jewell.

Wenn ich meinen Ehemann Drew hier nicht erwähne, werde ich mir das bis ans Ende meiner Tage anhören müssen. Also: Danke, Drew. Aber im Ernst, ohne dich an meiner Seite wäre das alles nicht möglich.

Danke an all die Menschen, die die Bücherwelt zu einem besseren Ort machen, indem sie ihre Liebe zum Lesen verbreiten. Ich spreche von euch: Bibliothekarinnen und Bibliothekare, Buchhändlerinnen und Buchhändler, BookToker, Buchrezensierende, Bloggerinnen und Blogger, Lehrerinnen und Lehrer sowie Bookstagrammer.

Und zuletzt: Danke an meine Leserinnen und Leser. Ohne euch wären meine Bücher nichts anderes als Tagebücher, die nur ich selbst lesen würde. Ihr seid der Grund, warum ich tun kann, was ich liebe, und dafür bin ich euch unendlich dankbar. Ein besonderer Gruß geht an meine Gruppe verrückter Gänse, auch bekannt als die Mitglieder meiner Facebook-Community Jeneva Rose's Convention of Readers. Das Internet ist nicht immer ein netter Ort, doch dank euch habe ich mein eigenes kleines Paradies, das ich online besuchen kann.

Nun zu meinem tiefsten, dunkelsten Geheimnis ... es wird in den Danksagungen meines nächsten Buches stehen. Bleibt dran! ;)

448 Seiten
15,00 € (D) | 15,50 € (A)
ISBN 978-3-95761-259-5

Jeneva Rose

The Perfect Marriage

Der Mega-Bestseller und TikTok-Erfolg aus den USA: Würdest du deinen Ehemann verteidigen, wenn er angeklagt ist, seine Geliebte getötet zu haben?

Sarah Morgan ist eine erfolgreiche Anwältin in Washington D.C. Mit 33 Jahren ist sie Partnerin in ihrer Kanzlei und das Leben verläuft genau so, wie sie es geplant hat. Dasselbe kann man von ihrem Ehemann Adam nicht behaupten. Er ist ein unbeachteter Schriftsteller, der bisher wenig Erfolg hatte, und frustriert ist von der Beziehung mit Sarah, die mehr Zeit in der Kanzlei verbringt als mit ihm. Um dem ehelichen Frust zu entfliehen, geht Adam eine leidenschaftliche Affäre mit Kelly Summers ein.

Dann ändert sich eines Morgens alles: Adam wird wegen Mordes an Kelly festgenommen, die erstochen in Adams und Sarahs Zweitwohnung aufgefunden wurde. Sarah tritt vor Gericht als Verteidigerin ihres eigenen Mannes auf. Aber ist Adam wirklich unschuldig?

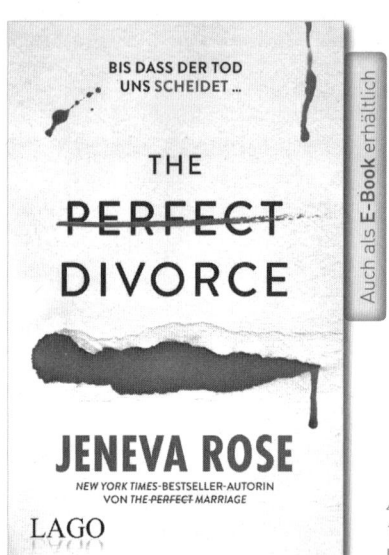

BIS DASS DER TOD
UNS SCHEIDET ...

THE
~~PERFECT~~
DIVORCE

JENEVA ROSE

NEW YORK TIMES-BESTSELLER-AUTORIN
VON ~~THE PERFECT MARRIAGE~~

LAGO

Auch als E-Book erhältlich

400 Seiten
15,00 € (D) | 15,50 € (A)
ISBN 978-3-95761-253-3

Jeneva Rose

The perfect Divorce

Die packende Fortsetzung des Millionen-bestsellers *The Perfect Marriage*!
Elf Jahre nach dem Prozess gegen ihren Mann Adam glaubt Sarah, das dunkle Kapitel endgültig abgeschlossen zu haben. Sie führt ein scheinbar perfektes Leben mit neuem Mann und neuer Karriere. Doch als sie ihren Partner Bob beim Fremdgehen erwischt, stürzt ihre schöne neue Welt ein.
Während die Scheidung zur Schlammschlacht wird, tauchen neue Beweise in dem Mordfall auf, der damals ihr Leben zerstörte. Doch das ist erst der Anfang: Bobs Affäre verschwindet spurlos und die Vergangenheit holt Sarah erbarmungslos ein. Kann sie diesmal der Wahrheit entkommen, oder endet alles in einem »bis dass der Tod euch scheidet«?

Jeneva Rose' Fortsetzung wurde zum New-York-Times-Bestseller!

LAGO